England hat viele große (Krimi-)Autor/innen, aber nur eine Liza Cody: Kühn und eigensinnig biegt sie das Genre, verschafft abseitigen Gestalten eine Stimme, rührt zu Tränen, stimuliert Lachmuskeln und packt mehr unbequeme Wirklichkeit in ein Buch als jede/r andere.

Und diese Figuren! Zicken, Hyänen und Lämmchen, Ruppige, Brave, Verrückte, Bürgerliche und Outlaws, Miststücke und Herzchen. Doch keine/r ist nur Klischee oder Persiflage, alle sind irgendwie echt, manchmal bis zur Schmerzgrenze.

In *Ballade einer vergessenen Toten* verstrickt uns Cody in eine vieldimensionale Collage aus Popgeschichte und Träumen von Ruhm, Thatcher-Ära und Musikbusiness. Der Ausgangspunkt ist London, Anfang des 21. Jahrhunderts. Schriftstellerin Amy sitzt im Café und brütet Selbstmitleid. Ein altes Stück läuft im Radio, ein Hit der später ermordeten jungen Songwriterin Elly Astoria. Von der niemand mehr spricht. Dabei war ihre Musik doch in den 1980ern wichtig. Etwas Besonderes. Eigen … Genau da beschließt Amy, eine Biografie zu schreiben. Wer war Elly Astoria wirklich? Warum wurde sie so grausam umgebracht?

Amy ist keine Detektivin. Sie will nur gewissenhaft recherchieren und dann die vielen parteiischen O-Töne zu einer möglichen Wahrheit montieren. Doch die Widersprüche springen ihr ins Gesicht, finden den Weg in die Gegenwart und fordern, dass Amy ihre Zuschauerinnenrolle aufgibt …

Ein ungefüger, wilder, tiefer, zumutender Roman voller Musik, Kritik und leiser Zärtlichkeit. Eine echte Cody.

Else Laudan

Liza Cody

Ballade einer vergessenen Toten

Deutsch von Martin Grundmann

Ariadne 1238
Argument Verlag

Für MZL, ohne dessen Können als Bäcker
dieses Buch nicht frisiert worden wäre

Die Unsichtbare

Missgunst

Erinnerung

Deals

Selbstbetrug in Las Vegas

Epilog

Die Unsichtbare

Fünfundzwanzig Jahre früher

Mit tauben Fingern dreht Elly den Schlüssel und schlüpft in den dunklen Flur. Die Glühbirne ist vor achtzehn Monaten durchgebrannt. Es gibt keinen Ersatz und auch keine Trittleiter, die Elly erklimmen könnte, selbst wenn sie eine Birne kaufen würde. Für die kleine Elly war der Flur eigentlich immer dunkel.

Sie trägt den Einkauf in die Küche. Die Milch kommt in den müffelnden Kühlschrank. Der Rest bleibt in der Plastiktüte. Sie macht zwei Tassen Tee, fischt eine zerdrückte Kekspackung unter den eingedellten Bohnendosen heraus und geht wieder durch den dunklen Flur. Am Fuß der Treppe bleibt sie stehen und horcht. Kein Mucks dringt aus dem Zimmer, in dem ihre Mutter schläft, aber der Raum scheint zu atmen. Sie setzt sich auf die Stufen und stellt vorsichtig rechts und links neben sich die Teetassen ab. Sie öffnet die Kekspackung und ertastet fünf Stück, die kaum zerbröckelt sind. Was übrig bleibt, lässt sie neben der einen Tasse liegen. Sie klopft mit der Spitze ihres Turnschuhs gegen die Tür. Dann steigt sie mit ihrer Tasse und den fünf Keksen die Treppe hoch. Sie lauscht und hört unten ihre Mutter: die schlurfenden Schritte, die aufgehende Tür, das Rütteln der Tasse auf der Untertasse, das Rascheln der Kekspackung, das Schließen der Tür. Keine Stimmen. Niemand ruft, brüllt oder weint. Alles ist gut.

Um diese Zeit am frühen Abend sind andere Kinder in Ellys Alter von der Schule heimgekehrt. Sie tun, was Kinder tun: essen, gucken fern, streiten mit Eltern und Geschwistern, hören Musik, drücken sich vor Hausaufgaben, schmökern, besetzen das Telefon. In ganz London bestehen die Kids auf ihr Recht, die Telefonnetze zu überlasten.

Elly zündet drei Kerzen an. Sie besitzt das batteriebetriebene Wrack eines Radiokassettenrekorders – Wert drei Pfund, vom Flohmarkt. Sie drückt die Abspieltaste und hört ›She's A Rainbow‹ von einer Kassette mit Hits der 60er – fünfzig Pence an einer Marktbude. Sie streckt die linke Hand aus und schaltet ein kleines batteriebetriebenes Yamaha-Keyboard ein – umsonst, beim Schulkehraus. Ihre Finger greifen den B-Dur-Akkord. Sie denkt nicht darüber nach. Die Finger folgen der Sequenz: Es, B und F7. Ihr Bewusstsein ist ganz mit dem Text und dem barocken Klang des Klaviers beschäftigt. Wie schwer wird es sein, etwas Ähnliches auf der Gitarre hinzubekommen? Lohnt das Ergebnis den Aufwand?

Alles in allem fährt Elly ganz gut mit hübschen 60er-Jahre-Songs. Sie hat einen Platz im U-Bahn-Tunnel, und manchmal bleiben die Älteren stehen und hören ein Weilchen zu. Manche sprechen sie an, erstaunt, dass eine Jugendliche sich die Songs draufschafft, die vor so vielen Jahren ihre Herzen höherschlagen ließen. Sie erzählen ihr, wo sie waren, als sie zum ersten Mal ›Norwegian Wood‹ hörten, und mit wem. In ihre Augen tritt die Farbe von Unschuld, und es folgt das befriedigende Klingen von Münzen, die in den Gitarrenkoffer fallen. Dann lächelt Elly schüchtern und spielt ›Thank You For The Music‹, um die kalte Luft zu wärmen und die Menschen vergessen zu lassen, warum sie sonst so eilig durch den Tunnel hetzen.

Das macht Elly, während die Kids ihres Alters in der Schule hocken. Später, wenn sie im Bett sind, stellt sich Elly da auf, wo die Leute zusammentreffen, die aus dem Green Man Pub und aus dem Roxy-Kino kommen. Jetzt spielt sie aktuelle Hits der 80er und nimmt genauso viel ein, nur in kürzerer Zeit.

Seltsamerweise verfügt Elly über einen nahezu lückenlosen schulischen Anwesenheitsnachweis: Damit werden sie sie nicht drankriegen. Sie ist das unsichtbare Kind, das gewissenhaft eintrifft und antwortet, wenn ihr Name beim Anwesenheits-Check aufgerufen wird. Wenn sie mal nicht da ist, liegt grundsätzlich eine schriftliche Entschuldigung vor. Sollte ihr Klassenlehrer diese Zettel sammeln und irgendwann durchschauen, würde er überrascht feststellen, dass Ellys Entschuldigung selten eine eigene Erkrankung ist. Meistens lautet die Botschaft: »Bitte entschuldigen Sie Ellena, sie bringt mich heute zum Arzt.« Unterschrift: Jesse Astoria. Er könnte sich wohl fragen, was für eine Mutter von einer Elfjährigen zum Arzt gebracht werden muss. Aber selbst wenn, hätte er vermutlich weder die Zeit noch die Energie, der Frage nachzugehen.

Hin und wieder fängt sich Elly eine Erkältung ein, aber sie war noch nie ernstlich krank. Sie war auch nie verletzt. Manchmal wird sie zu Boden gestoßen und ihr Geld gestohlen. Aber heutzutage wittert sie den rostigen Dunst drohender Gefahr schon von weitem und läuft weg. Sie ist klein und schnell, und sie kann mit verblüffendem Tempo in einer Menge untertauchen. Verschwinden ist ihr einziges anderes Talent. Es ist ihr Überlebensprinzip.

Sie ist nicht stark genug für einen Kampf, und wenn ein anderer Straßenmusiker ihre Ecke beansprucht, verdrückt sie sich. Will einer der vielen Diebe und Schläger ihr Geld, dann haut sie ab, rettet sich und ihre Gitarre. Das meiste Geld ist ohnehin in den diversen Taschen ihrer vielen Mäntel und Jacken verstaut. Die Einzige, die sich regelmäßig bedient, ist ihre Mutter.

Sie macht sich keine großen Sorgen um Geld. Es reicht immer, um irgendwo ein Stück Brot zu kaufen, eine Dose Suppe oder Bohnen, eine Packung Kekse zum Teilen mit Jesse. Für ihre Mutter den Haushalt zu machen ist leicht. Sie kann Toast rösten. Sie kann Suppe aufwärmen. Sie kann ein Ei braten. Jesse ist nicht wählerisch und oft hat sie gar keinen Hunger. Essen ist nicht das, was Jesse durch den Tag bringt, und obwohl Elly immer mindestens die Hälfte von allem, was sie zubereitet, am Fuß der Treppe stehen lässt, isst sie es dann oft selbst, kalt, ein paar Stunden später, wenn sie runterkommt und es unberührt vorfindet.

Nichts von alledem kommt ihr ungewöhnlich vor, weil sie nicht abgleicht oder gegenüberstellt. Eigentlich denkt sie überhaupt nicht nach. Ihr Kopf ist voller Klänge und Bilder, die sie jederzeit problemlos abrufen kann, aber einen Bewertungsmaßstab hat sie nicht. Die einzige Zeit, in der sie saubere Kleidung trug, regelmäßig warm aß, früh ins Bett ging und sich unter ständiger Überwachung eines verantwortlichen Erwachsenen befand, war die Zeit, als Jesse weg war. Weggebracht wurde. Schreiend davongeschleift wurde. Elly schrie auch. Sie kann sich an den Klang erinnern und manchmal, sogar jetzt noch, hört sie ihn im Schlaf.

Sonst hörte es niemand. Das begriff sie schon damals, weil niemand Jesse retten kam. Niemand brachte sie Elly zurück. Und später, als der Pflegevater ihr in dem engen, blitzsauberen Badezimmer auflauerte, hörte es auch niemand, obwohl es draußen vor der weißen Tür, die nicht abgeschlossen war, vier Leute gab.

›She comes in colours everywhere‹, singt Elly im Kopf. ›She combs her …‹, Finger wechseln die Stellung, wechseln den Akkord, ›… hair. She's like a rainbow.‹ Sie lächelt. Das ist ein hübscher trauriger Lovesong und er sollte ein paar Münzen einbringen.

Sie hält inne, um sich einen Keks in den Mund zu stopfen und das Band zum Anfang des Stücks zurückzuspulen. Sie ist vollkommen unbeschwert. Das blumige Klavierklimpern im Intro lässt sich nicht eins zu eins auf die Gitarre übertragen, aber sie wird was hinkriegen.

Sie denkt bei dem Song nicht an ihre Haare mit den dichten Kräusellocken und wilden Knoten, die sie nie kämmt und selten wäscht. Dieses Lied handelt nicht von ihr – sie ist niemandes Regenbogen. Die Bilder in ihrem Kopf zeigen glitzernde bunte Umrisse, die ein Muster zu einem präzisen Rhythmus tanzen. Im Hintergrund, leicht verschwommen, gibt es Burgen und Türme und Jungs und Mädchen mit seidigem gelbem Haar, alles ist hell und luftig und so weit entfernt von Ellys Zimmer, wie ein Szenario nur sein kann. Aber natürlich lebt Elly gar nicht in ihrem Zimmer mit dem abgetretenen Linoleum, den mottenzerfressenen Vorhängen und den Bergen von Schmutzwäsche. Elly tanzt mit verzwickten Mustern aus buntem Glitzern. Da sie sich nicht sehen kann, tut sie sich niemals leid.

Fünfundzwanzig Jahre später –
der Stamm der Ausrangierten

Es war einmal eine Frau, weder alt noch jung, weder klein noch groß, weder hinreißend noch hässlich. Wobei sie besser aussehen kann als heute. Ihre Haut ist trocken und stumpf, denn sie hat keinen Nerv für Peelings und Cremes. Ihre Haltung ist schlecht, denn sie kann der Welt nicht mit gehobenem Kinn und geraden Schultern entgegentreten. Ein neuer Büstenhalter stünde ihr gut, aber sie bringt es nicht fertig, in eine Umkleidekabine zu gehen und ihren ungeliebten Körper zu sehen.

Heute immerhin ist Amy tapferer als sonst. Heute war sie im Supermarkt, um ihre Vorräte aufzustocken. Sie hat sich der grässlichen Tatsache gestellt, dass sie nur noch für eine Person einkauft und dass ihr ungeliebter Körper Essen braucht.

Dieser kleine Anflug von Courage treibt Amy weiter – in ein Café, wo sie allein am Fenster sitzt, nur eine Zeitung zur Gesellschaft. Sie spürt einen Schmerz in Schultern und Rücken und merkt, dass es ihr wehtut, aufrecht zu sitzen. Sie würde sich lieber unterm Tisch zusammenrollen, als gesehen zu werden. Sie glaubt, sie sieht aus wie eine ausrangierte Frau. Wer immer sie sieht, kann spöttisch mit dem Finger auf sie zeigen und johlen: Das ist die Frau, die Craig ausrangiert hat, ha-ha. Er hatte sie satt. Er hat jetzt eine Jüngere, schicker, begabter. Heißer.

Sie schämt sich und das bringt sie um.

Sie starrt blicklos auf den Rezensionsteil ihrer Zeitung und versucht zu ermessen, wie viel Zeit, Energie und Liebe sie an Craig verschwendet hat. Als sie ihn kennenlernte, hat sie davon geträumt, Schriftstellerin zu werden. Craig aber war bereits Schriftsteller, ein guter, ein erfolgreicher. Sie dachte, von ihm könne sie lernen. Und sie lernte. Sie lernte kochen für einen Schriftsteller, putzen für einen Schriftsteller, Finanzen und Dinnerpartys organisieren für einen Schriftsteller. Dann feuerte er sie.

Und nun muss sie lernen, einem Schriftsteller nicht länger nachzutrauern. Sie muss lernen, ihr eigenes Werk zu beginnen und ihr eigenes Leben zu leben.

Es ist eine weltweit anerkannte Wahrheit: Mitglieder des großen traurigen Stammes der Ausrangierten müssen ausgerechnet dann am tapfersten sein, wenn sie zutiefst eingeschüchtert und beschämt sind. Ist es da ein Wunder, dass die Therapiepraxen lange Wartelisten haben? Jeder Mensch braucht irgendwann mal seelische Hilfe. Die Ausrangierten brauchen sie am dringendsten.

Manchmal jedoch ergeht Gnade, wenn sie am wenigsten erwartet wird. Diese Frau in diesem Café ereilt die Gnade in Form eines Songs. Der Song heißt ›See Jesse Tomorrow‹. Geschrieben wurde er über zwanzig Jahre zuvor von einem Teenager namens Elly Astoria, berühmt für ihren kurzen kometenhaften Aufstieg und noch berühmter für die abartigen Umstände ihres Todes.

Dieser Song mit seiner schmerzlich-schönen Melodie und seinem herzzerreißenden Text bewirkt, dass die Frau ihren Kopf in die Zeitung steckt und weint. Doch er setzt auch die Alchemie in Gang, die Amy von einer ausrangierten, trauernden verlorenen Seele in eine Biografin verwandeln wird.

Sarah und das Yama –
aus Amys Interviewmitschnitten für die Biografie

Sarah erzählte es folgendermaßen: »Elly war bloß irgendein Kind. Auffallen tun einem immer die Lauten, die Rabauken und Heulsusen. Jeder sagt, man soll Legasthenie auf Anhieb erkennen können. Aber wie denn? Buchstabieren können sie doch alle nicht. Sie haben alle eine Sauklaue. Sie sind alle tollpatschig und schluderig. Manche Mütter schicken sie ohne Frühstück in die Schule. Einige haben in der Nacht kaum geschlafen. Gott, es gab mal eine Mutter mit Zwillingstöchtern, die hatten an drei von fünf Tagen nicht mal ein Höschen an. Als ich das ansprach, schickte sie sie im Schlafanzug zur Schule. ›Ziehen Sie sie doch an‹, sagte sie. ›Vielleicht können Sie sich's leisten.‹«

Wenn man eine verlotterte Grundschule im Norden Londons als Sinnbild für die Gesellschaft als Ganzes sah, so führte Sarah aus, dann war es doch kein Wunder, wenn nur die Schlimmsten und die Besten bemerkt wurden. Und folglich, rechtfertigte sie sich, verhielt sie sich genauso wie die Gesellschaft als Ganzes, als sie Elly nicht wahrnahm. Menschen, fand sie, waren darauf konditioniert, am meisten auf Extreme zu reagieren. Der Durchschnitt ist nicht bemerkenswert und wird demzufolge nicht bemerkt.

Dann kam es zu zwei Ereignissen. Das erste fand statt, als Sarah die Verantwortung für die Musik zur Weihnachtsaufführung übertragen wurde, das zweite zu Beginn des folgenden Schulhalbjahres.

Drei Weihnachtslieder wurden ausgewählt: ›While Shepherds Watched‹, ›Away In A Manger‹ und ›Once In Royal‹. Wer nicht hübsch genug war, um Maria zu spielen, nicht groß genug, um Joseph zu sein, nicht helle genug, um eine Rolle zu lernen, oder zu schüchtern für einen Auftritt, wurde in den himmlischen Chor gesteckt, und Sarah brachte ihnen Weihnachtslieder bei.

»Jedes Kind muss mitmachen«, tönte Miss Wilson, die Direktorin, obwohl sie und alle anderen Lehrkräfte nur zu gut wussten, wenn erst die Mehrzahl der Muslime, Hindus und Parsen ihre Kinder von der Darbietung abzog, würden etliche Kinder unbeschäftigt sein.

Die unauffällige Elly landete natürlich im Chor, wo sie in der letzten Reihe versauert wäre, hätte Sarah nicht plötzlich gemerkt, dass sie direkt vor ihrer Nase den seltenen Fall einer Siebenjährigen hatte, die das absolute Gehör besaß.

Es war ein Freitag, das Ende einer besonders aufreibenden Woche. Ein Aushilfslehrer klappte mit Grippe zusammen, und Sarah war gezwungen, sich mit einer pampigen Gruppe gemischten Alters herumzuschlagen, die doppelt so groß war, wie sie erwartet hatte. Sie hatte die Klasse gerade in den Griff bekommen und begonnen, ›Away In A Manger‹ einzuüben, als eine kleine verstörte Präsenz an ihrer Seite auftauchte.

»Das tut meinen Ohren weh«, sagte Elly und zeigte auf die himmlische Bagage und dann auf die Klaviertastatur. »Es klingt nicht richtig«, sagte sie.

»Das ist ein Weihnachtslied«, sagte Sarah. »Wir lernen es ja gerade erst. Wir können nicht erwarten, dass alles gleich von Anfang an stimmt.«

»Trotzdem …«, flüsterte Elly. Sie erbleichte zu einem kränklichen Gelb und verdrehte den Saum ihres schmuddeligen Sweatshirts zu einer festen Wurst. Sarah hatte sie noch nie so aufgewühlt erlebt. Tatsächlich hatte Elly ihres Wissens noch nie Aufmerksamkeit beansprucht. Diesem Umstand, so verblüffend er war, musste wohl Rechnung getragen werden, allerdings ging dem himmlischen Mob gerade die Konzentration flöten.

»Na schön, Elly«, sagte sie besänftigend. »Geh jetzt zurück an deinen Platz, wir besprechen das später. Ja? Gut, Kinder, noch mal von vorn. Eins, zwei, drei: Away in a manger, no crib for a bed, the little Lord Jesus … ach herrje.«

Denn Elly, weit davon entfernt, an ihren Platz zu gehen, begann beim ersten Akkord zu würgen und kotzte beim zweiten direkt neben den Klavierschemel, gerade als Sarah bei ›little Lord Jesus‹ war. Elly wurde ins Krankenzimmer geschickt.

Sarah biss die Zähne zusammen, wischte die Sauerei auf und errang langsam wieder Kontrolle. Elly kehrte zurück.

»Mit ihren Ohren ist nichts«, sagte Mrs. Jefferies, die mitgekommen war. »Vielleicht lag es am Mittagessen, oder es ist die Grippe.«

Bis zum Ende der Stunde saß Elly so weit vom Klavier entfernt, wie es ging, hielt sich mit beiden Händen die Ohren zu und sang anscheinend vor sich hin.

»Sie wirkte nicht krank«, erklärte Sarah Miss Wilson später. »Sie sah einfach nur meschugge aus, schaukelte vor und zurück wie eine Irre in der Anstalt und machte eine Viertelstunde lang bloß la-la-la.«

»Gestörter Familienhintergrund«, sagte Miss Wilson, ohne aufzublicken. »Es gibt keinen Vater, soweit ich weiß.«

»Natürlich habe ich hinterher mit ihr gesprochen, aber das war wie der Versuch, Blut aus einem Stein zu quetschen. Ihr Kommunikationstalent lässt zu wünschen übrig. Nein, so wie ich es verstanden habe, ging es um das Singen …«

»Deshalb das ganze Trara«, blökte Mrs. Jefferies.

»Sie meint, irgendwas stimmt mit dem Klavier nicht.«

»Tja, da hat sie recht«, seufzte Miss Wilson. »Es ist ewig nicht mehr gestimmt worden. Vielleicht sollten wir so ein elektronisches Klavier beantragen. Die braucht man doch nicht zu stimmen, oder?«

»Immerhin scheint sie das regelrecht zu quälen«, beharrte Sarah. »Ich wünschte, ich müsste keinen Musikunterricht geben.« Sie konnte Klavier spielen, aber nicht gut. Sicher fühlte sie sich nur, solange sie keine schwarzen Tasten anschlagen musste. Und selbst dann machte sie noch reichlich Fehler.

»Hilft nichts«, sagte Miss Wilson bestimmt. »Sie sind die Einzige mit der nötigen Grundausbildung. Keine Sorge, Musik ist nicht so wichtig.«

Aber Elly war sie wichtig. Als Sarah sie fragte, stupste sie die H-Taste an, dann D und G und sagte, dass sie nicht richtig klangen. Ein G-Dur-Grundakkord, dachte Sarah. »Wie müssten sie denn klingen?«, fragte sie. Und Elly sang H, D und G, dann D, G, H, dann G, H, D. Dann sang sie C, D, E, F und G und zeigte aufs Klavier. Sarah spielte C, D, E, F, G, während Elly dazu sang. Elly und das Klavier kamen zu unterschiedlichen Ergebnissen, und Elly rümpfte die Nase, als habe ihr jemand etwas ganz übel Stinkendes hingehalten. Sarah hörte schon, dass die beiden Gs leicht unterschiedlich klangen, aber sie hätte nicht sagen können, welches stimmte.

Am Abend telefonierte sie mit einem Freund, der auf die Guildhall-Musikschule gegangen war und Jazz in Pubs spielte.

»Interessant«, sagte er. »Ich borg dir mal mein kleines Yamaha – das benutze ich praktisch nie.«

Zwei Tage später brachte Jimmy in der Mittagspause das kleine Yamaha vorbei, und Sarah rief Elly vom Pausenhof herein. Elly und das Yamaha stimmten überein. Elly strahlte. Elly und das Yamaha stimmten nicht mit dem Klavier überein. Elly schnitt eine Grimasse.

»Interessant«, sagte Jimmy. Er spielte eine einfache Melodie. Elly sang sie haargenau nach. Er spielte eine längere, kompliziertere, Elly sang sie ohne jede Mühe. Er begann eine Dur-Tonleiter. Elly beendete sie absolut tonrein. Er bat sie, die fehlenden Noten in Dur-, Moll- und verminderten Akkorden zu ergänzen, und sie grinste, als habe sie noch nie im Leben so viel Spaß gehabt. Er spielte ›Fine And Mellow‹, und sie stand an seiner Seite und beobachtete seine Hände mit Augen so groß wie Untertassen.

Dann war die Pause vorüber, und Jimmy ging. Aber das Yamaha blieb da, als unbefristete Leihgabe. »Sie hat das absolute Gehör«, sagte Jimmy, »und sie hat sämtliche Intervalle im Kopf, der kleine Glückspilz. Wo sie das wohl herhat? Sind ihre Eltern musikalisch?«

Sarah wusste es nicht.

»Also, solche Ohren wachsen nicht auf Bäumen«, sagte er. »Erst sieben Jahre alt? Jemand sollte sie fördern.«

»Na toll«, sagte Sarah. »Du hast sie doch gesehen. Was denkst du, wie viel Geld hat die Familie? Wie viel Interesse? Sie hat jeden Tag dieselben dreckigen Sachen an. Sie bräuchte gesundes Essen und ein vernünftiges Paar Schuhe, aber ich schätze, nicht mal dafür reicht es.«

Doch zu Beginn des neuen Schulhalbjahrs erschien Elly sauber gekleidet und mit neuen Sandalen. Sie kam im Schlepptau einer bulligen Sozialarbeiterin und einer pummeligen Frau mit Brille und dünnem Pferdeschwanz. Elly sah nicht glücklich aus.

»Wie geht es dir, Elly, Schätzchen?«, fragte Sarah besorgt. »Hattest du schöne Weihnachten?«

»Meine Mom ist weg«, flüsterte Elly.

»Ach herrje. Wo ist sie denn hin?«, fragte Sarah leichtfertig.

»In ein großes Haus«, sagte Elly und drehte an einem Knopf ihrer sauberen blauen Strickjacke. »Es hat überhaupt keine Türen, also kann sie nicht wiederkommen.«

Das waren die letzten Worte, die Elly für den Rest des Schulhalbjahres und die Hälfte des folgenden von sich gab. Das stille kleine Schmuddelkind mit dem absoluten Gehör wurde makellos reinlich und stumm. Und sie schien in ihren frisch gewaschenen Klamotten zu schrumpfen.

Es war nicht ungewöhnlich für ein Kind auf der All Saints Junior, ein Elternteil im Gefängnis zu haben. Sarah hätte ein Dutzend benennen können. Sie konnte auch noch eine Handvoll drauflegen, die vorübergehend in Pflege untergebracht waren. Was sie noch nie erlebt hatte, war, einem Kind dabei zuzusehen, wie es langsam verschwand.

»Normalerweise«, sagte sie zu Mrs. Jefferies, »werden sie doch verhaltensauffällig: Sie suchen Streit, sie weinen, sie nässen sich ein.«

»Es gibt solche und solche«, sagte Mrs. Jefferies. »Wenn Sie erst mal so viel Erfahrung haben wie ich, werden Sie sich glücklich schätzen.«

»Beschreibung«, sagte Miss Wilson, ohne aufzublicken.

»Es ist nicht so, dass sie nicht aufpasst«, erklärte Sarah. »Sie tut alles, was man von ihr verlangt, wenn man es verlangt. Aber, na ja, sogar ihre Zeichnungen und Bilder werden immer kleiner.«

»Verstörende Motive?«

»Nein. Wenn wir Porträts malen, malt sie Porträts. Malen wir Tiere, malt sie Tiere. Das ist nicht das Problem. Es wirkt eher, als ob sie schrumpft, und sie war schon immer recht klein für ihr Alter.«

»Ich nehme an, sie vermisst bloß ihre Mutter«, sagte Miss Wilson. »Aber ich rede mal mit der Sozialarbeiterin, wenn Sie wollen.«

»Welche ist denn Elly?«, fragte Mrs. Jefferies.

Wie soll man sie beschreiben?, dachte Sarah. Klein? Gemischter Herkunft? Scheu? Es gab keine besonderen Merkmale außer diesen Ohren. Selbst wenn Sarah sich fest vornahm: ›Heute muss ich mal Elly aus der Reserve locken‹, merkte sie am Ende des Tages, dass sie es vergessen hatte. Ihre Zeit und Aufmerksamkeit war vollauf von Kindern beansprucht, die darum kämpften.

Wenigstens wurde sie bisher nicht schikaniert: Die Tyrannen und Mobber bemerkten sie ebenfalls nicht. Die Unscheinbare war vollends unsichtbar geworden.

Doch eines Tages, als Sarah Pausenaufsicht hatte, sah sie Elly allein am Rand des Schulhofs herumstehen und in eins der Fenster lugen. Sie ging hin. Elly fuhr herum, begann sofort an ihrem Knopf zu drehen und machte ein Gesicht wie eine ertappte Verbrecherin.

»Was hast du denn, Elly?«

Schweigen.

Sarah lehnte sich an die Mauer, ganz lässig, falls Elly sich noch mehr abschottete, sobald sie sich beobachtet fühlte. Nach einer Weile wandte sich Elly wieder dem Fenster zu, und aus dem Augenwinkel sah Sarah, wie sich ein Finger vorreckte und etwas auf die beschlagene Scheibe malte. Blitzartig wandte sie den Kopf, und schnell wie ein flüchtender Vogel wischte Elly mit dem Ärmel über das Glas. Doch zuvor erblickte Sarah unbeholfen gekrakelte Buchstaben: YA MA.

»Oh Elly«, rief Sarah, entzückt von sich selbst. »Das Yamaha, du möchtest das Yamaha.«

Aber Elly hatte die Botschaft gelöscht und dann sich selbst, und der Platz vor dem Fenster war leer. Diesmal würde Sarah die Gelegenheit nicht verstreichen lassen. Sie stöberte Elly in irgendeinem anderen finsteren Winkel auf, nahm sie an die Hand und zog das Kind durch die Garderobe den Flur entlang bis zu dem kleinen fensterlosen Raum, in dem allerlei Gerätschaften aufbewahrt wurden. Sie setzte das Keyboard auf seinen Ständer, verkabelte es und schaltete es ein.

»So, bitte sehr«, sagte sie. »Du kannst bis zum Ende der Pause spielen.«

Elly stand da, sagte nichts, tat nichts, guckte dumm.

»Na los«, sagte Sarah und gab ihr einen kleinen Schubs. Dann, einer weiteren Eingebung folgend, verließ sie rasch den Raum und schloss die Tür hinter sich.

Eine Stunde später, mitten in Naturkunde, fiel Sarah auf, dass es diesmal einen sehr guten Grund dafür gab, Elly nicht zu bemerken: Elly war nicht im Klassenzimmer. Sie ließ die Kinder beim Abmalen von Blumen allein und ging zu dem kleinen Abstellraum. Dort stellte sie fest, dass das Mädchen das Keyboard von seinem Ständer gehievt hatte. Es befand sich jetzt auf dem Boden, und Elly hockte im Schneidersitz davor, tief über die Tasten gebeugt. Die Lautstärke war so runtergeregelt, dass Sarah kaum etwas hörte, aber Elly spielte dieselben Akkorde und Läufe, die Jimmy für sie gespielt hatte. Sie wirkte so konzentriert, so versunken, sie sah überhaupt nicht wie ein Kind aus. Im Grunde kam sich Sarah vor, als störte sie eine sehr kleine Erwachsene bei der Arbeit.

Irritiert sagte sie: »Ab in die Klasse, Elly, du bist schon viel zu lange hier.« Bestürzt sah sie die klaren, lebhaften braunen Augen sich verschleiern: Verunsicherung, Schuldgefühl, Furcht. Elly sprang auf, stolperte gegen einen Stuhl mit abgebrochener Lehne, stieß sich den Ellenbogen an einem kaputten Tisch und schlüpfte wortlos durch die offene Tür hinaus.

»YAMA«, murmelte Sarah und reimte es auf Lama.

Von da an bis zum Ende des Schuljahrs, in dem Elly noch in ihre Klasse ging, hatte Sarah in Bezug auf Elly ein besseres Gefühl. Sie fand, sie hatte ihr mit dem Abstellraum eine Zuflucht verschafft. Und wenn sie schon mit keinem Menschen sprach, kommunizierte Elly immerhin auf ihre seltsame Art mit dem Yama. Zwar erwies sich Musiktherapie nicht als die Zauberhand, die sie aus ihrem Schneckenhaus lockte und in die ruppige Welt der Schulbildung einpasste. Es bewahrte sie lediglich davor, noch weiter abzudriften.

In jedem Fall fand sie nach sechs Monaten zu ihrer schmuddeligen Erscheinung zurück, also war vermutlich ihre Mutter wieder daheim. Und auch wenn Elly immer eins der Kinder blieb, die sich nie aus freien Stücken melden, begann sie wieder zu sprechen. Und vielleicht bezahlte die Mutter ja doch irgendwen, der ihrer sonst so vernachlässigten kleinen Tochter Klavierunterricht gab, denn als die nächste Weihnachtsfeier vor der Tür stand, stellte Sarah zu ihrer gewaltigen Erleichterung fest, dass Elly ›Away In A Manger‹ und ›Once In Royal‹ besser spielen konnte als sie. Sie hockte mit ihrem geliebten Yama im Bühnenhintergrund auf dem Boden und begleitete den grausigen, atonalen Chor. Natürlich sah sie aus wie ein zwergenhaftes Häufchen alter Schmutzwäsche, aber sie hielt Sarah den Rücken frei, so dass die sich ums Einüben der Texte kümmern und auf Wesentliches konzentrieren konnte wie Engelsflügel basteln, Raufereien unterbinden und Wutanfälle beschwichtigen.

Nachtrag – Anm. von Amy – Laut Brewer's Dictionary of Phrase and Fable *ist in der hinduistischen Mythologie Yama der erste Sterbliche, ein Sohn der Sonne. Im Tibetischen Totenbuch heißt es, wer großes Pech hat, dem hackt Yama nach seinem Tod den Kopf ab, schlürft sein Hirn und trinkt sein Blut. Das ist wohl nicht relevant genug, um es einzuarbeiten?*

Harold und die Martin –
aus Amys Interviewmitschnitten für die Biografie

»Doch, ich denk, man könnte schon sagen, dass ich es war, der ihr den Weg gewiesen hat.« So erzählte es Harold Chapman. »In aller Ahnungslosigkeit natürlich.« Er war ein Mann mit Sinn für Gerechtigkeit und beanspruchte nur die Ehre, die ihm seiner Meinung nach wirklich zustand. Was, wie er fand, zum Grundinventar eines Pfandleihers gehörte, allerdings dürften ihm das die wenigsten seiner Kunden abnehmen. Und vermutlich würden sie genauso wenig glauben, dass er kein reicher Mann war. Aber als er vor zwei Jahren das Geschäft aufgab, war der einzige Interessent für die Übernahme seiner Räumlichkeiten an der Seven Sisters Road ein Wohlfahrtsladen mit befristetem Vertrag.

»Das ist keine Branche für junge Leute«, sagte er. »Außerdem will ja kein Mensch mehr was verpfänden. Verpfänden ist aus der Mode. Sie verscherbeln ihr Zeug lieber, und dann kaufen sie sich was Brandneues, wenn sie bei Kasse sind. Nee, die Bude war ein Ramschladen. Geldverleih läuft heutzutage ganz anders.«

Also ein Ramschladen – eine miese, staubige, vollgestellte Durchgangsstation im Leben Tausender von Gegenständen, zu schäbig zum Aufheben, aber noch zu gut für die Mülltonne. Darunter befand sich auch eine zerkratzte, leicht verzogene Martin-Gitarre.

»Das war angestoßene Ware – spottbillig«, erinnerte sich Harold, »aber sie konnte sie sich nicht leisten. Ich hab sie für sie von der Wand geholt. Sie war so ein Winzling, sie kam nicht ran. Keine Ahnung, warum ich mir überhaupt die Mühe gemacht habe, ehrlich. Müssen wohl diese großen braunen Augen gewesen sein.«

Es folgte eine komische Transaktion, die sich über drei Monate hinzog und für Elly sichtlich von enormer Bedeutung war.

»Ich hab kaum auf sie geachtet«, sagte Harold. »Um ehrlich zu sein, ich dachte, sie stiehlt mir die Zeit. Sie blieb fast eine Stunde im Laden, und sie hockte auf so einem marokkanischen Lederpuff, stimmte das blöde Ding und spielte so leise, dass ich kaum was hörte. Dann stand sie auf und kam zum Tresen. Sie sagt, sie will die Gitarre, aber sie hat das Geld nicht. Ob sie in Raten zahlen kann? ›Ich mach keine Abstottergeschäfte‹, sag ich. ›Dieses Instrument verlässt den Laden erst, wenn du den vollen Preis bezahlt hast.‹ Und ich nahm die Gitarre und hängte sie wieder an die Wand, wo sie nicht rankam. Und für mich war's damit gelaufen.«

Aber für das schmuddelige kleine Kind mit den großen braunen Augen war es nicht gelaufen, wie Harold, unerbittlich hinter seinem verkramten Tresen, bald merkte. Sie stand da, einen Fuß verlegen um den anderen gewunden, und malträtierte den Reißverschluss ihrer verdreckten Bomberjacke.

»Was ist?«, sagte Harold schließlich.

»Was, wenn jemand anders sie will?«

»Dann kriegt er sie.« Harold musste fast lächeln. Soweit er sich entsinnen konnte, hing die Gitarre seit mehr als zwei Jahren an der Wand, und niemand hatte je das leiseste Interesse daran bekundet.

»Was, wenn ich jetzt was anzahle und drauf spare?«

»Wie viel?«

Das Kind durchforstete fünf Taschen und hielt ihm eine Handvoll klebriger Münzen hin.

»Du machst Witze«, sagte er und betrachtete die schmutzigen Hände, die benagten dreckigen Fingernägel.

Sie legte das Kleingeld auf den Tresen und begann es umständlich zu sortieren. Dabei murmelte sie vor sich hin: »Zwanzig und fünf und fünf und zwei, macht …«

»Zweiunddreißig«, sagte Harold. »Bist nicht gerade gut im Zählen, was? Ich weiß nicht. Was bringen sie euch bloß in der Schule bei? Oder eher, was bringen sie euch alles *nicht* bei?« Er wartete, während sie dreimal nachrechnete und zu drei höchst unterschiedlichen Ergebnissen kam. Dann sagte er: »Du hast da siebenundsechzig Pence. Siebenundsechzig, klar? Ist das alles? Nennst du das eine Anzahlung?«

Sie begann aufs Neue in ihren Taschen zu wühlen.

»Hör auf!«, rief er. »Ich halte das nicht aus, und ich hab nicht den ganzen Tag Zeit. Also gut, du hast gewonnen. Ich sag dir, wie wir's machen: Du tust deine siebenundsechzig Pence in diese Keksdose hier, und ich heb sie für dich auf. Und wenn du mit den restlichen tausendvierhundertdreiunddreißig anrückst, gebe ich dir die Gitarre.«

»Tausendvier–?« Elly war sichtlich entgeistert.

»Pence«, sagte Harold ungeduldig. »Das sind noch vierzehn Pfund, dreiunddreißig Pence, macht mit diesen siebenundsechzig Pence fünfzehn Pfund, genau das, was die verdammte Gitarre kostet.«

»Ach.« Ein Lächeln purer Erleichterung verwandelte das bange kleine Gesicht. »Und Sie verkaufen sie niemandem sonst?«

»Ich verkauf sie niemandem sonst«, stimmte er feierlich zu. Lag es am Lächeln? Wie konnte ein kleines Kind so ernsthaft und zugleich so unfähig sein? Sie war ein hoffnungsloser Fall, dachte er. Und er rechnete fest damit, dass sie, sobald sie das nächste Mal Lust auf Süßigkeiten hatte, ankam und erklärte, sie habe es sich anders überlegt, und ob sie ihre siebenundsechzig Pence zurückhaben könnte.

Aber das nächste Mal kam sie mit einem breiten Lächeln und einer Fünfzig-Pence-Münze an.

»Hast du eine Bank ausgeraubt oder was?«

»Ein paar Autos gewaschen.«

»Wie viele Autos hast du denn gewaschen für fünfzig Pence? Drei? Du liebe Güte, das war ja vorauszusehen. Hör zu«, riet ihr Harold, »du forderst fünfzig Pence pro Auto, alles andere ist reine Sklavenausbeutung. Wenn du einen anständigen Job brauchst, frag beim Zeitschriftenladen drei Türen weiter. Vielleicht kannst du Zeitungen austragen.«

Elly fragte dort nach, wie er später erfuhr, wurde jedoch abgewiesen.

»Mein Mann wollte sie um keinen Preis nehmen«, erklärte ihm Mrs. Mulgreb. »Er sagt, sie kommt aus einer üblen Familie. Ich hab sie nie beim Klauen erwischt oder so, aber früher wollte sie öfters Zigaretten holen, und Sie wissen ja, wir dürfen keine Tabakwaren an Kinder verkaufen. Für ihre Mutter, sagte sie, aber das sagen sie doch alle. Und sie sieht so fürchterlich aus.«

Elly ihrerseits erzählte ihm nichts, obwohl er sie fast jede Woche sah. Meist kam sie am Samstagnachmittag und häufig beladen mit schweren Einkaufstüten. Als einmal eine Tüte aufplatzte, sah er, dass praktisch alles, was sie gekauft hatte, wegen abgelaufener Haltbarkeit heruntergesetzt war. Er fragte sich kurz, ob sie heimlich billiger einkaufte, um das so Gesparte in die Keksdose zu tun. Aber rückblickend glaubte er nicht, dass sie berechnend genug war für solche Manöver.

»Kaufst du immer für die ganze Familie ein?«, fragte er.

»Meine Mutter ist krank«, sagte sie und sah sofort ängstlich und beschämt aus.

So lief es immer, wie er feststellte. Nach ihrer Familie zu fragen löste prompt Panik und Verlegenheit aus. Also ließ er es bleiben. Was er an ihr mochte, war das große breite Grinsen. Nichts wischte es schneller aus ihrem Gesicht als persönliche Fragen.

Es war schon befremdlich, selbst für diese heruntergekommene Gegend, ein Kind zu erleben, das niemals etwas Neues besaß, das wirklich hart arbeitete und auf etwas Gebrauchtes sparte. Kindern wurde heutzutage so viel nachgeworfen, fand er – Sportschuhe, Fahrräder, Skates, Klamotten, Klamotten, Klamotten. Elly wirkte wie ein Flashback aus der Kindheit vor dem Zweiten Weltkrieg, als man nichts hatte und nichts erwartete. Wie alt war sie? Acht, neun? Er konnte das nicht gut einschätzen, schon gar nicht bei Mädchen. Die sahen doch jetzt alle so wohlgenährt und entwickelt aus. Als Harold klein war, hatte jedes zweite Kind Rachitis, und niemand hatte je von einem Burger gehört.

Fünf Pfund und achtundzwanzig Pence waren in der Dose, bevor Harold Elly wieder auf der Gitarre spielen ließ.

»Jetzt gehört sie dir zu über einem Drittel«, erklärte er ihr. »Du hast dir das Recht verdient.«

Es war ein Spätnachmittag im Frühling, Elly hockte in einer Ecke, und die letzten Sonnenstrahlen schienen auf ihr verfilztes Haar. Sie strich mit dem Daumen so sacht über die Saiten, dass Harold auf der anderen Seite des Ladens nichts hörte. Als ob die Gitarre mit ihr flüsterte und sie lauschte.

Harold mochte keine abwegigen Gedanken, weshalb er sich rasch korrigierte: Sie kann überhaupt nicht spielen, entschied er. Sie tut nur so. Er ging hinüber, und sofort richtete sie sich auf und hielt ihm die Gitarre hin.

»Nein«, sagte er. »Du kannst weitermachen. Es ist noch eine halbe Stunde, bis ich zumache.«

»Aber schauen Sie doch«, sagte sie. »Da ist was draufgeschrieben.«

Er schob sich die Lesebrille auf die Nase und nahm mit beiden Händen die Gitarre, und ja, auf den feminin gerundeten Flanken waren Worte in den dunkelbraunen Lack geritzt.

Er las laut vor: »Sun house muddy water? So ein Quatsch. Du hoffst wohl, das senkt den Wert.« Er war daran gewöhnt, dass Leute nach Mängeln suchten, um den Preis zu drücken. »Tja, junge Dame«, fuhr er fort, »da bist du aber schief gewickelt. Ich hab fünfzehn Pfund gesagt, und was ich sage, das meine ich auch, kein Vertun.«

»Ja, aber was bedeutet es?« Elly blickte ihn erwartungsvoll an, als wollte sie, dass er ihr ein Märchen vorlas.

»Ist bloß Spinnkram«, sagte er und beäugte den verkratzten Lack. »Sun house muddy water ist ja nicht mal ein richtiger Satz. Taj Mahal – das ist irgendwo in Indien, oder? Oh, warte mal, Eric Clapton. Von dem hab ich schon mal gehört. Er spielt doch …« Nun fiel der Groschen. »Buddy Guy«, las er weiter. »Jimi Hendrix – von dem hab ich auch mal gehört. Keith Richards, Bill Broonzy, Tal Farlow, Robert Johnson, Magic Slim, Ry Cooder. Die kenn ich alle nicht, aber ich denk mal, das sind die Namen von Musikern, und ich wette mit dir um ein Pfund, dass sie allesamt Gitarristen sind.«

Zufrieden mit seiner Schlussfolgerung reichte er ihr die Gitarre zurück und verzog sich hinter seinen Tresen. »Wahrscheinlich alle tot«, fügte er hinzu. »Genau das hast du da – einen Haufen tote Gitarristen.«

»Woher sollte ich denn Bescheid wissen?«, sagte er Jahre später. »Es war ein Who is Who der Größten, tot und lebendig. Die alte Martin hat wohl mal jemandem gehört, der große Träume hatte und sie alle draufkritzelte, wie ein Graffiti. Ich schätze, man könnte das Vandalismus nennen, aber für sie war es wie eine Fortbildung. Weil nämlich, nachdem sie das verdammte Ding erst abbezahlt hatte, sparte sie weiter ihre Pennys und spürte hartnäckig jedem einzelnen Namen auf der Klampfe nach. Sie stöberte nach den ollen Kassetten, auf Flohmärkten, bei Trödlern, sonst wo. Ich hab selbst ein paar davon für sie aufgetrieben – Chuck Berry und Bo Diddley.

Na, und ob ich sie noch oft sah, nachdem sie die Gitarre gekauft hatte. Es war ja diese Ecke, wo sie mit der Straßenmusik anfing – direkt vor meinem Laden. Ich hatte sie ganz gern. Sie war wohl gar nicht übel – für einen kleinen Mischling. Aber ich weiß nicht, was die Leute an Musik finden – ich selbst bin komplett unmusikalisch.

Aber die olle Martin – tja, wer hätte gedacht, dass sie bei der Auktion zu so einem Preis weggeht? Ein Händler aus Texas hat sie gekauft, wissen Sie. Ich hab ihn kennengelernt. Er bat mich, ihm die Echtheit schriftlich zu bestätigen. Hab ich auch gemacht, natürlich gegen Gebühr. ›Keine zweite ist wie diese‹, hab ich gesagt und ihm all die Namen gezeigt – Memphis Slim, T-Bone Walker.

›Oh, Namen wohnt ein Zauber inne‹, hat er zu mir gesagt. ›Dieses Instrument ist ein Stück Zeitgeschichte.‹

Ein Stück Zeitgeschichte! Würd mich wundern, wenn mich das Ding ursprünglich mehr als drei Pfund gekostet hat. Ich hab ja zu Elly nur fünfzehn gesagt, damit sie abhaut und mir nicht länger die Zeit stiehlt. Woher sollte ich denn wissen, dass sie so ein komisches Kind ist?«

Auszug aus einem Brief von Dr. S. L. Ralston, Royal College of Music – aus Amys Unterlagen

Sarahs Geschichte ist, unverblümt gesagt, offenkundig Unsinn. Wie alt war Elly damals – sechs, sieben Jahre? Meiner Erfahrung nach haben Kinder in diesem Alter nur ein ›absolutes Gehör‹, wenn man ihnen die Noten vorbetet und wenn es den Erwachsenen um sie herum wichtig ist. Ohne einen solchen Hintergrund dürfte sie kaum in der Lage gewesen sein, eine Tonfolge zu ergänzen oder fehlende Noten eines Moll-, Dur- oder verminderten Akkords zu benennen, weil sie schlicht gar nicht begreifen würde, was man von ihr erwartet.

Meiner Ansicht nach ist die einfachste Erklärung, sofern wir diese Legende wirklich für bare Münze nehmen wollen, dass das Kind sehr gut ausgebildet wurde. Ich räume ein, dass sie von Natur aus musikalisch gewesen sein mag, aber die hier beschriebenen Handlungen übersteigen die Möglichkeiten eines jungen Menschen ohne Übung bei weitem. Die Vorstellung, dass sie ohne jegliche Praxis einen Chor auf dem Klavier begleitet, ist indiskutabel.

Wesentlich plausibler ist der Verdacht, dass Sarah die Rolle aufbauscht, die sie bei der Genese des rohen, aber unstrittig vorhandenen Talents einer später berühmt gewordenen Person spielte. Denn das *ist* ein Phänomen, welches sich häufig beobachten lässt.

Dasselbe gilt vermutlich für Harold Chapman, wiewohl mir seine Darstellung deutlich glaubhafter vorkommt (auch wenn der Markt für Fanartikel sicherstellt, dass die Auktionshäuser überquellen von Instrumenten, die einst Jimi Hendrix oder John Lennon und anderen gehört haben sollen).

Auf jeden Fall finden sich in Anekdoten jede Menge Anhaltspunkte dafür, dass Popmusiker ohne besondere musikalische Ausbildung ihre Griffe lernen, indem sie Note für Note die Stücke derjenigen nachspielen, die sie bewundern. Ein mühsamer Prozess, aber durchaus effektiv, wie ich hörte. Mr. Chapman lässt sich nicht darüber aus, wie alt Elly damals war, aber wenn sie alt genug war, die Verantwortung für die Familieneinkäufe zu übernehmen, war sie vermutlich auch alt genug, um mit dieser Prozedur zu beginnen.

Ich habe keine Einwände gegen diese Darstellung, auch wenn ›unmusikalisch‹ und ›absolutes Gehör‹ hier im Grunde leere Phrasen sind, gegen die ich Widerspruch erheben würde.

Jesse Astoria, die Mutter –
eine gute Handvoll Interviews aus Amys Mitschnitten

Rob: Ich glaube, Jesse kam aus einer ganz guten Familie – Griechen, verstehen Sie, ziemlich streng und so. Wir haben nie groß drüber gesprochen. Vielleicht hat sie in der Gruppentherapie mal was erzählt, aber da hauten alle ständig dieselben tragischen Geschichten raus, ich hab nie groß zugehört. Würden Sie auch nicht, wetten? Das ist nämlich die einzige Chance, die Reha zu überstehen: nicht zuhören.

Echt, ich hab mir anfangs für sie die Eier abgeschwärmt, aber man will doch mit einer, für die man schwärmt, kein Mitleid haben. Dann bekam ich raus, dass sie schwanger war, also hab ich direkt die Biege gemacht.

Nein, wer der Vater war, hat sie nie gesagt.

Aber ich hab noch gehört, und das ist wieder echt typisch, wo sie sie einquartiert haben, nachdem sie mit der Reha durch war. Wissen Sie, ihr Problem war doch Suff und Drogen, richtig? Na, und die haben sie einfach in eine Pension direkt überm White Horse Pub gesteckt. *Geniale* Unterbringung für eine Alksüchtige, oder? Unfassbar, alles scheiß Irre, diese Sozialarbeiter.

Renata: Sie war eine Verrückte. Sie behauptete, der Vater wäre Jimi Hendrix. Ja, ich weiß. Ich sagte zu ihr: ›Na, da dürftest du aber höllisch Probleme mit der Unterhaltsforderung kriegen, schließlich ist der Kerl seit Jahren tot.‹ Aber sie erklärte, es wäre die Seele von Jimi Hendrix gewesen, wiedergeboren als irgendwer anders. Ich hätte wohl nicht so laut lachen sollen, denn sie schnappte ein und hielt den Mund. Ehrlich, jetzt wünschte ich, ich hätte überhaupt nicht gelacht, denn zu gern säße ich heute hier und könnte Ihnen das große Geheimnis enthüllen, wer Elly Astorias Vater war. Ich wünschte, ich wüsste es, aber damals wollte ich es gar nicht wissen. Jesse war eine solche Spinnerin, und ich hab überhaupt nur mit ihr geredet, weil ihr Bett neben meinem stand. Und ihr Baby haben sie erst mal dabehalten, weil es so untergewichtig war. Wie meins auch. Aber nicht aus demselben Grund. Mein Nathan war ja ein Frühchen, wofür ich nichts konnte. Elly hingegen kam genau am Stichtag, war aber winzig klein, weil Jesse während der Schwangerschaft nicht auf sich achtgegeben hatte. Ich bin nach meiner Entlassung jeden Tag hingegangen, bis ich Nathan mit nach Hause nehmen durfte. Aber Jesse sah man niemals die kleine Elly besuchen. Und wenn doch, dann schwöre ich, dass sie betrunken war. Oder Schlimmeres. Nein, das war nicht die Sorte Frau, mit der ich Umgang haben wollte. Allerdings, wissen Sie, sie konnte sich sehr gewählt ausdrücken, deshalb hatte ich anfangs ja durchaus Hoffnung gehabt.

Helen: Jimi Hendrix? Was für ein gequirlter Scheiß! Das war doch einfach bloß Jesses Art zu sagen, kümmer dich um deinen eigenen Kram! Wieso gerade Jimi Hendrix? Na ja, vielleicht weil dieser Typ, von dem sie hoffte, es wär der Vater, eben so ein größenwahnsinniger Gitarrist war. Aber natürlich war er weder der Vater noch ein toller Gitarrist. Bloß ein armseliger Möchtegern, der sich einredete, fünf Sekunden Scheinwerferlicht wären der Beginn einer schillernden Karriere.

Yeah, also größenwahnsinnig war der auf jeden Fall. Vor ein paar Wochen hab ich ihn noch mal im Fernsehen gesehen – in dieser Doku über Eintagsfliegen der Popgeschichte. Schon traurig, was?

Sie wollte erst abtreiben, wissen Sie, aber mit den Drogen und allem verlor sie total die Peilung, und dann war es zu spät.

Ja, ich kannte sie ganz gut in meiner wilden Zeit. Wir hingen zusammen ab, zogen durch die Clubs, machten rum. Erst hatten wir bloß ein bisschen Spaß. Aber sie muss wohl eine Suchtpersönlichkeit gehabt haben oder so. Wenn man sich auslebt, muss man halt auch wissen, wann Schluss ist. Es darf nicht so weit gehen, dass es die gesamte Existenz bestimmt.

Das letzte Mal hab ich sie in Camden Market gesehen, und sie war einfach nur peinlich.

Fragen Sie doch mal Becky nach ihr. Sie hält angeblich immer noch Kontakt.

Max Bleek (aus Kassawah): Kann mich an keine Jesse Astoria erinnern. Jetzt nerv mich nicht, ja. Es gibt immer haufenweise Ladys um einen rum, wenn sie glauben, du bist auf dem Weg nach oben. Ich erinner mich an keine Namen. Außerdem mach ich jetzt Dub.

Becky: Ich weiß, das klingt jetzt schräge, aber irgendwie starb Jesse an dem Tag, an dem Elly geboren wurde. Davor gab es noch Hoffnung. Danach schrumpelte sie irgendwie ein und verlor allen Mut. Als könnte ihre gesamte Energie nur für ein Leben reichen, und das war nun Ellys.

Ich gebe Elly keine Schuld – man kann doch einem Baby nicht die Schuld an so was geben. Aber die hätten sie ihr gleich nach der Geburt wegnehmen sollen. Nur dann hätte Jesse noch eine Chance gehabt, irgendwie klarzukommen. Und für Elly wär es auch besser gewesen. Oh, ich weiß, sie war supertalentiert und wurde für eine Weile mächtig berühmt, aber war sie auch glücklich? Ich meine, denken Sie bloß an all diese Lügen, den ganzen Schwindel. Die ganze Ausbeutung und Manipulation. Musik ist so ein schmutziges Geschäft.

Schon komisch, ja, von uns dreien – Jesse, Helen und mir – war Jesse eindeutig die Draufgängerin. Immer zu allem bereit. Vielleicht war das das Problem. Ich glaube, es war meine Ängstlichkeit, die mich rettete: Ich hatte viel zu viel Schiss, um mir jede Droge einzupfeifen – bei der Hälfte wusste man nicht mal, was es überhaupt war. Leute drückten einem kommentarlos ein Päckchen oder ein paar Pillen in die Hand. Ich tat meist nur so, als ob ich das Zeug nahm. Aber Jesse, die schluckte einfach alles. Und das führte zu, na ja, ungeschütztem Verkehr. Kein Witz, so was.

Ach ja, so ist das mit der Freundschaft. Eine Frage des Zeitpunkts, schätze ich. Später stellt sich raus, man hatte gar nichts gemeinsam. Unsere wurde reichlich strapaziert, als Jesse schwanger wurde. Weil, na ja, ich fand, sie spielte ein gefährliches Spiel, und ich mochte die Leute nicht, mit denen sie abhing. Ich hatte mein Studium nur für ein Jahr unterbrochen, würde also ab Herbst wieder auf die Uni gehen. Das wollte ich mir nicht versauen. Trotzdem hab ich versucht, in Verbindung zu bleiben.

Nein, keine Ahnung, und ich glaube, Jesse wusste es selber nicht. Es gab damals auch noch keine bezahlbaren DNA-Tests. Aber es wär natürlich schon interessant, oder? Ob es nun ein Musiker war. Ich meine, das ganze Talent muss doch irgendwoher gekommen sein. Gibt es so was wie ein Musik-Gen?

Jesses Dad hat ihr dann das Haus gekauft, so viel weiß ich. Nachdem sie aus der Reha kam, bevor Elly geboren wurde. Er glaubte, sie wäre total clean. Witzig, er verleugnete sie, aber kaufte ihr trotzdem ein Haus. Ich weiß noch, wie Helen meinte: »Ich wünschte, mein Vater würde *mich* so verleugnen.« Ich wünschte, er hätte ihr was Besseres gekauft. Diese Bude war winzig und stockduster und echt deprimierend. Ich meine, wer kann schon ohne Licht leben? Und Jesse, das war das Schlimme, die ging vollends den Bach runter. Geschlagen.

Nein, ich meine nicht, dass jemand sie misshandelt hat, wobei, wer weiß. Ich will sagen, sie wirkte total gedemütigt, so wie ein geprügelter Hund. Irgendwas hat alles Leben aus ihr herausgesaugt. Ich hab das Baby nie gesehen. Es lag in einem

Zimmer oben, und das Radio war sehr laut gestellt. Ich erinnere mich noch, dass Jesse meinte, *Rockit Radio* wär ein prima Babysitter.

Chandra: Es wundert mich nicht, dass niemand vom Sozialamt mit Ihnen reden will. Bei so was möchten doch alle nur noch in Deckung gehen.

Es tut mir leid, aber ich erinnere mich nicht besonders deutlich, und auch die Namen würden mir wohl kaum was sagen, wenn ich sie damals nicht in den Nachrichten gehört hätte. Ich hab keinen Zugang mehr zu den Unterlagen, natürlich nicht.

Ich war, glaube ich, zweimal dort. Ich war sehr jung und hätte von Rechts wegen noch Supervision gebraucht. Das war auch das Problem, weshalb ich schließlich gekündigt habe. Viel zu viel Verantwortung und keinerlei Anleitung und Unterstützung. Ich meine, wie sollte ich denn für das gesamte Amt den Karren aus dem Dreck ziehen? Wann immer was schiefläuft, müssen die jungen, unerfahrenen Mitarbeiter es ausbaden. Und die Leute, von denen sie allein und ohne Unterstützung da rausgejagt werden, kassieren den goldenen Handschlag. Ist das fair?

Schon, ja, das Haus war wohl ein kleiner Saustall, aber ich hatte wirklich schon Schlimmeres gesehen. Mrs. Astoria war eine genesende Suchtkranke, die brauchen nun mal Zeit, um sich wieder aufzurappeln. Das Baby war klein, wie unter den gegebenen Umständen zu erwarten, aber immerhin nicht im Risikobereich, also ging das wohl in Ordnung.

Um die Wahrheit zu sagen, von manchem, was ich erlebt habe, war ich dermaßen schockiert, also wenn es irgendwo keine Maden gab ... ja, Maden – die haben mich wirklich fertiggemacht. Also wenn es *keine* gab, dann ging ich davon aus, dass die Betroffenen halbwegs zurechtkamen. Nein, in Mrs. Astorias Haus gab es keine Maden.

Amy findet ihr Thema

Im reifen Alter von fünfunddreißig saß Amy in Do-Lally's Café, trank einen Latte und bemühte sich, die Samstagsrezension im *Guardian* zu lesen, als Ellys Song ›See Jesse Tomorrow‹ aus den Boxen tönte. Er war vom Album *Too Blue Too*. Zum ersten Mal gehört hatte sie ihn Jahre zuvor in einem leihweise überlassenen Cottage vor einem qualmenden Holzofen mit drei Freunden. Einer der Freunde hatte den Arm um ihre Schultern gelegt. Der kleine Raum war warm und duftete nach Kerzen, trotzdem zitterte sie, wegen der jungen Liebe und dem, was das Leben verspricht, wenn die Liebe jung ist. ›See Jesse Tomorrow‹ mit seiner schmerzhaft schönen Melodie schien ihr eine Million Morgen zu verheißen, an denen das so sehr Gewünschte in Erfüllung ging. Alles würde morgen geschehen. Alles war möglich. Eine herbeigesehnte Zukunft würde beginnen. Nichts war verhunzt, denn morgen war noch nicht angebrochen.

Jahre später ist morgen vorbei und beerdigt. Die frische Liebe frisch geschieden. Nun zittert Amy vor Bedauern. Die schmerzhaft schöne Melodie gemahnt an grenzenloses Scheitern. Ihre Augen glänzen von Tränen über all den Kummer vergeudeter Liebe, verhunzter Morgen.

Damals hatte sie ›See Jesse Tomorrow‹ für ein Liebeslied gehalten. Jesse war ein androgyner Name, und sie stellte sich vor, wie die Sängerin den ganzen Abend auf ihren neuen Liebsten wartete. Heute wussten alle, die es interessierte, dass der Song sich an die tote Mutter der Sängerin richtete und der Text von Vergangenem und Trennung handelte, nicht von Sehnsucht. Für Elly und Jesse würde es kein weiteres Morgen geben.

Und Amy schniefte hinter ihrer Zeitung in dem Gefühl, dass auch ihr die Zukunft ausgegangen war.

Und doch keimte da ein hauchfeiner sachlicher Gedanke, der sie vor dem totalen Absturz in den Schmerz der Melodie bewahrte. Sie dachte: Wie konnte ich mich bei der Aussage dieses Liedes nur so täuschen? Wie konnte ich einen derartig mit Reue gespickten Song als Motto nehmen, um mich zu verlieben? War es, weil ich damals jung war und voller Hoffnung und beim Blick ins Wasser nur mein optimistisches Selbst erblickte? Oder war Elly einfach so eine Songschreiberin – alles voller Schall und Rauch und Spiegelungen?

Sie plumpste in den Song, als wäre sie unbedacht in einen Grubenschacht gestolpert, und tauchte drei Minuten und siebenundvierzig Sekunden später wieder auf, putzte sich die Nase, verfluchte die Macht mieser Musik. Es war der Beginn eines Projekts.

Schluss mit der lähmenden Gefühligkeit, die frischgebackene Biografin fand in einer unaufgeräumten Tasche einen Stift und einen langen Kassenbon. Auf der Rückseite begann sie mit einer Liste außergewöhnlicher Frauen ohne besondere Reihenfolge: Elly Astoria, PJ Harvey, Kate Bush, Suzanne Vega, Tori Amos, Patsy Cline, Patti Smith, Laura Nyro, Carol King, kd lang, Joni Mitchell …

Die Liste auf der anderen Seite des Papierstreifens begann mit Griech Nat Yog und führte Milchprodukte auf, dann Fleisch, Konserven, Backwaren, schließlich Obst und Gemüse. Das gewissenhafte Protokoll einer Frau, die eine leere Küche bestückt.

Wenn sich das hier als fruchtbares Projekt erweist, dachte Amy, dann stecke ich diesen Kassenbon zwischen zwei Glasscheiben, rahme ihn ein und hänge ihn mir über den Schreibtisch. Auf einer Seite Essen, auf der anderen Frauen, die dir das Herz brechen.

Ihr Herz war momentan noch zu wund, um mit Selbstironie und Frauenmusik fortzufahren. Stattdessen schlürfte sie ihren erkaltenden Latte und suchte in der Zeitung nach dem Kreuzworträtsel – simple Wörter statt unkontrollierbarer Gefühle.

Das Beutelbaby und die Band

»Das müsst ihr euch einfach ansehen«, sagte Briony.

»Es regnet«, wandte Finn ein. Sie kuschelte sich enger an Ayishas Hüfte.

»Was denn?«, fragte Ayisha. Finns Oberschenkel klebte an ihrem, Finns warmer Bieratem kitzelte sie am Hals, und sie sehnte sich nach frischer Luft. Sie rutschte auf der Bank ein paar Zentimeter weiter und packte Finns Hand: der Wunsch nach Abstand getarnt als Verbindlichkeit.

»Eine Straßenmusikantin«, sagte Briony. »Vielleicht genau das, was wir suchen.«

»Bei dem Wetter?«, sagte Finn. »Die muss doch irre oder verzweifelt sein. Ich will niemand Irres oder Verzweifeltes in meiner Band.«

»Meiner Band«, »Unserer Band«, sagten Briony und Ayisha gleichzeitig.

»Außerdem ist sie längst weg, bis wir da sind. Ihr kennt doch Straßenmusiker.« Finn löste ihre Hand aus Ayishas festem Griff und schlang ihr den Arm um den Hals. Ein paar Bauarbeiter am Nebentisch warfen sich Blicke zu und kicherten.

Ayisha seufzte. »Ich dachte, wir wollten mit dieser Freundin von Maddie reden?«

»Deren Kerl ist nach Sheffield gezogen.« Briony sah angewidert aus. »Überraschung, Überraschung: Sie geht mit.«

»Verfluchte Kerle«, »Männer«, sagten Finn und Ayisha gleichzeitig.

»Diese Straßenmusikerin könnte was Besonderes sein«, fuhr Briony fort. »Ich bin stehen geblieben und hab ihr zugehört. Sie brachte ›Babooshka‹ und diese Eurythmics-Nummer.«

»Welche?«

»Äh, ›Right By Your Side‹, aber es war gar nicht so sehr der Song, sondern was sie auf der Gitarre anstellt. Sie hat nicht einfach nur geschrammelt. Es wirkte mehr, als hätte sie da ein komplettes Arrangement, echt eindrucksvoll.« Briony schaute ihre beiden Freundinnen an: Ayisha, stark, dunkel und ernst; Finn, stark, blond und stur. Bass und Schlagzeug. Ein gutes Team, aber nur, wenn Finn nicht zu dick auftrug. Im Pub machte Finn gern auf Macker. Sie gab die Testosterongesteuerte und wurde besitzergreifend. Ayisha reagierte ablehnend auf Testosteron, ob nun männlich oder weiblich.

Briony zog sich ihren feuchten Poncho fest um die Schultern und sagte: »Ich geh hin und rede mit der Kleinen.«

»Wir warten hier«, sagte Finn und umschlang Ayishas Hals noch fester.

»Ich komme mit«, sagte Ayisha und flüchtete.

»Aber …«

»Bin gleich zurück. Ist doch nicht weit, oder, Bri?«

»Zwei Minuten die Straße runter.«

»Pass auf die Drinks auf. Wir brauchen nicht lange.« Ayisha heftete sich an Brionys breiten Rücken und schlüpfte erleichtert in den nassen Abend hinaus.

Briony ging schnell für eine füllige Frau. Ihr Rocksaum schleifte durch Pfützen und klatschte gegen ihre Stiefel. Kupferfarbenes Haar quoll unter ihrer Kapuze hervor und wurde dunkel vom Regen. Ayisha lief neben ihr her wie eine Tochter – jünger, fitter und doch in Hetze, um Schritt zu halten.

Als sie auf die Straßenmusikantin stießen, stand sie fast unsichtbar in einer Toreinfahrt. Sie sang: »The beast in me has had to learn to live with pain …«

Die beiden Frauen blieben an einem Laternenmast stehen. Ein Pärchen eilte vorbei, hielt inne.

»… And how to shelter from the rain …«, sang die Straßenmusikerin weiter, heiser und ein bisschen nasal. Der Mann grub in seiner Tasche und warf eine Münze in den Gitarren-koffer. Ayisha lächelte, bezaubert.

»… And in the twinkling of an eye …«, sang die Musikerin mit einem Kratzen in der Kehle. Das Paar zog weiter. Der Mann lächelte.

»… Might have to be restrained …«, sang die Straßenmusi-kerin.

»God help the beast in me«, sang Briony in zweiter Stimme mit der Straßenmusikantin mit. Auch eine Möglichkeit, sich vorzustellen, dachte Ayisha. Sie lehnte sich an den Laternen-mast, während Briony vortrat. Die Straßenmusikerin nieste und hörte auf zu spielen.

»Wir wollten dich nicht unterbrechen«, sagte Briony. »Wo hast du denn so spielen gelernt?«

Die Straßenmusikantin nieste noch vier Mal und wischte sich die Nase an ihrem ohnehin schon nassen Ärmel ab.

»Komm mit und trink was mit uns«, sagte Briony. »Ich glaub kaum, dass du heute Abend besonders viel einnimmst.«

»Kino«, sagte die Musikerin und nieste erneut.

»Entlässt die Zuschauer frühestens in einer halben Stunde. Außerdem bist du nass bis auf die Haut. Bei so einem Wetter solltest du nicht mit einer Erkältung rausgehen. Du brauchst was Warmes. Deiner Stimme zuliebe.«

Ayisha lächelte wieder. Big Mama Briony übernahm das Ruder. Die Straßenmusikantin war geliefert. Ayisha wusste, dass auf Brionys Herd ein großer Topf Bohnensuppe vor sich hin simmerte, köstlich gekräutert und gewürzt, nur einen Kat-zensprung vom Green Man Pub entfernt in dem Haus an der Bancroft Road. Es gab auch frisch gebackenes Vollkornbrot. Brionys Küche war Heimat für alle. Ihre Tafel war das Restau-rant der Heimatlosen – allerdings nur, solange sie dort nicht rauchten und nicht die Sau rausließen. Ayisha liebte Brionys Küche. Es war gemütlich dort, es roch gut, es gab genug Platz, um zusammenzusitzen, zu quatschen, Songs zu schreiben und Auftritte zu planen.

Ayisha holte Finn aus dem Pub, errettete sie aus einer haltlosen, aber hitzigen Debatte mit den zwei Bauarbeitern über Sexualität und Politik.

»Ich dachte, ihr kommt alle her«, knurrte Finn und trank rasch noch ihr Glas aus. »Wie ist sie?«

»Gut«, sagte Ayisha voller Gewissheit. »Sehr gut. Klein. Hat eine üble Erkältung. Big B hat sie gleich gekidnappt.«

»Also nich' noch 'ne Maddie?«

»Scheiße, nein.« Ayisha stürmte bereits los. Finn beeilte sich, Anschluss zu halten auf ihren kürzeren, dafür muskulöseren Beinen. Sie spürte die Begeisterung ihrer Freundin und wusste nicht recht, ob sie sich Sorgen machen sollte. Ayisha, fand sie, war etwas wankelmütig. Finn machte sich mehr Sorgen wegen ihres Enthusiasmus als wegen ihrer Schwermütigkeit. Sie hatten sich kennengelernt und waren ein Paar geworden, als Ayisha ein Hoch hatte. Finn glaubte, dieses Hoch hatte es Ayisha möglich gemacht, Finns Makel zu übersehen, ihr breites Kreuz und ihren vulgären Humor. Finn wartete darauf, abserviert zu werden. Noch war es nicht so weit, aber hin und wieder erhaschte sie einen kalten, abwägenden Blick von Ayisha, der sie frösteln ließ. Sie fürchtete, die Straßenmusikantin war ein Eindringling, eine Bedrohung.

Sie durfte ihre Gefühle nicht rauslassen. So lief das nicht in Brionys Küche. Negatives, egal in welcher Form, war hier nicht willkommen. Finn saß unbeugsam und breitärschig auf einem Holzstuhl und fühlte sich kein bisschen positiv. Sie beobachtete Briony in ihrem mütterlichen Elan, wie sie fütterte und betüterte. Und Ayisha … tat eigentlich nichts weiter, stimmt schon, aber in ihrer Körperhaltung lag etwas erschreckend Fürsorgliches, fast schon Zärtliches. In einem ungewohnten Schub von Sensibilität fühlte und fürchtete Finn ihre Stimmung.

Na wenigstens, versuchte sie sich zu beruhigen, war die Neue keine Schlagzeugerin.

Optisch machte die Neue nicht viel her. In ihren Schicht um Schicht nicht zusammenpassenden Klamotten, mit vor Erkältung tränenden Augen und dieser kleinen roten, wunden Knubbelnase sah sie aus wie eine olle Puppe, die irgendjemand weggeworfen hatte. Und sie müffelte – nicht bloß nach nasser Wolle, sondern nach ungewaschener nasser Wolle und dreckigen Haaren. Finn bediente sich von der Suppe und fühlte sich schon munterer.

»Hallo«, sagte sie und tat freundlich. »Ich bin Finn.«

»Elly«, sagte die Straßenmusikantin. Und Finn entdeckte ein Paar riesengroße dunkle, feuchte Augen, die sie durch ein Gewirr aus nassen schwarzen Haarsträhnen anblickten: Augen so ahnungslos und gutgläubig, wie nur eine Schwachsinnige oder ein Baby gucken konnte.

»Himmelarsch«, entfuhr es ihr ganz uneinfühlsam, »wie alt bist du denn?«

»Finn!«

»Ähm, achtzehn«, murmelte Elly mit dem Mund voller Vollkornbrot.

»Verflixt«, Finn konnte nicht an sich halten. »Du bist ja furchtbar klein. Ein Hormondrüsenproblem?«

»*Finn!*«

»Ähm, genau.« Die Musikantin legte den Löffel ab.

»Um Himmels willen«, sagte Briony verärgert, »iss weiter. Achte nicht auf Finn. Sie ist Schlagzeugerin.«

»Schon okay.«

Nach kurzem Zögern nahm die Straßenmusikantin den Löffel auf und begann wieder zu essen. Sie aß, als hätte sie eine Woche lang nichts zu futtern gesehen. Briony füllte die Suppenschale dreimal und schnitt Scheibe um Scheibe vom gehaltvollen braunen Laib ab. Draußen ging der Regen in Hagel über und prasselte mit zornigen Energieausbrüchen gegen die Scheiben. Drinnen verdichtete die Wärme den üblen Mief von Ellys Kleidung und ließ ihre Augenlider schwer werden.

Jetzt war es Briony, die nicht an sich halten konnte. »Bleib heut Nacht hier«, sagte sie. »Nimm ein heißes Bad. Draußen ist es scheußlich.«

»Kann nicht.« Elly hob den herabhängenden Kopf. »Meine Mom ist, ähm, krank. Ich muss nach Hause.« Sie begann sich in umständlicher Prozedur einen ärmellosen Fleecepulli anzuziehen, dann einen Jungs-Blazer und einen langen Mantel. Im Türrahmen blieb sie eine Minute lang stehen, als habe sie etwas vergessen, und sagte dann schnell: »Danke, dass ich hier sein durfte. Das Essen war wunderbar.« Mit plötzlicher Hast ergriff sie die fingerlosen Handschuhe und die Gitarre und verließ den Raum, wobei sie einen Krug getrockneten Rosmarin umrannte. Briony eilte ihr nach.

Finn presste sich die Hand auf den Mund, um nicht laut loszuprusten. »Sofort die Abzugshaube einschalten, hier riecht's wie in der Kloake.«

»Halt's Maul, Finn.«

»Nein, du hältst das Maul. Mir stinkt es, dass hier niemand das Offensichtliche ausspricht. Das ist eine dreckige kleine Göre. Ist mir egal, ob sie ein beknacktes Genie ist. Ich spiele nicht mit ihr zusammen, bevor sie nicht dreimal im Kochwaschgang war.«

»Vielleicht hat sie eine Drüsenstörung.«

»Zusätzlich zu ihrem Hormondrüsenproblem? Ayisha, das kommt von keiner Drüsenstörung. Das kommt von sechs Wochen nicht geduscht, und wenn Bri drauf besteht, sie zu adoptieren, dann haben *wir* eine Störung.«

»Immerhin hat sie vielleicht keinen Kerl am Hals.«

Finn atmete scharf ein. »Hast du Interesse, ja?«

»Ja, na klar – das ist einzigartiges Talent in ziemlich schräger Verpackung.«

»*Ob du Interesse hast?*«

»Was? Finn, spinnst du? Ich kenne sie ja nicht mal.«

»Mich kanntest du auch nicht.«

»Doch, schon. Ich bin dir bei diesem Drum-Workshop begegnet. Wir hätten uns schon bei zig Gelegenheiten über den Weg laufen können. Wir haben dasselbe politische Umfeld.« Ayisha lehnte sich über den Tisch und strich tröstend mit dem Daumen über Finns weiße Fingerknöchel. »Wir zwei sind auf einer Wellenlänge«, sagte sie. »Warum bist du so verunsichert?«

Briony hastete herein und sagte: »Was meint ihr? Ei-jei-jei, muss die aufgepäppelt werden.«

»Ein Bad braucht sie auch«, sagte Ayisha und lächelte Finn sanft an, der es auf einmal um hundert Prozent besser ging.

»Sie braucht so einiges.« Briony sank auf einen Stuhl wie eine brütende Henne auf ein Nest. »Wir sollten nicht lästern. Das arme Kind hat keine Familie bis auf die kranke Mutter. Sie kocht, verdient das Geld, kauft ein, versteht ihr, sie sorgt für alles in einem Alter, wo sie kaum weiß, wie man für sich selbst sorgt.«

»Na, ein Glück, dass sie dich getroffen hat«, sagte Finn und grinste Ayisha an.

»Eins nach dem anderen«, sagte Briony. »Wir müssen sie von der Straße kriegen, bevor sie an Lungenentzündung stirbt. Ayisha, kannst du sie nicht für eine dieser Klavierbegleitungen vorspielen lassen, die du nicht mehr machen willst?«

»Spielt sie denn auch Keyboard?«

»Sie sagt, ja.«

»Hm«, Ayisha blickte zu Finn. »Ja, könnte ich. Und es wäre eine Lösung. Aber, Bri, diese Laientheater-Operetten-Ballett-schul-Kreise sind ziemlich gehoben, eher so kaschmir. Wir müssten sie wirklich erst mal ein bisschen aufpolieren.«

»Moment mal«, sagte Finn. »Warum machen wir das hier? Hat sie uns darum gebeten? Ich meine, geht's hier um Wohltätigkeit, oder habt ihr sie heimlich für SisterHood probespielen lassen?«

»Oh.« Briony merkte verwundert, dass sie Ellys Stimme, Ellys Arrangements, Ellys akustisches Gitarrenspiel im Geiste längst mit dem Sound von SisterHood verwoben hatte. Ratlos sah sie Ayisha an. »Ehrlich gesagt, ich hab ihr gegenüber die Band noch nicht mal erwähnt. Und ich bin wohl stillschweigend davon ausgegangen, dass wir alle sie wollen.«

»Ich hab sie noch gar nicht gehört«, sagte Finn sachlich, »und Madeline weiß noch nicht mal von ihrer Existenz.«

»Wo steckt Maddie denn?«

»Wer weiß?«

»Und wie wollen wir sie wiederfinden?«, fragte Finn.

»Maddie?«

»Nein, das Beutelbaby.«

»Das ist nicht gerade nett«, sagte Briony leise. Doch Finn registrierte ein leichtes Zucken an Ayishas Mundwinkel und fühlte sich bestätigt.

»Also gut«, sagte Briony. »Ich sehe ein, das ist wichtig. Zuerst müssen wir sie wiederfinden. Sie hat eine feste Tageszeit für die Unterführung. Du hast recht, Finn, wir *alle* müssen sie hören. Auch Maddie. Und wir müssen mit ihr proben. Und dann, wenn alle einverstanden sind, *dann* nehmen wir sie auf.«

»Armes Beutelbaby«, sagte Finn. »Wisst ihr was, wenn sie so gut ist, wie du sagst, teilen wir uns die Verantwortung. Bri kann sie füttern. Ayisha verschafft ihr Indoor-Arbeit. Ich mach sie sauber. Und Maddie kann sich um die Verschönerung kümmern. Na, wär das nicht eine gerechte Arbeitsteilung?«

Briony sah Finn an und verdächtigte sie, die Zukunft kontrollieren zu wollen. Entweder wollte sie einen Teil von Elly besitzen oder sie versuchte, Ayishas Einfluss zu drücken. In der Band hatte Ayisha deutlich mehr zu sagen als Finn oder Maddie. Was daran lag, dass Briony vor Ayisha als Musikerin und Ideenlieferantin mehr Respekt hatte als vor den anderen. Sie nahm Ayishas Kritik ernst und arbeitete enger mit ihr zusammen. Ertrug ihre Stimmungswechsel. Schließlich musste man bei der Arbeit mit einer, die man fast als gleichberechtigt ansah, manchmal Kompromisse eingehen. Nicht zum ersten Mal wünschte Briony, die Band wäre keine Demokratie. Demokratie war ihr Geschenk an die anderen Frauen. Aber leider ein nicht gedanktes Geschenk. Sie nahmen es für gegeben, dass alle gleiches Stimmrecht besaßen. Keine erkannte offen an, dass die Band am Ende wäre, wenn Briony nicht mehr ihre Ideen einbrächte, ihren Sachverstand, ihr Geld und ihr Haus. Sie könnte eine Diktatorin sein, aber dafür war sie verflucht noch mal zu lieb.

Sie lächelte gütig und sagte: »Na schön. Möchte jemand noch Suppe?«

Ayisha sah zu, wie Finn einen Mundvoll Brot aus dem Brocken riss, den sie in der Hand hielt. Sie bewunderte Finns große starke Zähne und ihre schiere Energie. Finn stand morgens auf, wusste, was sie zu tun hatte, und tat es. Sie wurde nie von Zweifeln oder Entscheidungsschwäche geplagt. Selbst ihre Unsicherheit lähmte sie nicht: Sie brachte sie klar und fordernd zum Ausdruck. *Hast du Interesse?* Und Ayisha leugnete es. Nicht weil sie irgendwie vorhatte, Finn zu belügen, sondern weil ihr klar war, dass sie nicht mal ansatzweise die peinigende Hingezogenheit erklären konnte, die sie empfand – für eine kleine, zerlumpte Außenseiterin, allein im Regen, die ihre Perlen in gleichgültige Straßen warf. Wo Briony ein streunendes Tierkind sah, sah Ayisha ein wildes Fabelwesen. Vernachlässigt, verwundet, ausgestoßen.

Wie kam Elly bloß darauf, ›The Beast In Me‹ zu singen? Das musste doch ein Ruf von der dunklen Seite sein, von einer ver-

wundeten Kreatur an eine andere. Ayishas Nackenhaare richteten sich zur Antwort auf. »Ich bin hier«, sagte sie leise. Aber
es war Brionys Alt, der mit der zweiten Stimme geantwortet
hatte. Es war Brionys Suppe, die das hungrige Biest fütterte und
zähmte. Es war Briony, die Anspruch auf das Tierkind erhob.
Und jetzt Finn, die versprach, es zu säubern. Sie alle hatten
sich aufgrund von Finns Unsicherheit verpflichtet, das Biest zu
domestizieren. Und Ayisha weinte stumm und nahm es hin. Sie
hatte Angst, Finns schiere Energie zu verlieren.

Die Biografie – Kostprobe aus Kapitel 3

Wäre dies eine simple Von-Lumpen-zu-Luxus-Geschichte, so würde sie einem Muster folgen. Die Lumpen kommen vor. Sie sind keine Metapher. Elly trug Lumpen – da gibt es kein Vertun –, und die rochen keineswegs sauber. Der Luxus lag in der Zukunft. Aber es gab keinen dramaturgischen Aschenputtel-Effekt. Falls jemand darauf gehofft hat, muss ich passen. Selbst mit vier Ersatzmüttern, die sie von der Straße fernhielten, blieb Elly hartnäckig eine Gossengöre. Es stimmt zwar, dass sie in den folgenden Monaten wohlgenährter, sauberer und gesünder wurde, aber sofern sie aufblühte, blühte sie wie ein Gänseblümchen in den Rissen im Asphalt. Sie blieb ein Gänseblümchen. Sie wurde nicht zur Rose.

Fotografien aus dieser Zeit sind auch nicht gerade hilfreich. Sie ist häufig der verwischte Fleck, der gerade ins Bild kommt oder rausgeht. Oft ist ihr Kopf gesenkt und Haare verdecken ihr Gesicht. Die Anzahl der Fotos, auf denen sie sich im Moment des Auslösens abwendet, ist verblüffend, vor allem, wenn man bedenkt, wie scharf alle anderen Bandmitglieder abgelichtet sind. Wären die Fotos das einzige Quellenmaterial, so müsste man es Lesenden nachsehen, wenn sie darin eine Chronik von Madelines Leben erblicken. Denn Madeline scheint mit untrüglichem Instinkt zu wissen, wann eine Kamera auf sie gerichtet ist, und sie wird kaum je unvorteilhaft erwischt.

Nun sind das natürlich noch keine professionellen Aufnahmen. Zu dieser Zeit stammten alle interessierten Fotografen aus dem Freundes- und Familienkreis. Geknipst wurde bei Gelegenheiten wie lockeren Bandproben, Geburtstagen und so weiter. Vermutlich ist es ein ganz üblicher Frust für Biografen, wenn sie beim Durchforsten all der Schnappschüsse und

Negative unweigerlich feststellen müssen, dass die Fotografierenden keinen Schimmer hatten, was später wichtig sein würde.

Auf der Jagd nach Elly finden sich in der Bildergalerie eines Freiluftkonzerts zugunsten von ›Spielhorten für berufstätige Mütter‹ etliche Aufnahmen von Briony beim Händeschütteln mit unkenntlichen Organisatorinnen, ein paar Schnappschüsse von Ayisha und Finn beim Aufbau von Finns Schlagzeug und viele von Madeline auf der Bühne beim Singen. Ellys Keyboard taucht kaum auf. Sie selbst ist entweder unscharf oder verdeckt. Und dabei war es doch nach übereinstimmenden Berichten das erste Mal, dass ›He's Sleeping‹ öffentlich im Radio ausgestrahlt wurde, komponiert von Elly und arrangiert von Elly, Briony und Ayisha. Wieso erkannte der Fotograf nicht den geschichtsträchtigen Moment? War er so betört davon, was die kühle Luft mit Madelines Nippeln anstellte, dass er die Songwriterin im zwei Nummern zu großen Parka nur drei Schritte dahinter komplett übersah?

Vielleicht aber lag es auch an einigen Ausweichmanövern Ellys, die gerade erst anfing, selber zu schreiben, statt nur Songs anderer nachzuspielen. In dieser schrägen Wahlfamilie, beeinflusst von den älteren Frauen, die seit jeher eigene Stücke verzapften, mauserte sie sich zur Universalspenderin. Der Song ›He's Sleeping‹ erwies sich als maßgeschneidert für Madelines Stimme, Bandbreite und Bühnenpräsenz. Dieses sprießende Talent war es, das später als »magisch«, »übersinnlich« und einmal sogar als »unheimlich« bezeichnet wurde. Als sie zum Beispiel ›Scarface‹ für Chantelle LaSwelle schrieb, bezeichnete Ms. LaSwelle diese Erfahrung als »echt trippig. Es kam mir vor, als ob sie in meinem Kopf herumlief und das, was ich sagen wollte, in Lyrics verwandelte.«

Ein Psychiater könnte wohl einwenden, dass diese Fähigkeit, sich in andere hineinzuversetzen, aus einer Unfähigkeit zur Selbstwahrnehmung entspringt. Ein Psychologe hat auch ganz explizit ausgeführt, dass Elly schon als kleines Kind ständig in den Randbereich ihres eigenen Lebens verbannt wurde. Durch das desaströse Scheitern der zentralen Mutter-Kind-Beziehung konnte Elly kein Selbstkonzept entwickeln und keine Selbstwertschätzung ausbilden. Mit anderen Worten, sie opferte ihre besten und wertvollsten Selbstwertressourcen allen, die Verwendung dafür hatten: anfangs ihrer leiblichen Mutter, später selbsternannten Mutterfiguren.

Im Hinblick auf die folgende Tragödie fällt auf, dass trotz allem Schutz und aller Geborgenheit, die Elly von einzelnen Bandmitgliedern zuteil wurde, Elly selbst die Verbindung zwischen ›Mutter‹ und ›Schutz‹ nie als eine Verknüpfung auffasste, die ihr zum Vorteil gereichen könnte. Sie hatte die Erfahrung verinnerlicht, dass solche Beziehungen andersherum funktionierten. Eigennutz und Ichbezogenheit gehörten nicht zu Ellys Repertoire, weil sie, wie ein Psychologe vielleicht sagen würde, gar keinen Sinn fürs Ich-Erleben besaß. Für eine Biografin ist das nicht unbedingt ergiebig.

Seiten aus Carols Papieren

Ich sollte das alles wirklich aufschreiben, bevor es irgend so eine Schnüfflerin an meiner Stelle tut. Wenn sich mit dem Erzählen unserer Geschichte Geld verdienen lässt, will ich es kassieren. Ich war ja die meiste Zeit dabei, und selbst wenn nicht, schließlich sagt man Zwillingen telepathische Kräfte nach.

Ich beginne mal mit dem ersten Abend nach seiner Entlassung aus dem Gefängnis, als er auf der Jagd nach dem Puls der Samstagnacht durch die Bars zog. Er trank Rum, pur ohne Eis, einen Shot in jeder Bar, und suchte nach einem Ereignis, nach der legendären Samstagnacht, von der man träumt, wenn man in der Zelle sitzt.

Nur noch Kleingeld in der Tasche, am Plaudern mit einem Mädchen, das ihm den Laufpass geben würde, sobald sie schnallte, dass er abgebrannt war, lief Tom seine neue Karriere über den Weg.

Das Mädchen sagte gerade: »Rum trinken doch nur Huren und Matrosen«, und Tom lächelte ihr äußerst aufmerksam zu, denn sie war zwar stinklangweilig, aber auch das einzige Jagdwild weit und breit. So ist er halt. Er hörte gar nicht hin, aber er sah hinter ihr ein Kind auf die schmale Bühne klettern. Gassengör mit Schirmmütze, war sein erster Gedanke. Bisschen spät für ein Kind dieses Alters, um noch auf zu sein. Bisschen jung, um in einem Nachtlokal abzuhängen.

Die Musik vom Band brach ab, das Kind stellte sich hinter ein Keyboard, und der unscheinbare Schuppen verwandelte sich plötzlich in ein Ereignis. Das Kind haute ihn von den Socken. Ein Honky-Tonk-Piano, hammermäßig schnell und wild. Kerle und Mädels, die eben noch müde und matschig herumgehangen hatten, drängten sich auf der kleinen Tanzfläche und hotteten ab.

Die Leute kippten ihre Drinks und wippten mit den Füßen im Takt. Sogar der Barmann sah glücklich aus.

»Wer?«, fragte Tom.

»Elly«, brüllte das Mädchen. »Sie ist ein Phänomen.«

Das Kind war ein Mädchen mit tanzenden Fingern. Aber das war noch nicht alles. Elly nahm Wünsche entgegen. Jeden Wunsch. Einmal gehört, schon gespielt. Manchmal sang sie auch, aber meistens waren es die Gäste, die sangen.

Ein Bierkrug stand zu Füßen des Kindes. Man warf ein paar Piepen rein und durfte sich ein Lied wünschen. Für ein paar Piepen mehr konnte man sich das Mikro greifen und irgendwas reingrölen – in jeder Tonart, die einem passte.

»›Redemption Song‹«, bettelte jemand.

»›Say, Say, Say‹, aber tiefer und langsamer«, verlangte wer anders.

»›Blueberry Hill‹.«

»›Material Girl‹.«

Songs aus jeder Dekade, jedem Genre purzelten heraus. Songs, so alt, dass sie einen weißen Bart hatten. Songs, so neu, dass sie in ihrem kurzen Leben erst zwei-, dreimal im Radio gelaufen waren. Blues, Schnulzen, Gospel, Rock, Punk, jede Sehnsucht wurde hier verarztet. Selbst Toms Jagd nach dem Samstagnachtding endete unter Ellys tanzenden Fingern.

»Wie alt ist sie?«, fragte Tom.

»Weißnich«, sagte das Mädchen. »Wollen wir noch woanders hin?«

»Gleich«, sagte Tom. Als er sich ihr das nächste Mal zuwandte, war sie weg.

Er sah zu, wie sich der Bierkrug bis zum Rand mit Münzen und Scheinen füllte. Er sah, wie der Barmann ihn gegen einen leeren tauschte. Gierig beobachtete er, wie auch der sich füllte. Elly war eine Geldmaschine, ein Seifenspender für Songs, ein lebendes Karaokegerät. Sie glich einem kleinen Jungen mit ihren knochigen Knien, die aus der zerrissenen Jeans hervorlugten, und dürren Ellbogen, die spitz wie Hühnerknochen aus dem verschlissenen T-Shirt irgendeines großen Bruders ragten. Die Mütze saß tief, fast auf der Nase, und Tom konnte kaum das Blitzen ihrer Augen erkennen. Große weiße Zähne, fiel ihm auf, weil von ihrem Gesicht eigentlich nur ihr froschähnliches Grinsen zu sehen war.

»Wollen Sie nicht auch mal?«, fragte der Mann, der ›Yesterday‹ gesungen hatte, noch ganz berauscht von seinem Erfolg.

»Nichts da«, sagte Tom, »lieber schneid ich mir mit einem verrosteten Messer die Zunge ab.« Weil mein Bruder natürlich keinen Ton singen kann, ebenso wenig wie ich. Außerdem war er nur wenige Stunden zuvor noch wo eingesperrt gewesen, wo singen das letzte war, was er im Sinn hatte.

Tom würde nicht dahin zurückgehen. Niemals. Er brauchte nur eine kleine Starthilfe – als Einsatz in irgendeinem legalen Spiel. Er sah Elly an, dann ihren Bierhumpen voller Geld, und er dachte: Das isses. Ich kenne meinen Bruder. Egal was sonst wer sagt, froschgesichtige Mädchen machen ihn nicht an, aber Geldmaschinen schon.

Ja, Tom betrachtete Elly und sah seinen nächsten Karriereschritt. Jedenfalls erzählte er es mir so, als er eine Woche später bei mir auf der Matte stand.

»Carol«, sagte er und legte lässig seinen Fußknöchel aufs Knie, so entspannt und zuversichtlich, als hätte er sein Lebtag noch nicht eingesessen. »Carol, das Mädchen ist eine Goldmine.«

»Hat sie dir neue Schuhe gekauft?«, fragte ich sarkastisch, weil diese coolen Treter nicht gebraucht aussahen und mit Sicherheit vor einem Jahr noch nicht in den Läden gestanden hatten, als er mich blamierte, indem er seinen Namen in die Zeitung und sich selbst nach Wormwood Scrubs brachte.

Ich war sauer. Erstens weil er eine ganze Woche draußen war, bevor er zu mir kam – und das mir, die ihm verlässlich wie ein Uhrwerk an jedem verfluchten Besuchstag Schokolade, Kippen und Bücher angeschleppt hatte. Zweitens weil er so cool und selbstbewusst aussah, wo er doch gedemütigt und fertig hätte sein müssen. Er hätte auf Händen und Knien kriechen und mich brauchen sollen, um ihn aufzurichten und ihm einen Neustart zu verschaffen.

Also sagte ich: »Du kannst mich mal, Mister Neue Schuhe.«

Er guckte so verdutzt, als hätte er keinen Schimmer. »Was ist denn los?«, fragte er. »Freust du dich nicht, mich zu sehen?«

»Vor einer Woche hätte ich mich gefreut«, sagte ich. »Aber der Sekt wurde schal, die Sandwiches wurden schlaff. Und ich musste in diesem ekelhaften scheiß Knast anrufen und fragen, ob bei deiner Entlassung was schiefgegangen ist, und die wollten mir nicht mal sagen, ob sie dich in irgendein Wohnheim gesteckt haben oder wer dein Bewährungshelfer ist.«

»Mein Bewährungshelfer!«, kreischte er und sprang auf. »Scheiße, voll vergessen.« Und schon war er wieder draußen, die Treppe runter, rumms, rumms, so schnell ihn seine verfluchten tollen Schuhe trugen, und nochmals verstrich eine Woche, bevor ich ihn wiedersah.

Manchmal könnte ich meinen Bruder umbringen. Von Sonntag bis Sonntag saß ich da mit nichts als meiner Vorstellungskraft. Eine ganze Woche Zeit, um mich zu bedauern, und natürlich auch Elly.

Arme Elly mit ihren Bierkrügen voller Geld. Geld, das über den Rand schäumt. Und dazu der durstige Tom. Sie konnte es nicht kommen sehen – sie konnte ja nicht wissen, dass Toms Charme genügte, um ihr Geld aus jedem Tresor zu locken, ganz zu schweigen von einem Bierkrug. Oh ja, ich wusste nur zu gut, woher der neue Zwirn und die tollen Treter kamen. Die Frage war, wusste sie es auch?

Aber selbst in meinen Ohren klang die Sache schräg. Eine Schirmmütze und zerlumpte Jeans waren so gar nicht Toms Ding. Er mochte seine Mädels schick und verrucht, nicht bloß reich.

Folgendes hat er mir erzählt: Er wartete auf sie und brachte sie zu Fuß nach Hause. Das musste er, weil er kein Geld fürs Taxi hatte und kein Auto.

Er fragte: »In welche Richtung gehst du?«, und sie sagte, nach Kilburn.

»Ich auch«, sagte er, wobei das nur die erste von vielen Lügen war.

»Du brauchst Begleitung«, sagte er. »Du bist zu jung, um so spät draußen zu sein.«

»Ich bin älter, als ich aussehe«, sagte sie und reckte sich auf Zehenspitzen zu wackeligen eins fünfzig. »Es ist ein Hormondrüsenproblem.«

Sie redeten beim Gehen, und als sie schließlich Ellys Haus erreichten, war Tom klar, dass Elly geradezu tragisch unbedarft war, dass sie Hunde liebte sowie die Menschheit an sich, dass sie Idealistin und ein leichtes Opfer war. Kurz, eine Musikerin.

Doch ins Haus wollte sie ihn nicht lassen. »Meine Mutter ist krank«, sagte sie. Und er war sicher, dass sie log. Wenn ihre alte Mama krank war, wieso war Elly dann nicht zu Hause geblieben und hatte sich um sie gekümmert? Es gab gar keine Mama, beschied er, machte aber ein Treffen mit ihr für den nächsten Tag aus. Um über ihre Karriere im Musikgeschäft zu sprechen. Um über seine Karriere als ihr Manager zu sprechen. Nein, das noch nicht. Das kam erst später, wenn er sie total eingewickelt hatte.

»Es könnte für dich viel besser laufen«, sagte er. »Du brauchst bloß ein paar Kontakte, ein bisschen Hilfestellung.« Und ich auch, hätte er sagen können, wenn er ehrlich gewesen wäre. Aber das war er nicht. Das konnte er sich gar nicht leisten.

Also zog er ab, eine Handvoll Fünfer im Ärmel. Als ob man Blinde ausraubt, dachte er, aber keine Sorge, Elly, du kriegst es zurück, hundertfach. Er denkt immer solches Zeug, denn am meisten lügt er sich selbst die Hucke voll. Und Elly, die sah ihn mit großen braunen Augen an und glaubte jedes Wort.

Am nächsten Tag kam sie auf der Treppe eines alten öffentlichen Gebäudes ins Stolpern und landete als Haufen vor seinen Füßen. So war sie, wie er bald merkte. Ein Mädchen mit flinken Fingern, aber eins von Gottes tollpatschigen Kindern. Ihre Füße waren viel zu groß für ihren Körper, und sie achtete auf nichts, worauf sie kein Lied spielen konnte. An Türen zerrte sie, wenn sie drücken musste. Sie versuchte die falsche Münze in den falschen Schlitz zu stopfen. Rechtsdrehende Schlüssel drehte sie nach links und zog Hähne fest, wenn sie Wasser wollte. Elly im Kampf mit der menschgemachten Welt wurde zum vertrauten Anblick. Und Tom frohlockte, weil ihr bei kleinen Sachen so leicht zu helfen und sie bei großen Sachen so leichtgläubig war.

Sie hockte sich auf die unterste Stufe, lachte über sich selbst, klopfte den Straßenstaub von ihrer Jeans, band sich die Schnürsenkel zu und stopfte einen Wust von Haaren zurück unter die Schirmmütze. Hinter ihr kam eine Horde kleiner Mädchen in bunten Mänteln und Schals aus dem Gebäude gestürmt und rannte an ihr vorbei. »Wiedersehn, Elly«, trällerten sie. »Bis nach Weihnachten. Bis zum Neuen Jahr.«

»Schule?«, fragte Tom verwirrt.

»Ballettgruppe, ich begleite sie.« Sie lachte wieder. »Bringt nicht viel, aber ist Arbeit.«

»Hast du schon was gegessen?«, fragte er. Er wollte sie eigentlich ins West End ausführen. In ein Lokal mit Klasse, um sie zu beeindrucken. Aber jetzt, wo er sie vor sich hatte, bezweifelte er, dass ein Lokal mit Klasse sie reinlassen würde.

Sie wirbelte herum und flitzte in einen türkischen Imbiss. Nicht ganz das, was er sich vorgestellt hatte.

»Hallo, Klein-Elly«, sagte der Schnurrbart hinterm Tresen. »Wie immer?«

»Hallo, Klein-Elly«, sagte der Schnurrbart am Grill. »Ungrig, Kleines? Doppelt Käse, ja?«

»Huhu, ja klar. Doppelt alles. Das ist mein Freund Tom.«

»Hast dir'n Freund zugelegt, Klein-Elly? Ha, ha. Was soll's denn sein, Mr. Tom?«

»Nur einen Kaffee«, sagte Tom, der den Zustand des Tresens wahrnahm, angesichts der fettigen Schürzen verzagte und betete, dass sein Goldeselchen nicht an Lebensmittelvergiftung starb, ehe sie den Vertrag unterschrieb, den er noch gar nicht aufgesetzt hatte.

»Extra viel Fritten, Klein-Elly?«

»Oh bitte, ja. Du kannst was von meinen Fritten abhaben, Mr. Tom.«

Tom war gut: Niemand bekam sein Schaudern mit, als er Fritten von Ellys Pappteller nahm. Eigentlich sollten matschige Pommes für Tom der Vergangenheit angehören. Das Feinste vom Feinsten sollte gerade gut genug für ihn sein. Silber und Porzellan. Filetsteak statt Schlangestehen in der Knastkantine. Scheiß drauf. Versagen hat den Klang von Plastiklöffel auf Plastikteller. Erfolg ist ein Tischtuch aus irischem Leinen und ein Mann mit Kellnerweste, der fragt: »Medium rare, Sir?« Und ich kann ihm gar nicht nachdrücklich genug zustimmen.

Ich weiß das, weil er es mir erzählt hat, und außerdem bin ich selber so. Wir wurden von denselben Eltern großgezogen, im selben Haus, auf denselben öden Straßen voller Nie-was-geschafft- und Leider-gescheitert-Familien. Vorstadt-Sozialneid ist unser gemeinsames Erbe. Bittere Zielstrebigkeit liegt uns in den Genen. Das erklärt so manches. Aber nicht alles: Er träumt des Nachts, er hat eine mechanische Spinne erfunden und gebaut, die laut klickend umhertrippelt wie eine Frau in Highheels, direkt unter dem grünen Gras Gold und Edelsteine aufspürt und ihn hinführt. Ich träume des Nachts, ich bin wieder daheim auf einer runtergekommenen Farm, heimgesucht von zischenden Schlangen, die ich nicht sehen kann. Tom schwelgt lachend im Triumph seiner Träume, als wären sie sein Verdienst. Ich glaube auch an meine, aber die bringen mich nicht zum Krähen. Er ist ein Glücksträumer. Ich hab nie auch nur das Geld für ein Rubbellos zurück-

gewonnen – nicht mal im Traum. Erklär mir mal jemand diese Diskrepanz.

Jetzt hängt er seine Träume an das Phänomen Klein-Elly, die zieht, wenn sie drücken soll, und ihre matschigen Fritten mit einem Mann teilt, der die Taschen voller geklauter Pfundscheine hat. Er lehnt einen Happs ihres Doppelkäse-Doppelfett-Burgers ab, und sie hält ihn für einen Gentleman.

»Was ich brauche«, sagt er derweil, »ist deine Unterschrift auf diesen Papieren hier, um wem auch immer bei Bedarf zu belegen, dass ich dein legaler Bevollmächtigter bin.«

»Aber da steht ja gar nichts drauf«, sagt sie, den Stift in der Hand.

»Ich hab die Vereinbarung noch nicht aufgeschrieben, aber wir sind uns doch einig, oder?«

»Ach ja, danke.« Und sie schreibt Ellena Perdita Astoria, linkshändig und langsam.

»Die Initialen rückwärts ergeben APE wie Affe«, sagt sie schüchtern. Sie schreibt Ellena Perdita Astoria auf sechs Bogen leeres Papier und damit auf alles, was Tom in seiner nagelneuen schicken Arbeitsmappe hat.

Das war ein entscheidender Moment, erzählte er mir später. Ich werd ihr ein Vermögen einbringen, sagte er als Entschuldigung. Und steckte die Hände in seine Taschen, in ihre Taschen, und streichelte sein Geld, ihr Geld, und glaubte fest an seine totale Aufrichtigkeit.

»Sie ist viel zu naiv für das Leben«, sagte ich.

»Sie muss nur in einer Sache gut sein«, erklärte mir Tom mit all seiner strammen Aufgeblasenheit. »Ich bin clever genug für uns beide.«

»Ach wirklich? Woher willst du wissen, dass es nicht jemanden mit älteren Ansprüchen gibt? Woher willst du wissen, dass sie nicht schon bei einem halben Dutzend Managern mit Affe rückwärts unterzeichnet hat?«

»Zieh mich nicht runter«, sagte er.

Ich nutzte meinen Vorteil. »Du siehst ein froschiges Phänomen. Bist du der Erste, der sie sieht? Du begleitest sie nach Hause, und schon traut sie dir. Bist du der Erste, dem sie traut? Wenn das Mädel für dich so leichte Beute ist, ist sie es für jeden. Mal drüber nachgedacht, mein Freund, oder bin ich jetzt zu clever für uns beide?«

»Carol«, bettelte er, »sei nicht eifersüchtig. Sei froh, dass ich Pläne schmiede. Ich bezieh dich ein. Wir sind doch Familie. Wir sind alles, was wir haben.«

Nach der Unterzeichnungsepisode sagte Tom zu Elly: »Das muss gefeiert werden.«

»Oh, tut mir leid, ich kann nicht. Wie spät ist es? Ich hab eine Probe.«

Tom bremste ihren Aufbruch auf die nasse Straße. »Warte mal, Kleines. Was denn für eine Probe?« Er hätte sagen können, geh nicht, du gehörst zu zwanzig Prozent mir. Oder fünfundfünfzig. Oder neunzig. Einem Kind, das leere Blätter unterschrieb, hätte er jeden Prozentsatz nennen können. Stattdessen wollte er sich zuerst ein Bild von ihrem Treiben verschaffen und die Lage sondieren. Also stapfte er mit ihr durch prasselnden Regen zu einer ehemaligen Kirche und drückte sich auf einer Kirchenbank herum, während sie Stückchen aus der ›West Side Story‹ für ein Gewusel aus Amateuren spielte, die nicht singen konnten und für die die Nacht der Nächte niemals kommen würde.

Das einzige echte Talent dort saß auf dem Klavierhocker und musste zwischendurch aufstehen, um die Pedale zu erreichen, weil der Hocker zu hoch war. Er musterte ihren betrüblichen Mangel an Körpergröße und fragte sich, ob er sie in Babykleidung stecken und ihr Alter runterlügen konnte, welches sie mit achtzehn angab. Er beobachtete ihr offenkundiges Bestreben zu gefallen und fand Gefallen daran. Eine Performerin sollte den

Leuten gefallen, und Tom würde auf Gedeih und Verderb eine Performerin aus Elly machen. Na ja, wohl eher auf Verderb.

Und er sah auch den jämmerlichen Sold, den sie bekam, bar auf die Hand, für drei Stunden Arbeit. Ebenfalls bemerkt wurde, wie sie ihn ungezählt in ihre zerfranste Jeanstasche stopfte.

Zwanzig, fünfundfünfzig, neunzig Prozent davon gehören mir, dachte er. Aber das würde er ihr nicht sagen, bis er sich entschieden hatte, und außerdem musste er jetzt über dickere Brocken nachdenken. In diesem Moment wurde ihm unerschütterlich klar, dass sie ihm etwas schuldig war. Immerhin hatte er sie entdeckt. Was wäre sie schon ohne ihn?

Wieder draußen im Schnürregen war es halb elf an einem Samstagabend, und er fand, er könnte mit gutem Recht ein wenig ungeteilte Aufmerksamkeit beanspruchen. Aber erneut bremste eine abgestoßene Tür ihn aus.

»Ich muss meiner Mutter Suppe machen«, erklärte sie. »Sie ist zu krank für Besuch, und sie war den ganzen Tag allein. Von sich aus isst sie nichts, ich muss sie versorgen.« Damit verschwand sie ins dunkle Haus.

Kein Licht in irgendeinem Fenster, stellte er fest. Eine kranke Mutter, die sich nicht selbst versorgen kann und die ganze lange dunkle Winternacht ohne die Annehmlichkeiten von Licht oder Fernsehen ausharrt? Wohl kaum, dachte er. Du lügst, Elly. Aber er war nicht beleidigt, denn jeder lügt, und schmutzige kleine Geheimnisse dienen in gewieften Händen gutem Zweck.

Und darin muss ich ihm zustimmen: Durchsichtige Lügen sind Schwäche, und Schwäche lässt sich verformen und durch die Mangel drehen wie Teig. Je größer die Lüge, desto größer der Laib.

»Warum lässt sie mich nicht ins Haus?«, fragte er mich.

»Sie will nicht mit dir allein sein«, erklärte ich. »Sie schämt sich für die Tapete. Frag mich nicht.«

»Warum sollte sie nicht mit mir allein sein wollen?«, fragte der schöne Tom, dessen Achillesferse sein Ego ist.

»Kleines Mädchen, großer Straftäter.«

»Sie weiß doch gar nichts von meiner Haft.«

»Guck mal in den Spiegel«, sagte ich bissig. »Du könntest ein paar Stunden auf der Sonnenbank vertragen. Du Ghul.«

Wir grinsten das Zwillingsgrinsen. Intime Wunden machen uns zu Freunden.

»Auf jeden Fall«, sagte ich, »solltest du beten, dass es kein verantwortliches Elternteil gibt. Neunzig Prozent, dass ich nicht lache!« Meine Erfahrungen als Geschiedene und als Rechtsanwaltssekretärin halfen mir unendlich beim Vertragsentwurf, als er dann endlich verschriftlicht wurde. Ich hatte Elly noch nicht kennengelernt, und meine geschwisterliche Loyalität lag ganz bei Tom. Dem hageren, hungrigen, schönen Tom, der dringend Hoffnung brauchte und Heilung. Dreht mir keinen Strick daraus – ich hab nur mitgeholfen.

Am nächsten Tag, einem Montag, traf ihn ein Schock.

»Heilige Scheiße, Carol«, sagte er, als er zurückkam. »Es ist eine gottverdammte Band. Sie sind zu fünft, Scheiße noch mal. Alles Mädels. Die wollen, dass ich sie alle vertrete. Gemeinsam und einzeln. Du musst mir da raushelfen.«

»Ich nicht, Kumpel«, sagte ich, als ich vor Lachen wieder sprechen konnte. »Das ist dein Bett. Da hast du dich reingelegt.«

»Komm wenigstens mit und schau sie dir an. Die Überraschung ist zu groß, und ich kann die Spreu nicht vom Weizen trennen.«

»Was versteh ich denn von Musik?«

»Du verstehst was von Frauen, Carol.«

»Und du nicht?«

»Hilf mir, Carol.« Das war es, was ich hören wollte. Genau das hätte er schon vor zwei Wochen sagen sollen. Also ließ ich mich erweichen, denn wenn Frauen im Spiel sind, ist Tom ein wandelndes Fiasko. Er hat das, was andere Männer großen Erfolg bei Frauen nennen, und das bedeutet, nach ein, zwei Wochen steht er total auf dem Schlauch, und sie alle verkrümeln sich enttäuscht.

Elly ist eine Überraschung für alle, die ihr zum ersten Mal begegnen. Hätte Tom sie nicht als Phänomen bezeichnet, ich hätte sie einfach übersehen. Sie saß an einem Cafétisch in Covent Garden, die übergroßen Füße unterm Stuhl verhakt, und ging vollkommen unter. Zum einen ist sie in puncto Konversation die totale Niete. Zum anderen ist ihre Unscheinbarkeit kaum zu überbieten. Als Person ist sie nur mit Mühe wahrnehmbar.

Aber sie hatte an diesem Nachmittag einen Standort für einen Straßengig, was, wie man mir zu verstehen gab, in Covent Garden schwer zu ergattern ist und hohen Ansprüchen unterliegt. So unsichtbar sie als Person ist, als sie mit einer zerschrammten Gitarre am Schultergurt ›Dancing In The Street‹ spielte, zog sie sofort eine Menschenmenge an, und sogar abgelenkte Shoppingjunkies, die nur eine halbe Minute stehen blieben, warfen Münzen und gingen beschwingten Fußes weiter. Ich bin immun gegen Musik, und doch wippten meine Zehen in Ellys Rhythmus.

»Was hab ich dir gesagt?«, sagte Tom mit der Eitelkeit eines Schöpfers.

»Es ist, als wäre sie eine staubige kleine Puppe, die nur lebendig wird, wenn die Musik spielt«, sagte ich. »Ich versteh es nicht. Sie wechselt von null Persönlichkeit auf Magnetismus bis zum Anschlag, ohne dass eine goldene Mitte dazwischenliegt.«

»Es ist verdammt magisch«, sagte er, nicht in der Stimmung für Analysen, solange das Geld hereinströmte.

Aber mir ließ es keine Ruhe. Ich fragte: »Warum haben alle sie so gern?« Denn verglichen mit Elly bin ich eine verdammte Göttin, aber niemand lächelt mir automatisch wohlwollend zu.

»Und wo ist ihr Sexappeal?«, fuhr ich fort. »Ich dachte, in der Musik ist das Sexuelle obligatorisch?«

»Es ist irgendwo«, sagte er und zählte weiter.

»Dann ist es minderjährig, androgyn und pervers.« Ich sagte ja schon, dass meine DNA mit Neid gespickt ist, und es bringt mich

zum Kochen, dass ein kleines Nichts eine große Menschenmenge anheizen kann, bis es nur so zischt.

»Vielleicht kommt da ja die Band ins Spiel. Für jeden was dabei. Kann doch sein.«

Er konnte sich nicht recht entscheiden, ob vier weitere Frauen mehr oder weniger Prozente bedeuteten. Trotz seines Erfolgs bei Frauen empfand er fünf auf einen Haufen als unkontrollierbare Gefahr. Daher sein Bedürfnis nach Verstärkung.

Also gingen wir im Anschluss an Covent Garden zu einem Proberaum über einem Fahrradladen an der Kilburn High Road, und ich wappnete mich für die ersten Eindrücke.

Elly, wie schon gesagt, war unsichtbar, so dass es vier neue Musikgesichter zu prüfen galt: Briony, Ayisha, Finn und Madeline. Für mich sah es danach aus, dass Ayisha und Finn ein widernatürliches Pärchen waren, Briony hoffnungslos alternativ und Madeline die mit den Beinen.

Sie waren keine abgestimmte Truppe. Wären sie Bilder, würde man sie in unterschiedlichen Zimmern aufhängen. Madeline würde man sich ins Schlafzimmer hängen, Briony in die Küche, und ich persönlich würde Ayisha auf den Dachboden verbannen und Finn in den Keller.

Sie wärmten ihre Stimmbänder mit einem Gruppen-Summen auf. Ich blieb unbeeindruckt. Summen kann ich auch, aber ich würde mir nicht anmaßen, es öffentlich zu tun.

Schon setzten sie zu einer Übung an, die sie Überlagern nannten. »Aha, carparks«, sang Finn und klang wie ein Mann.

»Bad marks«, sang Briony etwas höher, während Finn ihren Ton hielt.

»Killer sharks«, stimmte Ayisha ein.

»Noah's ark«, trällerte Madeline.

»Aardvark«, sang Elly oben drüber, und alle hielten ihren Ton, sahen sich an und lächelten.

Ich hockte auf meinem Meckerschemel und schluckte Galle,

71

denn vorwarnungslos waren Mehl, Zucker, Milch, Butter und Eier zu einem süßen Kuchen geworden, und zwar ohne sichtbare Zubereitung. Die nicht abgestimmte Truppe, eine über die andere gelegt, verwandelte sich in ein kunstvolles Gebilde. Als unabhängige Individualistin strafe ich Gruppendarbietungen meist mit Spott und Verachtung, aber manchmal bleibt mir der Hohn im Hals stecken. Dies hier war so eine Gelegenheit.

Nach weiteren ähnlich unwirtschaftlichen Übungen kam das Stimmen der Instrumente, und danach waren sie zu guter Letzt endlich irgendwann spielbereit.

»Dauert das immer so lange, bis sie loslegen?«, fragte ich Tom. »Ein Publikum würde inzwischen längst mit Biergläsern werfen.«

»Proben läuft anders als Auftritte«, sagte er, um seine Unkenntnis zu verschleiern. »Meinst du, es ist gut oder schlecht, so viele aktive Sängerinnen in einer Band zu haben?«

»Ich achte nicht auf die Pop-Charts, aber ich glaube, die Zeit der Mädchenbands ist schon lange vorbei. Außerdem kann man diese Truppe wohl kaum als Mädchen bezeichnen. Bis auf Elly.«

»Und Madeline«, sagte er vorhersehbarerweise und schaute auf ihre Beine.

»Du musst dir die Frage stellen, ob du sauer verdientes Geld ausgeben würdest, um sie zu sehen. Oder wenigstens den Fernseher einschalten. Denn wenn nicht, wird es auch kein anderer tun, und dann hat es keinen Sinn, sie zu managen.«

»Sie sind ein schräger Haufen«, gab er zu. »Aber sie klingen gut.«

»Gut klingen reicht nicht«, erklärte ich ihm überzeugt. Denn auch wenn Madeline mit ihrem kratzbürstigen Glamour mich am meisten irritierte, war es Briony, von der meiner Einschätzung nach Unheil drohte. Sie war nicht jung und obendrein gebaut wie ein gemütliches Sofa. Sie wogte in Schichten indischen Gewebes und segelte auf Sandalen umher.

Wenn Madeline der Band-Vamp war, war Briony die Band-Matriarchin. Väter machen mir keinerlei Sorgen, aber Mütter mit ihrer Sucht, alles zu behüten und ihre Finger in jeden Kuchen zu stecken.

»Ich hab dir Tofu und Salat mitgebracht«, sagt sie gerade zu Elly. »Das kannst du in der Pause essen. Du isst doch nie richtig.« Und genau diese Einstellung ist es, die Toms Plänen den Garaus machen könnte.

Elly ist vermutlich das Band-Baby, doch ich möchte nicht, dass sich jemand außer Tom um sie kümmert, falls es das ist, was er will. Aber was genau sieht er eigentlich, wenn er sie so direkt anschaut? Ich glaube, er kann sie im Grunde genauso wenig sehen wie ich. Elly zu betrachten ist, wie durch eine klare Glasscheibe zu blicken. Ich weiß zum Glück viel genauer, was sie nicht ist.

Überträgt Tom also seine Fantasie auf ihr Klarglasantlitz? Geht es nur um einen überquellenden Geldkrug, den er erblickte, als er durstig war nach Gold und Vergnügung? Und doch sah ich in Covent Garden mit eigenen Augen diesen flirrenden, gleißenden Magnetismus am Werk, auch wenn er mich persönlich nicht in Bann schlug. Aber ich frage mich, reicht das noch im Zeitalter der Großbildschirme, Split Screens und Videoclips?

Jetzt sangen sie: »Schlag mich nach unter D/In den Gelben Seiten, wo ich steh/Dummes Ding, dummes Ding«, über eine blöde Frau, die sich bis zur Selbstaufgabe nach einem Mann sehnt. Das sollte wohl bedeuten, dass es für jeden noch so gewalttätigen faulen Vollpfosten auf der Welt noch irgendwo eine arme Sau gibt, die sich vor lauter Einsamkeit auf ihn einlässt.

»Das sind doch Frauensongs«, sagte ich zu Tom. »Mal ehrlich, glaubst du, die haben Breitenwirkung?«

Aber er wippte mit dem Fuß, verführt von dem übermütigen Rhythmus. Also erklärte ich: »Es sind die jungen Männer, die das Geld zum Ausgeben haben, Tom, nicht Frauen mit Babys. Frauenbands sind ganz okay, solange sie sexy sind, aber nicht, wenn sie Männern die Hölle heiß machen.«

Jetzt sah er mich an und nickte, als hätten wir einander verstanden. Ich sagte: »Und diese Briony muss weg.«

»Wieso?«

»Sieh doch hin. Wozu hast du deinen Kopf, Tom, um deine Haare zu parken?«

Als die Pause kam, setzte ich mein berühmtes Lächeln auf und verwickelte Briony in ein Gespräch. »Fantastische Songs«, *sagte ich.* »Wie nennt ihr euch denn? Probt ihr gerade für einen bestimmten Auftritt?«

»SisterHood. Ja, Mittwochabend im Gemeindezentrum – ein Benefizkonzert, es geht um Spenden für einen CT-Scanner für die Frauenklinik.«

Na so eine Überraschung! »Ohne Gage, nehme ich an? Klar, natürlich, alles für die Klinik. Ja, selbstverständlich kaufe ich eine Karte – das lasse ich mir doch nicht entgehen. Nein, ich möchte keinen Tofu, vielen Dank. Ja, Elly gehört dringend gepäppelt.«

»Als wir Elly zum ersten Mal sahen, schrammelte sie in der Kilburn Road«, *sagte Briony voll eitlem Besitzerstolz.* »Sie war viehisch erkältet und traf trotzdem jeden Ton. Also nahmen Ayisha und ich sie mit nach Hause und fütterten sie mit Suppe, und seitdem ist sie bei uns. Der beste Schachzug, den wir je gemacht haben.«

»Ich habe sie erst einmal erlebt – in Covent Garden. Sie hat wirklich ein Händchen dafür, das Publikum zu fegen.«

»Es ist außergewöhnlich«, *sagte Briony.* »Ich denke, da schimmert ganz viel Spiritualität durch – eine Art heilige Unschuld. Die Leute spüren das. Iss auf, Elly. Ich bin nicht die Einzige, die dich zu dünn findet. Carol hat das auch gerade gesagt.«

Tom hätte diesem Plausch mal aufmerksam zuhören sollen, aber er beäugte Madeline, die sich auf einem Sitzsack zur Schau stellte und aussah, als hätte sie gerade Umsatz gemacht. Selbst mit Titten im Sinn sollte Tom in der Lage sein, die Gegenseite einzuschätzen.

Der Ehemann

»Was hast du unterschrieben?«, fragte Briony. Sie saß mit Elly am Küchentisch ihres Hauses in der Bancroft Road.

»Nichts«, sagte Elly und reagierte auf den kritischen Tonfall, als wäre sie selbst Gegenstand der Kritik.

»Nichts? Na, dann ist ja alles gut.«

»Ähm, Zettel«, murmelte Elly.

»Was genau?«

»Nichts?«

»Hör mal«, sagte Briony. »Mir ist schon klar, dass du Tom Prax magst, aber sei vorsichtig. Er muss nicht unbedingt das Beste für uns wollen. Also unterschreib nichts, ohne es uns zu zeigen.«

»Gibt ja nichts zu zeigen.« Elly fing an, Brionys Gitarre zu stimmen. Sie fragte sich, was sie falsch gemacht hatte. Auf den Papieren stand nichts. Also gab es Briony nichts zu zeigen außer ihrer Unterschrift. Also hatte sie die Wahrheit gesagt. Aber warum schaute Briony so argwöhnisch? Und warum fühlte sich Elly deswegen mies? Sie strich mit dem Daumen über die Gitarrensaiten und fand nicht ganz, aber beinahe zufällig einen harten, ahnungsvollen Klang. Sie bettete ihn in eine Folge aus fünf passenden Akkorden ein und fühlte sich besser.

»Was ist das?« Briony drückte automatisch die Aufnahmetaste am Rekorder.

»Weiß nicht. Ähm, ›Strenger Blick‹?«

»Oh, das ist gut«, sagte Briony und dachte an Carol Prax. »Strenger Blick, ’ne Frau aus Eisen. Tricks und Eifersüchteleien.«

»Rupft Schmetterlingen Flügel aus«, summte Elly, die Brionys Unbehagen sofort aufgriff, ohne jedoch den Grund zu verstehen. Spannungen lösten sich auf in Dissonanz und Harmonie mit einer seltsam gegenläufigen Rhythmuslinie darunter.

»Was ist *das* nun wieder?«, fragte Ayisha, den Stift in der Hand.

Es war halb elf, und Elly war vor Stunden gegangen. Briony wechselte erneut die Fingerstellung. »Ich glaube, es ist ein vermindertes Fis-Dur.«

»Aber ... ah, verstehe – ein vermindertes Fis-Dur 7.« Ayisha schrieb es auf. »Gespenstisch. Was ist das bloß, Bri? Dieser Song macht mich echt fertig.«

»Zieht er dich runter?« Briony suchte in Ayishas Blick nach Anzeichen einer Depression.

»Nein, er gruselt mich.« Ayisha prüfte sich selbst auf Anzeichen einer Depression, aber alles, was sie fand, war das fiese Prickeln, das die Akkorde auslösten.

»Ich hab mit ihr geredet, weißt du, wie wir es besprochen haben. Hab versucht, rauszukriegen, was es mit dieser Tom-und-Carol-Nummer auf sich hat.«

»Und?«

»Ich blicke immer noch nicht durch. Aber ich glaube, Elly weiß es selber nicht. Sie sagt, sie hat nichts unterschrieben. Warum versucht er sie zu separieren, Ayisha? Wir sind doch eine *Band*. Sie ist unser ... Zögling. Ohne uns hätte sie noch nie was geschrieben. Sie braucht uns.«

»Und wir brauchen sie.«

»Wir sind ein Kollektiv.« Briony drückte sich vor einer Tatsache, welche die gesamte Band nicht wahrhaben wollte. Nämlich, dass sie sich erst nach Ellys Einstieg musikalisch zusammengerauft hatten. Und dass sie erst seit Ellys Einstieg ernstzunehmende Gigs an Land ziehen konnten. Soll heißen, bezahlte Arbeit, nicht bloß ehrenamtliche Auftritte, bei denen es niemanden groß interessierte, wie sie eigentlich klangen, solange sie nur das Herz am rechten Fleck hatten. Das war auch der unausgesprochene Grund, aus dem Ayisha und Briony stundenlang, manchmal bis tief in die Nacht, zusammensaßen und akribisch transkribierten, was Elly auf Band gespielt hatte, was

Elly niemals sprachlich wiedergeben konnte, und dass sie es so notierten, dass die anderen es einüben konnten. Sie nannten diese Arbeit »Arrangieren« oder »Co-Songwriting«, denn der Band-Ethos verlangte, dass die Songs im Kollektiv entstanden. Bei SisterHood gab es keine Stars. Aber wenn man alles wegließ, was Ellys wirrem Kopf entsprungen war, blieb nicht viel eigenständiges Material übrig.

»Begreift Tom, dass wir ein Kollektiv sind?« Ayisha legte den Stift hin und schüttelte sich das schwarze Haar aus den Augen. »Hast du mit ihm geredet?«

»Ich hab mit Carol gesprochen.«

»Und?«

»Sie, ach, ich weiß nicht. Sie redet wie eine Wirtschaftsberaterin. Sie sagt so Sachen wie: ›Ihr müsst euch immer fragen, ob ihr bereit seid, den nächsten Schritt zu tun.‹«

»Was bedeutet?«

»Veränderung. Keine Ahnung. Sie sagt: ›Häufig muss man Sicherheit opfern, wenn man Erfolg will.‹«

»Muss man das?«

»Das hilft uns alles nicht weiter. Warte mal kurz.« Briony drehte sich zur Küchentür um und horchte. Ayisha drehte sich ebenfalls um und lauschte auf das ungewohnte Geräusch von Schritten, die die Treppe herunterkamen. In all der Zeit, die sie Briony kannte, war Ayisha nur zweimal ihrem Mann David begegnet. Beide Male hatte er ihr die Haustür aufgemacht, sich kurz entschuldigt, als wäre er und nicht sie ungebetener Besuch, und sich dann ins Obergeschoss zurückgezogen. Finn nannte ihn den irren Ehemann unterm Dach.

Er war groß und gebeugt. Seine Augen waren hellbraun und schienen alle Farben aus dem Raum zu waschen.

Briony fragte: »Was ist denn los?« Es klang überrascht.

»Wir müssen reden«, sagte David und setzte sich den beiden Frauen gegenüber hin.

»Wir sind hier noch nicht fertig.« Briony legte Ayisha vorsorglich eine Hand auf den Unterarm, um sie am Gehen zu hindern. Ihre Hand war so mollig und weich wie eine Daunendecke. Ayisha fielen plötzlich Davids knubbelige Altmännerhände auf, die er vor sich auf dem Küchentisch verschränkt hielt, und sie schloss rasch die Augen, um sich nicht diese runzligen, knochigen Finger auf dem üppigen Fleisch seiner Frau, ihrer Freundin, vorstellen zu müssen. Das geheime Leben der Briony mit ihrem Ehepartner.

David sagte: »Ich habe nachgedacht, und ich bin bekümmert über die neue Richtung, die unser Leben nimmt. Dich mag das vielleicht nicht groß beunruhigen, aber da ich nicht gefragt worden bin, denke ich, es ist höchste Zeit, dass ich meine Sicht der Dinge darlege.«

Briony blinzelte ihn erstaunt an und Ayisha sagte: »Hört mal, ich mach mich lieber vom Acker, ja?« Sie unternahm einen zweiten Versuch, vom Tisch aufzustehen, doch Brionys Finger packten ihr Handgelenk fester.

»Ich wüsste nicht, warum«, sagte David freundlich. »Du bist Mitbegründerin und Mitglied dieser Band, und als solches scheinst du unser Schicksal genauso mitzubestimmen wie meine Frau. Was dir genau genommen deutlich mehr Mitsprache ermöglicht als mir.«

»Bitte was?« Ayishas Kopf war plötzlich leer. Seine Stimme klang so unaufgeregt, geradezu versonnen, wie bei einem Lehrer, der einen wohlbekannten Vortrag wiederholt. Aber seine Worte kamen vollkommen unerwartet. Sie fühlte sich verloren. Das war, wie kurz vor dem Ende in einen Film zu geraten. Sie verstand nicht, worum es ging, und wusste nichts über die handelnden Personen. Den entscheidenden Teil der Geschichte hatte sie verpasst.

Briony sagte: »Das sind Band-Angelegenheiten. Ich weiß gar nicht, wieso du glaubst, dass sie dich in Mitleidenschaft ziehen.«

»Ach, *wirklich* nicht? Vielleicht irre ich mich ja, dann korrigiere mich bitte, aber wir reden doch von der Band, die deine gesamte Zeit in Anspruch nimmt, oder? Von der Band, für die du jederzeit alles stehen und liegen lässt. Wegen der dieses Haus zu jeder Tages- und Nachtzeit voller Fremder ist.«

»Das sind keine Fremden –«

»Für mich schon.«

Sein Tonfall war ganz ruhig und vernünftig, aber Ayisha fühlte sich, als wäre sie gerade angebrüllt worden. Sie sagte: »Briony, ich muss jetzt weg. Echt. Ich sollte nicht hier sein.« Und diesmal ließ Briony sie gehen.

»Es war voll der Horror«, erzählte Ayisha Finn, als sie eine halbe Stunde später nach Hause kam. »Wie wenn dein Vater deine Mutter verprügelt oder sich scheiden lässt, und du sitzt eingeklemmt zwischen den Stühlen. Ich hatte ja keine Ahnung. Ich hab nie auch nur einen Gedanken an ihn verschwendet. Ich dachte, er wäre mit allem einverstanden, was Briony macht.«

Finn saß aufrecht im Bett, das Licht der Lampe schimmerte auf ihren breiten Schultern. Sie sagte: »Na ja, bisher hat er sich noch nie eingemischt, oder?«

»Gehört das Haus denn nicht Briony?«

»Weiß ich nicht.«

»Ich meine, es sieht aus und fühlt sich an wie Bris Haus.«

»Weil kein Kram von ihm herumliegt?«

»Genau.«

»Aber wir kennen ja auch nur Erdgeschoss und Keller.«

»Mensch, Finn, er ist doch immer oben. Vielleicht liegt da alles voll mit Lederkram und Männerspielzeug. Vielleicht ist es in Wirklichkeit sein Haus, und er erlaubt Bri nur …«

»Erlaubt?« Finn fuhr aus ihrer bequemen Lage in den Kissen hoch.

»Na ja, wir gehen immer davon aus, dass Big Bri bei allem das Sagen hat, weil sie uns gegenüber so ist. Er kommt ja nie zu unseren Auftritten, von daher haben wir ihn und sie noch nie zusammen als Paar erlebt.«

»Komm ins Bett«, sagte Finn und gähnte. »Du solltest dich zur Schlafenszeit nicht dermaßen warmlaufen.«

»Aber verstehst du denn nicht? Wenn in Wahrheit eigentlich er das Sagen hat, wenn es sein Haus ist und sein Geld ... und wenn er dann eifersüchtig auf SisterHood wird ...«

»Ja, das wär echt scheiße. Aber dagegen können wir jetzt auch nichts machen. Komm ins Bett. Gestern warst du total von der Rolle wegen Tom Prax und Carol, weshalb wir eine Scheißnacht hatten. Ich muss mal pennen.«

»Und, Finn, das war mir bisher nie aufgefallen, weil ich ihn mir nie so genau angesehen habe, aber er ist echt viel, viel älter als Bri.«

»Ja und?«

»Mehr wie eine Vaterfigur.«

»Wofür ist das nun wichtig? Ach Baby, du willst doch wohl nicht anderer Leute Beziehungen durchleuchten.«

Aber Kindheit und Jugendjahre hatten Ayisha darauf getrimmt, davon auszugehen, dass Macht und ältere Männer zusammengehörten. Ebenso lernte sie, dass Macht fast nie gerecht verteilt war. Schon der Umstand, dass es welche gab, kündete von einem ungerechten Universum, und der einzige Weg, wie sie der eigenen Machtlosigkeit entkommen konnte, war, die Gesellschaft älterer Männer strikt zu meiden. Weshalb sie ihre Familie seit fast drei Jahren nicht gesehen hatte. Sie vermisste ihre Mutter furchtbar, aber auch diese Beziehung war ruiniert worden durch die Haltung ihres Vaters, seine unentwegt abwertende Gegenwart.

Briony, die starke, musikalische, unabhängige Frau, war ihr Vorbild. Oder war es gewesen. Auf jeden Fall hatte Ayisha von ihr gelernt, dass es möglich war, ihr Leben zu gestalten, über ihr Leben nachzudenken, ohne um Erlaubnis oder Zustimmung zu bitten. Sie mochte nicht mal die Möglichkeit in Erwägung ziehen, dass diese Lernerfahrung womöglich auf einer Illusion beruhte. Sie hasste die Vorstellung, ihr musikalisches Dasein könnte darauf angewiesen sein, dass David Briony ›erlaubte‹, ihre unabhängige Existenz zu führen.

»Könnte SisterHood ohne Briony weitermachen?«, fragte sie, als sie Turnschuhe und Socken auszog.

»Weißnich.« Finn gähnte. »Kann sein. Wenn wir Elly behalten. Ist Elly nicht die eigentliche Hauptfigur?«

Missgunst

Amys imaginierte Beerdigung

Draußen herrscht die gelbliche Dunkelheit einer Londoner Nacht, und der Wind rüttelt an einem losen Ziegel auf der Dachschräge über ihrem Kopf.

In ihrem kleinen Arbeitszimmer betrachtet Amy Abzüge alter Fotos aus dem *Mirror*, die zeigen, wie die Trauergemeinde aus der St. James-Kirche am Piccadilly kommt: nach dem Gedenkgottesdienst für Elly Astoria.

Die Lesebrille hockt auf ihrer Nase und sie beugt sich vor, um bekannte Gesichter zu entdecken. Abgesehen von Madeline taucht auf keinem der Bilder Ellys Band auf. Madeline trug Schwarz, doch ihr erschreckend tiefer Ausschnitt hatte nichts Kummervolles. Sie ging Arm in Arm mit David Soul, doch ihr Blick ruhte auf Rod Stewart, der gelangweilt aussah. Sting war da und Shakin' Stevens. Chantelle LaSwelle und Annie Lennox tauchten ebenfalls auf. Gesichter von Duran Duran unterhielten sich mit welchen von The Human League.

Die Klamotten und Frisuren bringen Amy unwillkürlich zum Schmunzeln, und sie sagt laut: »Was haben die sich bloß gedacht?« Nicht gerade dezent, diese Zurschaustellung von Modehighlights der 80er.

Sie greift nach ihrem Guinness-Buch britischer Hitsingles und notiert sich, wie viele der erkennbaren Gesichter Chart-Erfolge mit von Elly geschriebenen oder mitkomponierten Songs hatten.

Es ist halb zwölf. Amy gähnt und lässt das aufgeschlagene Buch für morgen liegen. Sie geht durch den Flur und die Treppe hoch, ihre zehnstufige Reise vom Arbeits- zum Schlafzimmer. Am Schlafzimmerfenster überfällt sie schlagartig Wehmut, so heftig und gewaltig, dass es sich anfühlt, als würde ihr eine Faust in die Brust gerammt.

Wenn ich heute Nacht sterben müsste, denkt sie, wer würde zu meiner Beerdigung kommen? Ich bin die ausrangierte Frau eines bekannten Mannes. Alle meine Freunde waren seine Freunde und bleiben auch seine Freunde. Wie sein Haus, sein Land, sein Schaffen und sein Ruf. Meine Identität, meine Jugendfreundschaften wurden begraben unter seinem Leben, seinen Wünschen.

Ich hab überhaupt nichts Eigenes, denkt sie und greift automatisch nach der Schneuztuchschachtel. Und es würde auch gar keine Gedenkfeier geben, weil ich rein gar nichts zustande gebracht habe. Selbst wenn ich den grässlichen Tod und die Verstümmelungen erlitten hätte, die Elly widerfahren sind, würde ich es kaum zu mehr als einem Absatz im *Daily Mirror* bringen. Und auch dieser Absatz würde sich mehr um meinen Ex-Mann drehen als um mich.

Der Gedanke, dass niemand zu ihrer Beerdigung kommen würde, ist ein mächtiges Argument sowohl für als auch gegen Selbstmord.

Amy lächelt bitter unter Tränen und nimmt eine einzige Schlaftablette, bevor sie sich bettfertig macht. Streng ermahnt sie sich, sich nicht mit ihrem Forschungsgegenstand zu vergleichen – einem Mädchen, das noch vor der Volljährigkeit berühmt war, und tot.

Ein Probekapitel –
die Biografin stößt erstmals auf Missgunst

Es ist recht interessant, einmal festzuhalten, wie oft Beteiligte gewisser Begebenheiten in Ellys Leben gestehen, dass sie einen Hass auf sie entwickelten, einfach weil alle anderen »sie liebten«. Oder Neid empfanden, weil Elly, die zweifellos musikalisch begnadet war, zusätzlich auch noch eine Art von Aufmerksamkeit auf sich zog, die sie »gar nicht verdiente«.

Madeline zum Beispiel bringt vor, dass Elly von der Straße weg engagiert wurde, kaum dass sie drei magere Nummern geschrammelt hatte, wohingegen sie selbst zweimal vorsingen musste, nur um einer unbekannten Band beizutreten, die über keinerlei Referenzen verfügte und bis dato über kein eigenes Werk.

In einem Gespräch unter vier Augen erinnert sich Finn, wie Ayisha einmal nach einem Arbeitsessen mit Briony sehr spät nach Hause kam, erregt und aufgekratzt. Sie brachte eine Aufnahme mit, auf der sich eine Schlagzeugfigur für ein Stück befand (›Carbon Copy‹), das sie längst eingeübt und auch schon live gespielt hatten. Offenbar hatte Elly einen Traum gehabt, in dem der Song wesentlich schneller gebracht wurde. Sie hatte ihnen ihren Traum vorgespielt, indem sie mit Teelöffeln auf den Küchentisch trommelte, dazu Weingläser als Becken und eine Müslischachtel als Snare. Finn war empört, als sie erfuhr, dass beide, Ayisha und Briony, den Traum ernst nahmen und den Song entsprechend ändern wollten. Sie erwarteten, dass Finn sich den Schlagzeugpart vom Band draufschaffte.

»Elly war keine Schlagzeugerin, nicht die Bohne. Sie hatte kein Recht, mir ins Handwerk zu pfuschen. Aber was mich noch mehr angepisst hat, war, dass es bloß um einen scheiß Traum ging. Es war nicht mal echt. Und dann erzählt mir Ayisha, Ellys Traumtrommelei sei besser als mein echtes Schlagzeug. Ich war kurz davor, hinzuschmeißen.«

Morgan Gorman, der Choreograf, der die Band für ihren ersten Videoclip trainierte, steuerte Folgendes bei: »Die Kleine war ein Desaster – zwei linke Füße, motorische Dyspraxie, sie rannte ständig in alles hinein, was da war. Ihr Timinggefühl war allerdings perfekt. Als es daranging, die Schnipsel zusammen- zuschustern, kam raus, dass sich eine perfekte Sequenz erstel- len ließ, weil sie immer genau im Takt war. Na ja, ich schaute mir das Video an, und ich *weiß*, sie kriegt nicht die kleinste Drehung hin, ohne umzukippen und sich den Knöchel zu ver- stauchen, und ich sag zu meinem Kumpel: ›Bruder, erzähl mir ja nie wieder, die Kamera lügt nicht, denn dieses scheiß Video da ist durch und durch gelogen. Die haben allein fünfund- zwanzig Cuts gebraucht, nur damit es aussieht, als würde sie ein Stückchen geradeaus gehen.‹ Ich sagte: ›Wenn dieses Mäuschen da tanzen kann, dann kann ich auch die Misswahl gewinnen.‹

So was ist einfach nicht fair gegenüber richtigen Tänzerin- nen. Es heißt doch, man kann aus einem Esel kein Rennpferd machen. Aber wissen Sie was? Mit Hilfe der ganzen Technik, die sie da auffahren, passiert genau das. Die macht was aus nichts, und bei der Kleinen macht es aus echt miesem Nichts was ganz Besonderes. Wer das Video sieht, sagt: ›Hach, ist sie nicht supersüß?‹ Ja, sogar ich. Und es kotzt mich an.«

Das Video ist faszinierend, es versucht sowohl, die ganze Band ›sexy‹ wirken zu lassen, als auch den Eindruck zu erwe- cken, Elly könne tanzen. Man kann nur mutmaßen, dass die Produzenten es konzipiert hatten, bevor sie SisterHood ken- nenlernten. Sie gingen wohl davon aus, dass jede aus fünf Frauen bestehende Gruppe ein paar simple Tanzschritte lernen und zum Playback Gesang mimen kann. Und wahr ist, dass vier der fünf sich dabei auch ganz wacker schlugen. Trotzdem ist angesichts der körperlichen und altersmäßigen Unterschiedlichkeit der Bandmitglieder die Gesamtwirkung in solchem Maße komisch, dass das Video vor allem in der unabhängigen Musikszene prompt als clevere Satire auf den Girlgroup-Hype verstanden wurde. Zumal die für das Video ausgewählte Nummer ›She Smiles Too Much‹ war, ein Song über den Druck auf Frauen, immer lächeln zu müssen, ganz gleich unter welchen Umständen, und darüber, wie man im Fernsehen mit abgestelltem Ton bei manchen Schauspielerinnen kaum noch unterscheiden kann, ob sie gerade lachen oder weinen. (»Comedy or tragedy / Her lips turn up / She smiles too much.«)

Unfreiwillige Ironie liegt auch in dem Umstand, dass dieser Song, obwohl er bei seiner Veröffentlichung in Großbritannien höchstens begrenzten Kultstatus erreichte, als erste Eigenkomposition Ellys von einer international erfolgreichen Sängerin aufgegriffen und gecovert wurde – und zwar von Cher, der man neuerdings nachsagt, sie leide unter einer selbstverschuldeten Gesichtslähmung.

Viele Jahre später erhielt der Song, als Club-Remix mit Verzerrern auf dem Gesang, eine andere Bedeutung und wurde in der Technoszene zum absoluten Mega-Erfolg.

Seiten aus Carols Papieren

Manchmal greife ich zum Stift, weil ich wütend bin, manchmal, weil ich durcheinander bin. Heute bin ich beides.

Ich weiß jetzt ganz sicher, dass Tom Madeline vögelt, doch ich kann mich nicht entscheiden, ist er ein Vollidiot oder ein Schlauberger? Ich sollte ihm wohl sein bisschen Gefummel nicht missgönnen, aber muss er sich das ausgerechnet bei einer holen, die er demnächst feuert, sofern er meinem Rat folgt? Und sie ist so verdammt indiskret – *sie führt sich auf wie eine rollige Katze, ich würde sie am liebsten in einen Sack stecken und von der Vauxhall Bridge werfen.*

Sie ist ein Luder, und ich weiß nicht, was Tom an ihr findet. Doch, ich weiß es. Aber ich weiß nicht, warum Männer so unglaublich blöd sind. Madeline ist stinkfaul, sie raucht zu viel und nimmt alles mit, was sie kriegen kann. Sie ist illoyal – die eigene Band ist ihr völlig schnuppe. Was sie will, ist eine Solokarriere, und sie glaubt, Tom wird ihr dazu verhelfen. Womit zu all ihren anderen Schwächen noch hinzukommt, dass sie genauso dämlich ist wie er.

»Ich wünschte, sie würde ihr Bettzeug öfter wechseln«, sagte mein luderliebender Bruder zu mir, wobei er sich auf meinen makellosen Möbeln fläzte – als wäre das eine angemessene Konversation in meinem Wohnzimmer. Ich hätte Lust, ihn anzuspucken und ihm die Visage zu zerkratzen.

»Sie möchte meine Kontakte kennenlernen«, fuhr er fort, ohne sich davon anfechten zu lassen, dass er in der Haft alle Kontakte eingebüßt hat außer dem zu mir. Zu gern würde ich den Ausdruck auf Maddies hübschem Gesicht sehen, wenn ich ihr das erzähle.

»Ich dachte, ich ruf mal den alten Julius an«, sagte er.

Julius. Das war ewig her. Julius war die andere Hälfte der
›Other Festival Company‹ gewesen, einer Jungmänner-Firma,
spezialisiert auf Umgehung der Einlasskontrollen zu allen großen Sommer-Festivals. Sie waren die Jungs, die ›Alternative
Zugänge‹ kannten. Die Zäune flachlegten, Drähte zerschnitten
und Schleichweg-Zutritt an Kids verhökerten, die das so gesparte
Geld lieber für E's oder Pep ausgaben oder, oder, oder. Sie waren
auch die Jungs, die sich das IN YOUR DREAMS-Festival für Ende
des Sommers in Berkshire einfallen ließen, dessen Ankündigung
reichlich Geld einfuhr und das niemals stattfand.

Julius nutzte seinen Anteil zur Aufstockung seines Studien-
geldes und kehrte zu seiner noblen Familie zurück. Tom zog
weiter, zur Partyszene, erkundete Lagerhallen, DJs und Sound-
systeme, Dealer und alles, was zur Hoffnung auf die endlose, alles
auslöschende Nacht gehörte. Er erfand die rollende Disco, oder
jedenfalls bildete er sich das ein.

Und ich war das brave Mädchen auf dem College, diejenige,
die jeden seiner Schritte kannte und von keinem wusste, die das
ganze Szenario überblickte und nichts sah. Ich war die uneingeweihte Vertraute. Ich lieferte den Studi-Ausweis, die Ein-
trittskarte für die Uni-Bars. Ich beflyerte Wohnheimflure und
Gewerkschaftsbüros. Die Hälfte von Toms Kunden kam über
mich. Die Hälfte seines absonderlichen Einkommens erwirt-
schaftete ich.

So war das mit Julius. Es gab auch noch andere Kumpane, eingeweihte und uneingeweihte. Manche wohl beides, so wie ich.

Tom geht eine Liste mit Kontakten durch, die er kontaktieren
muss. Denn irgendwo muss es doch jemanden aus seiner Vergangenheit geben, der in den letzten paar Jahren zu Geld gekommen
ist, jemanden, der wen kennt, der wen kennt. Jemanden, den er
benutzen kann – jemand, der sich benutzen lässt. Definitiv gibt
es immer mindestens einen, der anfällig für Begeisterung ist. Gab
es schon immer. Wenn Tom sagt: »Wie könntest du verlieren,

Mann? Du kannst dabei nicht verlieren«, dann wähnt sich immer irgendwer reich, berühmt, als Sieger.

Diesmal ist Julius der Auserwählte. Er hat Tom sogar schon den Citroën seiner Freundin geliehen. Tom hat ihn vor meinem Haus abgestellt, wo er sich breitmacht wie eine Kröte im Regen.

»Julius hat noch einen BMW und einen Porsche«, erläutert er, »also hat mir Wie-heißt-sie-noch ihre Kutsche überlassen.«

»Er hat zwei Autos, seine Freundin hat nur eins, und du nimmst ihrs?«

»Ja, ihm geht's echt gut.« Tom nickt, verfehlt absichtlich den Punkt. »Carol, ich zieh hier ein. Ich kann diese Unternehmung nicht von einem Wohnheim aus leiten.«

»Was ist mit deinem Bewährungshelfer?«

»Dem geht das am Arsch vorbei.«

»Tom, das muss hieb- und stichfest sein«, sage ich zu ihm, »sichere dich ab. Mach es schriftlich, oder du landest da, wo du schon mal warst.«

Tom brachte mir Blankopapier mit dem Briefkopf des Bewährungshelfers und diktierte ein Wohnsitzwechsel-Schreiben. Ich schickte es ab. Das ist also das Set-up: Brief fiktiv, Auto geborgt, Wohnung umsonst, Zwirn und Garn geklaut, frosch-phänomenale Klientin. Schon ist er Manager im Musikgeschäft. Er hat gar nichts, bis auf sein Glück. Was will man mehr?

Heute Abend saß Julius an meinem polierten Tisch, knabberte Sushi und sagte: »Carol Prax, du bist umwerfend, eine Göttin.« Und ich erinnerte mich an seine grün-braunen Augen bei einer Party in Chelsea: »Carol, was muss ich anstellen, um dich ins Bett zu kriegen?« und: »Ach Carol, Miss Unergründlich, wie kommt es, dass dein diebischer Bruder so ein Geheimnis um dich macht?« Aber bei Kerlen wie ihm musste ich unberührbar bleiben, denn für ihn ist eine Frau entweder Matratze oder Kühlschrank, und dann lieber Kühlschrank.

Und ob ich mich an Julius erinnere. Er fand uns so exotisch,

Tom und mich, lebendig und sprühend vor Wagemut. Nun ja, Tom war so, also musste ich auch so sein. Er glaubte, wir seien in Italien geboren und aufgewachsen. »Ich hab ihm das nicht erzählt«, sagte Tom. Doch er erzählte ihm auch nichts Anderslautendes. Und auch ich klärte ihn nicht auf. Triviale Identitätsfragen können gefährlich sein für Leute mit Vergangenheit.

Und jetzt küsst er rohen Fisch, während Tom sich auf meinem Wildledersofa aalt und aussieht wie ein dunkler Held.

»Du meinst also, du hast da ein Talent entdeckt, Tom?«

»Allerdings.«

»Seltener Rohstoff das.«

»Und ob.« Heute Abend ist Tom lässig, affektiert. Er war am Nachmittag in irgendeiner schmuddeligen Schule und ist nun zu kreativ, um Verkäufer zu sein.

»Wie denkst du darüber, Carol?«

»Diese Art Musik ist nicht mein Ding, Julius.«

»Kann ich mir vorstellen, aber du erkennst doch Qualität, oder nicht?«

»Eher nicht«, ich lächele harmlos. Julius darf man nicht drängen. Eine bescheiden baumelnde Möhre ist die Waffe unserer Wahl. »Du kennst doch den Witz mit dem Psychologen, der ins Striplokal geht, um das Publikum zu beobachten? Genau das habe ich getan.«

»Glückliches Publikum.«

Verschämt senke ich den Blick und schlage die Beine übereinander. Seine Augen sind feucht. Ich sage: »Es war ziemlich außergewöhnlich. Fast als hätte sie eine Art Kraftfeld – irgendetwas Unbestimmbares.« Dann werde ich wieder unverbindlich. »Du würdest es ihr nicht ansehen, wenn du sie triffst. Auf den ersten Blick ist sie, nun ja, nicht gerade vielversprechend.«

»Sicherlich nicht. Tom?«

»Genau genommen ein bisschen wie ein kleiner Kobold. Ich muss zugeben, ich weiß noch gar nicht, wie man sie präsentieren könnte. Oder wem man sie präsentieren soll. Dachte, du hast vielleicht ein paar Ideen.«

»Ideen? Ich?« Julius' Lächeln voll falscher Bescheidenheit verriet mir, dass wir alle dasselbe langweilige englische Spiel spielten. Er kassiert heutzutage ein Vermögen für seine Ideen. Er ist nicht mehr der Junge, der einen ›Dealer‹ kannte und seine reichen Mitschüler abzockte, die nach was zum Schnupfen gierten und verblüffende Batzen Geld lockermachten. Der Dealer, Tom, zünftig gekleidet, zwielichtig und ohne was zum Schnupfen, verschwand mit dem Geld durch die Hintertür, während vorn die Polizei hereingestürmt kam. Natürlich gab es keine Verfolgung: Die peinlich berührten Hallodri-Spießer waren viel zu sehr damit beschäftigt, empört ihre Unschuld zu beteuern. Am Ende entschuldigte sich die Polizei, von einer Fehlinformation war die Rede. Und die Spießer, weit entfernt davon, Julius aufs Korn zu nehmen, gratulierten einander zum glücklichen Davonkommen.

»Der beste Nepp«, teilte Tom Julius mit, »ist doch, wenn keiner weiß, dass er geneppt worden ist.«

Julius scheint sich solch kindischer Eskapaden nicht zu entsinnen, und Tom wird ihn kaum daran erinnern. Sie sind ja jetzt erwachsen und respektabel, nicht?

Es war die Art Abend, die einem in die Finger biss und die Weihnachtsbeleuchtung jämmerlich aussehen ließ. Das Transparent draußen am Gemeindezentrum, das »Unterstützung fürs Frauenhaus« forderte, hatte der Wind schon gründlich durchgekaut.

Ich seufzte. Tom seufzte. Julius seufzte. »Nur euch beiden zuliebe«, murmelte er.

Wir zahlten an der Tür, reihten uns hinter den Grüppchen von Frauen und Kindern ein. Jeder, der sich nicht in Wohlfahrtsläden einkleidete, hätte genauso fehl am Platz gewirkt wie wir.

Der Saal war zu groß, um ihn wirksam zu beheizen, und zu klein, um beeindruckend zu sein. Wir behielten die Mäntel an und setzten uns an einen wackeligen Tisch im Hintergrund. Unglaublicherweise füllte sich der Saal und füllte sich, bis die Leute in drei Schichten an den Wänden lehnten. Julius sah kreuzunglücklich aus.

Eine große Frau im Guatemala-Pullover stieg auf die Bühne und hielt eine lange Rede über Gewaltopfer (weiblich), Gewalttäter (männlich) und die Willkür der Verwalter staatlicher Mittel (ebenfalls männlich). Julius versank in seinem Mantel und sah noch elender aus. Tom blieb ausdruckslos und unbeirrbar.

Ich dachte: Es ist gelaufen, noch ehe es angefangen hat. Illoyalerweise war ich froh darüber. Irgendetwas an Toms Zusammentreffen mit Elly war mir zutiefst suspekt. Er war aus dem Gefängnis gekommen und direkt in ihre Umlaufbahn marschiert, ohne Absicht, ohne Besinnung. Ohne meinen Rat.

Die Band trat auf und legte ohne Vorankündigung los mit ›Rock'n'Roll Music‹. Nicht gerade Toms Sound oder Geschmack. Wo blieb der Disko, der ihn bislang begeistert hatte? Aber gerade als mir dieses kleine Detail zu denken gab, bemerkte ich, wie all die Lumpenpuppen und Vogelscheuchen nach vorne auf die Tanzfläche drängten – und stampften, rockten, wirbelten. Und mitsangen: »Gotta be rock'n'roll music«, ohne dazu animiert zu werden, aber aus voller Kehle: »If you wanna dance with me.«

Das, was alles zusammenhält, ist ein auf den hohen Tasten gehämmertes Barpiano. Am Klavier die Froschprinzessin, winzig und schwirrend. Sie singt nicht – sie hüpft. Und der ganze Saal hüpft ebenfalls.

Julius wirft Tom einen verwirrten Blick zu. Ich schaue auf meine Hände und sehe, dass ein glänzender Fingernagel wie besessen mitklopft.

Drei Rock'n'Roll-Kracher folgen aufeinander, schnell, brodelnd wie Wasser auf heißen Steinen. Schichten von Winterkleidung fallen zu Boden. Tische, Stühle werden beiseitegeschoben. Eingefrorene Gesichter schmelzen in wärmender Erlösung. Hitze und Energie ergießen sich zu Strudeln wirbelnder Menschlichkeit. Das Szenario ist urtümlich, ein wilder Stamm, auf den Beinen gehalten von einem gnadenlosen Rhythmus. Derwischfrauen rotieren mit wehenden Lumpenärmeln. Ich stelle fest, ich weiß nicht, was ich davon halten soll. Denn beim Reinkommen sah ich Gesichter, so verschlissen und fransig wie die Kleidung, so rissig und schrundig wie das Pflaster. Aber triviale Musik hat geglättet, geheilt und die Temperatur hochgetrieben. Die Unterstützung für das Frauenhaus besteht heute Abend aus Songs, geschrieben von den frauenfeindlichsten Männern der letzten Dekaden und mit Drall versehen von einem Haufen schlecht zusammenpassender Frauen, allen voran einem Mädchen, das aussieht wie ein stümperhaft eingewickeltes Päckchen. ›Gimme Shelter‹ war nie dafür gedacht, von Frauen für Frauen gesungen zu werden, aber Elly brüllt »Rape« und »Murder« mit solch gellender Kraft, dass die tanzenden Frauen es zurückschreien und laut lachen. Julius' Miene ist ein Bild für die Götter. Und gegen meinen Willen bin ich bewegt.

Madeline pirscht in einem roten Kleid über die Bühne und sagt den nächsten Song an, ›Panickdote‹. Es ist einer von Ellys und erzählt die Geschichte eines obdachlosen Mädchens, das nachts etwas hört – einen Streit zwischen zwei Besoffenen. Es stellt sich heraus, eine der Besoffenen ist eine Frau, die jammert: »Warum? Du willst es nicht, okay, aber töte es nicht, es ist meins.«

Die Frauen formen die Worte mit den Lippen nach, während sie zu dem Schlagzeug tanzen, und am Ende wischen sich einige von ihnen mit den Ärmeln über die Augen.

Dann singt Elly ›The Garbage Collector‹ über einen Kerl, der nichts wegschmeißen mag, bis das ganze Haus vor Müll überquillt. Als es so weit ist, zieht er aus und kauft sich ein anderes Haus und überlässt es Frau und Kindern, die Sauerei zu beseitigen. Die Frauen lachen und tanzen. Ich bin allein. Alle hier wissen irgendwas, was ich nicht weiß. Vielleicht haben sie die Songs schon mal gehört, vielleicht kennen sie sich alle. Vielleicht sind sie Geschöpfe einer Herde, die mich ausschließt. Sie umkreisen einander wie Pferde auf einer Koppel, die irgendeinem unverständlichen Impuls folgen. Muster bilden sich und lösen sich auf. Wollte ich aufstehen und tanzen, ich hätte keine Ahnung, wie ich mich unter diese Herde mischen soll. Ich bin ein Pinguin in der Wüste.

Tom ist ein Spieler, der zusieht, wie das Glück sich wendet. Er meint, er hat ein Ass gezogen, aber ist das der Beginn einer Traumhand – einer Straße, eines Flush oder Full House? Ein wahrer Spieler achtet auf Zeichen und Symbole, weil er leidenschaftlicher ans Glück glaubt als an die Wahrscheinlichkeit. Die Wahrscheinlichkeit sagt: Elly ist Affe rückwärts und wird ihm nie zu einem Vermögen verhelfen. Das Glück sagt womöglich: Sie ist die Froschprinzessin, ein Kuss und ab geht die Post. Ich glaube an die Wahrscheinlichkeit, aber ich glaube auch an Toms Glück. Da ich ein Pechvogel bin, glaube ich nicht an meins. Tom vertraut auf die Weiblichkeit, Elly vertraut auf Musik und tanzende Kreaturen. Ich vertraue auf nichts und niemanden. Ich will nach Hause.

Am Ende des Auftritts sang Madeline einen alten Schmachtfetzen. SisterHood wurden leise und traurig. Elly brachte die Akkorde auf der E-Gitarre mit prachtvoller Tragik. »Listen, willow, and weep for me«, klagte Madeline, zeigte tiefe Gefühligkeit und reichlich Oberschenkel – Sex und Selbstmitleid. Manchmal hasse ich andere Frauen.

»Erstaunlich«, sagte Julius. »So was hab ich noch nie erlebt.« Er zeigte auf die zerlumpten Frauen, die jetzt die Tanzfläche räumten. »Carol hat recht: Das ist überhaupt nicht meine Szene oder auch eure, ergo sehr schwer einzuschätzen. Im Augenblick schwanke ich zwischen Geringschätzung und Elektrisiertheit.«

Tom brach in Gelächter aus. Madeline schlich sich gerade von der Bühne, dichtauf gefolgt von Vollkorn-Briony. Tom und Julius prusteten und schnaubten hinter vorgehaltenen Händen. Manchmal hasse ich auch Männer.

»Ich sag dir was«, sagte Julius schließlich, »steck dein Gör in den Körper der Sängerin, dann hast du was. Aber ich weiß nicht – ich teile deine Verwirrung, Carol, wie kann eine so kleine Nichtperson ein solches Charisma entwickeln? Wann lerne ich sie kennen? Wo ist sie überhaupt?«

Denn wie zu erwarten war, hatte Elly sich prompt unsichtbar gemacht.

»Geh doch mal rüber und gratulier der Band, Carol«, schlug Tom vor. »Vielleicht kannst du Elly aufstöbern und herbringen.«

Na toll, danke, Tom. Warum gehst du nicht selber? Weil du auf die sexy, aber unzulängliche Madeline stehst und sie bestimmt den begüterten Fremdling im Kaschmirmantel kennenlernen will. Sie wird ihre Brüste schaukeln wollen und ihre Solokarriere gleich mit.

Immun gegen schaukelnde Brüste schob ich mich durch die Menge. »Briony, ihr wart grandios«, lobhudelte ich, »fantastisch allesamt. Was für ein Abend!«

Vier gierige Gesichter wandten sich mir zu wie Setzlinge der Sonne. Künstler wie Setzlinge brauchen Nahrung. Ich gab ihnen Dung.

»Ja, alle sind vollkommen heiß auf euch.« Ich ließ mein Licht auf sie scheinen, sicher in meinem feinen Garn aus Seide und Wolle. »Fabelhaft, einfach fabelhaft.«

»Was sagt denn Tom?«, fragte Briony.

»Oh, er war auch hin und weg von euch. Und wie. Konnte kaum stillsitzen.«

»Wer ist der Anzug?« Finn glühte und war misstrauisch.

Ich lächelte geheimnisvoll. »Gut möglich, dass ihr in den nächsten Wochen des Öfteren mit Außenstehenden zu tun bekommt.

Wir müssen Bewegung in die Sache bringen – ihr müsst euch rumsprechen.«

Menschen ziehen konkrete Bedeutung aus unkonkreten Äußerungen, und Finn nickte zufrieden.

»Wo ist Elly?«, fragte ich.

»Ich glaub, ich geh mal mit Tom reden«, sagte Madeline.

Immer ran an die Bouletten, dachte die hämische Carol. Die loyale Zwillingsschwester aber warnte: »Warte lieber ab. Er meldet sich schon, wenn es etwas zu sagen gibt. Lass sie erst mal reden.«

Ayisha und Finn wechselten bedeutungsvolle Blicke. Sie wussten Bescheid. Gut. Madeline schmollte.

Ich fand Elly in einem zugigen Durchgang, wo sie mit vier kleinen Mädchen Fünfstein spielte. Geschickte Finger warfen den Ball hoch und rafften Blechsternchen auf.

»Hi, Elly«, sagte ich. »Ist dir nicht kalt hier draußen?« Das schüchterne Begrüßungslächeln erwärmte mich kurzfristig. Sie klaubte all die Schichten ihrer schlechtsitzenden, zusammengewürfelten Kluft zusammen und stand auf. Um größer zu wirken, trug sie monströse Stiefel und sah aus wie Little Orphan Elly. Ich verhärtete mein Herz, sagte: »Tom will dich sprechen«, und führte sie fort vom kindlichen Spiel hin zum unternehmerischen Wolf.

»Gut gemacht, Schätzchen«, sagte Tom, rettete sie vor einem rücksichtslosen Stuhl und hielt seinen Drink fest, als sie gegen den Tisch krachte. Julius traf es unvorbereitet, und er tupfte seinen prächtigen Mantel ab.

»'tschuldigung, 'tschuldigung«, murmelte Elly. Sie sortierte ihre anarchischen Gliedmaßen, und als sie damit fertig war, wagte sie nicht, sich zu setzen.

»Das klingt jetzt vielleicht seltsam«, sagte Julius, »aber ich würde gern ein Foto von dir machen, darf ich?« An mich gewandt fügte er hinzu: »Die Linse bringt die Wahrheit ans Licht.«

Natürlich, so denkt man im Werbedesign. In der Welt der leckeren Bilder ist die unappetitliche Wirklichkeit ohne Belang.

Sie gingen in die Lobby, wobei Elly über lebendige und seelen-lose Beine stolperte und Julius sich bemühte, nicht über Elly zu stolpern.

»Tom«, sagte ich, »mir ist kalt und Armut ist deprimierend. Ich will nach Hause.«

»Du hast ja so recht. Wenn mich noch ein Kind mit Triefnase anniest, erschieße ich die ganze Bande.«

»Sollte ich jemals zur Alleinerziehenden ohne eigenes Einkommen mutieren, dann erschieß mich bitte auch.«

»So weit kommt's noch«, sagte Tom, der Zuversicht, Glück und Hoden auf seiner Seite hatte. Schon die Art, wie er zu Elly »Gut gemacht, Schätzchen« gesagt hatte, weckte in mir den Wunsch, in einen Eimer zu kotzen. Sein Tonfall sang ein Lied von Besitzertum und widerwärtiger Zärtlichkeit.

In der Lobby stießen wir auf Julius und seine Polaroidkamera. Elly stand verlegen vor einer schmutzigen abblätternden Wand. Damit es nackt und kahl aussah, riss Julius Plakate herunter, die für Tanz- und Wrestling-, Wohltätigkeits- und Benefizveranstaltungen warben. Warum nur werben Wohltätigkeitsorganisationen beharrlich an den trostlosen Stätten der Not? Hier, wo Tom nichts als die Grippe fürchtet, fürchte ich Armut, Verantwortung und hungrige Mäuler. Ich fürchte Kinder, die nachts schreien und niemanden haben außer meiner entsetzten überforderten Wenigkeit. Ich fürchte Dürre und Krieg an einem glühend heißen Ort, wo ich unerwünscht bin und nichts zu geben habe.

»Geht ihr schon?«, fragte Elly. »Ach, schade, da verpasst ihr ja die Tombola.«

Für das totale Fehlen jedweder Ironie hätte ich ihr am liebsten gegen das magere Schienbein getreten. Ich sagte: »Nächstes Mal, Ellyschatz. Viel Glück beim zweiten Auftritt.«

»Danke.« *Sie hüpfte davon und zerrte an einer Tür, auf der groß und breit Drücken stand.*

Mein Haus ist nicht geerbt noch gemietet, es gehört nur mir. Meine Möbel sind so geschmackvoll, wie es die mittlere Preisklasse ermöglicht. Topfpflanzen können nicht schreien, also pflege oder vernachlässige ich sie mit Gleichmut. Mir fehlt es an nichts, was ein Eigenheim laut Katalog an Eigentum enthalten soll. Es gibt keine schmuddeligen Handabdrücke an meinen weißen Wänden, keine Tofuflecken auf meinem blitzenden Küchentisch. Brot ruht in meinem Brotkasten, Wein wartet in meinem Weinregal, Nudeln lagern friedlich in meinem hohen Glasgefäß. Also erklär mir mal jemand meine Panik im Gemeindezentrum. Es ist wahr, dass mein Bruder im Gefängnis gewesen ist, aber ein Riss in seinem Leben sagt noch nichts über ein Loch in meinem.

Ich hüllte mich in meine Besitztümer und sah zu, wie Tom und Julius die Polaroids von Elly unter die Lupe nahmen.

»Mein Gott!« Julius war wie gelähmt. »Du kannst wirklich Entdeckungen machen.« Denn dort, auf dem kleinen Viereck aus Fotopapier, leuchtete ein Gesicht, mit dem ein Imagemacher etwas anfangen konnte. Das verfilzte ungepflegte Haar war eine Wuschelwolke und umrahmte Augen, klar und groß wie die eines Filmstars. Der Froschmund wirkte sanftlippig und wunderlich.

»Wie alt ist sie?«

»Achtzehn. Sie hat ein Hormondrüsenproblem.«

»Gut. Das bringt alte Männer zum Sabbern.«

Julius' Kamera hatte Ellys Wangenknochen betont und ihre kleine Knubbelnase weichgezeichnet. Die Winkel und Flächen ihres Gesichts fanden zueinander. Ihre Hautfarbe, im echten Leben knapp an weiß vorbei, bekam einen warmen Honigton.

»Eins muss ich dir lassen, Tom, nur ganz wenige Männer hätten das bemerkt. Ich jedenfalls nicht. Noch beim Knipsen habe ich mich gefragt, wie ich dir beibringen soll, dass du eine Niete gezogen hast. Ich hätte mehr Vertrauen haben sollen.«

»Das war reiner Instinkt.« Tom gab sich blasiert bescheiden. »Ich wusste es ja selber nicht genau. Bis jetzt.«

»Die Kamera liebt sie, alter Knabe, das ist die halbe Miete.«

»Ich geh ins Bett«, sagte ich, um mich davon abzuhalten, einen Designerschuh durch mein geschlossenes Fenster zu werfen.

Toms Plan hätte sterben sollen, ehe er geboren wurde. Das Gesicht auf dem Foto hätte so komisch und ungefüge sein sollen wie Ellys echte Visage. Stattdessen ist es ein Antlitz, das für meinen Glückspilz von Bruder die Geschichte von Pygmalion und Galatea wiederholt.

Mein Queen-Anne-Spiegel-Imitat zeigt mir ein Konterfei, das ebenfalls ist, was es nicht ist. Ich reibe mir aufwändig beworbene Produkte von der Haut, und obgleich mein Gesicht ganz gute Proportionen hat, weichen meine Augen vom Ideal ab, denn sie sind zu klein. Kein Blitzgerät verschafft mir das strahlende, transparente Schimmern, das sich bei Elly findet.

Die Kamera lügt und betrügt, doch man glaubt ihr bedingungslos. Mein Lancôme-Lippenstift rettet mich nicht und ist jetzt eh nur noch eine Schmierspur auf einem Kosmetiktuch. Vielleicht gönne ich mir morgen einen neuen Haarschnitt, etwas mit hellen Strähnchen. Heute Nacht nehme ich eine Pille und kille den Tag. Doch während ich auf den Schlaf warte, denke ich: Sie ist ein Kobold, der auf Fotos wie ein Elfchen wirkt. Der Kontrast ist toll, aber im besten Falle ist und bleibt sie ein Elfchen. Wohingegen ich …

Nichts schließt die Außenwelt so gründlich aus wie eine Band. Selbst wenn es Eifersüchteleien, Spannungen und Gehässigkeit gibt, gedeihen sie in einem luftdichten Behältnis. Das andere berühmte anaerobe Gefüge, die Familie, kommt dem nahe, schafft es aber nicht auf Platz 1.

Für Männer gilt das Entweder-oder. Weil er ein Mann war und die Welt als zweipolig wahrnahm, beschloss Tom, dass es nur zwei Möglichkeiten gab. Entweder er feuerte die Band, oder er verwies sie auf die Rolle von Begleitmusikerinnen und Backgroundchor.

SisterHood waren ganz in Ordnung, fand er, solange sie a) nicht existierten oder b) billig und willig mitspielten. Entweder so oder so, und kein unnützes Herumeiern bitte.

Das Ziel vor Augen sprang er aus dem Bett, noch mal kurz innehalten für Kacken, Rasieren und Müsli, und dann losziehen, um kurzen Prozess zu machen mit diesem Kuddelmuddel aus fünf Frauen, wo ihn doch nur eine interessierte.

Er ging zu Ellys Haus in Kilburn, stieß dort aber nur auf eine taube Tür und mit spinnwebigen Gardinen verhängte Fenster. Es war ein von Abgasen nachgedunkeltes schmales Reihenhaus, eingezwängt und niedergewohnt. Augenblicklich träumte er von einem stattlichen Bau aus sonnenhellem Ziegel- oder Naturstein an einer breiten Allee in Hampstead oder Chelsea – ein rühmlicher Rahmen für Ruhm.

Ich werde ihr Besseres bieten als das hier, dachte er, das Herz voll wohltätiger Absichten, vergaß allerdings, dass seine Wohltaten an ihrem Talent und Charisma hingen.

Seine Vision beinhaltete gütigst auch ein Apartment in Mayfair samt Bürosuite für ihn selbst. Ich weiß nicht, ob sein Traum auch seine Schwester neu behaust sah, aber ich bezweifle es.

In der Früh hatte ihn sein, mein, Telefon geweckt und Julius' Stimme, die ihm erklärte, es sei unmöglich, noch vor Weihnachten ein Fotoshooting und ein Testvideo anzukurbeln – alle annehmbaren Fotografen waren nämlich Skilaufen, Schnorcheln oder auf Safari.

»Wenn du das richtig durchziehen willst«, sagte Julius, »wird es nicht billig. Das ist schon eine hübsche Investition, die du da vor dir hast.«

Die Tatsache, dass Tom bisher nichts als heiße Luft investiert hatte, hielt ihn nicht davon ab zu sagen: »Das ist Glauben, Mann. Das ist was, wofür man sein Haus verpfändet.« Er meinte vermutlich mein Haus.

»Ich habe gestern auf der Heimfahrt nachgedacht«, fuhr Julius fort. »*Wenn du ein professionelles Studio buchen willst, einen vernünftigen Produzenten, ganz zu schweigen von einem zeitgemäßen Produktdesign – da reicht es nicht, dein Haus zu verpfänden. Bei so was kommt einiges zusammen.*«

»*Wem sagst du das*«, seufzte Tom, als hätte er die Summe längst ausgerechnet.

»*Willst du alles auf ein einziges Pferd setzen?*«, fragte Julius, der Tom als Spieler kannte.

»*Das hier läuft anders. Das ist keine einmalige Rennwette. Ich muss nicht gleich auf Sieg setzen. Platz macht sich auch bezahlt.*«

»*Also dann hast du dich geändert, Junge*«, sagte Julius. »*Nicht zu früh – riskante Branche, die Musik. Ich hab mich gefragt …*«

»*Was?*«

»*Ich hab mich gefragt, ob du nicht einen Co-Investor brauchen kannst.*«

Wenn ein anderer Spekulant deiner Wette folgt, spürst du die Macht des Verführers. Deine Überzeugung ist ansteckend geworden. Wenn der Zuversicht Geld folgt und dieses Geld auf deine Tasche zielt und nicht auf die deines Buchmachers, weißt du, dass du deine Schäfchen ins Trockene gebracht hast.

Doch es ist ein langer Weg von der Schere bis zum geschorenen Schaf, also sagte Tom: »*Warte mal, du möchtest was genau?*«

»*Ach, wer weiß*«, sagte Julius leichthin. »*Ein bisschen was wagen. Mich einkaufen. Wenn ich zum Beispiel einen Anteil vom Vertrag übernehme, wärst du in der Lage, dein Startkapital zu verdoppeln oder die Produktionszeit für eine vorzeigbare Präsentation zu halbieren.*«

»*Nicht, dass ich das nicht brauchen könnte*«, sagte Tom. »*Nur, hör mal, Alter, ich weiß dein Angebot zu schätzen, aber du hast es selbst gesagt, es ist eine riskante Branche. Wär es nicht sicherer, sachte zu machen, in maßvollem Rahmen? Ich will ja nicht, dass du dich meinetwegen ruinierst. Überleg dir das gut, Mann, willst du allen Ernstes Haus und Hof aufs Spiel setzen?*«

»Hör dir bloß mal selber zu«, sagte Julius. »Sicherer? Maßvoll? Wo bleibt da der alte Pirat? Scheiße, ich bekenne Farbe – letzte Woche war mein fünfunddreißigster Geburtstag, und meine Freundin hat die Pille abgesetzt und hält Ausschau nach Volvos.«

Ach, Timing ist doch alles.

»Nein!«, sagte Tom. »Nimmt es jetzt also diese Richtung?«

»Nur über meine Leiche«, sagte Julius. »Eigentlich schade. Ich dachte, ich hätte sie halbwegs abgerichtet.«

»Dann bring ich wohl besser den Citroën zurück.«

»Keine Eile. Ich muss die Trennung erst noch einläuten, du weißt schon, behutsam, feinfühliger Scheiß. Es ist Weihnachten, verflucht noch mal.«

»Verstehe«, sagte Tom voller Verständnis. »Okay, was den Vertrag angeht, machen wir uns jeweils Gedanken und sprechen dann darüber.«

Und so brach er auf, den Kopf voller wichtiger Fragen zu Vertragssplitting und Mehrheitsanteilen. Und dann begann er zu überlegen, ob die Band als Ganzes, SisterHood, nicht noch nützlich sein konnte. Er würde sie erst mal nicht feuern.

Während dies geschah, handelte ich auf der Arbeit zwei Freistunden aus, um mir Strähnchen ins Haar machen zu lassen.

»Na schön, weil du es bist, Carol«, sagte Freddy, »du könntest mir glatt meinen Weihnachtsbonus abschwätzen. Warum denn die Eile, Liebes?«

»Ach, Freddy«, jammerte ich, »ich fühl mich einfach so … so finster.« Denn wenn es einen Menschen auf dieser weiten Welt gibt, der die Verbindung zwischen Innerem und Äußerem versteht, dann der Friseur. Deshalb sollte man immer ganz offen zu ihm sein.

»Finster? Och, du armes Dingelchen. Und das in der Jahreszeit der bunten Lichter und Geschenke.«

»Genau«, sagte ich gewaltig erleichtert.

»Das geht ja gar nicht«, gurrte er und strich mir übers Haar.

»Wir sorgen gleich dafür, dass du dich so liebenswert fühlst, wie du bist. Was ist denn diesmal geschehen?«

»Mein Bruder ist wieder zu Hause.«

»Das schlimme Schlitzohr?« Er weiß Bescheid, weil er mich aus meiner Trübsal hübschte, als sie Tom einbuchteten.

»Er hat da jemanden entdeckt. Sie ist klein und unsichtbar und alle lieben sie.«

»Fühlt meine Süße sich ungeliebt?«

»Und sie haben Fotos gemacht, und …«

»Die Kamera …«

»Liebt sie. Augen wie …«

»Klare Seen. Armer Schatz. Hasst du sie?«

»Da ist ja nichts zum Hassen. Außer … ach, Freddy, sie ist so begabt.«

»Und das schlimme Schlitzohr liebt sie.«

»Das ist es nicht, Freddy, es ist schlimmer. Ich denke, er glaubt an sie. Und sie ist so jung wie ein frisch geschlüpftes Küken.«

»Also, Carol. Erstens hast du ein echt übles Problem mit deinem Bruder. Aber er ist halt dein Bruder, also vergiss es. Zweitens musst du Freddy versprechen, dich nie mit kleinen Küken zu vergleichen. Du hast Klasse, Zuckertäubchen. Du hast wirklich Stil. Und denk immer dran, alle kleinen Küken werden zu alten Suppenhühnern, was dir niemals widerfahren kann.«

»Ehrlich, Freddy?«

»Ehrlich, Schatz. Und weißt du was, ich werde dir Strähnchen in hellem Champagner machen und mit ein wenig Aprikose abdämpfen. Außerdem nehme ich dir oben ein bisschen Last vom Kopf und gebe dir federleichte Stüfchen um Kragen und Ohren – dieser entzückende Nacken darf gern etwas atmen. Und dann gehst du da raus und trägst den Kopf ganz hoch. Das ist deine Aufgabe dabei.«

Freddys Berührungen sind geschmeidig und wohlwollend. Es sind die Berührungen eines Mannes, das schon, aber niemals zudringlich oder gar übergriffig. Es sind Berührungen eines Mannes, neben dem ich liegen könnte, ohne Angst oder Wut zu empfinden. Berührungen, die auf dem Verstehen des Umstands beruhen, dass er sich nie freiwillig zu mir legen würde. Freddy befreit mich von dem Grauen vor und dem Verlangen nach Männern. Und auch er ist frei – frei zu berühren und nicht zu begrabschen. Er gibt mir das Gefühl, begehrenswert zu sein, ohne dass es mich etwas kostet außer Geld.

Gegen meinen Mangel an Talent kann er nichts tun, aber er kann ihn mich vergessen lassen. Tatsächlich dachte ich in den nächsten zwei Stunden nur ein Mal an Elly, und zwar dachte ich: Sie kann Säle voller Frauen haben, die zu ihrer Musik tanzen, sie kann sogar die Bewunderung meines Bruders haben. Aber ehe ich sie meinem Friseur vorstelle, lasse ich sie lieber auf dem Parkplatz umnieten.

»Auf geht's, Carol«, sagte Tom, als ich heimkam, »es gibt was zu feiern. Du siehst umwerfend aus – komm, lass uns richtig protzen gehen.«

»Was denn zu feiern?« Ich war skeptisch, also erzählte er mir von Julius, als wäre das Geld schon auf dem Konto. Gleichzeitig dachte ich: Wenn er Anteile von Affe rückwärts verkaufte, gab es anteilig weniger Grund zur Sorge. Also wenn ich schon umwerfend aussah, wollte ich auch mit meinen Champagnersträhnchen protzen, ich wollte ausgehen und den Kopf ganz hoch tragen.

»Hast du deine Chartwell-Karte noch?«, fragte er.

»Nein«, sagte ich sehr nachdrücklich, weil ich keinen Rückfall in Toms Casino-Laster verantworten wollte. Er hatte vergessen, wo das hinführte, aber ich nicht.

»Macht nichts«, sagte er, »ich hab schon Pheeny angerufen. Wir treffen uns im ›Zed‹, er bringt seine Karte mit.«

Also darum ging es – Tom war auf dem Höhenflug, fühlte sich wie ein Siegesgott, surfte auf seiner Glückssträhne. Und Pheeny

hatte mehr Geld als Grips und null Willenskraft, sobald Roulette-
tische im Spiel waren.

»Tom«, sagte ich.

»Sag's nicht«, sagte Tom.

»Jemand muss.«

»Nein. Nicht jetzt. Schau nicht so, Carol. Bitte. Ich muss dir
etwas ganz Wichtiges sagen – eine einmalig ernste Sache. Lächle,
damit ich es sagen kann.«

Wir setzten uns Knie an Knie auf zwei Stühle, meine furcht-
klammen Finger zwischen seinen warmen Handflächen.

»Carol, Liebste«, sagte er, »du bist meine Kraft und meine
Weisheit. Du bist der einzige Mensch auf der Welt, der mich ver-
steht. Mit dir kann ich reden. Als alle anderen mich fallen ließen,
hast du mir beigestanden. Du kennst all meine Fehler. Du bist
mein einzig wahrer Freund.«

»Ja«, sagte ich, weil jedes Wort wahr war.

»Aber Menschen ändern sich. Ich habe mich geändert. Ich war
an einem Ort, wo man sich ändern muss. Oder untergeht.«

»Ich will Pheeny nicht sehen. Er ist schlecht für dich. Ihr reißt
euch gegenseitig rein.«

»Wein doch nicht, Carol. Ich hab Pheeny im Griff. Ich bin jetzt
stärker und viel vorsichtiger.«

»Aber Pheeny und Julius? Die sind wie Hund und Katze, total
inkompatibel. Jeder kann dich den anderen kosten.«

»Nicht, wenn ich meine Karten geschickt ausspiele. Und das
werde ich. Hier geht es ums Geschäft, und ich hab es im Griff.«

»Aber du bist immer noch rückfallgefährdet«, sagte ich, denn
auch wenn er so aufrichtig klang, dass ich weinen musste, ist auf-
richtig klingen eins seiner großen Talente.

»Ja«, stimmte er zu. »Ich muss mal ein Stückchen fliegen. Ich
will dir gar nichts vormachen. Ist auch zwecklos – du durch-
schaust mich sowieso. Was ich sagen will, ist, vertrau mir. Ich
gehe nie, nie wieder ins Gefängnis. Glaub mir und entspann dich.

Betrachte nicht jede meiner Bewegungen, als fiele ich gleich von der Klippe. Ich werde nicht fallen, und du brauchst mich nicht aufzufangen. Ich mache nicht noch mal die gleichen Fehler.«

»Versprochen?«, sagte ich. »Bitte versprich es, Tom.«

»Versprochen«, sagte er, und seine Hände zitterten nicht, und sein Blick flackerte nicht. Also glaubte ich ihm.

»Putz dir die Nase und frisch dein Make-up auf«, befahl er. »Zieh dich an wie eine verdammte Prinzessin. Die bezwingenden Zwillinge werden alles aufmischen.«

Erst da bemerkte ich den Anzug von Cardin und dachte, den hat er nicht aus Elly gequetscht. Ein hoher Gewinn beim Pferderennen oder so was in der Art. Er weiß, er ist zum Anbeißen.

Mit erneuertem Vertrauen brezelte ich mich auf, als wäre er mein Date. Denn er war mein Date. Es gab keine Elly, keine Madeline, keine Armee von Müsliweibern – nur ihn und mich, mit der Aura von Siegern, Arm in Arm und im Gleichschritt.

Pheeny wartete auf uns im Foyer des ›Zed‹, Gefahr im Dinnerjackett.

Tom betet ihn an, weil er ein harter Kerl ist und kein feiner Pinkel. Er betet Tom an, weil er ihn für vornehm hält. Jeder ist für den anderen ein Exotikum, und wieder einmal muss ich die Lady mimen, die sich unters gemeine Volk mischt. Ich gebe mich eisig und unbeteiligt. Man könnte es meine Paraderolle nennen.

Pheeny wirft in der Öffentlichkeit mit Geld nur so um sich. Er plustert sich auf vor seinem jeweiligen Tagesanhang und vor jedem, dessen Aufmerksamkeit er auf sich ziehen kann. Der heutige Anhang war eine Weißblonde namens Yvonne, die mich Freddys subtile Kunstfertigkeit erst richtig würdigen ließ. Sie war wurmweich, doofäugig und fünfzehn Jahre zu jung für Pheeny.

»Sehr erfreut, euch kennenzulernen«, sagte sie und schätzte Toms Anzug auf den letzten Penny ab. Ich merkte, dass sie eingeschüchtert war und ein normales Gespräch unter Erwachsenen für intellektuell halten würde. Ganz europäische Raffinesse, hielt

ich Pheeny zur Begrüßung beide Wangen hin, was ihn tollpatschig erscheinen ließ und mich anmutig.

»Hey, Carol«, nuschelte er verlegen und wandte sich dann erleichtert Tom zu. Ich glaube, er begann mit sechzehn für zwei Läden auf der Südseite des Flusses zu arbeiten, sogenannte Cash Conversions. Eine moderne Variante der alten Pfandleihen. Sie sind legal. Mehr weiß ich nicht, und ich will auch nicht mehr wissen. Tom weiß schon zu viel.

Pheeny hatte Tom nicht besucht, als er einsaß, weil er wie alle anderen glaubte, dass Tom einem Job in den Vereinigten Staaten nachging. Das ist wichtig. Tom hat Kumpane, keine Vertrauten. Zwar würde er niemandem widersprechen, der meint, er sei zu ausgefuchst, um wirklich ehrlich zu sein, aber er würde es hassen, wenn sich herumspräche, dass er Pech gehabt hat. Glück, sagt er, ist weit wichtiger als Geschäftssinn oder Bildung. Es ist ein entscheidender Vorteil, findet er, den Ruf eines Glückspilzes zu haben. Menschen vertrauen dem, den sie für einen Siegertyp halten – mehr als dem, den sie für ehrlich halten.

Was schließe ich nun aus dem heutigen Abendarrangement? Dass Tom glaubt, Pheeny habe einen Platz in seinen Plänen und Träumen? Ja, natürlich. Aber mehr noch: Tom hat ihn just heute Abend an Bord geholt, weil er, Tom, die heiße Zunge des Glücks auf seiner Haut spürt. Er fühlt, nein, er weiß, heute Abend kann er nicht verlieren, er wird gewinnen, er sitzt am längeren Hebel. Er muss nicht überzeugen, nicht drängen, nichts erklären. Er braucht nur dazustehen, magnetisch wie das leibhaftige Glück, und egal wie töricht oder dubios sein Plan auch ist, Pheeny wird ihm in den Schoß plumpsen. Denn wie bekloppt auch immer sein Plan ist, er wird funktionieren. Jawohl, das wird er, weil Glückspilz Tom es so geträumt hat.

Tom hat ruhige Kartenspielerhände. Er schiebt seine Chips mit Respekt. Eine Aura strahlender Gesetztheit umgibt ihn, wenn er das kreisende Rad beobachtet. Yvonne quietscht und klammert sich an Pheenys Arm und nervt ihn. Wie gern wäre er jetzt so cool wie Tom. Es wäre ihm lieb, wenn sie sich ein Beispiel an mir nähme. Ab und an wirft er einen Blick zu mir herüber und sieht sich an, wie ich dicht bei Tom stehe, konzentriert, doch unnahbar.

Ich bin eine maßvolle Gewinnerin. Ich gehe keine Risiken ein. Ich genieße Toms Erfolg ohne Theater. So sorge ich dafür, dass Pheeny Tom doppelt beneidet – um seine Klasse und um sein Glück.

Vor Neid habe ich keine Angst. Vielmehr schwelge ich darin. Der Neid anderer macht mich stärker. Es ist nur mein eigener Neid, der mich schwächt.

Beneidenswert an mir ist, dass ich an meiner Seite zu haben scheine, was alle anderen suchen: meine andere Hälfte.

Zahnbürsten

Madeline liegt wach neben einem neuen Liebhaber. Manchmal nimmt sie einen Mann mit nach Hause, den sie gerade erst aufgegabelt hat, weil sie nicht allein schlafen mag. Häufig zieht sie Sex einer Schlaftablette vor, aber heute hat es nicht gewirkt. Ihr Kopfkissen riecht noch nach Tom, und Tom macht ihr zu schaffen. Sie versteht nicht recht warum, aber trotz seiner Gier nach ihr hat sie immer gespürt, dass er mehr an Elly interessiert war als an ihr. Heute Abend hatte sie unter ihrer erst letzte Woche frisch bezogenen Bettdecke für ein Weilchen das Gefühl, sich auf befriedigende Weise gerächt und zugleich nach allen Seiten abgesichert zu haben. Jetzt ist sie sich nicht mehr so sicher.

Frauen, klar, die überschlagen sich alle, um Elly zu bemuttern, aber bei Männern geht sie kaum als Mädchen durch, schon gar nicht als Frau. Bei Männern, das weiß Maddie aus Erfahrung, zählt die Sängerin, nicht der Song.

Sie steht auf und geht ins Bad. Kein Badezimmer zum Herzeigen gegenüber einem offenkundig betuchten neuen Quickie. Sie setzt sich aufs Klo, betrachtet unglücklich das Bord über dem Waschbecken und zählt siebzehn Zahnbürsten. Die stehen für fünf Leute, die hier Miete zahlen, sowie Übernachtungspartner der Vergangenheit und Gegenwart. Zahnbürsten fliegen selten raus: Sie neigen dazu, länger zu bleiben als die Erinnerung an ihre Besitzer. Zufallsbegegnungen bringen natürlich keine Zahnbürsten mit, die sie auf dem Bord verewigen. Täten sie es, bliebe kein Platz mehr für die Zahnpasta.

Madeline malt sich ein Badezimmer aus, in dem es blinkt vor Chrom und poliertem Glas. Groß genug für eine ebenerdige Dusche, eine Doppelbadewanne und ein Bidet. Kein Bord über den zwei Waschbecken: nur ein Einbauschrank hinter einem überdimensionalen Spiegel. Der ist nicht übersät mit Zahnpastaspritzern. Er wird regelmäßig geputzt, aber nicht von ihr. Madonna stolziert ins Badezimmer. Madonna hat Madelines Gesicht. Leuchtend und frisch. Die Zeit ist die nahe Zukunft, wenn Madonna Schnee von gestern ist und Madeline ihren Platz an der Spitze der Charts und auf dem Cover aller Zeitschriften übernommen hat. Denn Madonna hat kein Durchhaltevermögen, Madeline hingegen schon. Madonna sitzt im Dunkeln und sieht zu, wie Madeline im Scheinwerferlicht tanzt. Sie weiß, ihre Zeit ist um, und Madeline hat sie vom Thron gestoßen.

Elly kommt in dieser Fantasie nicht vor, auch nicht SisterHood und auch nicht Tom. Madelines Geschichte nimmt den Faden auf, lange nachdem sie ihren Zweck erfüllt haben.

Sie ist Anfang zwanzig, und heute Nacht fürchtet sie, ihr bleiben nicht mehr so viele Jahre, um ihre Träume zu verwirklichen. Schließlich, denkt sie, sind Frauen über fünfundzwanzig schon nicht mehr taufrisch, und dann folgt der lange, trostlos trockene Kampf gegen das Alter, gegen das du keine Waffen hast und dich nur mit Tarnanstrich verteidigen kannst. Kosmetik, Kolorierung und Kostümierung, das alles frisst Zeit und Geld. Angeschlagene Becher prallvoll mit Zahnbürsten gibt es nur in Wohngemeinschaften, wo niemand richtig Geld hat.

Madeline hat einen Brotjob. Rezeptionistin in Zeitarbeit. Die hübsche junge Dame am Empfangstresen, die noch nicht lange genug dabei ist, um viel über die Firma zu wissen, die sie repräsentiert. Sie bleibt auch nicht lange genug, um viel zu erfahren. Der Job wird ihr langweilig, und nach ein paar Wochen, in denen sie spät und später kommt und lang und länger Mittagspause macht, hat auch die Firma sie satt. Dann vergehen ein paar Wochen, in denen ihr Vater die Miete zahlt und sie ohne neue Klamotten auskommen muss.

Sie klebt an nichts besonders lange. Sie hätte SisterHood schon vor Monaten verlassen, hätte Elly nicht eine Handvoll guter Songs geschrieben und ihr damit einen besseren Präsentationsrahmen verschafft. Jetzt summt sie den Ohrwurmrefrain von ›She Smiles Too Much‹ vor sich hin, aber noch lieber würde sie eine rauchen. Also tapst sie den Flur entlang und die Treppe runter in die Küche. Zwischen dem ganzen Dreck auf dem Küchentisch liegt ihr Päckchen Marlboro Light, wo sie es gelassen hat, als sie in ihr Zimmer gewankt ist. Zwei Fingerbreit Wein sind noch in dem Glas, das der Mann abstellte, als er ihr folgte. Sie schluckt den Wein, zündet sich die Kippe an und denkt, wenn es ihm ernst wäre, hätte er sie in ein elegantes Hotel einladen sollen. Nächstes Mal besteht sie darauf, oder es gibt kein nächstes Mal. Oder vielleicht ist das gar nicht nötig, denn wenn Tom wieder aufkreuzt, hat er vielleicht das Demo und das Video organisiert, von dem er sprach. Und vielleicht wird Madeline dann so brillieren, dass Elly wie gehabt so unsichtbar wird, wie sie sein sollte. Wer will sich denn Elly ansehen? Da ist nichts zu sehen. Kleines Affengesicht, konturlos wie nichts. Was will Tom, der Starmacher, bloß von ihr?

Madeline bebt schlagartig vor Zorn. Ich will ja auch keine Songs schreiben, denkt sie. Weil ich das nicht draufhabe. Also warum sollte Elly der Star sein wollen? Sie hat das so was von *überhaupt* nicht drauf.

Sie denkt an das Geld, das sie für Kleidung und Make-up hinblättert, sieht es in bar vor sich, wie es lastwagenweise abgekarrt wird. Sie denkt an Ellys Altkleidersammlungs-Stil. Elly hat sich nicht wie Madeline das Recht auf Star-Ruhm erkauft. Elly hat sich nie damit befasst. Elly ist nicht mal interessiert.

Oder doch? Elly stolpert über ihre Schnürsenkel, will zum Ausgang rein und zum Eingang raus, verliert ihr Sandwich an vorbeikommende Köter – vielleicht ist das alles nur vorgetäuscht, um ein ehrgeiziges, wetteiferndes kleines Herz zu tarnen. Vielleicht ist alles Blendwerk, damit andere Frauen ihr vertrauen und helfen, während sie die ganze Zeit vorhat, sie abzuservieren.

Aber bei Tom zieht die Wirres-kleines-Mädchen-Nummer bestimmt nicht. Auf jeden Fall nicht lange. Es sei denn, er ist so was wie ein Perverser. Was er nicht ist. Oder doch?

Der Wein ist alle, und Madeline nimmt die glimmende Zigarette mit ins Bad. Als sie so weit runtergeraucht ist, dass sie ihr die Finger versengt, wirft sie sie ins Klo. Dann sucht sie ihre neonpinkfarbene Zahnbürste und schrubbt sich die Nikotin- und Weinspuren von den Zähnen. Madonna hat absolut weißen Zahnschmelz, und den sollte Madeline auch haben. Sie schleppt ihre Schlaflosigkeit zurück ins Bett und ringt den Rest der Nacht mit ihr.

Seiten aus Carols Papieren

Dog Records zahlt Caranto 14 % Tantiemen für jede verkaufte SisterHood-Aufnahme. Caranto gibt 6 % an SisterHood weiter, aufzuteilen unter allen fünf Bandmitgliedern. Von diesen 6 % zieht sich Caranto noch 25 % Honorar fürs Management ab. Bleiben für SisterHood 4,5 %, für Caranto 9,5 %.

Der Trick hatte einen solchen Bart, dass irgendwer ihn hätte erkennen müssen. Tat aber keiner. Alte Tricks sind die besten.

Schon allein diese Zahlen belegen Toms brüderlichen Pakt mit mir auf Kosten alternativer Weiber und Affe rückwärts. Unsere zwei Namen verschwistern sich auf dem Briefkopf zu einem, und wir teilen uns Steuernummer und Büroanschrift, wie wir uns einst ein Kinderzimmer teilten.

Die alternativen Weiber wurden ohnehin praktisch bedeutungslos, sobald richtige Unterhaltungskünstler anfingen, unsere Songs zu covern. Aber es brauchte ein bisschen, bis sie das spitzkriegten.

Vielleicht haben die Frauen darüber gesprochen. Vielleicht ist ihnen, als sie den Zug von Birmingham zurück nach London nahmen, auf dem zugigen Bahnsteig aufgefallen, dass sie sich den Arsch abfroren und ihr Gepäck selbst schleppen mussten, während Elly und Tom stilvoll in Toms Range Rover zurückfuhren.

Elly fiel nichts auf. Sie schlief im Sitz neben Tom ein. Einmal wachte sie auf und sagte: »Hast du das Auto gestohlen? Du fährst nämlich, als hättest du es gestohlen.« Sie war wieder eingeschlafen, bevor Tom aufhörte zu lachen. Denn natürlich hatte er es gestohlen. Er hatte es ihr gestohlen. Die leeren Blätter mit der Unterschrift Ellena Perdita Astoria hatten sich in einen Musikverlag und einen Managementvertrag verwandelt, der Caranto die Rechte an allem einräumte, wozu ihr Talent sich verkaufen ließ.

Zuerst war Tom enttäuscht. Er hatte sich erhofft, dass Elly über Nacht berühmt wurde. Was zu meiner stillschweigenden Erleichterung nicht eintrat. Er wünschte sich einen Star, aber für sofortigen Ruhm hätte ich Elly mehr gehasst, als ich auszudrücken vermag. Für mich war es eine Qual, mitanzusehen, wie viel Geld wir ausgaben, um SisterHood sexy und interessant für ein zahlendes Publikum zu machen. Die Einzige, die auf die Behandlung ansprach, war Madeline, die sich schon seit Jahren in diesem Geiste in Schuss hielt. Finn brachte es fertig, auszusehen wie ein Kumpel vom Bau, nur mit Retro-Punk-Haarschopf. Brionys rotblonder Mutter-Erde-Look sperrte sich gegen jeden Lippenstift. Ayisha sah nicht exotisch aus, sondern kam fremdländisch rüber. Elly war die Erzfeindin von Stil und Geschmack. Als sie ihr ein Versace-Kleid gaben, zog sie eine Schulstrickjacke drüber oder trug es zu ihren gebrauchten Doc Martens mit Fußballsocken. Sie probierten es mit Skateboard-Schick, doch sie sabotierte die Bemühungen mit einem Porkpie-Hut und Samtwesten. Als die Stylisten es mit Großstadthippie-Look versuchten, ruinierte sie den mit einem grausigen Gabardine-Regenmantel von ›Kinder in Not‹. Und ich war heilfroh. Sie war fotogen. Obendrein auch noch gut angezogen wäre zu schrecklich gewesen.

Das Problem war natürlich, dass sich SisterHood optisch nicht richtig vermarkten ließen. Sie passten nicht zusammen und folglich in keine Schublade, also wirkten sie nicht magnetisch auf den Massenmarkt. Ganz im Gegenteil. Sie gefielen Leuten mit ausgeprägtem Sinn für Ironie. Solche Leute glauben, sie erkennen etwas, das der Mainstream nicht erkennt, von daher sind sie den aktuellen Trends entweder meilenweit voraus oder hinken hinterher. Damit waren sie uninteressant für Tom, mich und Caranto. Wir wollten keinen ironisch-abgehobenen Indie-Erfolg. Wir wollten die ganz große Sause.

War es falsch, die Lästerer links liegenzulassen? Wie sich herausstellte nicht. Auch wenn Lästerer nicht viel kaufen, haben sie doch weit überproportionalen Einfluss. Diesen Einfluss üben sie allerdings nur aus, wenn sie etwas für ihre ureigenste Entdeckung halten.

So kam es zu einem netten Rinnsal wohlwollender Kritiken und Artikel, die von kleinen Straßenzeitungen hereinplätscherten, von Piratensendern und Kulturrebellen in aller Welt. Und auch wenn Mainstream-Entertainer unterm Strich ein ziemlich konservativer Haufen sind, fällt doch auf, wie viele von ihnen sich selbst für Kulturrebellen halten. Die Kunde drang aus den Mündern der hippen Lästerer und erreichte die Ohren der Berühmten.

»Cher will ›She Smiles Too Much‹ bringen«, sagte Tom ungläubig. »Hat sie es sich überhaupt angehört?«

Falls nicht, war sie jedenfalls nicht die Einzige. Tatsächlich war ich zwar ein Stück weit dafür zuständig, die Affe-rückwärts-Kompositionen zu vermarkten, hatte sie mir aber nie en détail vorgenommen. Von daher war ich fassungslos und erstaunt, dass so unterschiedliche Leute wie Tom Jones, Sistah Shisha und Cher ihre Songs für nachspielwürdig hielten.

Ja, überbelichtete, bombastische Mainstream-Stars sangen Ellys Songs und fuhren gar nicht schlecht damit. Caranto fuhr außergewöhnlich gut damit. Und die Froschprinzessin selbst wurde dabei weder beschädigt noch überhöht. Denn da draußen in Publikumsland interessiert sich kein Schwein dafür, wer einen Song komponiert hat. Es ist der Gesang, der zählt, nicht der Song. Die Komponistin der Songs wurde von denen, die sie sangen, nicht kontaminiert.

Und während die Band sich mit bescheidenem Erfolg bei Liveauftritten und beachtlichem Misserfolg bei Plattenverkäufen herumschlug, kamen Tom und ich, kam Caranto an etwas Spielgeld.

Tom spielte natürlich mit dem Geld. Ich aber nicht. Verantwortungsvoll sicherte ich den Pachtvertrag fürs Büro ab. Ich traf erwachsene Entscheidungen und heuerte gegen Peanuts jemanden dafür an, Rundfunk und Fernsehen zu impfen. Ich ließ mich *von einem Musikanwalt beraten. Von ihm lernte ich so viel über Verlagswesen, wie ich bezahlen konnte. Ich kaufte mir Bücher. Ich wollte nicht dumm dastehen.*

Mein Traum, muss man wissen, war es, etwas Wertvolles und heiß Begehrtes anbieten zu können. Ein Produkt, so verlockend, dass mir die ganze Welt offenstand – Clubs, denen ich nicht beitreten konnte, Hotelsuiten, die mehr kosteten als die Staatsverschuldung. Ich wollte hinter meinem Produkt in Deckung bleiben und es kontrollieren – es Türen für mich öffnen lassen, die mir sonst vor der Nase zugeschlagen wurden. Ich wollte hofiert werden von reichen und berühmten Arschlöchern, die mir nie auch nur eine Nanosekunde lang Aufmerksamkeit schenkten, aber doch ein wenig Ehrfurcht vor echtem Talent hatten.

Bedroht werden wollte ich aber nicht. Und das war auch der Grund, weshalb ich irgendwann die Affenmutter aufsuchen musste.

Tom fand, ich sollte zur Affenmutter gehen, um sie auf unsere Seite zu ziehen. Ich wollte erst nicht. Ich hatte keine Lust, eine Frau zu umwerben, die in einem miesen Haus wohnte, und ihr zu sagen: »Ach, Mrs. Astoria, Ihre Tochter ist ja so talentiert, sie verdient nur das Beste, und genau das können wir ihr bieten.« Aber Tom sagte: »Die Mutter ist wichtig. Elly liebt sie. Wir dürfen sie nicht gegen uns aufbringen.«

»Ich bringe sie nicht gegen uns auf«, sagte ich, »ich ignoriere sie. Die Mutter ist Ellys Sache.«

Aber Elly konnte nicht richtig auf Tour gehen, wenn sie immerzu heimmusste, um nach ihrer Mutter zu sehen. Tom sagte: »Das kostet alles Zeit und Geld. Wir brauchen eine andere Lösung.«

Ich sagte: »Du gehst hin. Du bist der Charmeur.«

Aber er sagte: »Nein, du gehst hin. Du bist die Pragmatische.« Und so ging niemand von uns hin.

Aber zu dieser Zeit gewann Tom eine kleine Summe, bloß fünfzig Pfund, weil er beim Grand-Prix-Autorennen mitgewettet hatte. Und da er Elly nach Reading fahren musste, nahm ich seinen Wettschein und holte den Gewinn für ihn ab. Und als ich das tat, dachte ich, wollen doch mal sehen, wer hier der Glückspilz ist, und setzte fünfundzwanzig von seinen Pfund auf einen Windhund namens Tom Tit. Tja, Tom Tit gewann und brachte zweihundertfünfzig Pfund. Als Tom zurückkam, konnte ich ihm also zweihundertfünfzig Pfund überreichen. Und er lachte und setzte den ganzen Batzen sechzehn zu eins auf ein Pferd. Das Pferd hieß Caros Baby, deshalb wählte Tom es aus. »Carols Verantwortung«, sagte er. »Wenn es siegt, gehst du die verdammte Mutter besuchen. Außerdem bist du dann deinerseits an der Reihe, unseren gesamten Gewinn zu setzen.«

Denn für Tom, seht ihr, war alles ein Spiel, das man gewinnen konnte. Und Caros Baby gewann das Rennen. Also hatte ich viertausendzweihundertfünfzig Pfund zu verwetten. Was schon etwas anderes ist, als einem Windhund fünfundzwanzig Pfund nachzuwerfen. Tom findet so etwas stimulierend, aber mich macht es reichlich nervös, denn ich hab vielleicht mal Glück, wenn der Einsatz niedrig ist, aber mein Vertrauen reicht nicht ins Vierstellige.

»Unterbrich die Strähne nicht«, sagte Tom. »Ich hab ein Pfund gesetzt, du hast fünfundzwanzig gesetzt, ich hab zweihundertfünfzig gesetzt, und nun setzt du viertausendzweihundertfünfzig Pfund.«

»Ich setze die Hälfte. So hab ich es auch am Anfang gemacht.«

»Hmm«, sagte Tom, der nicht an Rücklagen für schlechte Zeiten glaubt. Die Begriffe Vorsicht und Feigling stehen in seinem Wörterbuch nicht weit auseinander.

»Wenn das jetzt ein Spiel geworden ist, muss ich mich an die Regeln halten, die ich aufgestellt habe, bevor ich wusste, dass es ein Spiel mit Regeln ist.«

»Okay. Das ist logisch. Aber du musst trotzdem zu der Mutter gehen.«

»Mist. Aber wenn meine zweitausendeinhundertfünfundzwanzig Pfund gewinnen, musst du ebenfalls eine Buße entrichten. Die Regeln, die du einführst, gelten auch für dich.«

»Mmmm«, sagte Tom. »Was denn für eine Buße, und worauf willst du wetten?«

»Das überlege ich mir noch.« Später. Ich würde es davon abhängig machen, wie sehr mich die Affenmutter verärgerte und verdross. Ich stellte mir eine kranke Frau in einem verdunkelten Zimmer vor, Suppe vom Tablett, dreimal täglich Medizin. Ich dachte an Absprachen, kraft derer irgendein Nachbar regelmäßig reinschauen und sich ums Einkaufen und Kochen kümmern würde. Ich machte mir Sorgen, vielleicht jemanden einstellen zu müssen, um Elly aus dem mütterlichen Zugriff freizukaufen. Noch mehr fürchtete ich allerdings die Möglichkeit, die Kranke selbst verpflegen zu müssen.

»Wie geht's deiner Mom?«, fragte ich Elly am nächsten Tag, als sie in mein Büro kam, um Papierkram zu unterschreiben.

»Och, so und so«, murmelte sie. Wie kann eine, deren Kunst voll explosiver Wucht mit der ganzen Welt kommuniziert, im wirklichen Leben nur so hilflos-maulfaul sein?

Ich sagte: »Ich wollte sie bald mal besuchen gehen – ihr vielleicht ein paar Blumen bringen. Wir sollten uns kennenlernen.«

»Das ist riesig nett«, sagte sie mit dem Ausdruck größtmöglichen Entsetzens im kleinen Froschgesicht, »aber meine Mutter mag keine Fremden.«

»Ach was, bestimmt –«, setzte ich an, dann bemerkte ich meine Assistentin, die hektisch vom Vorzimmer herüberwinkte. Wie sich herausstellte, war meine Assistentin ein fanatischer Fan der Sängerin Chantelle LaSwelle, und der Agent der Sängerin hing in der Leitung und wollte einen mehrstündigen Termin mit unserer angehenden Hitschreiberin für Superstars vereinbaren. Er wollte, dass Elly nach L. A. kam. Ich sagte nein. Wegen der Muttersituation musste ich darauf bestehen, dass die hochangesehene

LaSwelle nach Nord-London reiste. Und ich war stinksauer: Ich hätte Elly mit Freuden begleitet zu breiten Boulevards, schicken Studios im spanischen Stil, Swimmingpools und gertenschlankem sonnengebräuntem Glamour. All das blieb mir nun vorenthalten dank der bettlägerigen Jesse. Tom hatte recht. Die Mutter gehörte gehandhabt.

Zur selben Zeit rezensierte ›Record Review‹ endlich das Album mit einem Kommentar, der so begann: »Möglicherweise ein unentbehrliches Indie-Album. Seine wahre Bedeutung versteckt sich hinter einem urbanen, schmuddelkindhaften, nach kompromissloser Frauenmusik klingenden Sound ...« Und sie gaben uns vier Sterne. Vier Sterne für die Froschprinzessin.

Es ist schon merkwürdig, aber unsere Verkörperung von Musik-Managern hatte irgendwie etwas Ausgedachtes, Fiktionales an sich. Und es war nicht mal gute Fiktion, denn die meiste Zeit glaubte ich selber nicht daran. Es war, als hätten wir uns nur verkleidet: Tom war Spiderman und ich war Mary Jane, Tom war Batman und ich war Robin. Ganz lustig, aber unwirklich. Und dann las man plötzlich eine SisterHood-Kritik in einem Hochglanz-Musikmagazin, gleich mit vier Sternen, Himmelherrgott noch mal! Und eine echte Showbiz-Persönlichkeit, nichts Geringeres als ein R&B-Star, wollte mit uns arbeiten. Und Cher coverte einen unserer Songs. Und er kam an: Menschen, richtige Kunden, kauften ihn. Wie zum Teufel konnte das passieren?

Ich nahm zweitausendeinhundertfünfundzwanzig Pfund und setzte auf Arsenal als Sieger im Samstagsspiel gegen Tottenham, und Arsenal gewann natürlich. Also ging ich am nächsten Tag, als SisterHood nach Nottingham fuhr, Jesse Astoria besuchen.

Wortgetreue Abschrift eines aufgenommenen Interviews mit Ex-Police Constable Charlene Brown und Sergeant Bradley McFall

Aus Amys Unterlagen

Ex-Police Constable Charlene Brown: Der Anruf ging, glaube ich, um 15:05 Uhr ein. Auf jeden Fall am frühen Nachmittag. Ich und Bradley waren gerade da um die Ecke, also gingen wir vorbei, um nachzusehen, bevor sie extra den Einsatzwagen losschickten und so weiter. Es hatte 'nen Haufen falscher Notrufe gegeben und wir waren an dem Wochenende eh überlastet.

Das ist keine nette Straße – ziemlich runtergekommen, viele Einwanderer und Alleinerziehende – und alle auf Stütze. Immer geht da irgendein verdammter Mist ab.

Also kommen wir da hin, und diese Frau wartet auf uns. Bloß ist sie gar nicht aus der Gegend. Tatsächlich ist sie mehr so schickimicki – so'n kleines Armani-Kostüm und auch noch passende Schuhe, hol's der Henker – und das in diesem Rattenloch. Und sie sagt zu Bradley: »Ich habe auch gleich einen Krankenwagen gerufen. Ich hoffe, ich habe das Richtige getan.« Und wir beide nannten sie Ma'am. Ich, also ich sprach in Wahrheit mit ihren Schuhen. Ich hab mir immer solche Schuhe gewünscht.

Sergeant Bradley McFall: Sie war eigentlich ganz in Ordnung. »Nennen Sie mich Carol«, sagte sie, aber alles an ihr war fein: feine gebildete Art zu reden, feine maßgeschneiderte Kleider.

Charlene: Ich fand sie eigentlich nicht besonders nett, und vielleicht war sie auch gar nicht mal so fein.

Bradley: Es war 'ne ziemlich klare Sache. Als sie klopfte, machte niemand auf, also rief sie durch den Briefschlitz. Als das auch nichts brachte, spähte sie durch den Schlitz und sah Mrs. Astoria am Fuß der Treppe auf dem Boden liegen.

Charlene: Sie wusste nicht, dass es Mrs. Astoria war, sie vermutete es bloß. Sie kannten sich nämlich gar nicht. Egal, jedenfalls brachen wir die Tür auf und überprüften Mrs. Astorias Verfassung – die sich als tot erwies. Und dann kam der Rettungsdienst und bestätigte unseren Befund. Und dann tauchte der Einsatzwagen auf. Zu dem Zeitpunkt nahm jeder an, sie wäre die Treppe runtergefallen, keine große Sache.

Bradley: Manche von uns glauben immer noch, sie ist diese blöde Treppe runtergefallen. Schon erstaunlich, wie überall Verschwörungstheorien auftauchen, wenn ein Tod mit jemand Prominentem in Verbindung gebracht wird. Na jedenfalls, also das dachten alle, bis der Rechtsmediziner dann in der Leiche genug illegale Substanzen fand, um ein Pferd umzuhauen. Und ein paar komische Prellungen, von denen *gewisse* Leute, ich nenne hier keine Namen, überall herumerzählten, sie hätten bei einem Treppensturz so nicht zustande kommen können. Was komplett die Tatsache ignoriert, dass die Verstorbene ein Junkie, tablettensüchtig und 'ne gnadenlose Trinkerin war.

Charlene: Noch wichtiger war aber die Tatsache, dass auf ihrem Besteck Fingerabdrücke waren, und nicht bloß ihre eigenen. Auch die der Tochter. Und alle fragten sich, wie kommen Ellys Fingerabdrücke auf die Spritzen ihrer Mutter? Das sah nicht gut aus. Sieht es immer noch nicht.

Bradley: Außer dass es für das alles 'ne Erklärung gab: Wenn ihre Mutter besonders »krank« war, kümmerte sich Elly um ihre »Medizin«, passte auf, dass die Nadel sauber war und das Wasser kochte et cetera.

Charlene: Ach, verflucht noch mal …

Bradley: Nein, das hat uns der Psychologe so erklärt. Vom Baby-Alter an wurde Elly beigebracht, dass ihre Mom krank war und ihre Medizin brauchte. Und auch wenn sie rational schon gewusst haben muss, dass ihre Mom ein Junkie war, rein emotional kümmerte sie sich doch immer noch um ihre »kranke« Mutter. Und ehrlich gesagt ist es wirklich unglaublich, wie sie als Kind behandelt wurde. Sie musste sogar für ihre Mutter Stoff besorgen – los, geh zu Onkel Darren, Muttis Medizin holen –, da war sie nicht älter als fünf oder sechs.

Charlene: Ja, stimmt schon. Aber spricht das nicht alles gerade dafür, wenn die Mutter so eine wandelnde Zumutung war, dass jemand fand, sie gehört, na ja, sozusagen elegant entsorgt? Wo doch Elly gerade am Beginn einer ziemlich einträglichen Karriere stand.

Bradley: Wenn Junkies im Musikgeschäft eine Zumutung wären, gäb es schon lange kein verdammtes Musikgeschäft mehr. Und wenn du den Verdacht hattest, diese feine Frau, die sich als Schwester des Managers entpuppte, könnte Mrs. Astoria die Treppe runtergestoßen haben, dann hättest du das damals sagen müssen. Aber ich erinnere mich nicht, einen Pieps von dir gehört zu haben.

Charlene: Das hab ich nie geglaubt. Es gab nicht den geringsten Anhaltspunkt, dass sie das Haus betreten hat, bevor sie uns rief.

Aber wenn man bedenkt, dass sie Mrs. Astoria vorher noch nie besucht hatte – war es nicht außerordentliches Pech, dass dieses eine Mal, wo sie sich entschloss …

Bradley: Denk bloß mal, wenn sie nun nicht hingegangen wäre … die Kleine war ja schließlich auf Tournee, nicht? Also hätte die Mutter noch 'ne Ewigkeit da liegen können, ohne dass jemand es bemerkt hätte.

Charlene: Und dann wäre es die Kleine gewesen, die sie gefunden hätte.

Bradley: Was für ein Drecksloch dieses Haus war, ob nun mit oder ohne Leiche. Ich schwöre, da krabbelte was in Mrs. Astorias Haaren.

Charlene: Es war ekelhaft. Aber doch auch schräg, weil, man würde doch erwarten, dass ein Mädchen, das schon fast berühmt war, jemanden hat, der sich um die Mutter kümmert. Oder?

Nottingham

Madeline späht durch das Flutlicht und merkt, sie singt zu mehr Menschen als jemals zuvor. Die Bühne ist gigantisch. Die anderen Frauen sehen verloren und winzig aus. Aber Madeline hat ihr rotes Kleid an, sie holt tief Luft und spürt, wie sie wächst, um den Raum auszufüllen.

Deshalb bin ich hier, denkt sie. Ich muss groß sein an einem großen Ort.

Der mächtige Sound aus Galerien von Lautsprechern ist verhallt, falsch und verzerrt. Ihr Monitor kann nicht mithalten. Sie dreht sich um und sucht Briony, die im Scheinwerferlicht ganz blass aussieht. Finn und Ayisha wirken erschrocken und eingeschüchtert. Keine Hilfe.

Dann drückt Elly einen Knopf und schaltet um, wiederholt das Orgel-Intro auf dem Honky-Tonk-Klavier. Sie hüpft auf und ab. Madeline wendet sich wieder zum Publikum und sieht, dass die vorderen Reihen ebenfalls auf und ab hüpfen. Voller Energie und Selbstvertrauen schnappt sich Madeline das Mikro und brüllt: »Pack yer bags, get on the bus, fuck off out of here, yer not wanted no more. *Papa go home!*«

Sie lässt einen Arm kreisen, streckt ihn aus, deutet. Sie schreitet über die Bühne, während SisterHood die Instrumente malträtieren und die Bridge bringen. Dann beugt sie sich weit vor zum Publikum und schreit: »Take your book, take your cane, you tub of lard, you can leave your credit card. *Papa go home!*«

Sie wirbelt herum, breitet die Arme vor ihrer Band aus und schüttelt ihren Hintern ins Publikum. Provokant, beleidigend, komm doch, du kriegst mich nicht.

Finn konzentriert sich, zählt mit und nimmt die wachsende

Begeisterung des Publikums nur von ferne wahr. Sie ist bemüht, Ayishas Aufmerksamkeit einzufangen und festzuhalten.

Ayisha, aus dem Konzept gebracht von einem fiesen Rückkoppelungspfeifen, verliert für ein paar Takte den Überblick. Nerven, läppische Nerven. Sie bekommt Finns grimmig düsteren Blick ab und weiß, sie hat's verkackt. Panisch dreht sie sich weg und sieht Ellys großes weißglühendes Grinsen. Elly wirft ihr eine Basslinie zu. Ayisha schnappt danach wie nach einer rettenden Hand, beruhigt sich und schlüpft in die Sicherheit von Finns Rhythmus. Bass und Schlagzeug. Ein Team. Sie verschließt die Augen vor dem Publikum – zu viele Menschen. Sie zieht sich in einen Lichtkokon zurück, in dem es nur sie und Finn gibt – der Maschinenraum.

Briony befindet sich plötzlich im Zustand absoluter Wahrnehmung. Die Zeit wird langsamer. Alles, was sie sieht, hat harte Konturen. Alles, was sie hört, klingt grell wie berstendes Glas. Sie hat Zeit, um zu denken – was für eine brillante Einstiegsnummer! Laut, schnell, herausfordernd und dermaßen wer's-nicht-mag-soll-sich-verpissen-frech. Sie weiß, niemand da draußen auf dem Gelände will sich verpissen. Nicht mal bei Ayishas Aussetzern. Und Ayisha kommt wieder rein, und SisterHood wird zu dem, als das sie immer gedacht waren – ein fünfköpfiges Tier mit einem einzigen riesigen schlagenden Herzen. Meine Schöpfung, denkt sie. Scheiß aufs Studio, aufs Video, aufs Album. Das ist hier und jetzt. Das ist es, worum es bei uns eigentlich geht.

Es ist Liebe, denkt sie später bei ›Panic On The Floor‹, einem Stück, in dem sie die Leadstimme singt, mit Elly, hervorgekommen hinter den Keyboards, an der Gitarre und als Backgroundchor zusammen mit Ayisha, derweil Madeline auf dem Saxofon improvisiert und reitet. Das ist Liebe, Liebe, Liebe – kosmische Einheit.

Kosmische Kacke, denkt Madeline am Ende. Ich bin es, ich,

ich. Da draußen ist nicht ein Mensch, der mich nicht will. Männer, Frauen, Kinder, selbst der eine oder andere Hund. Was schert es mich. Ich bin das Objekt der Begierde. Ich.

Hinter der Bühne ist es übervoll. Ayisha kommt runter, schweißgebadet, zittert vor Erleichterung und staunt, dass die Männerband, die sie vor dem Auftritt verspottet hat, immer noch da ist und applaudiert. Und der Haupt-Act, die Band Zeitguyz, die nach SisterHood dran ist, wirkt angespannt.

Verbrannte Erde, denkt Finn triumphierend. Wir hinterlassen ihnen verbrannte Erde. Jetzt müssen sie richtig was leisten. Sie entdeckt Madeline bei Caz, dem Leadsänger von Zeitguyz. Er hat Interesse, oh ja, aber nicht an Maddie. Sein Habichtauge richtet sich auf ... oh Scheiße, denkt Finn, was will der denn mit Elly?

Im Trubel hinter der Bühne sieht Briony ebenfalls, wie der berühmte sexy Caz sich auf Elly stürzt, sie hochhebt, ihr ins Ohr flüstert.

Der ist bestimmt schwul, denkt Madeline und richtet ihre heißen Scheinwerfer auf jemanden, den sie als Radio-DJ erkennt.

Irgendwas an diesem Anblick, Elly klein und schlaff wie eine Puppe in den Armen des großen unwiderstehlichen Popstars, erzürnt Ayisha bis zum Rand der Übelkeit. Sie springt auf und begegnet Tom in gleicher Mission. Sie sehen sich an und sind zum allerersten Mal einer Meinung. Tom beugt sich zu ihr und murmelt: »Wir müssen sie hier rausbringen. Jetzt sofort. Es eilt.« Er ist ernst und erwachsen. Ayisha, immer noch überdreht und erschrocken, kommt es vor, als habe sie ihn nie zuvor gesehen: Für einen kurzen Augenblick ist er jemand, dem sie trauen kann.

Er lenkt Caz ab, sie packt Elly bei der Hand. Caz sagt: »Und denk dran, du hast es versprochen.«

»Was versprochen?«, fragt Tom, stets auf der Hut vor Rivalen.

»Wenn es um Arbeit geht, melde dich in meinem Büro.«

»Er will, dass ich was mit ihm schreibe«, sagt Elly, als Ayisha sie aus dem Backstagegedränge hinaus Richtung Bewirtungszelt schiebt. »Aber er ist ein bisschen, ähm …«

»Macho?«

»Stoned.«

»Hab ich gar nicht bemerkt.«

»Also ich fand, er wirkte irgendwie, ähm …«

Im Bewirtungszelt werden sie sofort mit Glückwünschen überhäuft. Die komische kleine Band, die jeder für Vorprogrammfutter hielt, hat einen Triumph erlebt, und den Leuten, die von solchen Ereignissen profitieren, dämmert langsam, dass SisterHood verdammt heiß sind.

Tom sollte sich brüsten und stolz sein, Geschäfte machen, das Eisen schmieden, solange das Feuer heiß brennt, aber Madeline hat den Eindruck, es ist ihm wichtiger, die Frauen zum Auto zu schaffen.

»Was ist denn?«, fragt sie.

»Wir müssen los.«

»Ich amüsier mich gerade ganz gut.«

»Dann amüsier dich, aber komm nachher allein zurück.«

»Denkst wohl, das kann ich nicht.«

»Wie du willst, aber ich muss jetzt Elly heimbringen.«

»Scheiß-Elly«, faucht Madeline. »Immer musst du dich um Elly kümmern. Und was ist diesmal so dringend?«

»Es ist etwas passiert.«

»Was denn?« Sie beschließt, alles auf eine Karte zu setzen. Sie war ein Megastar auf der Bühne, sie verdient Liebe und Respekt. »Das hängt mir so zum Hals raus – immer soll ich die zweite Geige spielen. Ich meine, wen von uns vögelst du denn, mich oder sie? Wenn du mich jetzt wieder verarschst, bin ich raus. Raus aus deinem Leben, raus aus der Band.«

Tom weiß, wann Krise ist. Er legt seinen Arm um sie und flüstert: »Maddie, du musst mir helfen. Ellys Mom ist tot aufgefunden worden, und die Polizei will mit ihr reden. Ich weiß nicht, weshalb. Sie haben gedroht, einen Wagen herzuschicken, aber ich will hier kein Tamtam, bevor ich nicht weiß, was da läuft.« Er deutet auf die dicht gedrängten Reihen der Musikpresse, die Fotografen, die knipsen wie hungrige Alligatoren. Seine Lippen kitzeln ihre Ohrmuschel, als er sagt: »Das hier ist nicht der richtige Ort, es der Kleinen beizubringen. Wir brauchen jetzt wirklich Privatsphäre.«

»Ich glaub, mein Schwein pfeift«, sagt Madeline. »Also gab es doch eine Mutter, und sie war wirklich krank?«

»Natürlich.«

»Komm schon, Tom, erzähl mir nicht, du hast nie gezweifelt.«

»Wie soll ich ihr das beibringen, Maddie? Tod ist nicht mein Ding.«

»Scheiße, nein«, sagt Madeline. »Das Püppchen klappt uns zusammen. Wir brauchen Bri.«

Elly liegt auf dem Rücksitz von Toms Range Rover, ihr Kopf in Brionys Schoß. Briony hofft, sie schläft, spürt aber, wie Tränen durch ihren Rock auf ihren Oberschenkel sickern.

Madeline sitzt vorn bei Tom. Finn und Ayisha sind in Nottingham geblieben und kommen mit der Roadcrew zurück. Der Triumph endete in Tränen, was Ayisha nicht überraschte.

Briony ist immer noch nicht vom Adrenalin runter. Mag sein, sie wirkt und handelt wie die Mutterglucke, aber ihr Verstand tickt in peinigender Klarheit: Elly kann heute Nacht nicht allein bleiben. Sie sollte bei Briony in der Bancroft Road übernachten. Aber David benimmt sich unberechenbar. David lehnt Elly ab, ist eifersüchtig auf sie. Die Alternative ist, dass Tom und Carol Prax sich um Elly kümmern. Aber das wäre nicht ohne Risiko. Ist sie erst mal bei Tom und Carol zu Hause, bekommen Briony und SisterHood sie dann je wieder zurück? Das Bruderschwesterteam hat jetzt schon zu viel Macht.

Noch vor wenigen Monaten hätte Briony gar nicht erst in Betracht gezogen, David anzurufen. Sie hätte Elly ohne Zögern mit nach Hause genommen. Inzwischen kann sie nichts mehr als gegeben nehmen, und das strengt sie an. Sie erbittet eine Pinkelpause an der nächsten Autobahnraststätte. Dort geht sie schnurstracks zu einem Telefon und tippt Davids Nummer ein. Als er sich meldet, sagt sie sanft: »Hallo, Schatz, ich bin's. Wir sind schon auf dem Heimweg, aber es ist etwas passiert, und ich möchte, dass Elly heute Nacht bei uns schläft.« Sie wird nicht um Erlaubnis bitten. Das wäre zu erniedrigend. Sie will einfach nur wissen, wie feindselig er reagiert, und sich dementsprechend verhalten.

Er sagt mit seiner neutralen Stimme: »Darf ich fragen, was passiert ist?«

»Ihre Mutter ist gestorben. Ich weiß nicht, wie oder warum.«

»Ah, ja. Möchtest du, dass ich das Gästebett herrichte?«

»Ja«, sagt sie, ausnahmsweise dankbar für seine Distanziertheit, aber darauf bedacht, das nicht zu zeigen. »Danke.« Sie trennt die Verbindung.

Zurück im Wagen flüstert Elly: »Aber ich will nach Hause.«

»Kleines, das geht nicht. Nicht heute Nacht.«

»Ich will meine Mom sehen.«

»Morgen. Morgen organisieren wir das.«

Seiten aus Carols Papieren

Ich habe eben einen beachtlichen Scheck für die Kelly-Gebäude-reinigung ausgestellt. Diese verfluchte Bude!

Tom wollte das Haus niederbrennen. Ich verstand ihn. Ich konnte mir nicht vorstellen, wie irgendwer es bewerkstelligen sollte, das aufzuräumen oder sauberzumachen. Schon als ich neben der Leiche stand an diesem schrecklichen Nachmittag und glaubte, in Jesses Haaren etwas krabbeln zu sehen, dachte ich bei mir, da müssen Profis ran. Ich war so froh, dass ich kein Profi war. Ich hatte schon Mühe damit, in dem Haus ein Stück Papier anzufassen. Es gab nicht genug Geld auf der ganzen weiten Welt, um mich dazu zu bringen, dort etwas Organisches zu berühren.

Und doch war das Ellys Zuhause. Dort wollte sie nachts schlafen. Diese dürre, versiffte Drogensüchtige war ihre Mutter.

Mir war auf Anhieb klar, dass wir damit jetzt ein richtig großes Problem hatten. Viel zu viel Chaos, um es unter den Teppich zu kehren, und ohnehin gab es gar keinen Teppich. Aber was sollte ich tun? Ich musste die Polizei rufen. Ich behaupte, nicht mal Tom hätte es anders machen können. Und ich sagte mir immer wieder, selbst wenn die Medien dahinterkamen, wir leben in einer Zeit, in der das Wort »Skandal« seine Bedeutung verloren hat.

Tom war natürlich oben im Norden, meilenweit entfernt vom Fiasko – wie immer, wenn die Scheiße hochkocht. Ich, wer sonst, stand mittendrin, knietief in der Scheiße, und versuchte die Sauerei in den Griff zu kriegen. Warum läuft es immer so? Reine Glückssache, würde Tom sagen. Sein Glück, mein Pech.

Gottlob gab es, als das Rettungsteam eintraf, zunächst keinerlei Hinweise auf verdächtige Umstände oder auf einen Einbruch. Nur eine Frau, die hingestreckt am Fuß einer Treppe lag. Das Erste, was der Notarzt sagte, war: »Ist wohl runtergestürzt.« Und die Polizei fand nichts, was dagegen sprach. Sie schauten sich um, sie waren angeekelt, aber sie fanden keine einzige unverschlossene Tür, kein zerbrochenes Fenster. Es konnte mir nur recht sein, dass niemand lange bleiben mochte. Niemand wollte in dem Dreck herumstochern, aus dem Jesses und Ellys Zusammenleben bestanden hatte. Noch nicht. Nicht, bis sie die Leiche auf einen Tisch im Krankenhaus gelegt und Prellungen, Einstiche, Verschleiß und Schwäche protokolliert hatten. Danach musste die Polizei noch mal jemanden hinschicken.

Und ich, ich hatte einen guten Grund, bei mir zu denken: »Elly, du bist so eine miese kleine Schwindlerin.« Ich weiß nicht, wieso ich nicht eher dahintergekommen bin. Normalerweise bin ich die Erste, die jemanden der Lüge verdächtigt. Nur bei Elly, da hatte ich mich zwar ab und zu gefragt, ob Jesse überhaupt existierte, aber auf die wahre Lüge war ich nicht gekommen. Die grinste uns jetzt ins Gesicht. Ein Riesenproblem. Ich begriff, dass Jesses Tod uns komplett ruinieren konnte. Ich hatte geglaubt, er würde uns befreien, aber damit lag ich falsch.

Vorerst stellte sich die Frage, wohin jetzt mit der leidtragenden lügnerischen Elly. Und obwohl es riskant schien, war ich erleichtert, dass Briony Mama spielte. Denn sonst wäre ich gezwungen gewesen, eine mitfühlende Hand anzubieten sowie Kost und Logis. Aber das hätte sie unter ein Dach mit Tom gebracht. Für mich hätte es außerdem mehr Arbeit und noch mehr Verstellung bedeutet. Wozu ich gar nicht die Zeit hatte.

Tom sagte: »Vielleicht ist das der richtige Zeitpunkt, ihr ein Haus zu kaufen, groß genug für dich und mich und das Büro.« Und ich sagte, ich prüf das mal, aber insgeheim dachte ich, nie im Leben! Im Übrigen besaß Elly ja schon ein Haus. Es war unbewohnbar, aber es war ihrs.

»Sie wird den Saustall doch wohl verscherbeln?«, fragte Tom.

Das wäre vernünftig, aber Elly ist nicht vernünftig. Es ist ein scheußliches Haus in einer unmöglichen Gegend, und ihre

Mutter war dort gestorben. Jemand Zurechnungsfähiges hätte es abreißen lassen. Elly hatte offenbar vor, weiter dort zu wohnen.

Ich wollte Tom gerade erklären, was daran so verhängnisvoll war, da kam Brionys David ins Büro spaziert, und ich musste den Mund halten.

Tom sagte: »Geht das noch für ein paar Tage mit Elly bei Ihnen? Sie sollte jetzt nicht allein sein. Aber wenn es Ihnen zu viel wird ...«

»Oh, meine Frau ist ganz in ihrem Element«, sagte David, »aber wir müssen ziemlich viele Anrufe abwimmeln.«

»Sie braucht mehr Schutz«, sagte ich. »Sie sollte nicht allein in ihrem Haus sein.«

»Als Anwalt frage ich«, sagte David in seiner kalten, trockenen Art, »sollten wir nicht zunächst klären, ob es wirklich ihr Haus ist oder nicht? Gibt es ein Testament?«

»Keine Ahnung«, sagte Tom. »Wahrscheinlich nicht. Ich weiß ja nicht mal, ob das Haus Eigentum oder gemietet ist.«

»Nun, wenn es Eigentum ist, geht das Haus an die nächsten Verwandten, sofern kein Testament es anders verfügt. Vermutlich kann Elly beweisen, dass sie die nächste Verwandte ihrer Mutter ist?«

»Vermutlich«, echote ich und versuchte ebenso trocken zu klingen wie er. Aber mein Herz machte einen Satz, denn ich wusste, genau dieser Beweis würde fatalen Schaden anrichten. »Überlassen Sie das mir«, sagte ich wie die Tüchtigkeit in Person. »Ich hole die Schlüssel bei der Polizei ab und ...«

»Ich kann das übernehmen«, bot David an.

»Vielen Dank«, sagte Tom und sah mich an. Er merkte, ich knabberte an irgendetwas. »Aber ich finde, als rechtmäßige Vertreter von Ellys Interessen sollten wir uns unserer Verantwortung nicht entziehen.«

»Außerdem muss das Haus unbedingt desinfiziert und renoviert werden.« Ich hob die Hände, um die Ausmaße des Problems

anzudeuten. »Ich weiß nicht, wie die arme Elly dort überhaupt leben konnte.«

»Sie kannte ja nichts anderes«, sagte Tom traurig, ohne mich aus den Augen zu lassen.

»Ist es tatsächlich so schlimm?« David starrte mich so unbeteiligt an, dass ich plötzlich rote Warnlampen aufblitzen sah. Der Kerl weiß irgendwas, dachte ich. Der Kerl will irgendwas. Nichts alarmiert mich mehr, als meine eigenen Charaktermerkmale bei anderen zu entdecken. Ich sah Tom an und blinzelte – Zwillingscode für: Hilfe, hol mich hier raus.

»David«, sagte ich laut und munter, »ich werde dafür zwar die Portokasse plündern müssen, aber könnten Sie ihr von uns etwas Geld überbringen?«

Tom blickte ungläubig drein. Ich gebe nie kampflos Geld aus der Hand.

Ich fuhr fort: »Elly braucht Sachen, und da die Polizei uns nicht ins Haus lässt, könnten Sie vielleicht …«

Ich ließ den Satz in der Luft hängen und hoffte, er würde darauf eingehen. Was er nicht tat. Ich sagte: »Wir haben heute Nachmittag einen Termin mit unseren Anwälten und der Polizei, und ich glaube, es wäre gut für Elly, so respektabel wie möglich zu wirken. Ich würde ja selbst etwas organisieren, aber wir sind hier gerade ziemlich landunter.« Ich wedelte unbestimmt mit der Hand. Tom ergriff Davids Ellenbogen und dirigierte ihn zur Tür.

»Also gut«, sagte David, »aber ich lege Ihnen nahe, gründlich nach einem Testament suchen zu lassen.«

»Selbstverständlich«, sagte ich, »sobald wieder jemand ins Haus darf.«

Als David gegangen war, drückte ich Tom auf einen Stuhl und legte ihm das Problem vor, mitsamt Ellys Geburtsurkunde, auf die ich gestoßen war, während die Polizei Jesses Leichnam abtransportierte.

Toms erste Reaktion war Bewunderung. Er sagte: »Von wegen Hormondrüsenproblem. Mannometer«, und brach in Lachen aus. Ich hätte mir denken können, dass er den Ernst der Lage verkannte.

Ich sagte: »Hör zu, du Trottel, nichts von dem, was sie dir unterschrieben hat, ist das Papier wert, auf dem es steht. Vor den Augen des Gesetzes hast du ein Kind ausgebeutet. Und hätte irgendwer beim Jugendamt seine Arbeit gemacht, dann wäre Elly bereits jetzt ein Mündel von Vater Staat.«

Das machte ihm Angst, und so fuhr ich fort: »Einerseits, wenn sie rechtlich ein Kind ist, kann die Polizei sie nicht wegen Beihilfe drankriegen, was Jesses Drogen angeht. Andererseits laufen wir Gefahr, sie ganz zu verlieren, weil sie noch schulpflichtig ist und einen gesetzlichen Vormund braucht und all diesen Mist. Und glaub ja nicht, du könntest dich da ins Spiel bringen: Du bist ein Ex-Knacki.«

»Au Kacke«, sagte Tom.

»Genau. Und niemand, niemand darf davon erfahren, bis wir für das Problem eine halbwegs zufriedenstellende Lösung haben.«

Tom sagte: »Mir kommt gerade eine brillante Idee. Ich fahr mit ihr nach Arkansas oder Tennessee und heirate sie. Dann hab ich wieder das Ruder in der Hand.«

Mein Bruder ist doch ein Volltrottel mit einem ziemlich furchterregenden Humor.

Boyd

Boyd drückte seine Hände aneinander wie zum Gebet. Seine Fingerspitzen berührten seine Zähne. Ab und zu schloss er seine Lippen um die Spitze des Mittelfingers wie ein Goldfisch, der Blasen blubbert. Es war ihm nicht im Geringsten bewusst, wie albern er dabei aussah. Er saß in einem eingeklemmten Auto im morgendlichen Verkehrsstau fest, so unbeweglich, dass er das Gefühl hatte, das Leben an sich habe die Pausetaste gedrückt – ein gespenstisches Dazwischengefühl. Missmut am Siedepunkt der Frustration schlug um in tödliche Langeweile und umgekehrt. Das rhythmische Klopfen an den Zähnen samt Küssen der Finger war klassisch neurotisches Verhalten, wie es sich bisweilen bei eingesperrten Tieren beobachten lässt. Er linderte den Stress nicht, indem er ein Fenster öffnete oder Blickkontakt mit anderen Fahrern suchte. Boyd war allein in seinem Aquarium. Er wusste zwar nichts davon, aber mehr als alles andere brauchte er Liebe und Erlösung.

Das Radio lief, aber er hörte nicht hin. Er hatte es zwanzig Minuten zuvor eingeschaltet, laut »Weichspülbrei« gerufen und sich, zufrieden mit seinem Urteil, nicht darum geschert, es auszustellen oder den Sender zu wechseln. Boyd war mit Popularkultur vertraut, weil sie unausweichlich war, aber er verachtete sie. Manchmal gefiel ihm seine Verachtung so gut, dass er den Reiz, der sie hervorrief, absichtlich suchte. Er hörte sich gern einen Nummer-eins-Hit an, denn er wusste, es war ein Nummer-eins-Hit, weil Tausende von Idioten sich zum Kauf beschwatzen ließen oder einen sehr schlechten Geschmack hatten. Er allein stand darüber, war immun.

Er hatte einen ›Hausfrauensender‹ drin – ein wenig Altes, Neues, Geborgtes und Bluesiges. Ein ›Up‹-Sender spielte endlos Up-Titel – ›Lick It Up‹, ›Never Gonna Give You Up‹, ›Wake Me Up‹, ›Start Me Up‹, ›Get Up‹.

Hoch, hoch, hoch, dachte er. Vielleicht war es das, was er an Popmusik am meisten verabscheute: die allgegenwärtige mühelose Sexualität, wo immer alle scharf waren. Niemand hatte je Schwierigkeiten damit. Niemand war je angewidert oder abgeneigt. Niemand bekam jemals keinen hoch.

Und dennoch wechselte er nicht den Sender, er zog es vor, sich an die Zähne zu klopfen und seine Finger zu küssen.

Eine Stimme, die er im ersten Moment für einen Knabensopran hielt, ließ ihn aufhorchen. Vor Jahren hatte er kurze Zeit im Schulchor mitgesungen, seitdem fielen ihm hohe, klare Stimmen auf. Plötzlich begann er hinzuhören und versuchte den Sender klarer reinzubekommen. Die schwerelose Sopranstimme sang: Glaub nicht, was du siehst, glaub nicht, was du hörst, glaub nicht, was du fühlst, es sei denn, du fühlst Angst.

Boyd hatte gerade noch Zeit, eine Melodielinie aus Frauenstimmen unter dem Sopran zu bemerken und eine Art puckernd beharrlichen Dance Beat, der alles unterfütterte, da wurde die Nummer ausgeblendet, und ein anderer Song setzte ein. Er wartete mit aufgedrehter Lautstärke darauf, dass der DJ den Titel der Nummer nannte, aber er wartete vergebens.

Es war wohl, so dachte er später, der harte Kontrast zwischen der unschuldigen Stimme und dem Zynismus des Textes, der ihn in Bann geschlagen hatte. Wenn ihn etwas berührte, musste er dem auf den Grund gehen. Er neigte zum Peniblen.

Doch als er dort in seinem Auto im Stau steckte, verstärkte der Song lediglich Boyds schwelende Frustration. Er ging ihm den ganzen Tag nicht aus dem Sinn. Er fragte ein paar Kollegen, aber keiner wusste, wovon er sprach. Es schien, als habe die Stimme, der Song nur für ihn existiert. Der Rest der Welt war ignorant und hatte die Botschaft nicht wahrgenommen.

Nach der Arbeit ging er joggen, lief durch dunkle Straßen, bis er seine Beine nicht mehr spürte und sein Verstand zum Metronom wurde, das Schritte zählte. Als er an nichts anderes mehr dachte als an Zahlen, ging er nach Hause, duschte, kleidete sich ganz in coolem Schwarz und verzehrte Schlankheitskost aus dem Tiefkühlfach. Er fühlte sich sauber und stark und hatte alles im Griff. Bis auf eins.

Er rief bei der Telefonauskunft an, um herauszufinden, wie man den Sender kontaktieren konnte. Während er wartete, rieb er eine Handfläche rhythmisch über seine Bauchmuskeln und schaute durchs Fenster hinaus auf die dunkle Straße. Seine Hand war zufrieden, aber sein Gemüt ließ ihn hängen, und er erinnerte sich an die Szene, als sein Mädel die Straße überquerte, in ein Auto stieg, das ein anderer Mann fuhr, und für immer seine Wohnung und sein Leben verließ. Seine Ex ging ohne ausreichende Begründung. Er hatte nie wieder mit ihr gesprochen, doch irgendwie verblieb ein Rest Erwartung, dass sie eines Tages zurückkehren und ihm eröffnen würde, sie habe einen Riesenfehler gemacht.

Als er den Sender anrief, wurde er aufgefordert, eine Nachricht zu hinterlassen. Das tat er nicht. Stattdessen ging er schlafen und ließ das Radio am Bett die ganze Nacht laufen.

Er wurde am nächsten Morgen um 5:27 Uhr schlagartig wach, als er denselben Sopran vernahm. Die Stimme glitt über sein Kopfkissen durch den Schlafnebel und sickerte in seine leeren Ohren. Diesmal hörte er unter der Zeile »Don't believe what you feel« zwei Stimmen in süßer Harmonie, die eindringlich beharrten: »Ha-ha-heart, ho-ho-home, hee-hee-heat«, wieder und wieder und wieder. Dann setzte die Hauptstimme ein mit einer so gefälligen Melodie, dass er kurz dachte, er wäre verschaukelt worden: doch bloß wieder ein ganz ordinärer Lovesong. Doch als er sich auf die neue Stimme einhörte, ließ ihn der Text senkrecht im Bett hochfahren. Er ging so: »Incensed and insane he lost all control. Good father, oh yeah, never had a soul.« – Erbost und im Wahn überwältigt ihn Schmerz: Der Vater, der gute, hatte niemals ein Herz.

Schockiert saß er aufrecht im Bett, noch nicht ganz wach, und ihm taumelten drei Fragmente des Songs durch den Kopf: Vater hatte niemals ein Herz, ho-ho-home, es sei denn, du fühlst Angst. Oh Scheiße, dachte er, jemand weiß Bescheid, jemand hat spioniert.

»So, so«, unterbrach der DJ, »das also ist der Song, den Howard Stern in den USA als das beste Unentdeckte preist, was seit Jahren aus Britannien gekommen ist. Sehen wir mal, ob der alte Hörfunk-Wüstling noch eine Antenne für Hits hat. Das war ›Family Life‹ von SisterHood.«

Boyd stand auf, suchte einen Stift und schrieb Family Life/Sisterhood auf seinen Telefonblock. Er ging zurück ins Bett und wurde um acht vom Wecker geweckt. Nun kam es ihm fast vor, als habe es gar keine nächtliche Botschaft gegeben. Aber dort, auf seinem Telefonblock, standen in seiner kleinen, sauberen Handschrift die Namen eines Songs und einer Band.

Später dachte er, wären Platte und Band nicht so schwer aufzuspüren gewesen, hätte er sich niemals so dahintergeklemmt. Er fühlte sich wie ein Jäger, der einer erkalteten Fährte folgt. Ein Plattenladen glaubte, er suche Sister Sledge. Ein anderer dachte, er meine die Band Family. Alles Idioten, fand er, sie hörten einfach nicht zu. Pickelgesichtige Bübchen, die sich für trendig hielten, weil sie bei HMV arbeiteten, die aber von Tuten und Blasen keine Ahnung hatten und über die Intelligenz eines durchschnittlichen Staubsaugers verfügten. Mit etwas mehr Verstand könnten sie die Prüfung im Kindergarten schaffen.

Boyd war kein toleranter Mann. Und sein Missmut weckte Verlangen nach einer Zigarette, was ihm im Gegenzug das Gefühl gab, sich nicht im Griff zu haben. Und wenn es ein Mantra gab, das Boyd half, dann dieses: Wenn du dich selbst nicht im Griff hast, was hast du dann im Griff? Während die Kerle, mit denen er zur Schule gegangen war, und all seine Arbeitskollegen sich von montags bis freitags dumm soffen, beim geringsten Anlass wichsten und sich hustend und röchelnd zwanzig Kippen am Tag reinzogen, sah Boyd seine Triebe als Feinde an. Ja, er hatte in der Oberstufe geraucht. Und weitergeraucht, bis ihm – es war fast eine göttliche Offenbarung – klar wurde, dass nicht er die Zigaretten rauchte, sondern die Zigaretten ihn. Wer, fragte er sich, hatte hier wen im Griff? Er sich selbst? Oder 2,7 Milligramm Nikotin ihn? Er hörte am selben Tag auf. Drei Jahre später, Lunge, Haut, Haare und Zähne vorbildlich in Schuss, reagierte er auf Verärgerung immer noch mit einem Griff in die Tasche.

Der Independent-Plattenladen in Camden, Soundzoff, war ein nerviger Schuppen ohne nachvollziehbare Systematik. Die Sortierung folgte der eigenwilligen Logik Baily Cotters und zwang jeden, der etwas suchte, mit ihm zu sprechen. SisterHoods Aufnahmen waren unter Misc/indi/fem einsortiert.

»Ach ja, die«, sagte Baily Cotter im Ton eines Mannes, der etwas längst erforscht, eingeordnet und verworfen hat. »Band aus Nord-London. Nennen sich so, weil ihre Hood die Seven Sisters Road ist. Ich hab erst von ihnen gehört, als eine davon an Überdosis starb.« Wie vieles von Baily Cotters Expertenwissen erwies sich das als effektvoll, aber unzutreffend. »Ich glaub nicht, dass die Scheiben an Wiederverkaufswert zunehmen, egal wie lange Sie sie aufheben.« Auch das stellte sich als falsch heraus. »Hab gehört, die legen eine echt geile Live-Show hin.« Was ausnahmsweise stimmte.

Der Auftritt, bei dem Boyd SisterHood zum ersten Mal live sah, lief unter freiem Himmel im Finsbury Park. Es begann gesetzt, aber schon nach zwei Songs wurde es zunehmend gesetzlos. Das halbe Publikum, hauptsächlich Frauen, sprang von den Bänken auf und drängte sich vor der Bühne, in den

Durchgängen, überall, wo man stehen und tanzen konnte. Alle anderen mussten ebenfalls aufstehen, wenn sie noch etwas anderes sehen wollten als rotierende Frauenpopos. Dieses Ärgernis kehrte sich jedoch zum Vorteil, denn als die Band ›Family Life‹ anstimmte, hatte Boyd die Möglichkeit, sich durch die tanzenden Frauen zu rempeln und direkt vor der Bühne aufzubauen.

Zu seinem Erstaunen erwies sich der Knabensopran als dasselbe spindeldürre Mädchen, das bei der letzten Nummer wie eine gingetränkte Barsängerin geklungen hatte. Das nuttige Flittchen im roten Kleid sang die Melodie, die Dicke und die Asiatin sangen die rhythmischen Chöre, dann öffnete die Kleine mit den Augen den Mund, und heraus strömte dieser grandiose Sopran: Warnung vor und Anklage einer grauenerregenden Vaterfigur.

Boyds Kehle schnürte sich zu. Seine Beine begannen zu zittern, und Schweiß prickelte auf seiner Kopfhaut wie vereiste Nadeln.

Wie ein Chorknabe hielt die Kleine ihren Blick an den fernen Horizont geheftet, ihre Miene genauso unfassbar rein wie ihre Stimme. Sie sah aus wie ein Kind, das niemals erwachsen oder beschmutzt werden konnte. Trotz der zerlumpten Kleidung erinnerte ihr Gesicht an ein kitschiges viktorianisches Ölgemälde.

Als die Nummer endete, kehrte ihr Blick aus weiter, weiter Ferne zurück, und sie sah Boyd direkt in die Augen. »Ja«, schien sie unendlich traurig zu sagen, »ja, dieser Song handelt von dir. Und ja, ich weiß, dass du hier bist. Ich *sehe* dich.«

Stimmen an Wänden – aus der Biografie

Wenn man Kasie McDonald glaubt (Lyrical Sisters, She-bang, A Feminist Critique, 1991, Random House), muss man davon ausgehen, dass Elly zwar in puncto Melodie, Arrangement und Rhythmus eine Magierin war, die Texte jedoch von Briony und Ayisha stammten. Immer und immer wieder schreibt Ms. McDonald in ihrer minutiösen, stellenweise schon strapaziösen Analyse die Lyrics sonst wem zu, nur nicht Elly.

Das weit verbreitete Bild von der bis zur Beschränktheit sprachunfähigen Elly basiert hauptsächlich auf drei mitgeschnittenen Interviews mit der Band, die Sally Mallory Mitte der 80er Jahre für *Radio Baddio* aufnahm und später auch im *Ker-ack Magazine* veröffentlichte. Darin antworten die Frauen auf Fragen und sprechen über ihre Ziele, Anliegen und Einflüsse. Die Aufnahmen entstanden, als die Frauen aufgekratzt waren vom unerwarteten Erfolg ihres zweiten Albums *Secrets From The Hood*, sie klingen redselig und triumphierend. »So, da habt ihr's!«, sagt Madeline mehrfach.

Etwas durchdachter äußert sich Briony: »Das ist kein Pop. Pop, das sind nette Liedchen und Partykutten. Wir sind echt, von Kopf bis Fuß. Unser Erfolg ist ein Triumph der Vielfalt. Frauen und Musik. Yeah, das sind wir.«

»Seit der Blütezeit des Punk gab es keine …«, setzt Ayisha an, bevor sie von Sally Mallory unterbrochen wird, die sagt:

»Wir haben ja noch gar nichts von Elly vernommen. Was denkst du, Elly?«

»Ähm?«

»Ist das nur ein kurzes Leuchten oder der Beginn von etwas Großem? Verlasst ihr jetzt die Indieszene und schließt euch dem Mainstream an?«

»Hä?«

»Erfolg?«

»Oh.« Es folgt eine peinlich lange Pause, dann sagt Elly: »Ähm, es ist wie Stimmen an Wänden.«

Rasch sagt Briony: »Sie meint *Schrift* auf Wänden. Unser Erfolg ist wie Graffiti. Ein Krakel auf der einheitlichen Wand des Schwanz-Rock.«

»Meintest du das?«, fragt Sally Mallory. Und nach einer weiteren Pause sagt Elly: »Ähm, okay.« Das war ihr gesamter Beitrag zu diesem Interview.

Doch ein paar Monate später kam ein Song mit dem Titel ›Voices On Walls‹ heraus, und auch wenn es vordergründig um Graffiti ging, lag darunter noch ein ernsteres Thema um Klatsch, Tratsch und die Zufälligkeit der Meinungsbildung, ein Plädoyer, nicht alles zu glauben, was gesagt wird. Kein großer Erfolg in den UK-Charts, aber ein paar Jahre später gab es in den USA Platin, als Tina Turner den Song coverte.

Wer Ellys Rolle in der Band – oder gar ihre Bedeutung für die Popmusik – unvoreingenommen untersuchen will, steht vor einem Problem: Es fehlt an schriftlichem Material. Alle, die damals mit ihr zu tun hatten, behaupten mehr oder weniger taktvoll, dass sie weder fließend lesen noch schreiben konnte, was eingedenk ihrer Schullaufbahn kaum überrascht. Verblieben ist ein Fundus alter Bänder, billig und auf schlechten Geräten endlos wiederbespielt, und natürlich ist nicht mehr zu ermitteln, was zuerst da war, die Aufnahme oder der Text. Wenn die Bänder als Vorlage dienten und die Songs erst später transkribiert wurden, müsste man schlussfolgern, dass Elly alleinige Autorin von neunzig Prozent des Bandmaterials war.

Auch wenn manche (O'Brian und Masters) anführen, noch in den 60ern hätte Elly zur klassischen Singer-Songwriter-Bewegung gehören können, ist die Mehrheit der Ansicht, da sämtliche Niederschriften in Brionys oder Ayishas Handschrift verfasst sind, muss die Urheberschaft bei einer von ihnen oder beiden liegen.

Aber was Ellys Ansehen als Songwriterin am meisten schadete, war ihr Ruf, geradezu übersinnlich einfühlsam zu sein. Alle, die je mit ihr gearbeitet haben, äußern sich dahingehend. »Als ob sie Gedanken lesen konnte – ich brauchte bloß an was zu denken, schon kam es mit einem verminderten H-Moll-Akkord aus ihr raus«, sagte Justice Woodman, Idol der Post-Punk/Protogrunge-Szene der späten 80er. Von daher ist es wohl kein Wunder, dass später so viele Künstler Anspruch auf die Urheberschaft ihrer Ideen, Zeilen, Titel und sogar ganzer Songs erhoben.

Der Gang der Ereignisse legt also nahe, dass auf Menschen, die sich offenkundig stark in andere einfühlen, alle Arten von Gefahren warten.

Caz Carter – Royal Albert Hall

Caz Carter sah im Hidden-Earth-Benefizkonzert eine Gelegenheit, etwas zurückzugeben, mal was für andere zu tun. Das jedenfalls sagte er der Reporterin von *Hit-Hot*. Er schleuderte sich die Zottelmähne aus dem Gesicht und lächelte. Es war ein tolles Lächeln, aber die Reporterin dachte, wem machst du hier was vor? Alle wissen, das hier ist das Medienereignis der Saison. Böse Zungen meinen, Caz' Manager hat wochenlang vor Stings Türschwelle campiert und um die Chance gebettelt, dabei sein zu dürfen.

Caz schnupperte an seinen Fingern, dann hielt er der Reporterin seine Hand hin. »Sag du doch mal, Gabby«, sagte er. »Riechst du Zigarettenrauch an meinen Fingern?«

Sie nahm seine Hand und starrte ihn an. Er fuhr fort: »Ich hab letzte Woche aufgehört, seitdem rieche ich überall verfluchte Zigaretten. Hab nie was gerochen, als ich noch rauchte, jetzt stinkt es die ganze Zeit.«

Vorsichtig schnupperte sie an seinen Fingern, fürchtete eine Falle. Seine Finger rochen nach Schwanz, aber zu ihrem Erstaunen hielt sie seine Hand in ihrer. Sie mochte ihm nicht widersprechen. »Wirklich? Wie lange hast du keine mehr geraucht?«

»Fünf Tage und siebeneinhalb Stunden. Diese Frau, die Dicke, die bei Elly spielt – sie meint, das ist das Gift, das langsam ausdünstet.«

Gabby fragte sich, warum Caz sich damit quälte, das Rauchen aufzugeben, wo doch laut Backstage-Tratsch Nikotin sein harmlosestes Problem war. Sie sagte: »Vielleicht ist es ein Phantomgeruch, wie bei Leuten, die ein Körperteil verlieren und dann schwören, es schmerzt oder juckt immer noch.«

»Diese Frau sagt, es dauert ein ganzes Jahr, bis meine Lungen wieder ganz sauber sind. Wie soll ich ein ganzes Jahr durchhalten, wenn ich immer Kippen an meinen Händen rieche?« Er griff hinter sich und zog eine Flasche Jack Daniels hervor. Er nahm einen großen Schluck und reichte die Flasche an Gabby weiter, die lieber ein Glas gehabt hätte.

Sie sagte: »In der Pressemitteilung steht, du singst mit Elly ein Duett. Wie kommt das?«

»Das ist einfach ein cooler Song. Weißt du, ich möchte echt gern mit ihr arbeiten. Wir planen einen Song-Zyklus von sechs Stücken.«

»Sting hat sie die Hymne für heute Abend komponieren lassen.«

»Yeah«, sagte Caz und nagte missmutig an seinem Daumenknöchel. »Sting.«

»Wie läuft das so?«

»Die Probe war zum Totlachen. Totales Chaos. Seine Stingness ging die Wände hoch.«

»Die Single klingt brillant.«

»Na klar, warum auch nicht? Sie mussten ja nicht alle gleichzeitig ins Studio. Wie viele Egos braucht es, um die Albert Hall zu füllen?«

»Wo gesungen wird, da fallen Egos.«

Caz starrte sie an, ohne zu lächeln. Alles klar, dachte die Reporterin, die Witze hier machst *du*. Er lehnte sich auf dem alten grünen Sofa zurück und sagte: »Willste mir einen blasen? Blas mir einen, und ich erzähl dir was echt Heißes über Sting.« Der Schritt seiner edlen schwarzen Jeans schien sich einem Scheinwerfer entgegenzurecken.

Durch die Lautsprecheranlage gellte plötzlich eine Durchsage, was die Reporterin zusammenfahren ließ. »So, jetzt noch einmal, Leute – das Finale. Alle auf die Bühne bitte.«

»Nicht *jetzt*«, sagte Caz zur Zimmerdecke und öffnete seine

Gürtelschnalle. »Ich hab die Nase voll von Probedurchläufen. Na los, komm her.«

Die Reporterin versuchte noch zu entscheiden, was sie jetzt machen sollte, als jemand an die Garderobentür klopfte. Elly steckte den Kopf ins Zimmer. Als sie Caz mit offenem Hosenstall sah, murmelte sie: »Ähm, 'tschuldigung, 'tschuldigung«, und zog sich zurück.

Caz sprang auf, rief »Du blöde Schlampe!« und stieß die Reporterin zur Seite. Dann verschwand er im Gang, wobei er versuchte, den Gürtel wieder in die Schlaufen seiner Hose zu fädeln.

Die Reporterin starrte nach unten auf ihre Sandalen. Sie waren rosa und hübsch. Ihre Fußnägel waren ebenfalls rosa und hübsch. Sie hatte künstlich gebräunte Beine, toastfarben und spiegelglatt bis rauf zu ihrem frisch epilierten Brazilian. Sie war dafür ausgerüstet, einem Rockstar aufzufallen, ihm Geheimnisse zu entlocken und sich ihr Gehalt zu verdienen. Tatsächlich war sie dafür ausgerüstet, sich von einem zweitklassigen Sänger auf dem Weg nach oben blöde Schlampe nennen zu lassen. Einem Sänger, dessen Kooperationsentscheidungen weise und dessen PR-Entscheidungen verheerend waren.

Gabby, die blöde Schlampe, beschloss einen Wer-hat-hier-Talent-Artikel zu schreiben. Sie benutzte eins der Telefone im Presseraum und rief eine brillante und skrupellose freischaffende Fotografin an. Im Kopf hatte sie noch ein Bild vom Vormittag – Elly stand an einem Proben-Keyboard. Der Hocker war zu hoch und sie kam nicht an die Fußpedale ran. Also stand sie auf wie Jerry Lee Lewis oder Little Richard und wiederholte geduldig eine Akkordfolge, damit Caz den Song einüben konnte, mit dem sie später auftreten würden. Caz, zu eitel und zu blöd, um öffentlich eine Brille zu tragen, schielte dümmlich auf den handgeschriebenen Text. Elly, kleiner Klavier-Kobold, soufflierte und sprach ihm Mut zu. Caz, Möchtegern-Solokünstler und Superstar, schluckte seinen Stolz runter und ließ sich von ihr führen.

Die Körpersprache war so entlarvend. Zum Kringeln. Das war das Wunschfoto, mit dem Gabby ihren Artikel bebildern wollte. Dann konnte niemand ihre Behauptung bestreiten, dass Elly die Lebenskraft und Caz der Parasit war. Vielleicht brachte das sogar seine Solo-Ambitionen zu Fall. Letztlich hatte es doch etwas geradezu Lächerliches, wenn das Mitglied einer nichtssagenden Bubi-Band glaubte, sich ernst nehmen zu müssen.

Caz' Manager schlingerte in die Garderobe und sagte: »Was machen Sie hier?« Seine Augäpfel waren blutrot und schienen in den Höhlen zu schwimmen. Noch zugedröhnter als Caz, dachte Gabby.

Sie sagte: »Gabby Vazey. Ich warte auf Caz. Sie haben das Interview doch selbst vereinbart.«

»Yeah, yeah.« Er war zu weggetreten, um sich groß zu bemühen. Er ließ sich auf das grüne Sofa plumpsen. »Los, gehn Sie … Ihr … Dings … Interview. Raus hier.«

»Darf ich Sie zitieren?«, fragte sie mit boshafter Unschuld. »Wie haben Caz und Elly sich kennengelernt? Steht Caz auf kleine Mädchen? Wie denken die anderen Zeitguyz über den Ausstieg von Caz?«

Der Mann wuchtete sich hoch. »Caz steigt doch nicht aus … Zeitguyz und ich verklagen jeden, der das sagt. Ist das klar? Zeitguyz sind auf dem Höhepunkt. Sie verkaufen in zweistelliger Millionenhöhe. Das lässt sich Caz doch nicht entgehen. Nur über meine Leiche.«

Gabby lächelte süß. »Spannungen in der Gruppe? Künstlerische Differenzen? Persönliche Konflikte? Na los, Sie können es mir anvertrauen.«

»Was haben Sie gesagt, für wen schreiben Sie?«

»Was sagen Sie zu Caz' Plan, einen Zyklus von zehn Songs mit Elly zu schreiben? Meint er das ernst?«

»Caz ist ein er... ernster Junge.« Der Manager hätte fast gekichert, gab sich dann einen Ruck und fügte hinzu: »Elly? Nicht auf dem Planeten Zeitguyz, sorry. Und jetzt, wie ich schon sagte, Kleines, verpissen Sie sich schleunigst.«

Gabby notierte: »Caz ein ernster Junge? Nicht auf dem Planeten Zeitguyz, und ich verklage jeden, der das sagt, schwört der Manager.« Sie versenkte die scharfe Spitze ihres Bleistifts in ihrem Notizbuch und stellte sich Nägel auf Fleisch vor. Sie fragte sich, wie Caz es geschafft hatte, an Elly ranzukommen. Nach allem, was sie über Ellys Manager gehört hatte, wachte er über ihr Schreibtalent wie ein Rottweiler über ein Schweinekotelett. Es war eine große Ehre, die mega-öffentlichkeitswirksame Hymne fürs Hidden-Earth-Benefizkonzert zu schreiben, aber bei Caz lag der Fall ganz anders.

Die Fotografin Carmina sah aus wie einer Geisterbahn entsprungen – halb Domina, halb Gothic-Luder – genau der Look, den man auf einem Rockkonzert erwarten würde. Sie selbst wirkte so exhibitionistisch, dass die Security ihre Kamera übersah, als Gabby sie auf ihrem Backstagepass mit reinschleuste. Genau das war Carminas Masche. Sie versteckte ihre tückische Intelligenz und ihre Ausrüstung hinter einer haarsträubenden Maske.

»Wir schießen Caz von Zeitguyz ab«, erläuterte Gabby leise. »Der kleine Arsch arbeitet angeblich mit Elly von SisterHood zusammen.«

»Sie auch?« Carmina konnte sprechen, ohne einen einzigen Gesichtsmuskel zu bewegen.

»Nein. Elly mögen wir. Sie ist das ausgebeutete Talent.«

»Armes Kind aus mieser Gegend?«

»Und kreativ bis in die Zehen. Yeah, wir schreiben hier die Geschichte neu. Alles klar?«

»Geil«, sagte Carmina. »Ich kann Zeitguyz nicht ausstehen. Beschissener Pop am Stiel. Was hat er dir getan?«

»Och, bloß das Übliche – nannte mich blöde Schlampe und wollte, dass ich ihm einen blase.«

»Klar«, sagte Carmina, »na, den kriegen wir dran.« Sie war Gabby zutiefst dankbar für diese Backstage-Einladung in besonderer Mission. Es war das Konzert des Jahres, nur festangestellte Pressefotografen, keine Chance, mit Hilfe von Musikmedien an eine Akkreditierung zu kommen. Carmina packte ihre Gelegenheit beim Schopf und wrang sie aus bis auf den letzten Tropfen. Sie besaß die Fähigkeit, mit der Linse zu komponieren, sie besaß die Geduld, auf das Eintreten des entscheidenden Moments zu warten, und sie besaß die Reaktionsgeschwindigkeit, wenn er eintrat. Die Schwierigkeit lag darin, sich genug Respekt zu verschaffen, um zu den heißen Gigs eingeladen zu werden. Jetzt, wo sie hier war, würde sie ihre Chance nicht vermasseln.

Carminas Bilder aus der Albert Hall gingen um die Welt. Nicht nur die von Elly und Caz. Praktisch jeder große Name im Programm war ihr noch ins Netz gegangen. Niemand nimmt sich so viele Freiheiten heraus wie ungeladene Gäste.

Gabby wählte die Fotos aus, die ihren Artikel bebilderten. Es gab eins, das wie eine Entführung wirkte – Caz packt Elly am Ellbogen und zerrt sie aus dem Gleichgewicht, fort von Ayisha, die einen Arm ausstreckt, um sie zu retten. Elly ist Ayisha zugewandt, auch ihre Hand ist ausgestreckt. Die Bildkomposition mutet an wie ein Fragment aus einem klassischen Gemälde, der Raub der Sabinerinnen oder der Bethlehemitische Kindermord. Es kam rüber wie ein Augenblick der Gewalt. Und genau den würde es auch symbolisieren. Irgendwann vergaß sogar Gabby selbst, dass es lediglich um ein Plektrum gegangen war, welches Ayisha Elly noch schnell reichte, als sie mit Caz wegging.

Das nächste Bild war authentisch. Es zeigte genau das, was wirklich geschah: Caz späht Elly über die Schulter, um zu sehen, welchen Akkord sie greift. Beide halten Akustikgitarren. Elly ist im Vordergrund und spielt. Ihr närrisches Haar umrahmt eine Miene voll träumerischer Konzentration. Ihr Körper ist entspannt und zielstrebig. Man kann genau sehen, an welchen Stellen ihre angeknabberten Fingerkuppen auf den Bünden sitzen. Caz, halb hinter ihr, reckt den Hals. In dieser Sekunde sieht er aus wie ein Geier. Sein Gesichtsausdruck ist eifrig, hungrig, doch seine Hände sind schlaff. Er weiß nicht, wohin mit den Fingern. Es ist absolut klar, dass er sich bemüht, Elly zu folgen, und wie sie ihm weit voraus ist. Diesmal lügt die Kamera nicht. Es war das Bild, das Gabby von Anfang an haben wollte, das, welches die Wer-nutzt-wen-aus-Frage beantwortete.

Aber das Foto, das am Ende die größte Verwüstung anrichtete, war eins, das erst mal am harmlosesten wirkte. Es wurde mit einem Teleobjektiv am Ende der letzten Probe aufgenommen. Carmina durfte gar nicht im Saal sein, versteckte sich aber zwischen zwei Sitzreihen. Auf dem Bild hockt Elly im Schneidersitz auf dem Boden und stimmt eine Gitarre, ohne mitzubekommen, was hinter ihr vorgeht. Zu sehen sind Ellys Manager Tom Prax und seine Schwester Carol. Caz ist auch da mit einem riesigen bärtigen Roadie und einem zwielichtigen Mann im schwarzen Anzug, von dem sich später herausstellte, dass er Caz' Businessberater war. Caz schüttelt Tom die Hand. Ein Deal wurde besiegelt. Aber Carmina hatte den Moment erwischt, als alle sich umdrehten und zu Elly blickten. Wer weiß, vielleicht sprachen sie ja über Umweltverschmutzung und das Waldsterben. Unwichtig, denn die Wirkung des Bildes war die einer finsteren Verschwörung. Das Schicksal eines Kindes wird hinter ihrem Rücken entschieden. Sie sieht aus, als spielte sie in einer Schlangengrube, während die unheilvollen Mächte von Kommerz und Politik drohend über ihr aufragen.

Fotografien sind gefährlich. Sie ermutigen Fremde, ohne jedes Hintergrundwissen über andere Menschen zu urteilen.

Warum sonst sollten berühmte Leute so viel Energie in den Versuch stecken, das Bildmaterial von sich zu kontrollieren?

Gabby und Carmina kannten sich damit besser aus als die meisten Menschen. Deshalb wählten sie von Caz ein Bild aus, das ihn beim Blinzeln erwischt hatte, just in dem Sekundenbruchteil, in dem er mit halb gesenkten Lidern völlig stoned und unfähig wirkte. Sie wählten Bilder von Elly, wo sie aussah wie ein verträumtes verwundbares Genie, das von erwachsenen Männern ausgebeutet und manipuliert werden konnte. Darin lag auch eine gewisse Wahrheit, die allerdings Ellys überschwängliches Lachen ausblendete und ihre Stärke auf der Bühne, wo sie im Alleingang einen Song zusammenzuhalten vermochte, wenn alle anderen auseinanderfielen.

Carmina war an jenem Tag Gabbys Geheimwaffe, aber was Caz letztlich umnietete, war das Timing. Die Singleauskoppelung aus dem Album *The Hidden Earth* war ›Secret World/Hidden Earth‹, die Hymne, die Sting und Elly zusammen geschrieben hatten, und auf der B-Seite befand sich ›Say Yes!‹, Caz' Duett mit Elly und den Backings von SisterHood. Wie zu erwarten schwang sich ›Secret World/Hidden Earth‹ in der ersten Woche auf Platz eins der Single-Charts. Aber es lag an ›Say Yes!‹, dass es dort blieb. Das hinderte ›Last Bus Back‹ von den Zeitguyz daran, den Spitzenplatz zu erreichen. Und es nährte Gerüchte, dass Caz bei Zeitguyz aussteigen wolle – alle dementiert vom Management der Band.

Dann erschien Gabbys Artikel in *Hit-Hot* und entlarvte Caz als Mann mit dem heimlichen Plan, die Band sitzen zu lassen, die ihn groß gemacht hatte, und sich wie ein Blutegel an ein Mädchen zu hängen, »die im kleinen Finger mehr Talent hat als er im ganzen Körper«.

Gleichzeitig machte die *Sun* mit einem Bild auf, das Caz beim Verlassen eines Nachtclubs zeigte, besoffen und wenig anmutig. Es war ein Foto, das im letzten Jahr jederzeit hätte erscheinen können, aber das eine Bildredaktion aufhebt für den Moment, wenn der Stoff richtig heiß ist. Und zwei Songs in den Top-Ten machten Caz unbestreitbar zu heißem Stoff.

Popstars haben schon Schlimmeres überstanden, und Caz hätte diesen Anschlag der ihn vormals feiernden Medien auch überlebt, hätte er ihnen nicht den Kampf angesagt. Er versuchte *Hit-Hot* zu verklagen, er versuchte Gabby zu verklagen, und er schlug eine Fotografin, nicht Carmina, die es vermutlich mehr verdient gehabt hätte. Mit anderen Worten, er machte sich komplett zum Hirsch. Zeitguyz hielt eine Bandsitzung ab und warf ihn raus, bevor er sie durch seinen Ausstieg in den Dreck ziehen konnte. Seine Solokarriere starb bei ihrer Geburt.

Wenn Gabby an diese frühe Phase ihres Lebens zurückdachte, erkannte sie das als die Zeit, in der sie hart geworden war. Davor hatte sie sich, sofern sie sich Träume gestattete, vielleicht als Autorin beim *Rolling Stone* gesehen – verehrt wie Greil Marcus oder Peter Guralnick. Nicht als eine Frau, die sich für eine kleine Kränkung an jemandem rächte, der ihr nicht mal genug bedeutete, um ihn zu verachten. Doch der toxische Artikel schlug ein, wurde von mehreren Medien übernommen. Gift war das, wofür sie berühmt wurde, trendige Häme und kultige Gehässigkeiten. Caz beförderte ihre Karriere, indem sie seine zunichtemachte.

Lohn

Als Briony durch die Jalousie auf die dunkelnde Straße spähte, meinte sie einen Mann zu sehen. Dann meinte sie eine Lücke zu sehen, wo eben ein Mann gestanden hatte. Seit einiger Zeit waren alle Jalousien ständig heruntergelassen, gegen Blicke und Kameras. Draußen vor dem Haus war immer irgendwer, manchmal eine kleine Menschenmenge. Heute, als sie von einem Termin bei ihrer Buchhalterin heimgekehrt war, hatte sie sich durch ein Trio Teenagerinnen kämpfen müssen, die sie anblafften: »Scheiße, was willst du denn, ey?«, als sie zur Haustür vorzudringen versuchte. Warum waren Ellys junge Fans so aggressiv? Die Vorstellung von Frauen als Opfer von Aggression lag Briony deutlich mehr. Sie predigte, bewunderte und verteidigte weibliche Stärke, aber wenn sie ihr in Form von Feindseligkeit entgegenschlug, machte ihr das Angst.

Sie ging durchs Haus nach hinten in die Küche. Jesses heruntergekommene, modrig verseuchte Sudelbude war schon lange verschwunden. Briony hatte umgebaut, eine Wand entfernt, einen Anbau angefügt, ein größeres Fenster eingelassen und den Raum in eine Art moderne Landhausküche verwandelt. Tatsächlich ähnelte das Ergebnis ihrer alten Küche in der Bancroft Road. Eine Küche, in der sie sich wohlfühlte. Sie verbrachte hier jetzt mehr Zeit als bei David. Elly hatte nichts dagegen. Elly schien ihre Umgebung gar nicht wahrzunehmen – Slum oder Palast, ihr war es gleich. Wobei Briony manchmal sah, wie sie nach der Rückkehr von einem Auswärtsgig an der Tür innehielt, sich dem Raum zuwandte, der jetzt ein gemütliches hübsches Wohnzimmer war, und mit schief gelegtem Kopf auf irgendetwas lauschte, was sie nie wieder hören würde. Briony verstand es einfach nicht. Sie sprach immer mal wieder mit Ayisha darüber: »Als Mutter war Jesse doch die völlige Niete. Elly musste sich um *sie* kümmern, dabei hätte es umgekehrt sein sollen. Das Haus war ein Saustall – regelrecht verpestet. Es war eiskalt. Es gab keinen Strom, weil Jesse die Rechnungen nicht bezahlte. Erst wir haben es in ein Zuhause verwandelt ...«

»*Du* warst das.« Ayisha kannte ihren Text. »Und ich weiß, Elly liebt es.«

»Schon, aber hin und wieder beschleicht mich das Gefühl, sie hätte gerne alles wieder so, wie es war. Und egal, wie viele von uns ihr Gesellschaft leisten und sich um sie kümmern, sie ist einsam.«

»Sie vermisst bloß ihre Mutter.« Auch Ayisha sehnte sich manchmal noch nach ihrer Mutter, besonders wenn sie deprimiert war. »Vielleicht gerade *weil* sie jetzt niemanden mehr zum Versorgen hat.«

»Aber sie ist zu jung, um jemanden zu versorgen«, sagte Briony automatisch. Sie drehte sich gedanklich im Kreis und kam nicht weiter, wie so oft.

»Wir sollten ihr einen kleinen Hund besorgen und dann weitersehen.«

»Sie hat keine Zeit für einen kleinen Hund.« Briony hatte etwas gegen Hunde. Gern hätte sie gefragt: Wozu braucht sie eine Mutter, wo sie mich hat? SisterHood ist ihre Familie.

SisterHood sah auf jeden Fall aus wie eine Familie. Alle lümmelten sich um den Küchentisch, Maddie und Ayisha tranken Rotwein, Finn süffelte ein Bier, Elly hatte eine Tasse Tee vor sich stehen. Briony wuchtete ihre Tasche auf den Tresen und fragte: »Hat sich dieser Mann wieder hier rumgedrückt?«

»Wer? Caz?«, fragte Maddie.

»Der irre Fan?«, fragte Ayisha.

»Welcher irre Fan?«, fragte Finn, was Maddie zum Lachen brachte.

»Man kann eine Band auch nach der Güte ihrer Fans beurteilen«, sagte Ayisha.

»Nach der Güte ihrer Irren«, sagte Finn.

Elly sah kaum von ihrem Comic auf.

»Ich dachte, ich hätte jemanden gesehen«, sagte Briony. »Elly, hat Caz dir wieder nachgestellt? Er ist eine richtige Nervensäge, seit er auf dem absteigenden Ast ist. Ich sag Tom, er soll mehr Securityleute einstellen.«

»Er denkt, Elly kann ihn retten«, bemerkte Ayisha. »Er hält sie für so 'ne Art heilige Bernadette der Musik und glaubt, ein neuer Hit kann ihn heilen.«

»Ich hab Hunger«, sagte Elly, ein wirkungsvoller Themenwechsel. Denn bis auf Maddie nahmen alle sofort das Abendessen in Angriff.

Maddie lauschte dieser Betriebsamkeit und spürte, wie in ihrer Brust die schon vertraute Hassentladung hochging. Die Band, die Elly Zuflucht gewährt und Chancen eröffnet hatte, war zur Hilfskapelle degradiert worden und verfiel nun immer mehr in die Rolle von Entourage und Hausangestellten. Nicht die Band gehörte nach der Güte der Irren beurteilt, die sie anzog, sondern Elly.

Es ist das scheiß Geld, dachte Maddie. Elly zahlt jetzt unseren Lohn. Wir sind verkackte Lohnsklaven. Wir gehen überallhin, wo sie hingeht, bloß manchmal gehen wir nicht mal mit auf die Bühne. Ich bin Elly Astorias verkackte Backgroundsängerin, und Big Bri ist ihre verkackte Haushälterin.

Maddie stand auf. »Wo willst du hin?«, fragte Finn.

»Weg.«

»Wohin denn?« Finn war immer misstrauisch.

»Einfach raus. Ich fühl mich eingepfercht und gestresst.«

»Mit wem triffst du dich?« Obwohl die Affäre seit Monaten vorbei war, verdächtigte Finn Maddie, dass sie mit Tom kungelte, um sich ein größeres Stück vom Kuchen zu sichern.

Kümmere dich um deinen eigenen Scheiß, wollte Maddie sagen. Aber sie bemerkte, dass auch Elly sie fragend ansah.

»Ich brauch nur ein bisschen Luft«, sagte sie und dachte: Es ist das verfluchte unselige Geld. Sie sah ihre neue Wohnung in St. John's Wood mit der astronomischen Hypothek vor sich – ihre schöne luftige Wohnung, von der sie gar nicht viel hatte, weil sie ständig in Ellys engem Haus hockte.

»Bist du zum Essen zurück?«, fragte Briony.

»Wahrscheinlich«, sagte Maddie, bezwungen von der Last ihrer Schulden.

»Dann bring noch Wein mit.«

Maddie knallte nicht mal die Tür, als sie rausging. Noch mehr Wein. Früher hatte keine so viel getrunken. Briony und Ayisha soffen sich kistenweise durch das Zeug.

Sie schritt die Straße entlang, versuchte sich zu erinnern, wo ihr Auto stand, da rauschte plötzlich ein tückischer Sommerschauer vom Himmel und durchnässte sofort ihr dünnes Hemd.

Ein Auto tauchte neben ihr auf, und aus dem geöffneten Fenster drang eine Stimme: »So etwas tue ich *nie* … aber kann ich Sie ein Stück mitnehmen?«

Madelines erster und naheliegendster Gedanke war, verpiss dich, Penner – ups, feiner Schlitten. Der Wagen war ein schnittiger schlanker BMW. Der Knabe im Innern nett, aber stinknormal. Er sagte: »Nur wegen des Regens, und weil es keine so tolle Gegend ist, und Sie sind ungefähr so alt wie meine Schwester.«

Madelines Auto war ein kleiner Renault, eine Kindermädchenkutsche, wie sie oft dachte. Es passte nicht zu ihrem Selbstbild, zu ihrer neuen Wohnung. Sie sollte längst in der Lage sein, sich beides leisten zu können, sexy Bleibe und sexy Karosse, stattdessen empfing sie Lohn, wo ihr Teilhabe zustand.

Sie blieb stehen und ließ zu, dass der Regen ihr die Haare ins Gesicht klatschte. Sie musterte den BMW und seinen Fahrer.

Armani-Jackett? Unter ihrem dünnen Hemd reagierten ihre Nippel auf den kalten Guss. Sie richtete sie auf den Fahrer. »Sind Sie ein Zuhälter oder so was?«

»Himmel, nein!« Der Mann blinzelte nervös. »Das war wohl ein idiotischer Impuls von mir. Es tut mir sehr leid.«

Aber in Wirklichkeit war der BMW zu unaufdringlich für einen Luden. Und irgendwas an der Art, wie der Mann verschämt den Kopf einzog, kam ihr so vertraut vor.

»Kenne ich Sie?«, fragte sie. »Sind wir uns mal begegnet?«

»Witzig«, sagte er, »ich dachte gerade dasselbe.«

Madeline ging zur Beifahrerseite, und der Mann lehnte sich rüber, um ihr die Tür zu öffnen.

Erinnerung

Die Biografin entschließt sich,
das zentrale Problem anzugehen

Amy gehören jetzt die oberen zwei Stockwerke eines viktorianischen Einfamilienhauses keine halbe Meile entfernt von der Straße, wo vor etwa zwanzig Jahren Elly gewohnt hat. Die Gegend, damals ein zum Slum verkommenes Einwandererviertel, ist heute mittelständisch und kleingewerblich. Geputzte Fenster, frisch gestrichene Fassaden, abgeschliffene Fußböden, die städtebaulichen Eigenarten liebevoll restauriert.

Amy ging sich Ellys altes Haus ansehen und wurde von der stolzen Besitzerin herumgeführt. Sie sah den neuen Anbau, der den halben Garten einnahm, der wiederum war zu einem kleinen italienischen Innenhof umgestaltet. Französische Türen und raffinierte Verglasung machten alles hell und luftig. Man vergaß beinahe, wie schmal es war. Eins der zwei Schlafzimmer war zu Duschbad und begehbarem Schrank für das größere umgebaut. Eine Wendeltreppe führte hinauf zum einstigen Dachboden, nun ein großzügiges modernes Wohnschlaf-Atelier mit Bad.

Drei Bäder in einem Haus dieser Größe, dachte Amy, wo kam bloß diese Besessenheit für Badezimmer her? Vor zwanzig Jahren hatten die Mitglieder von SisterHood sich eins geteilt und dabei nicht unterprivilegiert gefühlt.

»Elly Astoria?«, sagte die Besitzerin stirnrunzelnd. »Sister-Hood? An SisterHood kann ich mich nicht erinnern, aber hat Elly nicht irgendwas mit, äh, Chantelle LaSwelle gemacht? Warten Sie mal … das war doch … äh … Firedance On Water?«

»»Fire Dances On Water‹.«

»Und dann der Song über Pizza und Lust, der bei sämtlichen Schulfesten lief. Ich erinnere mich. Der brachte immer alle auf die Tanzfläche, sogar die Jungs. Das muss ich unbedingt Robert erzählen. Vielleicht montieren sie hier ja so eine blaue Gedenktafel an.«

»Frauen bekommen die natürlich selten«, sagte Amy unbedacht, dann sah sie den unmissverständlich postfeministischen Gesichtsausdruck der jüngeren Frau und wechselte das Thema. »Das ist ja wirklich ein pfiffiger Dachausbau.«

»Haben wir gleich gemacht, als wir eingezogen sind.«

»Und so schön hergerichtet – mir gefällt das viele Ocker.«

»Danke – das war mein Beitrag.« Die Frau schnurrte und streichelte ein raffiniert eingelassenes Nischenregal.

»Ich darf wohl nicht darauf hoffen, dass Sie beim Einzug ein Versteck mit lang vergessenen Schätzen gefunden haben?«

»Gerümpel, ja. Schätze, nein. Tut mir leid. Außerdem wohnen wir ja erst seit drei Jahren hier. Ich weiß nicht, wie viele Besitzer es gab seit der Zeit, um die es Ihnen geht. Sie schreiben also ein Buch. Wie spannend. Kaffee?«

Unten, in einer Küche, die aussah wie eine Abbildung aus einem Prospekt, fragte Amy sich ganz grundsätzlich, wo hier das Gerümpel verstaut war. Vermutlich gut versteckt in unsichtbaren Einbauschränken. Es gab ein Kind, momentan in der Schule, aber keine Spur von Unordnung. Wie ließ sich das hinkriegen, fragte sie sich, ein Kind zu haben ohne Kinderchaos? Was für ein Leben führte diese Frau, das, wie es schien, absolut makellosen Oberflächen gewidmet war? Die letzte Zuflucht der Krimskramshorter, den Dachboden, hatte sie eliminiert, also wo waren all die Sachen hin, die zu schäbig waren, um sie zu behalten, aber zu wertvoll, um sie wegzuschmeißen, oder nutzlos, aber voller Geschichte? Definieren Sie Gerümpel, wollte Amy sagen, ihren kürzlichen Umzug samt Ausmist-Versuchen im Kopf – Versuche, die immer wieder von Erinnerungen und Rührseligkeit durchkreuzt wurden. Beruhte nicht auch die Wahl ihres Themas auf Erinnerungen und Rührseligkeit? Ein im Café gehörter Song, ein gedrückter Erinnerungsknopf, eine Kugel direkt ins Herz. Ein Augenblick des Kummers und Bedauerns, auf dem sie ein paar Jahre Arbeit und ein neues dynamisches Ich aufzubauen hoffte.

Wenn die Vorstellung möglich ist, dass ein Ort einer Lobotomie unterzogen wird, war Ellys Haus genau das widerfahren. Es kam Amy blitzeblank geschrubbt vor, seine Vergangenheit ausgelöscht. Nichts gemahnte mehr an den Dreck, die Kreativität, das Trauma, aus denen Ellys Leben bestanden hatte. Nicht das leiseste Flüstern der Erinnerung hing in der parfümierten Luft oder verunzierte die makellosen Malerarbeiten. Sie stand an der Stelle, wo Jesse gestorben war, schaute hinunter auf den abgeschliffenen, klarlackierten Holzfußboden, versuchte sich Blut vorzustellen, wie es durch einen schäbigen Teppich sickert und die Holzdielen besudelt. Jesses armer kaputter Kopf hatte einst an genau diesem Fleck geruht, aber keinerlei Spuren hinterlassen.

Sie verabschiedete sich und erwähnte weder Jesses tragischen Tod noch die Maden in ihrem Haar. Eine so besessene Perfektionistin wie die neue Besitzerin mochte glatt durchdrehen. Amy überlegte, wer wohl alles in ihrem eigenen neuen Zuhause gestorben war, und wie. Das Haus war hundertfünfzig Jahre alt – irgendwer musste darin gestorben sein. Vielleicht sogar gewaltsam. Womöglich schlief sie am Ort einer Mordtat. Sie vermerkte in ihrem Notizbuch, dass eine Geburt in ihrem Schlafzimmer im Grunde wahrscheinlicher schien, dass ihr der Gedanke jedoch zunächst nicht gekommen war. ›Verlust, Trennung, Tod – darum dreht sich all mein Denken‹, schrieb sie. ›Liegt das an dem Thema, das ich mir ausgesucht habe, oder ist es umgekehrt? Ich drücke mich vor dem zentralen Problem.‹

Das zentrale Problem war natürlich Ellys Tod.

Das zentrale Problem war natürlich Amys Verlust und Trennung – der Tod eines geliebten und wertgeschätzten Ichs. Bis jetzt war keine Wiedergeburt in Sicht. Wieso sollte sie ausgerechnet im Tod einer übermäßig begabten Teenagerin ihre persönliche Erlösung finden? Unmöglich. Sie hatte sich das falsche Thema gesucht. Sie betrachtete ihren Haufen Notizen, die sorgfältig beschrifteten Mappen mit Interviews, den Stapel Fotos, die vielen kopierten Zeitungsausschnitte. Sie starrte auf den Berg uralter Magazine und Musikzeitschriften. Sie griff zum Telefon und rief ihre Therapeutin an.

Einst, vor vielen Jahren, hatte sie einem Songtext gelauscht: »Heute ist nicht für ewig, du bringst mich durch die Nacht.« Damals klang es wie eine Botschaft der Hoffnung und des Neubeginns. Jetzt weinte derselbe Text vor Verzweiflung, und sie trauerte um ihre Jugend, Hoffnung und Unschuld.

»Ich kann mich nicht mal erinnern, wie sich Glücklichsein anfühlt«, erklärte sie ihrer Therapeutin. »Ich meine, ich erinnere mich an den Tag auf dem Land, sein Arm lag um mich, und ich fühlte mich so umsorgt. Aber nun kommt es mir vor, als hätte er mich belogen. Ich bin drauf reingefallen, bin eine Idiotin. Die Erinnerung ist vergiftet, am liebsten würde ich sie vergessen. Ich weiß schon, Sie wollen sagen, ich *wurde* geliebt, und ich soll heiter auf gute Zeiten zurückblicken …«

»Ach, will ich das sagen?« Die Therapeutin war an diese Art Projektion gewöhnt, verspürte aber hin und wieder den Drang zu protestieren.

»Ja, ich weiß, Liebe ist nicht für die Ewigkeit, und in Kunst – Sie wissen schon, Bücher, Songs – lässt sich alles hineindeuten, was man will. Das ist der Ort der Kunst – diese Leerstelle, die Künstler uns für uns selbst einräumen und für das, was uns umtreibt. Aber trotzdem fühle ich mich geprellt. Ich glaubte, ich würde geliebt, aber in Wahrheit wurde ich manipuliert und missbraucht. Ich liebte *ihn*, er aber liebte es, ein Publikum zu haben, eine Dienerin und eine, die ihn liebt. Ich wurde gar nicht geliebt. Ich war einfach bloß *da*.«

»Meine Güte«, murmelte die Therapeutin, »Sie zerfließen ja vor Selbstmitleid.« Es war das Ende eines langen harten Tages, trotzdem erlaubte sich die Therapeutin sarkastische Bemerkungen nur, wenn absolut gewährleistet war, dass niemand sie wahrnahm.

»Und dann dieser scheiß Song. Wenn man sich den Text mal genauer ansieht, ist er dermaßen banal – ›Morgen ist alles anders. Alles wird gut …‹ Wieso haben mich diese Plattitüden so mitgerissen? Die Melodie – es ist diese verdammte zauberhafte Melodie, sie scheint zu fliegen und diesen blöden Text auf Regenbogenschwingen davonzutragen.«

Sie hielt inne, von ihren eigenen Worten getroffen. Sie hatte *doch* das richtige Thema am Wickel. Sie *hatte* etwas gefunden, in das sie ihre verwundete Kreativität hineinpumpen konnte. Sie konnte es kaum erwarten, ihre Worte niederzuschreiben.

»Vielen Dank, dass Sie mich so kurzfristig empfangen haben«, sagte sie. »Sie haben mir wirklich geholfen.« Sie stand auf.

»Sie mich auch«, knurrte die Therapeutin ihrem verschwindenden Rücken hinterher.

Auf Amys Schreibtisch lag eine Liste mit Leuten, die zu interviewen wären. Sie nützte nur nicht viel. Sie begann so: Briony, Neuseeland; David, verstorben; Madeline, Kreuzfahrtschiffe? Ayisha, Kalifornien; Finn, Bristol; Tom und Carol, Las Vegas. Sie hatte sie allesamt angeschrieben. Niemand hatte geantwortet bis auf einen förmlichen, nicht unterschriebenen Kurzbrief von Caranto, der für den Fall nicht näher ausgeführter Umstände rechtliche Konsequenzen androhte und ihr mitteilte, wie viel es kostete, aus dem urheberrechtlich geschützten Gesamtwerk zu zitieren.

Hüten die ein Geheimnis, fragte sie sich, oder bin ich bloß nicht wichtig genug, um auf mich einzugehen? Bin ich nicht berühmt genug, um über ihre kostbare Elly zu schreiben? Elly, die ein paar Absätze (manchmal auch ein Kapitel) in Tonnen von Büchern über andere Leute wert ist, aber kein eigenes Buch hat.

Amy betrachtete ihre Liste, prüfte ihren Kontostand, seufzte und kaufte eine Fahrkarte nach Bristol. Finn sollte dankbar sein, dachte sie. Was hatte Finn denn seit SisterHood gemacht? Nichts, wovon Amy gehört hätte. SisterHood, die Verbindung mit Elly, war ihr einziges Anrecht auf Ruhm. Ansonsten war sie Schnee von gestern.

Ohne mich wird man sie vergessen, dachte Amy. Sie stand am Fenster und betrachtete die noch immer unvertraute Landschaft aus Dächern, Schornsteinen und Giebeln, die nun ihre Aussicht darstellte. Sie mochte das Spiel der untergehenden Sonne auf Ziegeln, Stein und Schiefer. Sie bemühte sich, die Erinnerung an ihren alten Garten wegzudrücken, wo die Sonne zum Tagesausklang seitlich auf das Gras schien.

Finn hören

In Bristol arbeitete Finn in Teilzeit für eine Bilderrahmerin. Abends gab sie Schlagzeugkurse und half beim Organisieren von Community-Konzerten. Sie war schwer zu erreichen, ihre Adresse und Telefonnummer zu kennen nützte Amy herzlich wenig. Sie hockte in ihrem knapp bemessenen, beinahe sauberen Hotelzimmer auf dem Bett und fand, eine Biografie zu schreiben war ein bisschen, wie ein in Trümmern liegendes Haus wieder aufzubauen – es gab eine Art Bausubstanz, ein Fundament, man wusste, wie es werden soll, aber ging es darum, das nötige Material aufzutreiben und die richtigen Leute für den Job, hatte man alle Hände voll zu tun. Sie sinnierte über die Vergleichbarkeit von Bibliotheken und Archiven mit Wertstoffhöfen. Es war einfacher, über historische Personen zu schreiben – wie zum Beispiel eine andere tragische Frau, Mary Stuart, Königin von Schottland –, weil das zur Verfügung stehende Material ganz klar begrenzt war. Aber eine zu heutigen Lebzeiten Verstorbene, das war eine wesentlich furchteinflößendere Aufgabe. Die Leute erinnerten sich an sie. Es gab zu viele Informationen. Manche davon waren irrelevant. Manches war schlicht falsch. Wichtige Teile fehlten. Sämtliche Beteiligten hatten mit irgendwem noch eine Rechnung offen.

Baute sie ein Schloss wieder auf oder einen Schuppen? Sie wusste es noch nicht. Also saß sie auf dem Bett, derweil der Fernseher schlechte Nachrichten murmelte, und wartete auf das Klingeln des Telefons. So sollte eine intelligente Frau nicht den Abend verbringen. Und abgesehen von albernen Metaphern über Wiederaufbau wurde ihr traurig bewusst, dass sie nichts weiter wollte, als mit einer Fremden zu sprechen. Einer, die ihr Einblick in ein anderes Leben ermöglichte.

Als das Telefon endlich klingelte, war es ihr ziemlich egal, ob Finn feindselig war oder unaufrichtig. Es war ihr egal, ob ihre Angaben etwas taugten. Alles, was sie wollte, war Stoff für neue Gedanken.

Und vermutlich war das ganz gut, denn Finn war nicht nüchtern und wollte ein Treffen in einem Pub, irgendwo mitten im wuseligen Stadtteil Montpelier. Amy wurde erst nach ausgedehnter Suche im Stadtplan fündig. Dort einen Parkplatz für ihren Miet-Astra zu finden dauerte länger als die Fahrt.

Es gab einen Schreckmoment, als sie den Pub betrat und Finn erspähte, die sich mit zwei Gefährtinnen in einer Sitzecke fläzte. Dieses kurze Schlingern der Eingeweide, wie wenn ein Lift zu schnell abwärts fährt. Vielleicht lag es am Zeitsprung rückwärts in all das Gelesene und Recherchierte. Oder daran, dass Finn einem Foto in einer alten Musikzeitschrift entsprungen war und leibhaftig vor ihr saß. Amy, die Finn aus Büchern und Bibliotheken kannte, merkte: Sie hatte nicht recht erwartet, dass es Finn im wirklichen Leben und in Echtzeit gab.

»Hast mich gefunden«, sagte Finn und lehnte sich mit vor breiter Brust gefalteten Armen zurück.

»Du hast dich kaum verändert.« Amy war regelrecht entgeistert. Finn trug noch den gleichen Punklesbenhaarschnitt, die gleichen tiefhängenden Jeans samt Doc Martens und dieselbe leicht angriffslustige Miene. Bloß etwas breiter war sie geworden und hatte graue Strähnen im Haar.

»Na und?« Finn wandte sich ihren zwei Neohippie-Gefährtinnen zu und sagte: »Die denken, wer keinen Erfolg mehr hat, ist nicht wiederzuerkennen. Ich bin einfach nur älter, sonst nichts, ich bin immer noch ich. Das schnallen die nicht.«

»Du hast doch immer noch Erfolg«, sagte Neohippie Nummer eins.

»*Sie* sieht das anders. Sie denkt, mein Leben hat aufgehört, als SisterHood aufhörten. Sie denkt, es gibt nur eins, was in meinem Leben von Bedeutung war, der Rest zählt nicht. Na, hab ich recht?«

»Nein.« Aber Amy war klug genug, Finns Stirnrunzeln richtig zu deuten und ihre Antwort zu korrigieren. »Doch. Du hast recht.«

»Seht ihr?« Finn knallte ihr leeres Bierglas auf den Tisch und wartete. Notgedrungen gab Amy die nächste Runde aus und dann auch gleich noch die übernächste, alles, um Finn locker zu machen.

»Du willst, dass ich in der Vergangenheit lebe, weil du's nämlich selber tust. Wieso sollte ich mich für dich verbiegen? In der Vergangenheit leben bedeutet Schmerz, kapierst du das nicht?«

»Doch, zufällig schon.«

»Tja, na dann, was ist überhaupt so wichtig an Elly? Musikerinnen, unser Leben kennt nur der scheiß Wind. Hast du schon mit Ayisha geredet? Dachte ich mir. Sie ist in scheiß Kalifornien. Wusstest du das?«

»Reg dich nicht auf«, murmelte Neohippie Nummer zwei.

»Zu scheiß empfindlich, um die Nachwehen zu verkraften. Zu scheiß nachgiebig, um für uns einzustehen. Aber nicht zu stolz, um ihren Anteil zu kassieren, falls ich gewinne, stimmt's? Ich gewinne – und sie kommt angerast. Wirst schon sehen.«

»Du klagst gegen Caranto?«

»Siehste, so seid ihr scheiß Schreiberlinge, das sagt doch alles. Du denkst, Elly war eine kleine Heilige oder so was, aber sie ist der Grund, dass der Rest von uns leer ausgegangen ist. Wir müssten uns in Kohle wälzen, aber rate mal, wer jetzt im Herrenhaus wohnt mit 'nem scheiß Swimmingpool und acht scheiß Schlafzimmern. Komm schon, rate mal. Natürlich Tom Prax und seine hochnäsige Schwester. Mitten in der Wüste von Nevada. Auf wessen Kosten? Na sag schon, auf wessen Kosten? Und wieso? Na weil Elly, das kleine Genie, zu dämlich war und zu gierig, um sich für ihre eigene Band gerade zu machen. Wir haben immer alles geteilt, bis dieser schmierige Pisser und seine hochnäsige Schwester aufgetaucht sind.«

Finn sackte auf der pseudosamtbezogenen Sitzbank in sich zusammen, anscheinend bewusstlos.

Nach einer Minute bemerkte Neohippie Nummer eins: »Sie ist verbittert.«

»Was du nicht sagst«, erwiderte Amy. Schweigen legte sich über den bierfleckigen Tisch. Jetzt gab es nur noch das Wummern von Schlagzeug und Bass aus dem aushustenden Soundsystem. Irgendwo blökte eine Alarmanlage durch die Nacht und machte sie ungerechtfertigt traurig. Sie griff nach ihrer Tasche auf dem Boden neben dem Stuhl.

»Du gibst ja schnell auf«, sagte Finn und öffnete ein Auge.

»Ich gebe nicht auf. Ich bin deprimiert und will mich schonen, um ein andermal weiterzustreiten.«

»Was zahlst du?«, fragte Finn. »Was krieg ich für meine Zeit und meine Informationen? Wie viel zahlt dir dein Verlag? Warum sollte ich schon wieder einer geldgierigen Fotze erlauben, sich auf meine Kosten zu bereichern?«

»Weil du das Buch willst?« Amy hatte einen alten Freund in einem Verlag, der »interessiert« war, aber bislang nicht interessiert genug, um einen Vorschuss locker zu machen. »Ich mache das, weil *ich* es will«, bekannte sie. »Eure Musik bedeutet mir viel. Ich bin mit euren Songs im Kopf aufgewachsen, und sie haben mich bei schweren Fehlern begleitet.«

»Der Soundtrack deines Lebens?« Finn verstand sich gut auf Sarkasmus, sie ließ eine Augenbraue zucken und fletschte leicht die Oberlippe wie Elvis.

»Das hast du natürlich alles schon mal gehört.«

»Was du nicht sagst.«

Schlagzeugerin und Biografin starrten sich an. Aber Amy spürte, wie ihre Depression von ihr wich. Sie stritten sich. Seit

Monaten war sie keinem anderen menschlichen Wesen so nahe gekommen.

Sie sagte: »Wie viele Hundert Biografien gibt es denn über Kerle im Musikgeschäft? Gerade ist wieder eine neue über Caz Carter erschienen, und der ist noch nicht mal tot. Hast du eine Ahnung, wie viele Seiten in diesem speichelleckerischen Stück Schwachsinn sich mit Elly befassen? Sie und SisterHood werden zusammen genau fünfmal erwähnt. Er lässt durchblicken, dass er die Band entdeckt hat. Na, kommst du dir jetzt nicht unheimlich wichtig vor?« Sarkasmus konnte sie auch. »Ihr dachtet, ihr wärt innovativ, aber ihr werdet aus der Musikgeschichte gestrichen, wie es mit Frauen so oft passiert. Na, wie abgedroschen ist das? Und du hockst hier rum in einem miesen kleinen Pub und lässt das alles brav geschehen, bloß weil du Schiss hast, noch mal übers Ohr gehauen werden. Es dreht sich nicht *alles* immer nur ums Geld.«

»Bei meiner Miete dreht es sich aber ums Geld. Immer dieses feministische Geschwätz«, lallte Finn. »Du willst doch auch nur die schmutzigen Einzelheiten, genau wie alle anderen. Scheinheilige Heuchlerin.«

»Und alles, was du willst, ist Geld. Scheiß doch auf deinen Ruf.«

»Gib noch eine Runde aus.« Auch Finn wirkte lebendiger, wenn sie herumstreiten und Befehle geben konnte.

»Ein andermal«, sagte Amy. »Du hast ja meine Nummer. Aber warte nicht zu lange. Ich fahre morgen nach London zurück.« Und da sie schon am Lügen war, fügte sie hinzu: »Und dann fliege ich nach L. A.«

»Was?« Finn fuhr hoch und saß kerzengerade. »Zu Ayisha?«

»Ich muss mit allen reden … klar.« Nur eine winzige Lüge, dachte sie, und schon strebte sie panisch zur Wahrheit zurück wie ein Kaninchen zu seinem Bau. Bloß gut, dass sie keine Romane schrieb.

Finns rebellisch verzogener Mund stand in krassem Widerspruch zu ihrem tief verletzten Blick. Die muskulösen Schlagzeugerinnenfinger zuckten, berührten sich, suchten zart nach Trost. Amy sah Finns unbewusste Geste – sie hielt Händchen mit sich selbst, als griffe sie nach der einzigen Person, die sie nicht im Stich lassen würde – und bekam prompt ein schlechtes Gewissen.

Finn sagte: »Weißt du, ich glaube, Ayisha war schon in Elly verliebt, als sie sie zum allerersten Mal sah. Ich hatte die ganze Zeit Muffensausen. Anfangs war es, als hätte sie ein streunendes Kätzchen aufgelesen, und das war bloß … ach, sooo süüüß. Aber dann wurde es fast religiös. Alles, was Elly sagte, jedes Wort hatte tiefe Bedeutung und musste aufgeschrieben werden, als wäre sie Bob Dylan oder so. Aber worauf das hinauslief, ja, also von da an war Elly einfach immer *wichtiger* als ich. Weißt du, ich war immer da, um Ayisha zu beschützen, aber Ayisha versuchte die ganze Zeit, Elly zu beschützen. Und für mich war niemand da. Und dann, als …«

»Als was?«

»Du weißt schon – als es passierte –« Finn schlürfte die letzte Neige aus ihrem Glas und stellte es mit Nachdruck vor Neohippie Nummer zwei hin. Dann machte sie mit dem Arm eine Abschiedsgeste und schmetterte: »*Elly has left the building! Ab mit euch, geht allesamt dahin zurück, wo ihr hergekommen seid.* Aber Ayisha, die war wie eine Mutter, die ihr Kind verloren hatte.«

Neohippie Nummer zwei setzte behutsam ein volles Bierglas vor Finn ab und wechselte einen langen, bedeutungsvollen Blick mit Neohippie Nummer eins.

»Ayisha hat sich Vorwürfe gemacht, dass sie, was weiß ich, sich nicht genug *gekümmert* hat, wo sie sich doch in Wahrheit viel zu scheiß viel gekümmert hat, wenn du mich fragst. Und dann war es wie bei einer gescheiterten Liebe. Also, was Elly zugestoßen war, war ihr nur zugestoßen, weil Ay'sha darin versagt hatte, sie genug zu lieben, und also war sie böse, schlimm und gewissenlos und hatte selbst kein Recht auf Liebe.«

Neohippie Nummer zwei sagte: »Aber, Finn, Ayisha war depressiv. Das weißt du. Und Depressive rücken sich immer in den Mittelpunkt, wenn etwas Schlimmes passiert.«

»Du warst nicht dabei, also halt deine scheiß Klappe«, sagte Finn ziemlich leise. »Aber du hast recht. Ich meine, jemand trieb einen zwölf Zentimeter langen Nagel durch Ellys rechte Hand, hackte ihr die Finger der linken Hand ab, stach ihr ein Küchenmesser in den Hals, schnitt ihr die Haare ab und ließ sie sterbend in einem leerstehenden Gebäude liegen. Und Ay'sha warf sich vor, daran schuld zu sein. Yeah. Wie konnte sie sich allen Ernstes in den Mittelpunkt so eines Bildes stellen? Sag's mir. Wie?«

Amy brachte eine Weile kein Wort heraus. Sie war vertraut mit den Fakten, aber es von Finns biertrunkener, sachlicher Stimme ausgesprochen zu hören war unsäglich schockierend.

»Elly war Linkshänderin«, fuhr Finn fort, beinahe lächelnd.

»Ich weiß«, sagte Nummer zwei. »Ich weiß, Liebes.« Sie legte ihren Arm um Finn und drückte sie.

Finn nahm die Umarmung entgegen und sagte dann: »Es war so symbolisch und so grausam, als ob er ihr alle Songs rausschneiden wollte – als ob er sie zum Schweigen bringen wollte. Und als Ay'sha am übelsten drauf war, meinte sie, das wäre im Namen aller geschehen, die eifersüchtig auf Ellys Talent waren, was selbstredend Ay'sha mit einschloss. Wie verquer ist denn bitte diese Logik?«

»Sie war sehr krank«, sagte Amy schließlich, »und das sehr lange. Bestimmt spricht sie heute nicht mehr so.«

»Woher soll ich das wissen?« Finn starrte stumpf auf die Tischplatte. »Sie hat seit Jahren nicht mit mir gesprochen.«

**Abschrift eines aufgenommenen Interviews
mit Ex-Detective Constable Sue Smith
und Ex-Detective Sergeant Jimmy Knight**

Ex-D. C. Sue Smith: Wenn eine damals bei den Einsatzkräften was werden wollte, musste sie sich verhalten wie einer von den Jungs. Es war mein erster Mord – nicht meine erste Tote, wohlgemerkt, von daher war ich nicht ganz so zimperlich. Und selbst wenn, wäre ich lieber gestorben, als mir etwas anmerken zu lassen. Allerdings muss ich sagen, da war so viel Blut, das war denn doch ein Schock. Man konnte gar nicht glauben, dass ein kleiner Körper dermaßen viel in den Adern gehabt haben soll. Mein erster Gedanke war, auch wegen der Verstümmelungen und so, das war eine Art rituelles Abschlachten. Ich dachte, es wäre ein Kind, verstehen Sie. Ich wusste nicht, dass sie jemand Berühmtes war.

Ex-D. S. Jimmy Knight: Das Schlimme an den Leuten vom Showbiz ist, dass sie einen Skandal mehr fürchten als einen Mord. Drei volle Tage war sie schon vermisst, und die haben keinen Piep gesagt. Wenn man eine kleine Goldmine wie Elly Astoria hat, sollte man meinen, die würden sie als vermisst melden, oder nicht? Aber nein, oh nein, die nicht. Die haben zu viel Angst, die Boulevardpresse könnte sie mit einer halben Fußballmannschaft im Bett erwischen oder weggetreten in einer Drogenhöhle, und ihr schneeweißes Image ist futsch. Die haben mehr Angst davor, ihre Platzierung in den Charts einzubüßen, als davor, dass ihr was zugestoßen ist. Nein, ihr verflixtes Management war in etwa so hilfreich wie ein Türklopfer aus Watte. Das Erste, was ihr Manager sagte, als er davon erfuhr, war: »Können wir das irgendwie unterm Deckel halten?« Schön wär's!

Sue: Also, Acton war mein Revier. Es war teilweise etwas verlottert, und es gab da diese Ladenzeile mit fünf Geschäften – städtisches Eigentum, und als die Pacht für die Läden angehoben wurde, konnten die alten Inhaber sie sich nicht mehr leisten. Sie wissen ja, wie es in den Achtzigern zuging – einer ganzen Menge Leute ging es richtig, richtig gut, aber eine Menge anderer Leute verloren ihr Heim und ihr Geschäft. Für ein paar von den Läden fanden sich noch Kurzzeitpächter – da war ein Wohlfahrtsladen, soweit ich mich erinnere – aber drei in der Zeile standen dann leer. Alle mit Brettern vernagelt, weil es Vandalismus gegeben hatte – Jugendliche waren eingebrochen und hatten mit Feuerwerk gezündelt. Ich erwähne das nur, weil der Schauplatz so gar keine brauchbaren Hinweise lieferte – städtisches Eigentum, die Pächter schon lange weg, keine verdächtigen Schlüsselinhaber. Er hat sich den in der Mitte ausgesucht, dadurch gab es keine unmittelbaren Nachbarn, und hat sich hintenrum durch den Wareneingang Zutritt zu dem Lagerraum verschafft, in dem alles geschah. Ich sage »er«, weil alle davon ausgingen. Ich glaube nicht, dass irgendwer je ernstlich in Betracht gezogen hat, es könnte eine Frau gewesen sein. Abgesehen vom Offensichtlichen hatte er Riegel und Schlösser montiert und das alles ziemlich fachgerecht. Nicht dass Frauen das nicht könnten – das sage ich nicht. Das Offensichtliche? Ach, das wissen Sie ja vielleicht gar nicht, das war etwas, was die Polizei damals nicht an die Presse gegeben hat. Sie halten immer etwas zurück. Nein, Tatsache ist, er hat sich an dem armen kleinen Ding vergangen.

Jimmy: Um ehrlich zu sein, ich war mit dem Fall gar nicht so lange befasst. Wenn es ein prominentes Opfer wie Elly Astoria gibt und alles so grauenvoll und spektakular ist und die Presse sich draufstürzt wie die Aasgeier, dann kommt der Moment, wo die da oben ihre Medienlieblinge als Ermittler einsetzen.

Keinen hässlichen alten Bullen, der mit den empfindsamen Showbiz-Knalltüten rücksichtslos umspringt. Oh, die hatten bestimmt ihren Spaß, durften mit ihrer Collegebildung überall rumrennen und Popstars befragen. Die Chart-Promis mit Vornamen anreden, und herausgefunden haben sie keinen feuchten Dreck. Verbittert? Moi? Sagen wir mal so, ich kam in null Komma nichts dahinter, dass der sogenannte Manager ein Vorstrafenregister hatte und sein Geschäftsgebaren an Betrug grenzte. Was rede ich? Es *war* Betrug. Bedeutungslos, fanden die hohen Tiere, kaum dass der Anwalt sich beschwerte, und schwuppdiwupp durfte meine Wenigkeit kurz darauf wieder in Uniform auf Streife. Aber was mir echt unter die Haut ging, das waren diese ganzen Leute, die mit ihr zusammengearbeitet hatten, die erklärten alle, wie liebenswert und super sie war und so ein Genie und der ganze Scheiß, aber es schien keine einzige befreundete Person zu geben, die dabei nicht ihr eigenes Süppchen kochte. Da war nicht ein Mensch, der nicht auf sie angewiesen war oder von ihr profitierte. Und dieser Dreck färbte sogar auf die Polizei ab. Nachdem ich abgezogen wurde, gab es auch bei *uns* keinen mehr, der ihre Berühmtheit nicht ausnutzte, um seine Karriere voranzutreiben. Schon traurig, oder, wenn sich Cops genauso aufführen wie die Knalltüten im Showbiz? Ich dachte damals – jeder will groß rauskommen. Das ist Jahre her, verdammt, und heute ist es noch viel schlimmer. Jedenfalls war es kein Wunder, dass alle, die sie tatsächlich gekannt hatten, stante pede von unserer Ermittlungsliste gestrichen wurden. Und damit konnten wir uns ganz auf durchgeknallte Fremde konzentrieren, wie üblich. Dabei droht tausendmal mehr Gefahr von Leuten, die man kennt, als von Fremden.

Sue: Das übliche Szenario – Jugendliche schlichen sich rein, schauten einmal hin und rannten heulend heim zu Mama. Gut, es *war* ja auch wie aus einem Horrorfilm. Nein, es gab keine

Anzeichen eines längeren Aufenthalts. Die Kriminaltechnik meinte, er hat sie hingeschafft, um sie zu töten, und basta. Er hat sie auch vorher nicht dort festgehalten. Reingebracht hat er sie wohl hintenrum. Den Zugang hat er sich vermutlich schon früher verschafft, um keine Zeit zu verlieren. Er muss Beil, Hammer und Messer bei sich gehabt haben. Wir wissen, er trug einen gelben Plastikponcho, weil er ihn dort zurückgelassen hat. Ach, ich glaube, das war so ein billiges dünnes Ding, wie sie sie auf Musikfestivals verkaufen, wenn das Wetter umschlägt. Und er muss OP-Handschuhe angehabt haben, weil es keine Fingerabdrücke gab – nicht einen einzigen. Es war alles durchgeplant, und der Bastard hat keine Spur hinterlassen. Er hat sogar seine Schuhe in Plastikfolie gewickelt. Gefunden wurde Blut, Blut und nochmals Blut – alles von ihr –, aber ausschließlich in diesem einen Raum. Er war äußerst gerissen. Wissen Sie, ich bekam den Eindruck eines besessenen Pedanten, der ganz allein jeden Schritt ausarbeitet, vielleicht noch recherchiert, wie Ermittler vorgehen, und seine Gegenmaßnahmen trifft. Sie mögen mich für behämmert halten, aber irgendwie sah ich ihn vor mir, wie er am Schreibtisch oder in einer Bibliothek alles nachliest, sich vielleicht sogar Notizen macht. Er unternahm nichts, ehe nicht alles bis ins Kleinste vorbereitet war. Das war so was von *kein* Verbrechen aus Leidenschaft – also jedenfalls der eigentliche Mord. Gott allein weiß, was dem vorausging.

Ja, schon – na ja, sie fanden Quetschungen und Schürfwunden. Aber sie fanden auch jede Menge Betäubungsmittel in ihrem Blut. Er hat sie ihr in Thunfischdosen verabreicht, wie einer Katze. Die Betäubungsmittel? Ganz gewöhnliches Valium in hoher Dosierung. Ich hoffe, es war *eine* richtig, *richtig* hohe Dosis. Jedenfalls hat er es fertiggebracht, sie über mehrere Tage eingesperrt und unter Drogen zu halten, ohne dass es jemand mitbekam. Dann hat er sie von oben bis unten extrem sorgfältig gewaschen, auch die Haare, und in ein funkelnagelneues weißes Laken gewickelt. Und dann erst brachte er sie zum Tatort. Ja, sie sah aus wie ein Opfertier, aber wissen Sie, was ich glaube? Dabei ging es mindestens so sehr ums Spurenverwischen wie um Symbolik.

Ich weiß, ich weiß – was er mit den Händen gemacht hat, das klingt nach Raserei. Und wenn sie total unter Drogen stand, warum musste er sie dann an die Dielen nageln? Und wenn, wie die Presse schrieb, das alles symbolisch war, was bedeutete es?

Jimmy: Tja, also, hach! Na klar war da ein Mann am Werk, aber ich habe nie einen stichhaltigen Grund gehört, warum es nicht mehr als einer gewesen sein kann. Oder ein Mann und eine Frau. Es gibt keinen verdammten Beweis für das eine oder das andere. Und das ist verflucht ungewöhnlich.

Klar, verstehe schon, was Sie meinen – Jungsgeschichten. Tja, das ist auch so was Unklares. Nichts als Spekulationen. Eine aus der Band glaubte, der Manager könnte sie verführt haben, um sie an sich zu binden. Der Manager glaubte, sie war rein wie frisch gefallener Schnee. Die Schwester des Managers glaubte, es gab lesbische Beziehungen mit gewissen Bandmitgliedern. Einige Bandmitglieder glaubten, dieser Pisser, wie hieß er noch, Caz von Zeitguyz, war besessen von ihr. Und die Presse schrieb ihr jeden zweiten Tag einen neuen Triebhaber zu. Also kein Glück in dieser Richtung. Wobei, am Anfang hatte jeder Hinz und Kunz angeblich eine Beziehung mit ihr gehabt.

Sue: Und dann kam raus, dass sie gerade mal fünfzehn war.

Jimmy: Überall hörte man es scheppern und krachen, so schnell legten sämtliche sogenannten Liebhaber den Rückwärtsgang ein. Das war schon ein Bild für die Götter: Die Ermittlung steckte ja eh schon knietief im Prominentensumpf fest, und dann kam auch noch die Hysterie ums Thema Pädophilie dazu …

Sue: Aus der Beweislage ließ sich nicht ableiten, ob sie ihn kannte oder nicht. Ich für meinen Teil finde, es war ein großer Fehler, sich so schnell auf durchgeknallte Fremde zu verlegen. Aber mich hat niemand gefragt. Warum auch? Aber ich sage Ihnen eins: Ob er nun ein durchgeknallter Stalker war oder ob sie ihn persönlich kannte, ist fast schon egal. Denn der Punkt ist, *er* kannte *sie.* Er hat sich nicht per Zufall irgendein Mädchen von der Straße gegriffen. Sie war ihm auf die eine oder andere Art sehr wichtig. Es war alles gründlich geplant und vorbereitet. Typen, die so vorgehen, überlassen nicht ausgerechnet die Wahl ihrer Opfer dem Zufall. Die wählen ganz gezielt aus. Sie stalken, sie fantasieren, sie planen. Im Kopf haben sie wahrscheinlich längst eine intime Beziehung zu ihrem Opfer – sie haben Fantasiegespräche und alles Mögliche, vielleicht auch Fantasiesex.

Jimmy: Jeder hat so seine Theorie. Meine? Sie war berühmt. Das reicht schon. Der Irre, der John Lennon erschossen hat, wollte einfach nur so berühmt sein wie John Lennon – wollte der Berühmte sein, der John Lennon gekillt hat. Wie sinnlos ist das denn? Manche Leute sind einfach sehr, sehr seltsam drauf, wenn es um Ruhm geht.

Sue: Ja, da hat er ein Stück weit recht, und das macht alles nur noch hoffnungsloser – Leute bilden sich ein, sie hätten Beziehungen mit Berühmtheiten. Sie glauben wirklich, sie kennen sie und haben Anrecht auf ein Stück von ihnen. Jimmy war ein guter Polizist, gründlich und penibel, ich wünschte, er wäre an dem Fall drangeblieben. Aber ganz so einfach ist es denn doch nicht. Das war ja nicht einfach irgendein Fan, der mit einer Waffe vor ihrem Haus wartete. Hier liegt eine hochkomplexe Pathologie vor.

Jimmy: Ach, na ja nun, sie ist inzwischen Rechtsmedizinerin, stimmt's? Es ist jetzt ihr Beruf, die Dinge zu verkomplizieren. Aber ich sag Ihnen was, sie weiß Scheiße noch mal genauso wenig wie ich, wer Elly Astoria ermordet hat. Und wird's auch nie wissen.

Boyds Schwester Jaquie – redigierte Abschrift der Tonaufzeichnung eines Gesprächs

Ich verstehe nicht, wie Sie mich gefunden haben. Das ist beängstigend. Wenn Sie mich finden können, kann es jeder. Aber ich vermute, heutzutage kann jeder auf jeden zugreifen. Privatsphäre gehört wohl der Vergangenheit an. Ich meine, ich bin jetzt verheiratet, trage also einen anderen Namen und bin dreimal umgezogen. Und nun stehen Sie hier und stellen mir Fragen.

Eine Sache gleich vorweg: Nein, absolut und kategorisch, ich glaube nicht, dass Boyd es getan hat. Natürlich nicht. Er ist mein Bruder. Ich weiß, er ist manchmal ein bisschen eigenartig, aber nicht *so* eigenartig. Auch nicht so gewalttätig. Das steckt nicht in ihm. Wirklich. Glauben Sie mir, ich wüsste es doch.

Ich meine, bitte, er war so ein sanftmütiges Kind. All diese Sachen mit den Tieren, das kam nur daher, dass er schikaniert wurde. Das hörte vollständig auf, als er mit Karate anfing und größer wurde. Spätentwickler haben es schwer in der Schule. Das verstehe ich heute viel besser, wo ich selber Kinder habe. Damals war ich natürlich zu Tode erschrocken. Snowy war schließlich meine Katze.

Und davon abgesehen war Boyd doch ein wirklich aufgewecktes Kind. Er war ordentlich, er machte seine Hausaufgaben. Er wäre richtig gut in der Schule gewesen, wenn sie ihn nur in Ruhe gelassen hätten. Ich weiß nicht, was die Leute immer gegen gescheite Kinder haben. Ich weiß, er konnte ein Qualgeist sein. Nun ja, anmaßend und manchmal etwas überheblich, aber diese Schule hatte auch ein Problem. Das Klima dort war so *gar* nicht leistungsorientiert. Die anderen Kinder haben ihn ja keine Sekunde in Ruhe gelassen.

Ich gebe unseren Eltern die Schuld. Sie hätten ihn auf eine andere Schule schicken sollen. Sie hätten ihm professionelle Hilfe besorgen müssen, als er sich an den Hasen der Morriseys vergriff. Und sie hätten *mich* beschützen sollen. Ich meine, das dürfte doch offensichtlich gewesen sein, selbst wenn sie taub, stumm und blind gewesen wären: Warum fängt eine Neunjährige an, ihre Zimmertür abzuschließen? Und hört auf zu essen? Wenn so etwas in meiner Familie vorkäme, würde ich blitzschnell reagieren, das können Sie mir glauben. Blitzschnell.

Aber vielleicht übertreibe ich ja – unterm Strich sind doch alle Teenager-Jungs wie vom Mars, nicht wahr? Kennen Sie einen, der das nicht ist? Wir reden ständig über Mädchen und Hormone, als wären wir die Einzigen, die es schwer haben. Aber die Pubertät kann auch für Jungs reichlich hart sein. Nicht nur für die Menschen, die mit ihnen leben.

Sie müssen bedenken, dass Boyd ein schüchterner Junge war. Ich meine, er hatte keine Freundin. Er ging nicht mit Mädchen aus. Ich glaube nicht mal, dass er welche kannte.

Zum ersten Mal ging er an seinem achtzehnten Geburtstag mit einem Mädel aus, und das war vielleicht ein Desaster. Wieso? Nun, zunächst mal war er schrecklich nervös. Und er ließ sich extra die Haare schneiden und kaufte sich neue Schuhe und so weiter. Ich weiß noch, dass ich dachte, er benimmt sich wie ein Mädchen vor der ersten Verabredung – viel zu hohe Erwartungen. Und Mum und Dad waren auch keine Hilfe – Mum faselte was von sauberen Socken und Türen aufhalten und Wein einschenken, Himmelherrgott, als wäre es diese Art von Verabredung, was es aber gar nicht war. Und Dad machte sich die ganze Zeit über ihn lustig – erklärte ihm, sein Rasierwasser röche nach ›Nuttendiesel‹. Genau das, was ein junger Mann hören will. Sollte ich meinem Sohn gegenüber jemals so unsensibel sein, dann hoffe ich, jemand holt mich ab und erschießt mich.

Sie hieß Lisa. Ich weiß nicht, woher er sie kannte. Ich weiß nicht, ob er wusste, dass sie erst fünfzehn war. Bestimmt nicht. Konnte er gar nicht. Er wusste jedenfalls nichts von den Brüdern. Es war alles ein großes Missverständnis – Boyd war nicht aggressiv. Er war auch viel zu schüchtern, um zudringlich zu werden.

Natürlich war ich nicht dabei. Also weiß ich auch nicht so genau, was geschehen ist. Aber es gab keinen Grund, die Polizei hinzuzuziehen. Wenn überhaupt, dann hätte Boyd diese Brüder anzeigen müssen. Sein neues Hemd war hinüber. Mum hat das Blut nie wieder rausbekommen.

Und dann, nach dem Tumult, ist er ja zu Hause ausgezogen. Er hätte zur Universität gehen sollen, bei seinen Zeugnissen, aber er verschwand einfach, und ich habe ihn seitdem nicht mehr wiedergesehen. Soweit ich weiß, hat er nie wieder einen Fuß nach Swindon gesetzt. Ich hätte ja nicht mal gewusst, dass er noch lebt, hätte ich ihn nicht im Fernsehen gesehen. Mein Mann sagte: »Ist das nicht dein Bruder Boyd?« Und ich traute meinen Augen nicht. Ich meine, er war deutlich in die Breite gegangen und er sah richtig gut aus. Aber was sie da über ihn behaupteten! Natürlich stimmte nichts davon – man weiß ja, wie diese Reporter sind. Sie konnten ihm überhaupt nichts nachweisen. Natürlich nicht, denn es steckt gar nicht in ihm, so etwas zu tun.

Nein, tatsächlich habe ich nicht versucht, Verbindung zu ihm aufzunehmen. Nun, wenn er mit mir hätte reden wollen, hätte er das schon vor Jahren getan. Und bitte, falls Sie vorhaben, mit ihm zu sprechen, sagen Sie bitte nicht, dass ich mit Ihnen geredet habe. Das würde ihm nicht gefallen. Und, also, es liegt ja nicht an mir, mein Mann ist derjenige, aber jedenfalls möchten wir nicht, dass er unsere Adresse erfährt. Können Sie mir das versprechen? Versprechen Sie mir, dass Sie ihm nicht verraten, wo ich wohne? Es ist schon beängstigend genug, dass Sie mich gefunden haben.

Ich ermordete Elly Astoria:
Geständnis eines Popstars

Als Eric Bywater zum ersten Mal sein Geständnis ablegte, saß er im Gefängnis für ein Verbrechen, das er gewiss begangen hatte, bei dem er jedoch auf ein Missverständnis pochte. Schon, er war im Besitz einer großen Menge Crack gefasst worden, aber es war nur für seinen persönlichen Gebrauch gedacht gewesen. Er war Schlagzeuger und kein Dealer. Niemand glaubte ihm. Kaution wurde abgelehnt, und Eric verbrachte vor dem Prozess mehrere Monate in Untersuchungshaft und beteuerte seine Unschuld gegenüber einer Reihe von Zellengenossen.

Man kann darüber spekulieren, soviel man will, warum er die Geschichte überhaupt erzählte, aber die gängigste Annahme ist die wahrscheinlichste: Er wollte, brauchte, Aufmerksamkeit.

Wahr ist allerdings auch, dass er Elly Astoria hasste und ihr die Schuld gab am Rauswurf aus seiner Band, den Swanabees. Seiner Meinung nach begann der Ärger mit einem Satz jamaikanischer Steel Pans und einem Tonband, auf dem Elly der Basslinie mit den Steel Pans genau folgte. Das gab einen schrägen Effekt – es erzeugte ein dumpfes, durchdringendes Echo unter der Bassmelodie und verpasste dem neuen Song einen vollkommen einzigartigen Sound. Sie spielte exakt dasselbe, was Andy auf dem Bass spielte, nur eine Nanosekunde verzögert, und veränderte so vollständig den Ausdruck der Musik. Alle liebten diesen Sound. Auch Eric, bis ihm klar wurde, dass *er* das spielen lernen musste, für die Studio-Aufnahmen und um es live auf der Bühne zu bringen. Dummerweise war er nicht gut genug dafür.

Klar, heutzutage lässt sich dasselbe in ein paar Minuten am Computer erledigen. Vielleicht hätten es sogar damals schon ein paar deutsche Wunderkinder hinbekommen. Aber die Swanabees kannten keine Technikzauberer. Genauso wenig wie ihr Management oder ihre Plattenfirma. Sie waren einfach nur geblendet von der Aussicht auf zwei Songs, zwei sehr wahrscheinliche Hits, die Elly für sie geschrieben hatte. Was konnte eine Band mehr wollen, die gerade erst der Unsichtbarkeit entstieg? Nichts eigentlich, außer einem neuen Schlagzeuger – einem, der ein richtiger Musiker war und nicht bloß ein alter Schulfreund und Saufkumpan, der das Klischee von Sex and Drugs and Rock'n'Roll etwas zu ernst nahm.

Eric lag auf einer plastiküberzogenen Matratze im Knaststockbett und hatte jede Menge Zeit, über Loyalität nachzudenken und warum man Mädchen mit beknackten Steel-Pans-Einfällen nicht erlauben sollte, eine astreine Post-Punk-Band zu spalten.

Die zwei Songs erreichten in den Charts Platz eins und drei und katapultierten die Band an die Schwelle zur ganz großen Nummer. Aber ohne Eric. Sein einziger Anteil am Ruhm war, einst Schlagzeuger der Swanabees gewesen zu sein, ausgebootet von einem Satz Steel Pans und einer blöden kleinen Tussi mit einem überschätzten Ruf als Liedchenschreiberin.

Es war die Matratze, die ihn vollends dazu brachte, sich irgendwie Geltung verschaffen zu müssen – diese Anstaltsmatratze, überzogen mit blauem Anstaltsplastik. Plastik, das sich mit Desinfektionsmittel abschrubben ließ, weil es von zig inkontinenten Häftlingen vollgepisst und vollgeschissen wurde. Nichts verletzt das Selbstwertgefühl eines Gefangenen so sehr wie eine zigmal vollgepisste Schlafstätte. Das und die unfreiwillige Trennung von seinem Grund, morgens aufzustehen – was selbstredend nicht Musik war und auch nicht Freundschaft, sondern Drogen.

Solange er abhängig war, stellte sich niemals die Frage, wofür Eric seine Zeit und Energie verwendete. Die Sucht verbannte jeden Zweifel aus seinem Kopf. Er hinterfragte weder sein Recht, in einer Band zu sein, noch seine musikalischen Fähigkeiten. Er musste keine qualvollen Entscheidungen treffen, mit wem oder wie er seine Tage verbrachte. Drogen vereinfachten sein Leben – er trieb sie auf, er kaufte sie, er nahm sie. Der ganze Rest war dann bloß noch Verstellung.

Als er aus der Band gefeuert wurde, verspürte er zunächst kaum mehr als einen kurzen Anflug von Unmut. Im Grunde war er erleichtert, dass er aufhören konnte, so zu tun, als ginge es ihm um die Jungs und die Musik. Nicht dass er sich je viel daraus gemacht hätte. Zudem hatte sein Anwalt für eine faire Abfindung gesorgt, weshalb er, als er loszog, um sich einzudecken, en gros kaufen konnte und schließlich für einen Dealer gehalten wurde.

Zuerst war er elend krank und wollte sterben. Die Kerle, die mit ihm einsaßen, waren ebenfalls krank. Wenn sie überhaupt redeten, redeten sie über Drogen. Als sie etwas zu Kräften kamen, redeten sie darüber, wie man Drogen ins Gefängnis bekommen könnte. Später hörten sie Radio, stritten sich über die Wahl des Senders und über Drogen. Es war nur eine Frage der Zeit, bis sie die Swanabees hörten und den Song, der Erics Fall herbeigeführt hatte.

Die anderen Kerle bezichtigten Eric der Lüge. Dann unterstellten sie ihm Aufschneiderei, was wirklich gemein war, weil er am tiefsten Punkt der Hypochondrie und des Selbstmitleids eines Süchtigen war. Aber die Geschichte machte die Runde, und Eric befand sich beim Essen und in den Gemeinschaftszeiten im Mittelpunkt des Interesses. Er mochte die Aufmerksamkeit, war aber geistesgegenwärtig genug, den Neid zu fürchten. Das Gefängnis ist kein sicherer Ort, um sich beneiden zu lassen. Also erzählte er ihnen, eigentlich ziemlich ehrlich, wie launisch das Leben in einer Band sein konnte, und ließ dann die Geschichte folgen, wie die Band ihn abserviert hatte. Das erzeugte noch mehr Neugier, weil dem Vorfall mit den Steel Pans fast unmittelbar Ellys makabrer Tod gefolgt war.

»Wie war sie so? Was, glaubst du, ist passiert?«, fragten sie.

»Oh, ich könnte euch schon das eine oder andere über die Schl–, über sie erzählen«, sagte Eric geheimnisvoll. Dann, ausnahms- und klugerweise, hielt er den Mund.

Anders als verurteilte Strafgefangene befinden sich Untersuchungsgefangene oft im Ungewissen, wie lange sie eingesperrt bleiben, bevor es zur Verhandlung kommt. Unbehaglich, verunsichert und tief empört: Warum werden sie vor dem Prozess eingekerkert, wo doch so viele andere, weit gefährlicher als sie, frei herumspazieren und ihre Zeit nach Belieben verbringen dürfen? Das System ist korrupt, die Gerichte sind dumm, dein Anwalt ist ein Trottel, du hast weder genug Kohle noch Vitamin B, um dich rauszukaufen. Scheiße, da laufen Mörder frei rum, genau jetzt, während wir hier drin festsitzen wegen nichts – ich meine, was sind denn Drogen oder Gelegenheitsdiebstahl im Vergleich zu so was, bitte? Von uns hat schließlich keiner Elly Astoria abgeschlachtet, oder? Oder doch? Ich meine Eric … Ach komm schon, Eric? Hast du seinen Blick gesehen, als er ihren Namen gesagt hat, Mann? Glaubst du echt? Egal, ich wette 'ne Million, er weiß was. Stimmt schon, da macht er plötzlich dicht, wo er doch sonst nie die Klappe hält, egal um welchen Scheiß es geht.

Jools war einer der dümmsten Einbrecher aller Zeiten. Der Knast hatte ihn häufiger erwischt als die Grippe, weil er immer nur auf Raubzug ging, wenn er sinnlos besoffen war. Nach einer durchzechten Nacht bekam er oft auf dem Heimweg durch die kalte Nachtluft, die ihm das trügerische Gefühl von Nüchternheit gab, plötzlich Lust, etwas von bleibendem Wert mit nach Hause zu bringen – vielleicht einen Fernseher oder eine Stereoanlage, oder eine Mikrowelle. Sternhagelvoll irgendwo einbrechen ist nicht gerade die klügste Vorgehensweise für einen

Dieb – vor allem nicht für einen mit einer Zahnprothese, und bei seinem letzten Bruch war er so hinüber gewesen, dass er heftig in die Sockenschublade seines Opfers hatte kotzen müssen – so heftig, dass er seine Zahnprothese mit auskotzte. Schon allein deshalb hätten sie ihn früher oder später drangekriegt, aber Jools war so bescheuert, dass er am nächsten Nachmittag, als er im Besitz eines japanischen Videogeräts, aber ohne seine oberen Zähne aufwachte, loszog, um sie zu suchen. Er verfolgte seinen ganzen Weg zurück bis zum Schauplatz des Verbrechens. Der Eigentümer des Videogeräts und des aufgebrochenen Hauses entdeckte ihn schwankend vor seiner Garage auf der Suche nach Kotzepfützen. Er bemerkte Jools' fehlende Zähne, erinnerte sich, was seine mittlerweile abgehauene Freundin in seiner Sockenschublade gefunden hatte, zählte zwei und zwei zusammen und führte eine Jedermann-Festnahme durch. Jools, zu verkatert, um auch nur geradeaus zu gucken, leistete keinen nennenswerten Widerstand.

Eric und Jools saßen in derselben Zelle, und Erics Geheimnis hätte so durchaus sicher sein können, nur dass die dritte Pritsche von Des belegt war, spezialisiert auf den Diebstahl von Mountain Bikes von Schulkindern zwecks Finanzierung seines wachsenden Heroinkonsums.

Des verstand sich deutlich besser auf das Erkennen von Gelegenheiten als Jools oder Eric, und so kam es, dass Des, als er nach seiner Verhandlung entlassen wurde – man hatte ihn zwar verurteilt, aber die verhängte Strafe entsprach der verbüßten Untersuchungshaft –, schnurstracks zu *News of the World* ging. Und am nächsten Sonntagmorgen erwachte die dankbare Welt mit der Schlagzeile: »Ich ermordete Elly Astoria: Ein Popstar packt aus«.

»Ich wäre heute reich und berühmt, aber die Hexe hat mir alles verpfuscht.« »Meine Band verkaufte ihre Seele an diese Teufelin für einen einzigen blöden Hit.« »Vom ersten Tag an hatte sie mich auf dem Kieker.« »Als sie mir dann sagten, ich bin raus aus der Band, ganz ehrlich, da klappte ich zusammen und weinte.« »Die Drogen brachten mich um jede Selbstkontrolle. Ich war high und bin einfach total durchgedreht.« »Sie wusste ja nicht mal, dass sie mich gefeuert hatten – wusste es nicht und fand auch nichts dabei. Dann kam der Moment der Vergeltung.«

Es gab Fotos von Eric und der Band, und er sah aus wie ein Irrer. Natürlich war das unfair, weil die meisten Bands sich alle Mühe geben, irre auszusehen – das wird schließlich von ihnen erwartet, ganz besonders von Schlagzeugern. Und manchmal kompensieren Schlagzeuger den Umstand, dass sie den niedrigsten Rang in der Band haben, indem sie sich als die Durchgeknalltesten gerieren.

Die Fotos von Elly hingegen zeigten sie so niedlich und putzig wie eine neugeborene Antilope. Fall abgeschlossen.

Die Polizei verhörte Eric am Montagnachmittag. Am Dienstagmorgen wachte Jools auf und entdeckte Erik erhängt am oberen Stockbett, mit einer Schlinge, die aus Streifen seines eigenen T-Shirts geflochten war.

»Ich hab einen sehr tiefen Schlaf«, erklärte Jools, »ich höre nie was.« Nichts konnte ihn dazu bringen, seine Aussage zu ändern oder Erics zusätzliche Verletzungen zu erklären. Selbstverständlich wurde gemutmaßt, dass die ganz harten Jungs im Trakt etwas unternommen hatten. Vielleicht hielten sie es für ihre Pflicht. Schließlich war Elly sehr jung gewesen, und es ging das Gerücht, sie sei vergewaltigt worden, was Eric zum Pädophilen machen würde, auch wenn er wegen etwas völlig anderem in U-Haft saß. Und die Gefängniskultur scheint zu verlangen, dass harte Jungs auch bei nicht angeklagten Pädophilen hart durchgreifen – sogar bei einem Schlagzeuger mit angeschlagenem Selbstvertrauen und großer Klappe.

Den harten Jungs konnte man nichts nachweisen. Und auch Eric konnte man nichts nachweisen, selbst wenn er kein Alibi für das Wochenende besaß, an dem Elly ermordet worden war. Aber die Geschichte blieb hängen. Manche Leute glauben bis heute, dass Eric der Mörder war. Wann immer jemand über Elly Astorias mysteriösen Tod schreibt, jedes Mal fällt Erics Name. Die beiden sind fest miteinander verknüpft, so wie der Bass und die Steel Pans auf der erfolgreichsten Single der Swanabees.

Des hielt hartnäckig an seiner Geschichte fest. Er behauptete bis zu seinem Tod, er habe nur wiedergegeben, was Eric Bywater ihm erzählt hatte. Aber Des lebte nicht lange. Er starb an Sepsis und Unterkühlung am Regents-Kanal, zwei Jahre nach Eric.

Jools hielt noch acht Jahre und drei weitere Gefängnisaufenthalte durch. Er starb, wie er gelebt hatte, idiotisch, mit einer Pulle billigem Cider in der einen Hand, in der anderen einen Metallkleiderbügel, mit dem er in einem elektrischen Kaminfeuer zu stochern versucht hatte.

Wieder mit Finn reden

Amy glaubte nicht, dass Finn kommen würde. Sie kaufte sich einen *Guardian* und setzte sich an einen Tisch in dem Café mit Blick auf Bristols Hafen. Es war zu kalt, um draußen zu sitzen, aber das Licht des hohen grauen Himmels zwinkerte auf dem Wasser und faszinierte sie jedes Mal aufs Neue, wenn sie von ihrer Zeitung aufblickte. Sie trank Filterkaffee, weil er am billigsten war, und tunkte kleine Stücke Pain au chocolat hinein, aß geruhsam, zog es in die Länge.

Finn traf eine halbe Stunde zu spät ein, kam herangeschlurft, die Absätze ihrer Cowboystiefel schrammten über den Boden. Der Kragen ihrer Lammfelljacke war hochgeschlagen bis über die Ohren, der Schirm ihrer Ashton-Court-Baseballkappe verdeckte ihre rosa geränderten Augen. Sie kam allein.

»Hol mir dasselbe, was du da hast«, sagte sie und sackte mit dem Rücken zum Licht schwer auf einen Stuhl.

Als Amy mit ihrer Bestellung zurückkehrte, neigte Finn den Kopf und sprach mit der Tischplatte. Sie sagte: »Wenn du dein Buch schreibst, wirst du dann die Wahrheit erzählen? Weil, weißte, selbst wenn die Leute die Band mal nicht totschweigen, bin ich entweder die grobe Lesbe am Schlagzeug, oder ich komm gar nicht erst vor. Es dreht sich immer alles bloß um Elly und diese kranke Art, wie sie starb. Ich hab auch eine Geschichte. Mag sein, dass ich keine Lust hab, dir vorzubeten, dass Elly eine Göttin war, die nie auch nur auf eine Ameise trat, durch und durch eine Heilige. Aber ich war dabei, und meine Augen und Ohren waren dabei. Also frag ich dich, hast du schon festgelegt, was du hören willst, oder willst du lieber zuhören?«

»Eine wirklich gute Frage«, sagte Amy. »Denn offensichtlich habe ich einen bestimmten Blickwinkel, sonst wäre ich dieses

Projekt gar nicht erst angegangen. Aber ich glaube nicht, dass ich dich nötige, meine Sichtweise zu bestätigen. Und wenn du das nicht tust, na gut, dann muss ich eben meine Sichtweise ändern, oder?«

»Yeah, aber wirst du das auch tun? Weil es mir nämlich so vorkommt, als ob Leute lieber weghören, wenn man ihnen nicht das erzählt, was sie hören wollen.«

Amy seufzte und schaute auf das weiterhin zwinkernde Wasser hinter Finns breiten Schultern. Sie hätte gern gesagt: Ich kann nicht von deinem Standpunkt aus schreiben. Wenn du das willst, dann schreib dein eigenes Buch. Stattdessen sagte sie: »Ich kann aufnehmen, was du mir erzählst, dann ist alles wortgetreu, was ich davon später zitiere. Ich kann versprechen, zu respektieren, was du mir sagst. Du kennst mich nicht gut genug, um darauf zu vertrauen, dass ich unvoreingenommen bin. Aber ich muss dir leider sagen, niemand ist unvoreingenommen, höchstens ein neugeborenes Baby oder jemand, der gar nicht denkt.«

»Na schön, das ist aufrichtig, schätze ich mal.«

Sobald Amy das hörte, wusste sie, dass Finn schon mit diesem Entschluss aufgewacht war. Sie war in das Café gekommen, weil sie reden wollte. Sie konnte sich gar nicht schützen, wenn sie nicht betrunken war.

Amy stellte ihr Aufnahmegerät auf den Tisch und sagte: »Du kannst das abbrechen, wann immer du willst. Du kannst bereits Gesagtes jederzeit abändern. Ich kann dir von allem, was du gesagt hast, eine Kopie schicken. Du hast keinen Einfluss darauf, was *ich* schreibe, aber du kannst mich bis aufs letzte Hemd verklagen, wenn ich dich falsch zitiere.«

»Davon kannst du ausgehen!«, sagte Finn mit einem Hauch ihrer Streitlust vom Vorabend. »Aber trotzdem will ich noch eine Gegenleistung. Wenn du nach L. A. fährst, musst du versprechen, Ayisha zu überreden, dass sie mit mir spricht.«

»Ich kann nur versprechen, es zu versuchen.«

»Weil, als Ayisha wegging, war doch alles so scheiße, und sie sagte alles Mögliche, und dann blieb nur noch Schweigen. Ich hab es seitdem versucht, aber sie will nicht mit mir sprechen. Und alle, die sie gesehen haben, sagen, sie ist so zerbrechlich. Sie hat Angst vor mir! Aber die ganze Zeit, die wir zusammen waren, war ich diejenige, die andauernd Angst hatte – Angst, sie zu verlieren.

Als Elly zum ersten Mal auftauchte, dachte ich, wer ist dieses schäbige kleine Nichts? Ich merkte, wie Ayisha sie ansah, und bekam Angst. Ich hab es einfach nicht kapiert. Und lange Zeit hab ich auch Elly nicht kapiert.«

»Und dann doch?«

»Yeah. Plötzlich *kannte* ich sie einfach. Und weißt du was? Sie war wirklich ein schäbiges kleines Nichts – mit Ausnahme, und das ist 'ne gigantische Ausnahme – mit Ausnahme ihres musikalischen Talents. Aber das war wie aufgepfropft auf ein kleines Nichts, wie eine zusätzliche Hand oder ein zweiter Kopf. *Es* war außergewöhnlich, aber *sie war nicht* außergewöhnlich. Bloß, Ayisha konnte das nicht erkennen. Und Briony auch nicht. Sie haben etwas angefangen, etwas aufgebaut – eine Frauenband für Frauen, und dann ließen sie ein schäbiges kleines Nichts alles kaputtmachen.«

»Kaputtmachen? Na hör mal. Erst durch Elly kam doch der Erfolg.«

»Ist doch Jacke wie Hose«, sagte Finn, krümmte die Schultern und riss noch ein Stück von ihrem Gebäck ab. »Sie hat uns reingeritten, hat uns Tom und seiner gruseligen Schwester auf dem Silbertablett serviert. Wir waren glücklich mit dem, was wir machten. Wir hatten selbst die Kontrolle. Und dann plötzlich nicht mehr. Ich sag ›wir‹, aber ich schätze, Maddie wär wohl ausgestiegen, wenn es nicht zu Plattenverträgen und blöden Videoclips und dem ganzen Scheiß gekommen wäre.

Aber was soll's. Sie war ohnehin nie eine Frau für Frauen. Sie hatte keinen Funken Loyalität im Leib – Madeline war immer in eigener Sache unterwegs. Sie wollte nur berühmt sein.«

»Aber, Finn, du denn nicht? Will nicht jede Erfolg haben? Und ist Erfolg nicht immer ein zweischneidiges Schwert?«

Finn runzelte die Stirn. »Willst du nun zuhören oder mit mir diskutieren?«

»Entschuldige. Ich bin nur überrascht. Gab es denn gar nichts Positives bei alledem?«

»Siehste, ich hab darüber viel nachgedacht, und es war genau dieser Erfolg, der alle kirre machte. Er veränderte Briony. Sie war die Älteste. Sie glaubte, Elly wäre ihre letzte Chance, und sie griff zu, koste es, was es wolle. Ich denk mir, sie hätte ihren Mann schon länger gern verlassen, und Elly war dann ihr Vorwand. Da wandte sie sich vollständig von ihm ab. Eben noch waren sie verheiratet, und auf einmal war sie weg.«

Das alles war Amy neu. Sie fragte: »Was geschah dann?«

»Ayisha glaubt, David hat Bri vor die Wahl gestellt. Sie war dabei, als David eines Tages aus seinem Schlupfwinkel unterm Dach runterkam und sich beklagte, weil Bri nie zu Hause war. Keine von uns hatte bis dahin was davon mitbekommen. Und Ayisha meinte, er muss so was zu Bri gesagt haben wie ›die Band oder ich‹, und sie entschied sich für Elly und die Plattenverträge und die großen Festivals und den ganzen Mist. Sie hat nicht mal mehr mit David telefoniert, nachdem sie ausgezogen ist. Er rief zigmal an, kam sogar vorbei, aber sie wollte ihn nicht sehen. Und weißt du was? Das war eine verdammt fette Lektion für mich, weil ich nämlich kurz davor war, zu Ayisha zu sagen: ›Elly oder ich‹, aber als ich dann sah, was Briony mit David abzog, hielt ich lieber die Klappe.«

Amy sah Finn an – ihre breiten Schultern, ihre streitlustig vorgeschobene Unterlippe – und dachte: Es ist die Liebe, die uns schwach und unsicher macht. Sie erschauerte und wechselte das Thema.

Sie sagte: »Als Elly starb, kam raus, dass Madeline etwas mit einem sehr merkwürdigen Mann gehabt hatte.«

»Madeline war eine egoistische Dumpfbacke. Sie ging mit diesem Kerl, weil er ein Bankertyp im Designeranzug war und eine Ludenkarre fuhr. Typisch Maddie! Sie hat ihn sogar in Ellys Haus mitgebracht. Später erklärte sie, sie hätte bloß versucht, Tom eifersüchtig zu machen. Aber dieser Kerl, Boyd, der hatte Elly monatelang nachgestellt, das kam später noch raus – hat ihr unheimliche Briefe geschrieben und sie fotografiert. Und Madeline schleppt ihn ins Haus. Gibt ihm die Telefonnummer. Gibt ihm noch den Reserveschlüssel, soviel ich weiß.«

»Du machst Witze!«

»Na, zumindest fanden die Bullen, als sie später sein Haus durchsuchten, lauter geklautes Zeug, Klamotten und so. Sogar Taschentücher, die sie benutzt und weggeworfen hatte.«

»Aber sie ließen ihn doch laufen.«

»Mussten sie. Madeline sagte aus, er war bei ihr. Sie sagte, sie waren entweder im Bett oder einkaufen im West End oder was trinken im World's End, was auch immer, die ganze Zeit, seit Elly vermisst wurde.«

»Du klingst nicht, als ob du ihr glaubst.«

»Ach, echt«, sagte Finn und kräuselte die Oberlippe. »Als hätte ich dieser selbstsüchtigen Zicke *jemals* was geglaubt.«

»Aber warum? Liebte sie ihn?«

»Red kein Blech. Sie hat nur ihren eigenen Arsch gedeckt. Falls man sie wegen Beihilfe anklagte oder zumindest dafür, dass sie dem Wahnsinnigen Zugang zu seinem Opfer verschafft hatte. Ich meine, guck dir an, wie sie ihre Geschichte änderte – erst sagt sie, sie kennt ihn kaum und sie kann sich nicht erinnern, wo *sie* war, geschweige denn wo er war, bevor Elly … du weißt schon, gefunden wurde. Dann kommt sie plötzlich mit diesem wasserdichten Alibi an. Sie meinte, es kam daher, dass Tom dieses Girl aus *Cats* als Alibi hatte – die mit den dicken Titten. Also, erst wollte sie angeblich nicht, dass Tom erfuhr, dass sie einen anderen vögelt, aber dann, als sie von dem *Cats*-Girl hörte, dachte sie: Leck mich doch, ich sag jetzt die Wahrheit. Na toll. Ha, ha.«

»Aber dieser Kerl war doch ein ganz schräger Vogel.«

»Ja, und sie kannte ihn kaum fünf Minuten. Aber sie sagte: ›Also als er bei mir war, war er gar nicht schräg.‹ Als wäre alles, was ein gestörter Stalker braucht, die Liebe einer tollen Frau – schon lässt er all seine Fantasien sausen, weil er endlich checkt, was ihm sein trauriges kleines Leben lang gefehlt hat, nämlich die heiße Maddie im Schlafrock.«

»Und eigentlich hatte er gar kein Interesse an ihr?«

»Wenn die jemals Sex hatten, soll mich der Schlag treffen. Er war, ich weiß nicht – irgendwie autistisch.«

»Du hast ihn kennengelernt?«

»Er saß mit am Küchentisch, so nah bei mir wie du jetzt, und lächelte bloß, so ein gruseliges überlegenes Lächeln, als ob dir was aus der Nase hängt, er dir das aber nicht sagt, weil du so ein Nichts bist, dass du auf seiner Landkarte gar nicht vorkommst. Ayisha und ich, wir sind aufgestanden und gegangen.«

»War Elly anwesend?«

»Kam rein und ging gleich wieder raus. Vielleicht hat sie es auch gespürt. Wer kannte sich schon mit Elly aus? Sag mal, soll es jetzt nur noch darum gehen, wer das Affenbaby gekillt hat? Du meintest doch, du willst was über mich erfahren.«

»Das will ich auch.«

»Yeah, nämlich, was ich glaube, wer das Affenbaby gekillt hat.«

»Finn, es ist doch klar, dass das zur Sprache kommt. Es ist der zentrale Aufhänger. Das ist nun mal so.«

»Ich will noch eins von diesen Schokodingern«, sagte Finn, und ihre rebellische Lippe schob sich vor. »Und eine anständige Kanne Filterkaffee.«

So verhielt sich eine, die Gesellschaft brauchte, dachte Amy: gerade genug erzählen, um Interesse zu wecken, aber nie so viel, dass alle Karten auf dem Tisch liegen. Wenn du mehr willst, sagte sie sich, musst du wohl noch öfter herkommen und Finn umwerben.

Freddy erinnert sich –
aus Amys Tonaufzeichnungen

Carol war meine Stammkundin, ja? Und sie schwor, sollte ich jemals Elly Astoria die Haare machen, dann geht sie und kommt nie wieder. Aber ihr Bruder, Tom, ja? Er sagte, Elly bräuchte einen Aufpepp, ein bisschen Glanz und Glamour. Und das war nun das Showbiz, nicht, und wer bitte will da nicht mit von der Partie sein?

Also, erst mal gab ich sie meinem Assistenten, Jenson, denn ich wollte sie unbedingt in meinem Salon haben. Und wir arbeiteten dann gemeinsam an ihr. Auf diese Weise konnte ich Carol erzählen, dass ich exklusiv ihr gehörte und nicht Elly. Ich wollte sie beide. Wer würde das nicht wollen? Carol gab viel Geld aus, aber Tom sagte, Elly würde weltberühmt werden, und ich sehnte mich nach einer weltberühmten Kundin. Hast du eine Berühmtheit, kriegst du auch alle anderen. Dann hast du es geschafft, verstehen Sie, was ich meine?

Also, Tom reicht sie rein, und sie setzt sich auf den Stuhl, und ich sag Ihnen was, sie ist so klein, dass ihre Füße kaum den Boden berühren. Und sie schaut sich um, und man sieht sofort, sie hat noch nie im Leben in einem Haarstudio gesessen. Und Tom – es ist nicht immer leicht mit ihm, nicht? Er hatte also diese Fotos von Diana Ross dabei und wollte nun, das Elly so aussieht. Also wirklich! Wo lebte der? Bitte, verstehen Sie mich nicht falsch, ich bete Diana Ross an, leidenschaftlich, sie hat keinen größeren Fan als mich. Aber Diana ist eine Diva, eine platinveredelte Diva alter Schule, und das war sie schon immer, von Anfang an, selbst als sie noch diese engen Jackie-Kennedy-Kleider und ihre Sonntagsschul-Handschuhe trug. Und in den 80ern, da bestand sie nur noch aus gigantischen Schultern und gigantischen Haaren. Umwerfend an ihr, aber an Elly? Oh weh! Was dachte der Mann sich bloß?

Also wird mir klar, ich muss mir als Erstes Tom vornehmen, sonst stehe ich da wie ein Idiot. Ich musste schließlich an meinen Ruf denken.

Nun zu Tom, also er ist ein Windhund, und er war gut darin, das große Los zu ziehen, aber wenn es darum geht, ein Image zu erschaffen, ist er so brauchbar wie die meisten Heteroklötze, soll heißen, er war absolut unnütz. Und die Kleine war zwar nicht direkt weiß, aber eine Diana Ross war sie auch nicht. Und sie hatte überhaupt keine Figur – einfach bloß kerzengerade und schlaksig. Also musste ich Tom überzeugen, wenn du ein passendes Image willst, musst du zuerst mal akzeptieren, was du hast. Es war ja nicht so, dass die Kleine einen eigenen Standpunkt hatte, wissen Sie, wie Madonna, die glaubte so fest an ihre eigene Pose, dass sie eine Illusion schuf, an die man unwillkürlich ebenfalls glaubte. Nein, diese Kleine hatte keinen Standpunkt und auch sonst keinen blassen Schimmer. Sie schaute sich ja nicht mal selbst im Spiegel an. Also bitte, was soll man denn davon halten?

Ich sag Ihnen, was ich glaube. Diesem Kind ist irgendetwas zugestoßen, als es klein war, und seitdem mochte sie die, der das zugestoßen war, nicht mehr anschauen. Ich glaube, sie hatte überhaupt kein Bild von sich. Ich kenne so was.

Denken Sie nicht, ich hätte sie nicht gerngehabt, ich hatte sie wirklich gern. Tom brachte sie immer vorbei, und sie so: »Hey, Freddy, du siehst gut aus heute«, und das meinte sie ganz ehrlich, nicht wie manche andere. Und dieses breite Lächeln, das den ganzen Raum erhellte. Dann wurde sie meistens still, dachte über irgendwas nach oder dachte nichts, das war schwer zu sagen. Aber manchmal sah man ihre Finger in Bewegung, als ob sie auf ihrem Piano spielte.

Sie und Carol waren total gegensätzlich, verstehen Sie, was

ich meine? Wenn die Kleine sich wohlfühlte, sah sie gut aus, egal, was man mit ihren Haaren anstellte. Carol fühlte sich besser, wenn ihr Haar gut aussah. Sie hatte manchmal so finstere Stimmungen, unsere Carol, und die einzige Möglichkeit, sie aufzuhellen, war, ihr Haar aufzuhellen. Manchmal glaube ich, ich bin der einzige Kerl auf Erden, der Frauen versteht.

Sie hatte ein echt übles Problem mit ihrem Herrn Bruder. Angeblich war er ja dieser begnadete Spieler, aber wenn Sie mich fragen, war er einfach bloß ein Typ, der seinem Instinkt folgt. Nach dem Motto, fühlt es sich gut an, machst du es, und zwar sofort. Egal ob's darum ging, alle Chips auf Schwarz zu setzen oder irgendein Kind zu entdecken und sie zum Star aufzubauen, so lief das bei Tom. Der Ärger war nur, was sich für ihn gut anfühlte, war nicht immer legal, und allemal nicht gut für Carol. Aber sie waren Zwillinge, und wo jede gescheite Person sich sagen würde: ›Mädchen, mach dich vom Acker‹, da musste sie bleiben und seinen Krempel für ihn geradebiegen.

Also, er entdeckte Elly, aber es war Carol, die Caranto gründete. Tom hätte ohne Caranto nicht mal einen Pott zum Reinpissen. Er säße jetzt irgendwo in der Einöde, pottlos wie die ganzen anderen Spieler, hätte sich Carol nicht ums Geschäft gekümmert.

Wissen Sie was? Sie leben in so einer Gated Community bei Las Vegas, echt mitten in der Wüste, aber man kann von da aus die Pyramide vom Luxor-Casino sehen und nachts die Lichter vom Strip. Es ist hübsch, aber nicht gerade feist für Vegas-Standards. Ich meine, es *klingt* feist – vier Schlafzimmer und ein Pool, aber das ist da drüben ja schon Grundausstattung. Ich hätte was wesentlich Extravaganteres erwartet, so was wie Palm Springs, wissen Sie? Ich dachte, Tom in Las Vegas? Na, der wird entweder Bettler oder Billionär, aber er ist keins von beidem, und das kann nur heißen, dass Carol ein Machtwort gesprochen und verhindert haben muss, dass er alles verspielt.

Klar, wissen Sie, da drüben hat nämlich sie die Oberhand. Zwangsläufig, denn er ist ein illegaler Einwanderer. Wobei, vielleicht haben sie das inzwischen hingebügelt, aber er hatte nun mal ein Vorstrafenregister. Also ging sie in die Staaten und er nach Mexiko. Ich schätze mal, sie wird erst alles vorbereitet und ihn dann rübergeschmuggelt haben. Als ich zu Besuch war, spielte er den ewigen Touristen, aber sie hatte ihre Greencard und regelte alles von ihrem Büro über der Garage aus.

Vielleicht ist er ja mit den Jahren ruhiger geworden, vielleicht hat sie ihn jetzt da, wo sie ihn immer haben wollte – unter ihrer Fuchtel. Oder vielleicht zahlt sie ihm ja auch ein Taschengeld, und er verzockt dann sein ganzes Taschengeld in den Casinos.

Ich sage, sein Glück hat sich gewendet, als er Elly traf, und dann hat es sich wieder gewendet, als sie starb. Ich weiß, dass meins sich gewendet hat. Elly brachte mir Kundinnen. Ich war ständig am Set für die Videos und die Shows, und die Regisseure kannten mich und holten mich wieder. Besonders als Hip-Hop zum Mainstream wurde. Ich hatte so einen Trick drauf mit lässigen Locken. Sehr feminin, sehr glam. Es war der Stil, den ich für Elly entwickelt hatte. Aber an ihr sah es mehr nach Gossen-Schmuddelschick aus. Wobei, das ist das Geniale an lässigen Locken – man kann sie zu fast allem tragen.

Als sie verschwand, sollte sie eigentlich mit Godley & Creme an dem Clip zu ›Sisters Come Dancing‹ arbeiten. Und sie hatten echt lange an dem Storyboard gesessen, weil alle wussten, dass Elly tanzt wie eine Abrissbirne – wissen Sie, was ich meine – keine Kontrolle, alles geht zu Bruch. Da hat man nun diesen klasse sexy Dance-Track, und der Star muss stillhalten, oder alle anderen kündigen und gehen nach Hause.

Egal, G & C hatten also diese Vision von einer Band, die live auf einem Straßenfest spielt, und dann passieren lauter lustige sexy Sachen mit den Frauen im Publikum. Alles lief super, bis wir am Freitagvormittag wegen technischer Probleme ausgebremst wurden. Am Montag hatten wir dann die große Sitzung, wo es um den Look des Ganzen gehen sollte, mit allen Stylisten, Licht, Kostümen und so weiter, klar war ich dabei. Und die Band sollte später dazustoßen.

Bloß dass niemand kam, und nach ein paar Stunden wurden wir alle nach Hause geschickt, und keiner erklärte uns was. Also rief ich abends bei Carol an und sagte zu ihr: »Jenson hat mir erzählt« – denn bei Carol musste ich echt aufpassen, sie konnte so dermaßen eifersüchtig werden. Also, ich sagte: »Jenson hat mir erzählt, sie wurden alle weggeschickt, was läuft da?«

Und sie antwortet: »Oh Freddy, ich weiß nicht, was ich dir sagen kann. Du musst versprechen, nichts auszuplaudern.«

Also schwor ich natürlich bei allem, was mir heilig ist. Und sie sagt: »Elly ist weg, schon seit Freitagabend, und sie hat keinem Bescheid gesagt, und niemand weiß, wo sie steckt, und sie hat sich nicht gemeldet, und Tom dreht noch durch. Freddy, hat Elly zu Jenson irgendwas gesagt?«

Also sage ich, immer noch auf der Hut, klar? »Wenn sie Jenson was erzählt hätte, dann hätte er es mir gesagt. Macht er immer. Was ist denn los?«

»Ich weiß es nicht, Freddy«, sagte sie. »Ich bin so sauer, ich könnte armlange Nägel spucken. Diese Briony sollte sie immer im Auge behalten, aber die ist einfach mit ihrem Mann weg. Und die beiden Lesben dachten, sie hätte irgendwo anders zu tun. Und wer zum Teufel weiß schon, wo Maddie sich rumtrieb. Und keine kam je auf die Idee, mal nachzufragen. Die sind alle zum Verrücktwerden, Freddy, sie haben null Struktur. Ich will die Polizei rufen, aber Tom sagt nein.«

Und dann sagt sie: »Warte mal kurz, Freddy, auf der anderen Leitung kommt ein Anruf.«

Also warte ich. Nicht gerade kurz. Und dann meldet sie sich wieder, total gedämpft, und flüstert: »Oh Gott, Freddy, ich muss auflegen. Es ist so furchtbar …«

Insofern war ich vermutlich der Erste, der erfuhr, dass etwas Grässliches geschehen war. Nur wusste ich nicht, was.

Also sah ich Elly nie wieder, aber Carol natürlich schon. Ich sah sie regelmäßig während des ganzen Dramas und der Ermittlungen, so lange, bis sie in die Staaten ging.

Aber ich sag Ihnen was, sie hat mir nie gesteckt, dass sie ganz wegwollte. Ich dachte, wir wären Freunde, aber sie hat *niemals* gesagt, dass sie für immer fortgeht.

Ich wusste, dass Tom mit dem Gedanken spielte, drüben eine Geschäftsstelle zu eröffnen, und ich wusste, sie war dagegen. Sie war immer auf der Hut, was Ausgaben anging. Und ich kann mir nicht vorstellen, warum sie Tom auch nur in die *Nähe* von Vegas hätte lassen sollen. Das ist doch hirnrissig. Dahinter muss also irgendeine besondere Übereinkunft gesteckt haben, eine Art Handel. Aber ich hab keine Ahnung, was das war.

Und noch was – ich hätte sie nie wiedergesehen, wenn ich nicht ein paar Jahre später zu dieser Tagung rübergeflogen wäre und sie besucht hätte.

Amys persönliche Notiz: Der Name Thomas ist im Aramäischen ein Begriff für »Zwilling«. Carol ist nur die weibliche Form von Charles, Carlo oder Karl, was »ein Mann« bedeutet.

Yvonne spricht zum ersten Mal –
redigierte Abschrift von Amys Mitschnitt

Wir hatten diesen echt schönen Abend. Das waren Pheeny und ich und Carol und Tom. Wir gingen ins Casino, und Tom und Pheeny kassierten richtig ab, und alle tranken Schampus. Ich lernte sie da erst kennen, aber ich fand, Tom war echt süß und Carol war ein Miststück.

Auch Pheeny lernte ich grad erst kennen. Nein, ich war *keine* Getränkekellnerin aus einem seiner Clubs. Und erst recht keine Animiertänzerin. Das ist so was von *ätzend*, und ich wette, ich weiß, wer diese Geschichte in die Welt gesetzt hat. Wenn Sie's unbedingt wissen müssen, er hat mich unten am Elephant and Castle beinahe umgenietet mit seinem BMW. Ich nannte ihn Wichser, und er nannte mich dummes Weibsstück, und eins kam zum anderen. Später haben wir oft darüber gelacht.

Mein Dad hasste ihn. Er sprach ihn niemals direkt an – trotz all dem Zaster, trotz seinem Ruf und allem. Für meinen Dad war er bloß ein Gauner. Er wollte nicht, dass sein Töchterchen mit 'nem Gauner ausgeht. Natürlich hab ich kein Stück auf ihn gehört. Ich war damals achtzehn, und ich kann mich förmlich noch hören: »Ich weiß, was ich tue, Dad. Ich bin erwachsen. Ich kann meine Entscheidungen selber treffen. Hör auf, über mein Leben bestimmen zu wollen.«

Der gleiche Mist, den mir meine Tochter erzählt, nur dass die erst fünfzehn ist. Heutzutage sind sie echt frühreif, aber genau das hat mein Vater vermutlich auch gedacht. Muss wohl Familientradition sein.

Das Verrückte ist, Phee sah wirklich auf zu Tom und Carol. Das war dieses Höhere-Bildung-Dings. Und er hielt Carol für eine echte Lady. Eine Lady, dass ich nicht lache – sie trug einfach bloß langweilige Klamotten und quatschte hochtrabend daher. Aber vor allem glaubte er, Tom hätte die Gabe des Midas. Das war das Erste, was mir auffiel – Phee folgte Toms Wetten blind. Und hätten Sie Pheeny gekannt, dann wüssten Sie, dass er *niemandem* blind folgte. Aber an dem Abend gewannen sie beide. Und sie tranken Schampus und redeten. Sie wissen schon – wie Männer eben so reden. Nicht dass sie nicht wollen, dass die Frauen sie hören, es ist mehr so, als wären die Frauen gar nicht da. Ich hasse das. Die Frauen sollen sich dann irgendwas einfallen lassen, wie sie miteinander plaudern können, auch wenn sie sich grad erst getroffen und gar nichts gemeinsam haben. Nur dass Carol sich nicht herabließ, mit mir zu reden, und ich wusste nicht, wie ich mit ihr umgehen soll. Ich meine, ich frag sie, ob sie irgendwo Urlaub gemacht hat, und sie guckt einfach durch mich durch, als wär ich ein Schmierfleck auf ihrer Fensterscheibe. Also dachte ich, leck mich doch, du arrogante Zicke, oder so was in der Art.

Also am Ende des Abends sagt Pheeny zu Tom: »Lass uns bald treffen, ich will mir die Ware anschauen. Auf eine so große Investition leg ich mich nicht fest, ohne die Ware zu sehen.« Sie waren ins Geschäft gekommen, direkt vor meiner Nase, ohne dass ich was mitbekam. Ich hasse das. Pheeny machte so was ständig.

Also zogen wir ein paar Tage später los, um uns die Ware anzusehen – nur dass es dabei um eine Band ging. Erst dachte ich, es geht um den Club, in dem sie spielten – ein Rattenloch, ohne Frage, wenn auch mit Potenzial. Aber es ging gar nicht um das Gebäude, es ging um die Band – in erster Linie um Elly Astoria, obwohl ich das da noch nicht wusste. Aber ich frag Sie, wie können solche Männer eine Gruppe Frauen als »Ware« bezeichnen, ohne Zuhälter oder so was zu sein?

Tom und Carol waren wieder dabei und ein weiterer Knabe namens Julius mit seiner Herzdame, an deren Namen ich mich ums Verrecken nicht erinnere. Ist auch nicht wichtig – sie stritten sich die ganze Zeit, und ich schätze, sie haben sich an diesem Abend getrennt, denn sie rannte heulend raus.

Was Sie mitdenken müssen, ist, ich war erst achtzehn und stand voll auf New Romantic – ich hatte sogar noch Poster von Duran Duran überm Bett. Und von Culture Club. Und Wham!. Also, ich war jetzt nicht der ganz große Musikfan, aber ich mochte Poster mit gutaussehenden Jungs drauf, und damals wusste kein Mensch, dass einer vielleicht schwul war. Ich hatte keinen Schimmer von der alternativen Szene oder der Frauenszene – ich fand Kate Bush einfach nur daneben, und Grunge war noch gar nicht bekannt. Aber das Irre ist, ich wurde an dem Abend von SisterHood echt angefixt. Ich weiß, es klingt blöd, aber es stimmt. Ich lebte in einer Männerwelt, nur hatte ich es vorher nie kapiert.

Und ich liebte Elly Astoria. Sie war wie allerleuts kleine Schwester, und ich musste mir nicht mal Sorgen machen, dass Pheeny sie abschleppt, sie war so was von gar nicht sexy.

Oh, und das muss ich Ihnen erzählen – kurz bevor wir aus dem Auto stiegen und in den kleinen Club gingen, beugte sich Pheeny zu mir rüber, und ich dachte, er will mich küssen, aber er sagte: »Du hast da ein Mascaraklümpchen im Augenwinkel. Bring das in Ordnung. Und ich möchte, dass du den Mund hältst. Bring mich nicht in Verlegenheit.« Na, Sie können sich vorstellen, dass ich mich echt mickrig fühlte.

Tom hatte hinten einen Tisch, und als sich alle gesetzt hatten, ging ich aufs Klo, und als ich zurückkam, stand die Band auf der Bühne, also mischte ich mich vorne unters Publikum. Anfangs kam ich mir etwas fehl am Platz vor, denn ich war die Einzige, die zueinander passende Accessoires trug. Das war kein herausgeputztes Publikum. Aber ich fühlte mich an dem Abend bei Pheeny genauso fehl am Platz – ich war bestimmt fünfzehn Jahre jünger als die anderen. Also dachte ich, scheiß drauf, wenigstens kann ich *so tun*, als hätte ich Spaß. Und witzigerweise hatte ich dann auch Spaß. Da ging echt die Post ab. Schwer zu beschreiben, aber SisterHood war eine irre gute kleine Band – man konnte gar nicht die Füße still halten. Und die Songs, also, die gaben einer jungen Frau echt das Gefühl, dazuzugehören. Ich kam mir gar nicht mehr so mickrig vor.

Als ich an den Tisch zurückkam, scherte es mich nicht mal, dass ich schwitzte, dabei konnte Pheeny schwitzende Frauen nicht ausstehen. Außerdem quatschten die Kerle, und Phee sagte gerade: »Ich weiß nicht, Tom, ich seh das noch nicht.«

Und dann sagte Julius, dieser große Typ in modischer Kluft: »Fragen wir doch Yvonne, was sie meint. Musik ist schließlich ein Jugendmarkt.«

Und Phee sah total genervt aus, weil er mir befohlen hatte, die Klappe zu halten, aber er sagte: »Na los, lass uns deine geschätzte Meinung hören.«

Also sagte ich: »Sie sind toll. Sie schaffen es, dass man sich super fühlt.«

Und Julius sagte: »Es ist diese Energie, stimmt's?«

»Es ist alles«, sagte ich.

»Aber sie sehen aus wie ein Haufen feministische Autonome«, sagte Phee.

Und ich wusste, dass ich ihm gewaltig auf den Senkel ging, aber ich dachte mir, jetzt kommt es schon nicht mehr drauf an, und sagte: »Sie sehen echt aus. Sie klingen echt. Sie geben dir das Gefühl, echt zu sein.«

Und Julius brüllte vor Lachen und sagte: »Da habt ihre eure Vermarktungsstrategie, das ist der Slogan.«

So weit mein unerheblicher Beitrag zur Musikgeschichte. Phee stieg ein. Tom und Carol starteten mit dem Geld von Phee und Julius ihre Management-Agentur. Elly wurde berühmt.

Und dann zog Tom Pheeny über den Tisch. Zumindest behauptete Pheeny das.

Damals waren wir schon auf Talfahrt. Schließlich begriff ich, wie Pheeny tickte. Es ging nicht um Liebe – es ging darum, dass er auf junge Blondinen mit dicken Titten stand. Wie alle anderen auch. Und es gibt immer Girls, die noch jünger, noch blonder und noch vollbusiger sind, klar? Also erklärte ich ihm, er wäre zu alt für mich, und er verprügelte mich. Da fuhr mein Dad zu ihm hin, und Phee drohte ihm an, *ihn* verprügeln zu lassen. Mein Dad hatte schon recht – Pheeny war unterm Strich kein netter Mann. Aber er blendete mich mit Schmeicheleien und Versprechen und dem vielen Geld. Und ich war grad mal achtzehn. Ich schnallte nicht, dass ein professioneller Schuldeneintreiber wohl eher kein netter Kerl war, der mit mir eine Familie gründen wollte. Ich kann Ihnen sagen, ich war so was von blöd, als ich jung war.

Keine Ahnung, woher Tom den Nerv nahm, ihn mit den Verträgen abzuzocken. Vielleicht hatte er Pheeny noch nie wütend erlebt. Es war echt beängstigend, wenn er sauer war – er verkrampfte sich, als würde er selbst zur Faust, und wurde kalt wie Stein. Man konnte nicht mit ihm reden, kam nicht an ihn ran. Er war so hart und kalt und wirkte zugleich fast weißglühend. Dabei verlor er aber nicht die Kontrolle. Wenn er zuschlug, schlug er präzise – soll heißen, er traf da, wo es wehtat. Vielleicht fünf Hiebe, absolut treffsicher. Und er ließ das Gesicht außen vor. Ein Segen, sonst hätte ich keinen einzigen eigenen Zahn mehr. Beim ersten Mal habe ich ihm noch verziehen, beim zweiten Mal verließ ich ihn, weil mein Dad sagte, das würde sonst zur Gewohnheit werden.

Mein Dad war überzeugt, dass Pheeny Elly umgebracht hat. Er zeigte ihn sogar anonym bei den Crimestoppers an, aber soweit ich weiß, hat sich niemand einen feuchten Dreck darum geschert. Ich hatte ihm erzählt, dass Phee Tom gedroht und gesagt hatte, Tom würde es noch bereuen, er würde alles verlieren, was ihm wichtig war. Er würde nicht wissen, wann und wo Phee zuschlagen würde, aber er sollte sich seines Lebens nie mehr sicher fühlen.

Aber das, was dann mit Elly passierte, war echt geistesgestört, und Phee war nicht geistesgestört. Ich weiß, ich hab ihn bisschen danach klingen lassen, aber ehrlich, so war er nicht. Er würde so was nicht tun.

Wobei, er könnte jemanden beauftragt haben.

Eine Verbindung gab es jedenfalls.

Aber ich kann mir nicht vorstellen, dass er seinen Zwist mit Tom an Elly ausgelassen hat. Elly war schließlich genauso Toms Opfer, oder? Er hat sie von Anfang an übers Ohr gehauen, und Pheeny wusste das.

Ich weiß noch, wie Pheeny und ich mal ins Büro fuhren, um irgendwas zu unterschreiben oder so, und Elly war dort. Es war das einzige Mal, dass ich ihr begegnete, ohne dass sie von den Bandfrauen oder Tom umzingelt war. Sei's drum, sie hatte grad dieses kleine Hündchen gekriegt, einen reinrassigen Golden Retriever, und das war das Süßeste, was man sich nur vorstellen kann – wuselte die ganze Zeit rum und leckte ihr übers Gesicht. Ich setzte mich einfach zu ihr auf den Fußboden, und wir spielten mit dem Hündchen.

Sie war so normal. Ein Kind mit einem Hündchen. Und wir haben gelacht und Namen ausprobiert – alberne Namen wie Kaukugel, weil es auf allem in Sichtweite herumkaute, und Pardauzling, weil es so wackelig auf den Beinchen war, und Toffee, weil es einfach zum Fressen süß war. Ich glaube, am Ende entschied sie sich für Jezz, weil sie das irgendwie an den Namen ihres Dads erinnerte oder so.

Jedenfalls, als wir gingen, sagte ich zu Pheeny: »Kann ich auch ein Hündchen haben?«

Und er sagte: »An dem Tag, an dem du mir eine Million Pfund einbringst, kaufe ich dir ein verdammtes reinrassiges Rennpferd, vergiss das beschissene Hündchen.«

Dann sagte er: »Er lässt dieses arme kleine Schaf ganz nach seiner Pfeife tanzen. Er schuldet ihr Gott weiß wie viel, und sie lässt sich mit einem scheiß Hündchen abspeisen. Man muss ihn schon bewundern.«

Und er bewunderte Tom ja tatsächlich. Aber das war noch, ehe ihm klar wurde, dass er bei dem Deal ausgebootet worden war.

Der Hund verschwand dann gleichzeitig mit Elly. Er wurde aber nie aufgefunden. Sie muss gerade mit ihm draußen gewesen sein, als sie geschnappt wurde, oder was immer da geschah. Und wenn der Hund da noch so lieb war wie als Welpe, dann dürfte er kein großer Schutz für sie gewesen sein, oder?

Kenny Sercombe ist nicht verbittert –
redigierte Abschrift

Ja, ich war bei Zeitguyz. Wir waren groß. Klar, ich kannte Caz. Na und? Ich bin jetzt Töpfer. Das Musikgeschäft verschlingt mächtig Zeit. Also arbeite ich jetzt mit meinen Händen, und das ist ehrliches Tagwerk. Nee, ich sehe die anderen alle nicht mehr und will es auch nicht. Es wird kein großes Comeback für Zeitguyz geben. Ja, sie haben es vor fünf Jahren probiert, ohne mich, wie ich hinzufügen muss, und was kam dabei raus? Niemanden schert's, niemand braucht das. Ich schon gar nicht.

Caz wird nicht mit Ihnen sprechen. Seien Sie realistisch. Sind Sie TV-Produzentin und können ihm eine Show anbieten – so was wie »Prominente mit Fußpilz«? Oder bieten Sie ihm den Soundtrack für einen Werbefilm an oder eine Doppelseite in *Hello!*? Nein, klar, dachte ich mir schon. Sie sind bloß wieder so eine aufstrebende brotlose Möchtegern-Schreiberin, stimmt doch? Also wird Caz nicht mit Ihnen sprechen.

Und wozu denn auch? Er betreibt Geschichtsklitterung so beiläufig, wie andere Leute atmen: Zeitguyz war *seine* Band, *seine* Erfindung. Er wurde zu berühmt für uns. *Er* war es, der Elly entdeckt hat. Weil *er* sich für ihre Musik interessierte, wurde sie bekannt. *Er* half ihr komponieren. Er hatte keinerlei unlauteres Interesse an ihr. Er war sauber wie frisch gefallener Schnee. Schön, er hatte ein Drogenproblem, aber das war doch bloß Treibstoff für seine kreative Ader – wie bei Lord Byron oder Keith Richards oder welche Ikone ihm diese Woche gerade einfällt.

Sehen Sie, Zeitguyz, ich, Elly Astoria, die ganze verfluchte Welt ist nichts als Teil des Trampolins, auf dem Caz Carter

Hüpfen geht, wann immer es ihm passt. Die Wahrheit ist, er klammerte sich an dieses Mädchen, als wäre sie die Ärztin, die ihn von seiner Durchschnittlichkeit heilen kann. Schätze, das ist das einzig Gute, was sich damals über ihn sagen ließ: Er wusste, dass er Hilfe brauchte. Er war ein hübscher Knabe, und er hatte ordentlich Stimme, das bestreite ich gar nicht, aber er brauchte jemanden, der für ihn schrieb, wenn er solo irgendwas auf die Reihe kriegen wollte. Und Mann, was war Elly für eine Komponistin! Ich weiß, es ist jetzt in Mode, ihre Leistung herunterzuspielen, aber ich fand sie außergewöhnlich – sie war ihrer Zeit weit voraus.

Sie war ideal für Caz – erinnern Sie sich an das Duett, das sie für ihn schrieb, für dieses von Sting organisierte Save-The-Earth-Ding? Also zum einen war es ein grandioser Song, aber die Kirsche aus seiner Sicht war, dass sie freiwillig die zweite Geige spielte. Weil sie ihm den Leadgesang überließ und nur ein bisschen nachhalf, damit er gut klang.

Wissen Sie, was ich glaube? Ich glaube, ihr Manager hatte vor, Caz aus seinem Vertrag rauszukaufen. Dann hätte er den perfekten Interpreten für ihre Songs gehabt. Man munkelte schon damals, er wolle Ellys Band schassen: Sie waren schlicht Ballast. Das große Geld lag im Verlegen ihrer Songs. Ich denke, er hatte kein großes Vertrauen in sie als Star. Nun ja, sie war auch wirklich nicht die Idealbesetzung für einen Popstar, was? Und ich wette, Frauenmusik stand bei ihm nicht sonderlich hoch im Kurs. Aber lass die Songs von einem gutaussehenden Knaben wie Caz singen, dann kannst du dich zurücklehnen und zugucken, wie das Geld vom Himmel fällt!

Das hätte sogar klappen können, nur dass Caz ein Volltrottel war. Bei dem Albert-Hall-Auftritt war er komplett zugedröhnt. Er hinterließ einen echt miesen Eindruck bei dieser *Hit-Hot*-Reporterin, und sie kreuzigte ihn. Was er auch verdient hatte, seien wir gerecht. Aber das vermasselte ihm alles, seinen Managementvertrag und die Partnerschaft mit Elly. Und damit stand Caz allein auf weiter Flur. Ich meine, er hat ganz schön viele Brücken abgefackelt, oder etwa nicht? Wir anderen von Zeitguyz fühlten uns betrogen, also wollten wir ihn nicht mehr. Er hatte unser Management und uns als Songschreiber angeschissen, von der Seite konnte er nicht mit Hilfe rechnen. Und dann mochte sich Ellys Manager auch nicht mehr mit einem Kerl belasten, der so neben der Spur war.

Inzwischen wanderte dieses Duett-Ding auf Platz eins. Kein Wunder, dass er Elly als seine Retterin ansah. Sie können sich ums Verrecken nicht vorstellen, wie gierig er nach Ruhm war. Ist er bis heute, wenn Sie sich den ganzen Mist angucken, den er verzapft, um im Rampenlicht zu bleiben. Das ist doch keine Musik mehr, und wenn Sie mich fragen, war Musik ihm immer nur Mittel zum Zweck. Das zeigt nur, wie hohl und seicht Caz Carter ist. Und warum er anfing, die arme Kleine mit Pillen zu versorgen. Wenn er sie abhängig machte, würde sie abhängig von ihm werden. Damit sie in seiner Nähe blieb und für ihn schrieb. All die Leute um Elly konnten ihn ja schlecht rauswerfen, wenn Elly wollte, dass er dablieb.

So hat es aber nicht angefangen. Zuerst wollte er sie vögeln. Er dachte, sie würde dann alles für ihn tun, so wie die anderen armen Säue, die er verführt hatte. Aber sie ließ ihn abblitzen.

Wissen Sie, was er sagte? Er sagte: »Ich kapier's nicht, K. Ich war mit ihr aus. Ich hab ihr Platten geschenkt. Ich hab ihr Blumen geschickt. Von ihr kommt überhaupt nichts. Entweder sie ist 'ne Lesbe wie der Rest der Band, oder dieses Managerschwein schiebt ihr seinen rein.«

Ich sagte: »Vielleicht steht sie einfach nicht auf dich?«

Wissen Sie, was er sagte? Er sagte: »Quatsch doch nicht dumm rum, K. Sind sie hetero, gehören sie mir. Und manchmal auch, wenn sie's nicht sind.«

So war das damals, als ich noch mit ihm sprach. Oder als er noch mit mir sprach. Er spricht ja mit niemandem, der ihm nicht dienlich ist.

Kurz darauf hängte ich die Musik ganz an den Nagel. Ich meine, ich höre mir nicht mal mehr welche an. Das sind alles Ausscheidungen heutzutage – gezuckerte Kacke für Kinder. Ich hab Wichtigeres im Kopf. Ich kann dieses ganze Lügen und Betrügen und diese schamlose Erfolgsgeilheit nicht ab.

Finn, aus Sicht einer Neohippie

Amy wurde aus einem Traum von grünen Swimmingpools durch ein Rütteln an der Klinke ihrer Hotelzimmertür geweckt. Es war Nachmittag. Tagsüber schlafen kam selten vor und war eher unerquicklich, aber mit Finn zu reden hatte sie müde gemacht.

Sie prüfte ihre Mundwinkel auf Speichelreste und strich ihren Pulli und die Tagesdecke glatt. Vor der Tür stand eine Person, in der sie Finns eine Begleiterin vom Vorabend erkannte. Sie trug einen schwarzen Samtmantel mit violettem Innenfutter, einen eingedellten schwarzen Samthut und einen kilometerlangen Schal aus aneinandergenähten bunten Seidenvierecken. Sie streckte eine Hand aus und sagte: »Ich bin Georgie. Wir haben uns gestern Abend kennengelernt.«

»Ich erinnere mich.« Amy schüttelte die Hand und spürte sowohl Sanftheit als auch Kraft. »Was kann ich für dich tun?«

»Darf ich dich irgendwo zu einem Kaffee einladen? Ich möchte über Finn reden.«

»Hat sie dich geschickt?«

»Nein.«

»Weiß sie, dass du hier bist?«

»Nein.«

»Wäre sie nicht ziemlich aufgebracht, wenn sie es wüsste?«

»Oh, sie würde total ausrasten«, sagte Georgie fröhlich.

»Ich möchte sie eigentlich nicht hintergehen.«

»Ich weiß, wo Ayisha ist.«

»Moment, ich zieh mir eine Jacke an.«

Sie setzten sich in ein kleines Café. An den Wänden hingen Bilder von hiesigen Kunstschaffenden. Poster warben für lokale Konzerte, Reikimeister, Pilates, Hatha-Yoga, Tai-Chi, Tarot und Allergietests.

Georgie trank Johannisbeer-Ginseng-Tee. Angegraute Strähnen stahlen sich unter ihrem Hut hervor, aber Wimpern und Brauen waren schwarz. Amy nahm starken Kaffee, um die Nachmittagsträume auszutreiben.

»Zur Sache«, sagte Georgie und lächelte mit hexenhaftem Charme. »Finn wohnt bei mir. Wir sind kein Paar, aber ich liebe sie. Man nimmt keine Schlagzeugerin samt Schlagzeug bei sich auf, es sei denn, man ist ihr sehr verbunden. Ich erzähl dir das, damit du weißt, wo ich stehe.«

»Gut. Und wirst du mir jetzt erzählen, dass Finn zwar hart aussieht, aber in Wahrheit sehr zerbrechlich ist?«

»Das weißt du bereits, es sei denn, du bist deutlich begriffsstutziger, als du wirkst. Ich weiß nicht, ob das Reden über die Vergangenheit sie mehr aufbaut oder runterzieht, aber es ist nicht meine Sache, ihr oder dir zu sagen, was zu tun ist.«

»Gut«, sagte Amy noch mal. Sie kippte Zucker in ihren Kaffee in der Hoffnung, dass ein Zuckerschub dem Koffein zum Durchbruch verhalf.

»Finn hält Sie für eine ziemlich ehrliche Haut«, fuhr Georgie fort. »Sie ist ja nicht die weltbeste Menschenkennerin, aber sie liegt auch nicht immer ganz falsch.«

»Wie die meisten von uns.«

»Außer man kann Auren wahrnehmen.«

»Und du kannst das?«

»Sei nicht albern«, sagte Georgie. »Seh ich aus wie eine Hellseherin?«

»Was weiß ich denn. Bei dem ganzen Samt.« Das Koffein begann schlagartig zu wirken, und Amy fing an zu lachen. »Aber da siehst du mal – ich bin auch nicht gerade die weltbeste Menschenkennerin. Nach allem, was ich weiß, könntest du Schadensreguliererin sein oder in der Fleischverpackung arbeiten und in deiner Freizeit schwere Hebevorrichtungen einem Praxistest unterziehen.«

»Gut getippt«, sagte Georgie. »Tatsächlich baue ich Cellos. Aber das spielt jetzt keine Rolle. Ich möchte dir etwas im Vertrauen erzählen. Falls du beschließt, es nicht diskret zu behandeln, kommt sehr viel Kummer auf mich zu, und darauf würde ich lieber verzichten.«

»Nun ja, aber ich kann nicht versprechen …«

»Habe ich dich gebeten, etwas zu versprechen? Lassen wir doch den Quatsch. Du schreibst ein Buch über einen Abschnitt von Finns Vergangenheit. Es ist ein starkes Thema. Aber für Finn ist die Vergangenheit nicht Vergangenheit. Sie behandelt sie wie eine Krankheit, von der sie nicht geheilt werden kann.«

Genau wie ich, dachte Amy seufzend.

»Meiner Erfahrung nach«, sagte Georgie, »glaubt sie, sie spricht über Elly und all das, aber in Wahrheit spricht sie über sich selbst. Und manchmal versucht sie sogar, ihre Rolle in der Geschichte umzuschreiben, als wäre sie eine erdachte Figur.«

»Ja!« Amy setzte sich gerade hin. »Wirklich gut ausgedrückt. Genau das tun sie *alle*. Ich hab diesen Berg von Interviews und Aussagen, vor dem ich nun schon mit einer gewissen Verzweiflung stehe, denn nichts davon scheint sich um Elly Astoria zu drehen.«

»Biografie einer verschwundenen Toten?«

»Bist du sicher, dass du keine Auren siehst?«, fragte Amy.

»Deine ist voller Löcher, aber ich vermute, das kommt von der Unterzuckerung. Hast du Lust, dir mit mir ein Stück klebrigen Toffee-Kuchen zu teilen? Er ist selbstgemacht und geht aufs Haus. Mir gehört ein Viertel dieses Ladens.«

An Georgie war mehr dran als schwarzer Samt und Cellos. Amy fragte sich, wie lange sie Finn schon kannte und ob sie schon zu Zeiten von SisterHood dabei gewesen war.

Georgie kehrte mit einem großen Stück Kuchen, zwei Gabeln und zwei Servietten vom Tresen zurück. Sie sagte: »Hau rein.

Nach der Unterhaltung gestern Abend hast du dir sicher schon gedacht, dass ich auch mit Ayisha befreundet bin.«

»Mmm.« Amy widmete sich ganz dem Toffee-Kuchen, um zu vertuschen, dass sie weniger scharfsinnig war, als Georgie vermutete.

»Wir waren am College im selben Seminar. Sie stammt aus einer Einwandererfamilie und hatte große Probleme, sie zu überzeugen, dass sie sie weiter studieren ließen. Ich half beim Organisieren eines Bittschreibens von Lehrkörper und Verwaltung an Ayishas Familie, als sie sie vom College nahmen. Sie schlief auf meinem Sofa, als sie mit ihnen brach, um es auf eigene Faust zu versuchen. Der Mut, den sie brauchte, um sich gegen ihre Familie aufzulehnen, der hat sie, glaube ich, all ihre Kraft gekostet. Sie findet das Leben nach wie vor ziemlich überfordernd.«

»Kanntest du sie schon zu Zeiten von SisterHood? Kanntest du Elly?«

»Ich studierte damals in Italien und Spanien. Ayisha sah ich gelegentlich. Ich hörte die Platten, bin Elly aber nie begegnet. Was ich über sie weiß, ist das, was Finn und Ayisha mir erzählt haben. Es kommt nicht aus erster Hand, also betrachte mich nicht als Quelle. Ich hab Finn erst nach dem Trauma kennengelernt, als die beiden sich gerade trennten. Tatsächlich war es Ayisha, die mich, als sie in Staaten ging, bat, wenn möglich auf Finn achtzugeben. Sie dachte sich, Finn würde eine Freundin brauchen. Und die braucht sie auch. Sie trinkt zu viel, verliert ihre Jobs und kann die Miete nicht zahlen. Dann landet sie halt in meinem Gästezimmer, um wieder auf die Beine zu kommen.«

»Und da wohnt sie auch jetzt?«

»Seit einigen Monaten wieder.«

»Und Ayisha?«

»Ist vor etwa einem Monat in aller Stille aus Kalifornien zurückgekommen. Sie stieß dort auf eine zunehmend miese

Einstellung gegenüber Menschen mit nahöstlich klingenden Namen. Die Behörden haben ihre Vergangenheit durchleuchtet und drohten damit, ihre Greencard einzuziehen. Kurz, sie hat Angst bekommen. Wozu es, wie ich schon erwähnt habe, nicht viel braucht.«

»Steht ihr in Kontakt?«

»Natürlich. Sie ist so ziemlich meine älteste Freundin. Ich hab gestern Abend mit ihr gesprochen. Deshalb sitze ich ja hier. Sie bat mich, dir etwas auszurichten.«

»Mir?« Amy fühlte sich merkwürdig geschmeichelt. Sie hatte sich schon so lange und so oft mit den Mitgliedern von Sister-Hood beschäftigt. Hatte ihre Fotos studiert, in alten Büchern und Zeitschriften über sie gelesen. Fast kamen sie ihr vor wie Fabeltiere, an die sie nicht mehr so recht glaubte.

Georgie sagte: »Sie fürchtet, du treibst Finn an ihre Grenzen.«

»Ich höre nur zu«, sagte Amy, »ich treibe nicht. Du weißt ja, Finn will, dass ich Ayisha dazu bringe, mit ihr zu reden.«

»Dazu wird es nicht kommen«, sagte Georgie traurig. »Aber mit dir wird sie sprechen, wenn du einwilligst, schonend mit Finn umzugehen.«

»Was meint sie damit – schonend mit Finn umgehen? Ich bin bloß eine Schriftstellerin. Ich bedrohe doch niemanden. In welcher Hinsicht soll ich schonend mit ihr umgehen? Gibt es da was, was ich nicht wissen soll?«

»Ich glaube nicht, dass Ayisha sich Sorgen macht, was Finn erzählen könnte. Warum sollte sie auch? Sie macht sich eher Sorgen, wie du Finn darstellen könntest. Finn ist ein leichtes Ziel. Die schreibende Zunft liebt es, sie lächerlich zu machen.«

»Das ist wahr. Ich hab einige der alten Artikel gelesen.«

»Früher haben sie sie ein paarmal abgefüllt und dann provoziert bis zu Wutanfällen und Unbesonnenheiten. Lesben-hetze.«

»Also das habe ich nicht vor.«

Es gab ein Schweigen. Amy begegnete Georgies ernstem grauem Blick und versuchte ihm standzuhalten. Sie sagte: »Dir *gehören* fünfundzwanzig Prozent dieses Ladens?«

Georgie warf einen kurzen Blick auf eine Gruppe von fünf jungen Leuten an einem Tisch am Fenster. Zwei sprachen laut über Klamotten, eine spielte ein Computerspiel, einer telefonierte, die fünfte fingerte an einem iPod herum.

»Ich bin über fünfzig«, sagte sie. »Irgendwann wurde mein kulturelles Territorium knapp. Drei Freundinnen und ich beschlossen, ein Café zu eröffnen, in dem wir uns wohlfühlen. Anfangs lief es ausnehmend gut. Jetzt wird es mehr und mehr von Leuten kolonisiert, die WLAN-Zugang und Trance-Musik wollen. Manchmal komme ich rein, und es ist so überfüllt, dass ich keinen Platz mehr finde. Sie fangen schon an, die Lampen und Ventilatoren auszustöpseln, um ihre Smartphones aufzuladen.« Sie grinste kläglich. »Es ist ein öffentlicher Ort. Alle, die wollen, können herkommen. Aber meine Freundinnen, Menschen wie ich, beginnen wegzubleiben.«

»Zeit für einen Neuanfang?«

»Vielleicht. Wie weit bist du denn nun wirklich mit deinem Buch?«

»Ich sammele immer noch Material. Mir fehlt es nicht an Leuten, die etwas zu erzählen haben. Aber ich hab das Gefühl, ich stochere nur am Rand herum. Bis Finn sich bereit erklärte, mit mir zu reden, hat keine der zentralen Figuren auch nur auf meine Briefe geantwortet. Am Ende werde ich wohl mit dem arbeiten müssen, was ich habe. Ich kann es mir nicht leisten, noch lange zu warten.«

»Du willst es schreiben, selbst wenn du nicht alle Informationen zusammenkriegst?«

»Informationen sind nie vollständig. Aber ja, ich werde es schreiben. Ich muss. Ich hab schon zu viel Zeit reingesteckt, um es bleiben zu lassen. Es wird mir bestimmt leidtun, dass es kein besseres Buch wird, aber ein Buch wird es.«

»Vielleicht ist Ayisha eine Hilfe.«

»Sie wird mir enorm helfen. Aber das werde ich Finn nicht erzählen.«

»Danke«, sagte Georgie. »Ich werd's ihr bald sagen müssen. Zu viele Leute wissen schon Bescheid.«

»Warum will denn Ayisha nicht mit Finn reden? Offensichtlich bedeutet sie ihr doch noch etwas.«

»Einer der Gründe, warum Ayisha wegzog, war, dass Finn die Trennung nicht akzeptieren wollte. Sie bombardierte Ayisha mit Anrufen und Briefen. Sie kampierte vor ihrer Tür und schüchterte ihre Freundinnen ein. Einmal warf sie ihr sogar eine Flasche Wein durchs Fenster. Ayisha blieb nur die Wahl, entweder das Gesetz zu bemühen, um sie zurückzupfeifen, oder zu verschwinden. Sie entschied sich, zu verschwinden.«

»Das ist sehr lange her, nicht wahr?«

»Richtig. Aber Hand aufs Herz, ich kann Ayisha gegenüber kaum behaupten, Finn habe sich geändert. Vielleicht hat sie das. Vielleicht ist sie altersmilde geworden. Aber weißt du, Besessenheit und Alkohol ergeben eine mächtige Mixtur.«

Ma und Mister

Das letzte Mal war Amy in Ellys alte Straße gegangen, um sich ihr Haus anzusehen. Hinterher, in dem Gefühl, dass Haus und Umgebung ihr Gedächtnis verloren hatten, sah sie, ohne ihn jedoch wahrzunehmen, auf der gegenüberliegenden Straßenseite einen der winzigen Vorgärten, der noch nicht mit provenzalischen Terrakottatöpfen überfrachtet war. Erst bei eingehender Betrachtung der Fotos, die sie gemacht hatte, entdeckte sie die untrüglichen Kennzeichen älterer Bewohner: Netzgardinen, heruntergelassene Rollläden und laienhafte Malerarbeiten. Statt weitere zwei Stunden auf einen Rückruf von Ayisha zu warten, beschloss sie, die Straße erneut aufzusuchen und an ein paar Türen zu klopfen.

So kam es, dass sie Mr. und Mrs. Quarry kennenlernte und ihre drei Katzen Dippy, Dido und Dab. Mit ausgesuchter Höflichkeit baten die Quarrys sie, in einem Sessel Platz zu nehmen, und bewirteten sie mit Schokoladenkeksen und Tee mit Dosenmilch. Sie selbst saßen auf einem Sofa, das, vermutlich schon seit dreißig Jahren, mit einem William-Morris-Schonbezug bedeckt war. Das Paar hing ein wenig durch, bewegte sich langsam, aber lächelte viel.

»Wir nannten sie Kleinchen«, sagte Mr. Quarry. »Und sie sagte Ma und Mister zu uns.«

»Als sie das erste Mal hier war«, sagte Mrs. Quarry, »kann sie nicht älter gewesen sein als, na, fünf?«

»Fünf oder sechs. Sie war immer so ein kleines Ding, schwer zu schätzen, ihr Alter.«

»Und dünn wie ein Plastikkamm. Unsere Mittlere, Josepha, fand sie ausgesperrt. Sie kriegte diese Mutter nicht dazu, die Tür aufzumachen.«

»Ma hier fütterte sie mit Hühnchenreis, und sie schlief direkt da auf dem Teppich ein.«

»Es war damals ein nigelnagelneuer Teppich«, sagte Mrs. Quarry lächelnd, mit erinnertem Stolz. »Sie rollte sich vor dem Gasofen zusammen und schlief auf der Stelle ein.« Sie schwenkte mollige Finger Richtung Ofen. »Alles elektrisch jetzt.«

Womöglich war das die einzige Veränderung der letzten dreißig Jahre, während die Quarrys und die weichen Möbel im gleichen Maße alterten und verschlissen, Falten und Dellen bekamen.

»War'n betriebsames Leben damals«, sagte Mr. Quarry. »Arbeit, Arbeit, Arbeit und Kinder, Kinder, Kinder.«

»Aber wir hatten weiter ein Auge auf Kleinchen. Ab und zu holten wir sie rein wie eine Katze, die keinen hat. Sie aß, sie schlief, sie kehrte immer zu dieser Mutter zurück.«

»Am Morgen des Tages, wo diese Mutter starb«, sagte Mr. Quarry, »kam Kleinchen rüber, und sie sagt: ›Oh Mister, ich muss in den Norden‹, und ich sag: ›Was?‹ Ich war spät dran zur Arbeit. Und sie sagt: ›Nein, schon gut, nicht so wichtig‹, und ich sag: ›Was?‹, weil sie nie um irgendwas fragte.«

»Sie hat nie um das Geringste gebeten«, sagte Mrs. Quarry. »Als sie größer wurde, hat sie diese Mutter versorgt, hat gesagt, sie wär krank. Aber wir wussten, welche Krankheit das war. Gab damals reichlich solche Kranken hier in der Gegend.«

»Wer hätte da gedacht, dass ich mal froh bin, dies Haus gekauft zu haben? Damals verfluchte ich den Tag.«

»Ich glaub, sie wusste, dass was passieren würde. Wie eine Katze weiß, wenn ein Sturm kommt. Aber was hätten wir schon tun können? Diese Mutter hat uns nie die Tür aufgemacht. Er hier gibt sich die Schuld.«

»Ich geb mir die Schuld, dass ich nicht nachgefragt hab. Jetzt, ja, jetzt hab ich Zeit ohne Ende. Aber jetzt ist es zu spät. Genau wie dann, als Kleinchen weggeholt wurde.«

»Du sagst immer hätte dies und hätte jenes. Aber die meisten Leute sind nun mal keine Katzen. Wir wissen nicht, dass ein Sturm kommt. Wir kennen die Zeichen nicht. Wenn wir's wissen sollten, würde der Herr es uns gewiss sagen.«

»Aber gewiss hat der Herr nicht gewollt, dass Kleinchen so was Grausames zustößt.«

»Das sagst du immer«, sagte Mrs. Quarry. »Aber manchmal gewinnt eben auch Satan. Hilft nichts.«

»Sie sprechen von dem Tag, an dem Ellys Mutter starb?«, fragte Amy dazwischen.

»Na, ich stieg in mein Auto und fuhr zur Arbeit«, sagte Mr. Quarry. »Aber als ich hinkam, rief ich Mrs. Quarry an.«

»Ich war an dem Tag zu Hause.«

»Es war ihr freier Tag. Ich sagte: ›Frag noch mal nach, was Kleinchen wollte.‹«

»Wie Mr. Quarry noch redet, guck ich aus dem Fenster und seh das große Auto mit dem Mann, der immer vorbeikam. Und Kleinchen kommt angerannt, noch ehe er aus dem Auto steigen und an ihre Tür klopfen kann. Er ist niemals in dem Haus gewesen, so wenig wie wir, als diese Mutter noch lebte. Ich war besorgt wegen dem Mann. Zu alt und zu feine Kluft, der.«

»Aber sie sagt: ›Er ist unser Manager. Ich spiel jetzt in einer Band, Mister‹. Und das mochte wohl so sein. Sie war nämlich mächtig gut auf ihrer Gitarre.«

»Ich hab sie früher manchmal an der Seven Sisters Road spielen sehen. Sie sang immer ›Yellow Bird‹ für mich. Ich sag: ›Du gehörst in die Schule‹, und sie sagt: ›Da war ich schon, Ma.‹ Aber ich wusste, das war sie nicht. Sie sagt: ›Wir müssen essen, Ma.‹ Und was soll man da sagen? Darum geht's letzten Endes.«

»Also ihr Manager kam an dem Morgen her, um sie abzuholen?«, hakte Amy nach.

»Und Mr. Quarry war am Telefon und sagte: ›Na los, geh hin, schnell, schnell, und frag sie, was sie wollte.‹ Aber es war noch früh, und ich sagte: ›Ich bin noch im Nachthemd.‹«

»Darum konnte sie nicht hingehen.«

»Aber ich hielt die Augen offen. Ich wusste ja nicht wonach. Vielleicht sollte ein Paket kommen. Aber der Postbote kam nicht, also war's kein Paket. Aber der Yardie vom Ende der Straße, der kam. Der kam so ziemlich jeden Tag. Dem machte sie immer die Tür auf. Sie hatte nie Geld für Essen, aber für den Yardie hatte sie immer Geld. Der mit seinen feinen Hüten und seinem Gift. Wissen Sie, ich war froh, als Kleinchen zu ihrer Band kam. Gefiel mir nicht, dass sie ganz allein auf der Straße stand und ihre Lieder sang. Zu viele üble Männer da draußen. Wir hatten immer Angst, diese Mutter würde Kleinchen Gift geben, aber sie liebte diese Mutter nun mal.«

»Gutes kommt aus Schlechtem und Schlechtes aus Gutem. Weil nämlich Kleinchen jetzt mehr Geld und warme Sachen hatte, aber der Yardie kam auch immer öfter.«

Mrs. Quarry stieß einen tiefen Seufzer aus, von dem ihr Busen wogte, und sagte: »Das waren Hyänen, wie man sie im Fernsehen sieht. Die riechen Geld, wie Hyänen Blut wittern. Ich schwöre, all das Geld, das Kleinchen ins Haus brachte, wanderte direkt in die seidenen Taschen von diesem Yardie. Mr. Quarry meint, als noch kein Geld …«

»Sprich das nicht aus«, unterbrach Mr. Quarry. »Die Lady will davon nichts wissen. Sie will wissen, wer kam und ging, als diese Mutter starb. Mrs. Quarry hat drei Männer und eine Frau gesehen, bevor die Polizei kam. Und nur einer war der Yardie. Erzähl's ihr.«

»Darf ich jetzt sprechen? Hab ich deine Erlaubnis? Ich verbring mein Leben nicht damit, aus dem Fenster zu gaffen. Ich hatte damals drei Kinder und zwei Jobs. Ich musste mich um das Haus kümmern. Wenn ich mich recht erinnere, hattest du nur einen Job, Vollzeit, aber nur einen. Und wenn ich mich recht erinnere, waren Kinder, Hausarbeit, Einkaufen und Kochen alles Dinge, für die sich ein Mann zu schade ist. Alles, was ein Mann nicht tun mag, ist Frauenarbeit. Und dann soll sie auch noch aus dem Fenster gucken und ihm sagen, wer kommt und geht.«

»Erzähl's ihr einfach, Weib. Ich entschuldige mich später dafür, dass ich Hosen trage.«

»Du entschuldigst dich jetzt, oder du kannst zum Teufel gehen.« Mrs. Quarry verschränkte die Arme, bleckte die Zähne und sah unschlagbar aus.

»Schon gut, schon gut«, sagte Mr. Quarry. »Alles war damals noch ganz anders, und es tut mir leid. Ich hab mich gebessert, seit ich in Rente bin.«

»Gebessert, ja, aber du bist immer noch anstrengend.«

»Gut, auch dafür entschuldige ich mich.«

»Und ich entschuldige mich für das Streiten vor einer Besucherin, aber manche Kämpfe hören einfach nie auf.«

»Das ist wahr«, sagte Amy. »Ehrlich, es macht mir nichts aus.«

»Also gut. Zuerst kam der Yardie. Das sagte ich schon. Dann kam ein Mann, der sah aus wie ein Golfspieler. Er klopft, er klingelt. Er schreibt was auf und schiebt es durch den Briefschlitz. Er wartet. Sie lässt ihn rein, was mich wirklich überraschte.«

»Haben Sie sie gesehen?«, fragte Amy. »Ich meine, sind Sie sicher, dass sie es war?«

»Kleinchen war unterwegs in den Norden – wer sollte es sonst sein? Dann noch ein Mann, groß, ging wie ein Eigentümer. Und dann die Lady mit dem schönen Mantel. Sie ging nicht rein. Sie klopfte und klingelte, dann guckte sie durch den Briefschlitz. Sie ging zu den Nachbarn und rief die Polizei an. Aber ich hab nicht die ganze Zeit hingesehen, erst als die Polizei kam. Trotzdem komisch, aber wie gesagt, ich hatte zu tun, und ich sah weder den ersten noch den zweiten Mann weggehen. Und ich sah nicht, mit welchen Autos sie kamen, falls sie mit Autos kamen. Und ich hab dem Polizisten erzählt, was ich gesehen hab, aber er schrieb sich nichts auf und gab mir auch nichts zum Unterschreiben. Das war die Straße hier, so war es damals. Es scherte keinen. Sie fanden, wir verdienten nichts anderes. Heute ist es nicht mehr so. Alle haben Alarmanlagen an den Autos und Häusern, und wenn einer komisch guckt, rufen sie die Polizei.«

»Und die Polizei kommt auch«, sagte Mr. Quarry. »Ich hab dies Haus als Wertanlage gekauft, aber damals war's ein Mühlstein. Hab nicht gedacht, dass ich je aus den roten Zahlen komme.«

»Diese Leute«, sagte Amy, »die zwei Männer und die Frau. Wissen Sie, wer das war? Sind sie noch mal wiedergekommen?«

»Wenn auf der anderen Straßenseite jemand zu einer Tür geht, sieht man nur den Rücken. Ja?«

»Ja.«

»Man kann kein Gesicht sehen, bis er geht. Sieht man nicht, wer geht, sieht man auch kein Gesicht. Aber als diese Mutter starb, gab es viel Kommen und Gehen – all die Musikfrauen, der Manager und die mit dem schönen Mantel. Ich sah sie noch mal. Wir waren ganz froh, nicht wahr, Mr. Quarry?«

»Und ob. Keine Yardies mehr. Das Haus lebte. Es gab Musik und Frauen.«

»Geputzte Fenster«, sagte Mrs. Quarry. »Bauarbeiter kamen. Müll verschwand. Lieferwagen fuhren vor. Kleinchen sagte: ›Kommt, seht es euch an‹, also gingen wir rüber, stimmt's?«

»Zum ersten Mal überhaupt. Sie gab uns Tee und Obstkuchen mit Schlagsahne.«

»Und zwar sehr guten. Ich hab nichts gesagt, weil man nicht schlecht über Tote reden soll, besonders wenn man mit der Tochter der Toten spricht, aber das Haus war nie ein Zuhause, bis diese Mutter starb. Da wurde alles besser. Alles, nur Kleinchen nicht. Wissen Sie, was sie sagte? Sie sagt: ›Sie fehlt mir, Ma‹. Und ich bring kein Wort heraus, da nehm ich sie in den Arm. Und sie sagt: ›Ich fühl mich so verloren, Ma. Ich weiß gar nicht, wozu ich noch was tun soll, jetzt, wo ich mich nicht mehr um Mom kümmern kann.‹ Es brach mir schier das Herz. Ich sag: ›Vielleicht hast du jetzt mal wen, der sich um *dich* kümmert‹. Und sie sagt: ›Das ist aber nicht dasselbe.‹ Warum sollte sie dasselbe wollen? Wo dasselbe so grässlich war?«

»Beim Heimkommen«, sagte Mr. Quarry, »saßen wir nur da und grübelten. Wir versuchen gute Eltern zu sein. Wir ernähren unsere Kinder gut, passen auf, dass sie Bildung kriegen.«

»Und waschen und kleiden und beschützen sie. Alles, was gute Eltern tun. Aber unsere Kinder könnten uns nicht mehr lieben als Kleinchen diese Mutter.«

»Gerecht war das nicht. Ganz gewiss nicht.«

»Und schon so lange her«, sagte Mrs. Quarry. »Wie viele Jahre ist Kleinchen jetzt tot? Es ist eine andere Straße heute, eine andere Welt. Und wir sind noch da und erleben es, dank Gottes Gnade, aber Kleinchen nicht.«

»Auch das ist ganz gewiss nicht gerecht. Die Alten sollten vor den Jungen abtreten.«

»Amen.«

»Amen.«

Trotz der Amens wirkten die Quarrys auf Amy, als wären sie sehr froh, am Leben zu sein. Sie saßen stramm auf strapazierten Möbeln, und die drei Katzen dösten auf der Fensterbank über einem tickenden Radiator. »Es muss seltsam gewesen sein«, sagte sie, »als Elly plötzlich berühmt wurde. Wo Sie sie doch nur als vernachlässigtes kleines Kind kannten.«

»Sie blieb auch einfach ein Kind«, sagte Mrs. Quarry. »Wer ganz aus dem Häuschen war, das waren unsere Mädels: ›Ooh, sie tritt bei Top of the Pops auf‹ und so, und ihre Schulfreundinnen kamen vorbei, nur um durchs Fenster zu gucken, wer da kommt und geht. Es machte unsere Mädels sehr beliebt, dass sie Kleinchen kannten.«

»Aber es gab nicht nur die Freundinnen der Mädels. Völlig Fremde saßen auf unserer Mauer, um das Haus zu beobachten. Und Fotografen.«

»Sie hätte wegziehen sollen. Das Haus war nicht gut zum Berühmtsein. Die Straße war zu eng für all die dicken Autos.«

»Sie hätte ein großes Haus mit hoher Mauer und hohem Zaun haben sollen«, sagte Mr. Quarry. »Und ich weiß nicht, warum dieser Manager von ihr nicht dafür gesorgt hat, außer er hat sie beklaut, wie die Zeitung schrieb. Dies war keine gute Gegend. Gefährlich. Die ganzen Yardies da hinten. Die kannten Kleinchen alle wegen dieser Mutter. Als sie verschwand, hab ich das zu dem Polizisten gesagt, stimmt's, Mrs. Quarry?«

»Er sagte: ›Suchen Sie mal da am Ende unserer Straße. Vielleicht haben die sie gekidnappt und wollen Lösegeld‹. Aber er schrieb es nicht auf. Er sprach mit Josepha. Die Schule hat sie an dem Tag mit Grippe heimgeschickt.«

»Hat sie irgendetwas gesehen?«, fragte Amy.

»Sie sah das Übliche«, sagte Mrs. Quarry, »die Frauen kamen heim, Leute waren auf der Straße. Dann wurde es dunkel und im Haus ging das Licht an. Als es dunkel war, kam Kleinchen mit ihrem kleinen Hund raus und rannte die Straße runter. Das kam oft vor. Jemand muss ja immer mit dem kleinen Hund raus. Hunde sind hilflose Geschöpfe. Wir müssen nie raus in den Regen und mit unseren Katzen Gassi gehen.«

»Regnete es?«

»Ich glaube nicht. Ich sagte das nur über Hunde. Sie liebte diesen Hund. Zwei, drei Mal hatte sie unsere Mädels drüben, um mit dem Hund zu spielen. Sie war lieb zu unseren Mädels.«

»Warum auch nicht?«, sagte Mr. Quarry. »Du hast sie reingeholt und gefüttert, als sie niemand war.«

»Ich mein ja nur, sie hat uns nicht vergessen, als sie jemand war. Wir sind richtige Menschen. Nicht wie manche.«

»Was hat Josepha noch gesehen?«

»Sie sagte dem Polizisten, was Kleinchen anhatte. Jeans und ein zu großer rosa Kapuzenpulli. Sie hatte die Kapuze auf, aber Josepha wusste, dass sie es war, und die Leute da draußen wussten es auch. Weil einige ihr folgten – das taten sie andauernd. Deshalb ist sie gerannt.«

»Haben Sie irgendeine Vorstellung, wo sie hingerannt sein könnte?«

»Bestimmt Finsbury Park. Falls sie da je ankam. Josepha hat sie nicht zurückkommen sehen. Aber das Licht im Haus blieb die ganze Nacht an und auch die nächste. Es war ja keiner da, um es auszumachen. Finden Sie nicht, jemand hätte in dem Haus auf sie warten müssen?«

»Finden Sie nicht«, fügte Mr. Quarry hinzu, »jemand hätte sie beschützen müssen? Auf der Mattscheibe sieht man doch ständig Popstars mit vier, fünf Leibwächtern. Leute, von denen man nie gehört hat, haben ein halbes Dutzend davon. Kleinchen hatte keinen einzigen. Ich glaube, niemand wollte Geld dafür ausgeben, sie zu beschützen. Wenn Sie mich fragen, dann war Kleinchen ihr ganzes Leben lang ohne Schutz.«

Unvermittelt fielen Amy ein paar sonderbare Zeilen aus einem Song namens ›People Living‹ ein: »… and I see Mister sitting in his chair / And Ma, she's wond'ring where the children are.« Ihr wurde klar, dass sie bei diesen Zeilen schon immer einen halbbewussten Einwand gehabt hatte – wenn doch ein *Mister* auf dem Stuhl saß, warum fragte sich dann nicht *Missis*, wo die Kinder blieben? Sie hatte sich nie richtig vergegenwärtigt, was ihr an dieser fehlenden Parallelkonstruktion aufstieß. Nun fügte sich alles zusammen.

Ayisha geht's gut

Ayisha öffnete die Tür zu einem leeren Zimmer. Graues Nordlicht tauchte den neutralen beigen Teppich in kalten Glanz.

»In der Küche gibt es Stühle«, sagte sie und ging voraus.

Sie war eine der Frauen, die mit zunehmendem Alter immer zerbrechlicher wurden, stellte Amy fest. Die Fett-und-Vierzig-Phase schien sie übersprungen zu haben. Oder vielleicht lag es am jahrelangen Leben in Kalifornien. Vielleicht war Dickwerden in L. A. eine Straftat. Auf den Fotos von vor zwanzig Jahren war eine kräftige dunkle Ayisha mit starken Händen zu sehen. Die Hände dieser Frau bestanden aus Knochen, überzogen mit dünner brauner Haut, ohne sichtbare Muskeln. Den Knochen schien Calcium zu fehlen.

»Wie geht's Finn?«, fragte Ayisha.

»Na ja, mir kam sie okay vor«, sagte Amy vorsichtig. »Aber Georgie war etwas in Sorge.«

Die Küche war aus Stahl und Marmor. Harte Kanten bedrohten Ayishas dünne Haut. Aber in der Mitte stand ein vollgekramter Tisch mit vier Stühlen drum herum. Eine Gitarre lehnte an einem Stuhl, und ein kleines Yamaha-Keyboard ruhte auf einem Papierstapel.

»Setzen Sie sich«, sagte Ayisha. »Kaffee? Es gibt nur löslichen. Ich hab hier bloß das Nötigste, bis meine Sachen kommen.«

Es war eine große Wohnung in einer Gegend mit hohen Mieten, mehr ließ sich dazu nicht sagen. Unaufdringlich möbliert, genau die Art Bleibe, die ein Makler einer Klientin antrug, der es nicht drauf ankam. An Geld mangelte es nicht, das wusste Amy: Ayisha war eine erfolgreiche Jingle-Komponistin. Sie hatte sich in der Welt der Werbung einen Namen gemacht, das zahlte sich aus.

Ayisha stellte zwei Kaffee auf den Tisch, setzte sich kerzengerade hin und starrte die Reflexionen auf dem polierten Stahlkühlschrank an. Ihr ernster leerer Gesichtsausdruck wirkte, als ob sie meditiere.

»Danke, dass Sie mich empfangen«, begann Amy und wünschte, sie müsste nicht mit einem Kühlschrank um Aufmerksamkeit wetteifern.

Ayishas große dunkle Augen richteten sich langsam auf sie. Sie sagte: »Vielleicht habe ich Sie unter falschen Voraussetzungen herkommen lassen. Ich bin nicht sicher, ob ich überhaupt mit Ihnen sprechen sollte.«

»Warum nicht?«

»Heute Morgen kam ein Brief. Ich hatte ihn noch nicht geöffnet, als ich Sie anrief, sonst hätte ich Ihnen abgesagt. Tut mir leid.«

»Aber warum denn?«

»Man hat mich gewarnt, nicht mit Ihnen zu reden. Der Brief kam von einem Advokaten. Sorry, ich meine von einem Anwalt. Ich war zu lange fort.«

»Wessen Anwalt denn?«

»Das soll ich nicht sagen. Aber Finn dürfte auch einen bekommen haben. Und Madeline auch, schätze ich.«

»Er kam von Brionys Anwalt?« Amy war erstaunt. »Weswegen denn?«

»Wir haben schon einen Maulkorberlass von Caranto erhalten, den ich allerdings zu ignorieren gedachte. Ich muss erst noch darüber nachdenken, wie ich es mit Briony halte. Sie war früher meine beste Freundin.«

»Aber ist Briony nicht in Neuseeland?«

»Ihr Anwalt sitzt in London.« Ayisha strich sich eine Strähne pechschwarzes Haar hinters Ohr.

»Ich hab von Caranto zwei Briefe bekommen«, sagte Amy. »Der erste warnte mich, keine Songtexte ohne Genehmigung zu verwenden …«

»Halten Sie sich dran«, sagte Ayisha. »Die sind sehr, sehr scharf, wenn es um Copyrightverletzungen geht. Ich kenne Leute, die wurden verklagt, bis Blut und Rotz floss. Und ich dachte, da einiges Material teilweise von mir ist, könnte ich die Nutzung gestatten, darf ich aber nicht. Es ist alles strikt unter Verschluss.«

»Sie haben keinen Zugriff auf Ihr eigenes Werk?«

»Nicht dass ich da wirklich ranmüsste. Ich bin keine Bühnenkünstlerin mehr, dem Himmel sei Dank. Und SisterHood ist tot und begraben. Es gibt sie nicht mehr. Caranto hat sich sogar das Copyright auf den Namen gesichert. Also könnten wir ihn gar nicht verwenden, selbst wenn wir wollten.«

»Das ist ungeheuerlich.«

»Das ist Vergangenheit«, sagte Ayisha ausdruckslos. »An der Vergangenheit hängen heißt den Weg in die Zukunft blockieren. Wenn ich wieder anfange, mit der Vergangenheit zu hadern, bin ich in ihr gefangen.«

»Ich hänge durchaus an der Vergangenheit.«

»Ja, sicher. Sie sind Biografin, das liegt in der Natur der Sache. Davon abgesehen ist es nicht Ihre Vergangenheit. Sie kann Ihnen nicht auflauern und Sie in die Tiefe ziehen.«

»Ihnen kann sie auflauern?«

»Wenn ich es zulasse«, sagte Ayisha. »Ich habe eine Technik gelernt, mich zu distanzieren.« Sie tippte sich seitlich an den Kopf.

»Ach, ich wünschte, das könnten Sie mir zeigen«, sagte Amy bedrückt. »Ich hab eine ganze Wagenladung Vergangenheit, von der ich mich gern distanzieren würde.«

»Ich kann Sie mit meiner Lehrerin in L. A. bekannt machen. Und es gibt reichlich Bücher.«

»Mhm, danke.« Es war für eine Biografin die denkbar ungünstigste Interviewsituation, abgesehen von einer vor der Nase zugeknallten Tür: ein Maulkorberlass und eine Person, die sich unbedingt von der Vergangenheit distanzieren wollte. Sie suchte nach einem anderen Ansatz für das Gespräch, da fiel ihr Blick auf das Yamaha-Keyboard. Sie blinzelte und sah genauer hin.

»O mein Gott«, sagte sie, »ist das etwa das Yama?«

Ayisha starrte sie verblüfft an. »Woher zum Teufel wissen Sie davon?«

»Eine Frau namens Sarah. Sie war Grundschullehrerin.«

»Hat sie irgendwas über einen Kerl namens Jimmy gesagt?«

»Warten Sie mal.« Amy schloss die Augen und ging im Geist seitenweise Notizen und Abschriften durch. »Ich glaube, Jimmy war ein Exfreund von Sarah. Sie rief ihn an, weil sie glaubte, Elly könnte das absolute Gehör haben, und weil das Schulklavier verstimmt war. Er brachte das Yamaha vorbei und überließ es der Schule. Ich nehme an, sie hat es Elly geschenkt.«

»Nein«, sagte Ayisha. »Jimmy hat es Elly geschenkt. Ich glaube, er hat ihr etwas angetan. Etwas Schlimmes. Aber sie hat nie was gesagt.«

»Jimmy?« Amy war entsetzt. »Er auch? Ich hatte den Eindruck, dass mit einem Pflegevater etwas Schlimmes vorgefallen ist.«

»Pflegevater?« Ayisha kreischte fast.

»Als Ellys Mutter im Gefängnis war.«

»Jesse war im Gefängnis?« Ayisha sah völlig perplex aus. »Davon hatte ich keine Ahnung. Warum hat Elly mir das nicht erzählt? Sind Sie sicher?«

»Na ja, Sarah machte solche Andeutungen. Also bin ich das Zentralregister durchgegangen, und ja, Jesse Astoria bekam eine Gefängnisstrafe wegen Besitz von Heroin und Crack und wegen Dealens. Elly war damals sieben und kam in Pflege zu einer Familie namens, ähm, ich glaube Hopkins. Aber die konnte ich nicht ausfindig machen. Sie sind weggezogen und vom Planeten verschwunden, zumindest meiner Recherche nach.«

»Warum weiß ich nichts von alledem? Ich habe dort gewohnt,

in ihrem Haus. Ich habe sie jeden Tag gesehen. Warum hat sie nichts gesagt?« Ayisha sah nicht mehr aus wie eine Kalifornierin, die eine Distanziertechnik gelernt hat. Sie war sichtlich verstört. »Warum wissen Sie davon und ich nicht?«

»Sie kannten sie«, sagte Amy, »ich nicht. Also musste ich recherchieren. Und sie war nicht gerade mitteilsam, oder, außer in ihren Songs?«

»Mein Gott«, sagte Ayisha, »der Mann, der Kindern wehtut! Ich dachte immer, ›The Man Who Hurts Children‹ handelt von Frederik de Klerk oder jemandem von der Regierung oder bei der IRA oder was weiß ich wem. Wir hätten den Song bei Live Aid spielen sollen. Ich muss ihn mir noch mal genau anhören. Ich habe bei der Aufnahme Bass gespielt, aber sonst erinnere ich mich an nichts. Was sagt Finn dazu?«

»Darüber haben wir gar nicht gesprochen. Das kam jetzt nur durch das Yamaha. Wie kommt es, dass Sie es noch haben?«

»Es ist kaum mehr als ein Spielzeug, was?« Ayisha fuhr mit dem Daumen über die stummen Tasten. »Elly hatte viel anspruchsvollere Instrumente. Aber das Yama hat sie immer behalten. Sie konnte es unterm Arm tragen. Sie arbeitete damit sogar hinten in Toms Land Rover auf dem Weg zu Auftritten. Und es war nichts wert, Tom konnte es nicht verkaufen. Ich hab es einfach mitgenommen, als ich das Haus zum letzten Mal verließ. Ich konnte die Vorstellung nicht ertragen, dass es beim Trödler oder auf dem Müll landet.«

»Und Sie benutzen es?«

»O ja. Es sieht schrottig aus, aber funktioniert noch tadellos. Es ist wie ein kleines Notizbuch zum Festhalten von Ideen. Die meiste Arbeit mach ich inzwischen am Computer. Aber das Yama kann ich an Orte mitnehmen, wo mein Computer nicht hingehört – zum Beispiel an den Strand.«

Amy starrte auf das kalte graue Fensterviereck über der Edelstahlspüle. »Vermissen Sie den Strand nicht?«

»Manchmal ist es mir egal, wo ich bin. Ich vermisse Menschen, nicht Orte.«

»Ich auch«, sagte Amy, die in Wahrheit beides vermisste. »Fehlen Ihnen Finn und die anderen nicht?«

»Das ist was anderes.« Ayisha starrte wieder den Kühlschrank an. »Es war damals so dermaßen furchtbar. Ich möchte keine von ihnen jemals wiedersehen. Ich war schwer krank, glaube ich.«

»Finn würde Sie gern sehen«, sagte Amy, weil sie es versprochen hatte.

»Finn führt immer noch die alten Kriege«, sagte Ayisha. »Sie durchlebt immer wieder die alten Ungerechtigkeiten und Verletzungen. Sie hat sie auf Endlosschleife im Kopf und kommt nie davon los. Deshalb mag ich sie nicht sehen. Ich darf nicht daran erinnert und da wieder reingezogen werden. Das tut alles zu weh. Ich meine, Sie kommen hier reinspaziert und machen mir klar, dass ich wichtige Dinge über Elly gar nicht wusste. Das tut weh. Ich dachte, ich kannte sie.«

»So ist es auch. Jemanden kennen ist nicht dasselbe, wie alles über jemanden zu wissen.«

»Aber es zeigt mir, dass ich sie immer noch besitzen will«, sagte Ayisha aufgewühlt. »Ich nehme es Ihnen richtig übel, dass Sie mehr wissen als ich. Das ist *meine* Geschichte. Nicht Ihre.«

»Dieser Teil war Ellys Geschichte.«

»Die will ich also auch besitzen. Zeigt das nicht, was für ein schlechter Mensch ich bin?«

»Nein.«

»Ich meine, was Elly betrifft. Ich hab mich auf jede erdenkliche Art damit auseinandergesetzt. Und meistens geht's mir so weit ganz gut. Tatsächlich sogar bestens. Ich hab mich weiterentwickelt. Und dann bringt mich so ein verdammtes …«

Die Küchentür ging auf und eine große blonde Frau trat ein. Sie trug abgeschnittene Jeans und zeigte kilometerlange honigfarbene Beine. Ayisha presste sich die Hand vor den Mund.

»Atmen nicht vergessen, Schatz«, sagte die blonde Frau. Sie ging zum Küchenschrank und holte eine kleine Flasche heraus. Sie schenkte Mineralwasser in ein Glas und stellte es vor Ayisha ab. Ayisha schüttete sich zwei kleine blaue Tabletten auf die Handfläche und schluckte sie.

»Sie müssen jetzt gehen«, sagte die blonde Frau ruhig.

»Mir geht's gut«, sagte Ayisha.

»Klar geht es dir gut. Aber die Leute von Renault kommen in einer Stunde, und du möchtest vielleicht noch duschen und dich umziehen.« Sie wandte sich Amy zu und sagte: »Was Geschäftliches. Aber falls Sie einen neuen Termin machen wollen für ein weiteres Treffen, schau ich mal, was ich tun kann.«

Zögernd schob Amy ihren Stuhl zurück und erhob sich. Ayisha atmete jetzt tief und gleichmäßig. Ihre Augen waren geschlossen. Sie sagte: »Warten Sie.«

»Schatz?«, sagte die Blonde.

Ayisha sagte: »Was wissen Sie über ›The Man Who Hurts Children‹?«

»Ich hab es mir länger nicht angehört.«

»Ich auch nicht. Ich melde mich bei Ihnen, wenn ich es gehört habe.«

»Okay.«

»Mir kam da so ein Gedanke, das ist alles.« Ayisha hielt die Augen immer noch geschlossen.

Höflich, aber unnachgiebig schob die Blonde Amy aus dem Zimmer.

Der Mann, der Kuchen bäckt

Der Brief begann: »Madeline kommt erst in drei Wochen aus Southampton zurück.« Geschrieben in gewollt künstlerischer Handschrift mit kleinen Epsilons und Deltas statt e und d. Amy wusste gar nicht mehr, wann sie zuletzt einen handgeschriebenen Brief bekommen hatte. Weiter hieß es: »In Angelegenheiten meiner Tochter mische ich mich gewöhnlich nicht ein. Aber solange sie fort ist, sehe ich mit ihrer Erlaubnis und auf ihren Wunsch hin ihre Post durch, falls etwas Dringendes anliegt. Ihre erste Anfrage wegen eines Interviews fiel nicht in diese Kategorie.

Gestern jedoch traf ein Schreiben von einem Anwalt ein und drohte mit rechtlichen Maßnahmen, sollte meine Tochter sich bereit erklären, mit Ihnen zu sprechen.

Meiner Ansicht nach ist das ein Skandal, ein unerhörter Verstoß gegen das Grundrecht auf freie Meinungsäußerung. Ein Grundrecht, welches mir viel bedeutet, auch wenn es in dieser zunehmend prozessfreudigen Gesellschaft häufig missachtet wird. Veröffentlichen Sie's, zum Teufel, sage ich.

Bitte nehmen Sie daher meine Einladung zum Tee am Donnerstag dem 18. um 15:30 Uhr an. Ich werde mit nichts hinterm Berg halten.«

Der Brief war unterschrieben von Stuart Panting.

Beruflich nannte Madeline sich Maddie Adaire, und Amy konnte es ihr gut nachfühlen – eine Name wie Maddie Panting hechelte ja buchstäblich nach Hohn und Spott.

Maddies Zeitungsschnipselmappe war prallvoll. Als Einzige von SisterHood hatte sie die Tragödie zum Buhlen um persönlichen Ruhm genutzt. Bei der Trauerfeier zum Beispiel trug sie ein schwarzes Kleid, bei dem sich unterer Saum und Ausschnitt in der Mitte zu treffen schienen. Es überraschte wenig, dass auf den Pressefotos kein anderes Bandmitglied auftauchte.

Sie wurde in Nachtclubs mit den Hübschen von Kajagoogoo, Duran Duran und Spandau Ballet fotografiert.

Sie wurde vor einem Nachtclub bei einer Rauferei mit der Hässlichen von Bananarama fotografiert.

Sie trat in Gameshows auf.

Die einzige Single von ihr, die es in die Top 40 schaffte, war ›Last Train To Reason‹, sie hielt sich zwei Wochen auf Platz 31. Sie brachte zwei Soloalben heraus: *Last Train* und *Beach Baby*, keins von beiden fand großen Anklang. Zwischen den Zeilen gelesen sah es aus, als habe Caranto sie über Wert an Universal verkauft. Universal ließ sie fallen, als *Beach Baby* floppte.

Sie trat noch häufiger in Gameshows auf, und kurz nach ihrem dreißigsten Geburtstag heiratete sie den Hübschen von Hunger Machine. Sie ließ sich kurz vor ihrem vierunddreißigsten Geburtstag von ihm scheiden. Es gab keine Kinder.

Am Donnerstag, dem 18. fuhr Amy nach Southampton, sah aber nicht das Meer.

Sie traf aufgeregt um 15:40 Uhr ein, nachdem sie sich in einem besonders gehässigen Einbahnstraßennetz verheddert hatte. Stuart Panting wartete am Fenster eines edwardianischen Reihenhauses. Er war weißhaarig, markant und nur leicht gebeugt. Sie war überrascht. Aufgrund des Briefes hatte sie einen pensionierten Lehrer erwartet. Stattdessen traf sie auf einen pensionierten Ingenieur, der irgendein hohes Tier in der Gewerkschaft gewesen war. Er hatte eine Zuvorkommenheit an sich, die sie als seltsam irritierend empfand. Sie war es nicht gewohnt, Übersiebzigjährige auch nur im mindesten verführerisch zu finden. Er tröstete sie wegen des Einbahnstraßennetzes, und sie verfiel in die Rolle der Ersatztochter. Was erbärmlich und zugleich behaglich war.

Er ließ sie in seinem Wohnzimmer und ging Tee zubereiten. Sie nutzte die Zeit, um sich die gefühlt Hunderte von Maddie-fotos anzusehen.

Die meisten waren aufgenommen, als sie ein kleines Kind war. Maddie als Baby, Maddie im Kinderwagen, Maddie beim Ballettunterricht, Maddie auf Schulausflügen. Sie verkleidete sich oft: hier als Fee, dort als Prinzessin, als Primaballerina, als Braut. Rosa, Rosa, Rosa.

Was ist das bloß mit kleinen blonden Mädchen und Rosa?, überlegte Amy. Sind ihre Eltern allesamt borniert, oder sind Blonde genetisch darauf programmiert, wild um das Recht auf Rosatragen zu kämpfen?

Die Frau auf einigen Fotos, vermutlich die Mutter, verschwand, als Maddie etwa zehn war. Doch Maddies Kamera-lächeln verschwand nie. Sie hatte es nach wie vor, stellte Amy fest, als sie überm Kamin ein neueres Bild entdeckte. Hier posierte Maddie, immer noch in Rosa, die Arme zur universalen Finale-Geste ausgebreitet, im universalen Fernseh-show-Paillettenkleid. Keine Spur mehr von der hippen Rock-schlampe. Amy dachte an Finns verächtlichen Blick, Ayishas zerbrechliche Wahrhaftigkeit. Es schien undenkbar, dass diese beiden Frauen je etwas mit Maddie gemein gehabt hatten.

Und doch gab es ein Foto der Band mit allen drauf, ein Stand-foto, vermutlich aus dem Videoclip zu ›Don't Need No One (But My Friends)‹. Die fünf teilten sich eine Pizza und lümmelten sich auf einem großen bequemen Sofa. Madeline zeigte Bein, hielt ein Weinglas und lächelte. Ellys untere Gesichtspartie war von einem gigantischen Stück Pizza verdeckt. Die anderen sahen entspannt aus, Flaschen standen herum, Kerzen und Kissen – ein typischer gemütlicher Frauenabend. Der Song war eine Hymne auf die Beständigkeit von Frauenfreundschaften, ein starker Song mit wunderschönen Harmonien und einem trägen, aber eindringlichen Beat. Performt von fünf Frauen, von denen eine achtzehn Monate später ermordet wurde und die übrigen vier nun bald zwanzig Jahre keinen Kontakt mehr hatten.

»Sie sehen aus wie eine Familie, nicht?«, sagte Stuart. Er stand hinter ihr und trug ein schwer beladenes Tablett. »Alle gesund und munter. Wenn man das so sieht, kann man fast vergessen, was danach geschah. Es sieht nach Frauensolidarität aus. Es wirkt, als habe jede ihr Herz am rechten Fleck.«

Er setzte das Tablett ab und rührte den Tee um.

»Wussten Sie«, fuhr er fort, »dass die Einnahmen von ›Don't Need No One (But My Friends)‹ dafür gedacht waren, die Familien der streikenden Bergarbeiter zu unterstützen? Nicht? Ja, so war es gedacht. Natürlich kam nie etwas rüber. Die Einnahmen, wie hoch auch immer, wurden mit ›Betriebskosten‹ verrechnet, mit anderen Worten, das Management strich alles ein, wie immer. – Setzen Sie sich. Nehmen Sie Milch und Zucker?«

Amy setzte sich und nahm eine Tasse heißen, duftenden Tee entgegen.

Stuart machte sich mit einem Messer an etwas zu schaffen, was wie ein selbstgemachter Biskuitkuchen aussah. Er sagte: »Aber keine Sorge, das hier wird keine Dauertirade übers Management.« Er grinste leicht verschämt. Amy, entzückt, grinste vergnügt zurück. »Nein, was ich sagen wollte, war, damals dachte ich für einen Moment, ich würde meine Tochter verstehen. Die Band gab Benefizkonzerte, um Frauen zu helfen oder den Bergarbeitern, für Umweltschutz. Meine Maddie hatte sich bis dahin nie für Politik interessiert – eine große Enttäuschung für mich. Wissen Sie noch, das waren die Thatcher-Jahre, eine düstere, trostlose Zeit für die Besitzlosen. Bombig für die Gierigen, klar. Aber das gesamte Netz sozialer Verantwortung wurde damals aufgeribbelt, und die Auswirkungen spüren wir bis heute.«

Es war lange her, seit Amy jemanden mit Leidenschaft über soziale Verantwortung hatte sprechen hören, und es klang wie ein Ruf aus der Geschichte. Sie betrachtete den kleinen Teller mit Kuchengabel und Kuchen, den der alte Mann ihr reichte, und dachte: ›Das sind Artefakte einer sterbenden Generation.‹ Sie selbst konnte sich nicht vorstellen, je etwas so Unnützes wie eine Kuchengabel zu besitzen, und doch machte das Verschwinden von Kuchengabeln als Gattung sie traurig.

»Das schmeckt hervorragend«, sagte sie mit vollem Mund.

»Danke. Ich musste mir allerlei unorthodoxe Fertigkeiten draufschaffen, zunächst als Maddies Mutter starb, dann als ich in Rente ging. Wer für Kuchen schwärmt, lernt am besten backen – das hab ich mir klargemacht.«

Amy, die genauso wenig Kuchen backen wie eine Boing 747 fliegen konnte, sagte nichts.

»Und Sie untersuchen also das Leben und Sterben der kleinen Elly Astoria«, sagte Stuart.

»Ähm, nein, ich versuche eigentlich eine Biografie zu schreiben. Ich will ihre Musik in einen Kontext stellen und mit Hintergrund versehen. Ihre musikalischen Einflüsse aufbereiten und so weiter. Ich bin nicht auf Knüller und Skandale aus.«

»Warum nicht? Da gibt es doch jede Menge Stoff für Knüller und Skandale.«

»Ich bin nicht von der Regenbogenpresse.«

»Das habe ich nie behauptet. Aber niemand hat je herausgefunden, wer sie umbrachte.«

»Ich bin auch keine Detektivin.«

»Jeder Biograf, der sein Geld wert ist, muss auch irgendwie Detektiv sein.«

»Nicht unbedingt«, sagte Amy. »Wir arbeiten mit dem Material, das uns zur Verfügung steht. Wir sprechen mit Menschen, die mit uns sprechen wollen. Wir schnüffeln nicht herum und suchen die Antwort auf eine einzige Frage, wie Detektive das tun. Der Sinn meiner Arbeit liegt nicht darin, jemanden anzu-klagen. Und ich möchte Ellys Leben nicht auf die Umstände ihres Todes reduzieren.«

»Verzeihen Sie, wenn ich das so sage, aber ist das nicht ein Haufen gequirlter Mist? Sind Sie etwa nicht an der Antwort auf die großen Fragen interessiert?«

»Selbstverständlich. Aber ich hab nicht das Recht, Antworten zu verlangen oder meine Informanten weiter zu treiben, als sie gehen wollen. Die Polizei hat dieses Recht, und ein ganzer Pulk von Kripoleuten hat es auch ausgeübt.«

»Hat ja unheimlich viel gebracht«, sagte Stuart ruhig. »Sie bekamen nicht mal raus, wo meine Tochter an dem Wochen-ende war, als das arme Kind verschwand. Die Polizei ist besser darin, Streikposten und Friedensdemonstranten zu verprügeln oder die Armen und Benachteiligten mit sozialer Kontrolle zu schikanieren. Ermittlungen als Instrument für Gerechtigkeit sind nicht so ihre Stärke.«

»Wie soll eine einsame kleine Schriftstellerin daran etwas ändern?«

Stuart lächelte und schnitt ihr ein frisches Stück Kuchen ab. »Ich denke, Sie haben recht. Wären Sie Ermittlerin, dann hät-ten Sie jetzt gefragt, wo meine Tochter war. Stattdessen bringen Sie Zweifel an der Verantwortung von Schriftstellerinnen zum Ausdruck.«

»Welche Verantwortung hat denn eine Schriftstellerin?«

»Die Wahrheit. Wie jeder andere Mensch auch.«

»Wo war Ihre Tochter an dem Wochenende, als Elly ver-schwand?«

Stuart lachte bitter. »Ich weiß es nicht. Sie hat mich und die Polizei belogen. Erst sagte sie aus, sie wäre hier gewesen. Was sie definitiv nicht war. Und dann behauptete sie, bei einem Mann gewesen zu sein, der, wie sich herausstellte, nachweislich gestört war.«

»Haben Sie sie nicht gefragt?«

»Natürlich hab ich das. Aber sie ging nicht davon ab. Und ich weiß, dass sie gelogen hat. Wer allein ein Mädchen großzieht, kennt die Zeichen. Den Vater anlügen tut jedes junge Mädchen. Das gehört zum ewigen Stellungskrieg zwischen Vätern und Töchtern.«

»Und wie sind Sie damit umgegangen?«

»Ich hab Druck gemacht bis zu dem Punkt, an dem ich Angst bekam, sie zu verlieren. Dann bin ich jämmerlich eingeknickt. Wie immer.«

»Na, das bringt es doch auf den Punkt. Sie besitzen keinerlei Handhabe. Genauso wenig wie ich. Die Polizei besitzt eine Handhabe. Belogen wurden sie trotzdem. Auch Ihre Tochter besitzt eine Handhabe: Sie kann mich verklagen, wenn ich schreibe, dass sie gelogen hat.«

»Nein. Sie können schreiben, *ich sage*, sie hat gelogen. Mich wird sie nicht verklagen.«

»Und Sie wären erfreut, das gedruckt zu lesen?«

»Darum geht es nicht. Es geht darum, dass Sie nicht so hilflos und handlungsunfähig sind, wie Sie sich geben.«

»Das habe ich nicht gesagt.« Sie atmete tief ein. »Ich sagte, ich bin keine Detektivin. Ermitteln ist nicht mein Job. Ich bin dafür absolut nicht qualifiziert und nicht ausgerüstet. Ich kann Fragen aufwerfen, aber ich kann sie nicht beantworten. Ich nehme an, ich kann Verdächtigungen streuen, aber wie soll ich irgendetwas beweisen?«

»Haben Sie denn einen Verdacht?«

»Zu viele. Hören Sie, Mr. Panting, niemand hat mir Geheimnisse verraten. Ich habe nur Informationen, die der Öffentlichkeit längst zugänglich sind. Wie lautet denn *Ihr* Verdacht?«

Der alte Mann seufzte.

»Fürchten Sie, dass der Verrückte, dem Ihre Tochter ein Alibi verschafft hat, der Killer war? Und dass sie das moralisch mitschuldig macht? Oder haben Sie Angst, dass es andersrum war? Dass *sie* es war, die ein Alibi brauchte, womit sie in der Tat schuldig wäre?«

»Sehr rigoros ausgedrückt. Ich habe mich viele Jahre mit diesem Gedanken getragen. Aber wir würden hier gar nicht sitzen, wenn der verdammte Anwalt nicht diesen Brief geschickt hätte. Sie ahnen gar nicht, was für eine Erleichterung das war. Es ist nicht meine Tochter, die versucht, alle mundtot zu machen. Es ist die Dicke – wie heißt sie noch?«

»Briony.«

»Briony – die dicke fette Hippiedomina, so hat Madeline sie genannt.«

»Sind Sie selbst ihr nie begegnet?«

Stuart erhob sich und streckte langsam seinen Rücken. Er ging hinüber zu dem Foto von SisterHood und betrachtete es. »Nur einmal«, sagte er. »Mir gefiel sie. Sie war herzlich, und sie hatte Prinzipien. Allerdings ein bisschen tantra-mantra, Marke Vollkornbrot und Latschen. Wobei ich sagen muss, das politische Denken hat der Vollkorn-und-Latschen-Fraktion viele vernünftige Anstöße zu verdanken. Und ich hatte nie etwas gegen Feminismus. Tatsächlich glaube ich persönlich, es war einer der größten Fehler der Gewerkschaftsbewegung, die Frauen nicht ernst zu nehmen.«

Wie ausnehmend großmütig, dachte Amy. Laut sagte sie: »Erzählen Sie mir von der Band. Waren Sie bei Konzerten?«

»Zu meiner Schande muss ich sagen, ich war nur bei einem. Das waren arbeitsintensive Jahre. Ich muss auch gestehen, dass mich die Berufswahl meiner Tochter nicht überzeugte. Sie hätte die Möglichkeit gehabt, aufs College zu gehen, aber sie nutzte sie nicht. Sie hätte einen Beruf ergreifen können, mit dem sich etwas bewegen ließ, aber sie hatte kein Interesse. Sängerin in einer Band, das erschien mir wie eine bloße Verlängerung der Kostümierungen und Zurschaustellungen, die sie als Kind so liebte. Außerdem musste ich sie permanent finanziell unterstützen. Sie hat nie gelernt, selbst für ihren Lebensunterhalt zu sorgen. Bis heute nicht. Sie hat einen unsicheren Job und keinerlei Ersparnisse. Sie wohnt auch wieder hier im Haus, im oberen Stockwerk – wenn sie zu Hause ist. Was soll ich sagen?«

Tja, was, dachte Amy. Auch sie hatte einen unsicheren Job und ein ungeregeltes Einkommen. Aber immerhin gehört mir meine Wohnung, beglückwünschte sie sich, und ich bin nicht auf Zuwendungen meines Vaters angewiesen. Sie sagte: »Aber Sie waren bei einem Gig?«

»Ja. Stört es Sie, wenn ich umherlaufe? Das geht Ihnen nicht auf die Nerven? Ich werde steif, wenn ich lange stillsitze. Das Konzert war hier, in der Innenstadt. Ich hatte so gar keinen Sinn für diese Musik, aber ich konnte erkennen, dass die Band sehr beliebt und der Auftritt ein großer Erfolg war. Das klingt jetzt grässlich, aber ich schämte mich furchtbar für Madeline. Ich verstand absolut nicht, warum ihr Kleid so eng sein musste oder warum sie so herausfordernd tanzen musste. Aber heutzutage sieht man im Fernsehen weit Schlimmeres. Natürlich hab ich kein Wort darüber verloren. Das waren bloß so die Gedanken eines Vaters.«

»Und die anderen Frauen?«

»Waren hinterher sehr höflich zu mir. Gaben sich richtig Mühe, etwas Nettes über Madeline zu sagen. Sie machten einen ziemlichen Wirbel um mich. Offenbar war ich der einzige Elternteil, der je aufgetaucht war. Brionys Leute waren beide tot. Die Asiatin war von ihrer Familie verstoßen worden. Elly war natürlich eine Waise.«

Rein theoretisch vielleicht nicht, dachte Amy. Irgendwo war irgendjemand ihr Vater. Sie fragte sich kurz, wie alles verlaufen wäre, hätte Elly einen Vater wie Stuart Panting gehabt. Wem will ich hier was vormachen, dachte sie dann. Ich wünschte, *ich* hätte einen Dad, der Kuchen bäckt und mich finanziell ausstaffiert. Wen stört's da schon, dass er unmusikalisch ist und ein paar Vorurteile hat?

»Sie haben nie wieder geheiratet?«, rutschte ihr raus.

»Ich hatte zu viel um die Ohren«, sagte er mit seinem schiefen Lächeln. »Und jetzt bin ich zu verdammt alt. Mein Kind wird nie ein Kind haben. Mein Leben bleibt ohne sichtbare Folgen, und meine Arbeit haben die Politiker zunichtegemacht.« Er wandte sich wieder dem Bandfoto zu. »Sie hat mehr Nachleben, als ich je haben werde.«

»Madeline?«

»Elly. Niemand wird über mich je ein Buch schreiben. Ich habe, so dachte ich, bedeutsame Arbeit geleistet – zum Nutzen der Gesellschaft. Sie dagegen fand ich liebenswert, aber belanglos.«

Amy sah ihn überrascht an. »Sie vergleichen doch nicht Ihr Leben mit ihrem? Ich meine, es war doch klar, dass Ihnen Ihr Lebenswerk keinen persönlichen Ruhm bringt.«

»Ich weiß. Darum geht es nicht. Ich denke nur manchmal darüber nach, seit ich im Ruhestand bin. Es gab so viele Männer wie mich. Hätte ich nicht getan, was ich tat, hätte es eben jemand anders gemacht. Wenn hingegen Elly nicht getan hätte, was sie tat, dann hätte es das alles überhaupt nicht gegeben.«

»Die Songs wären ungesungen geblieben, weil es gar keine Songs gegeben hätte.«

»Genau. Das Nachleben. Und ich würde jetzt nicht mit Ihnen reden, denn Sie hätten sich einen anderen Forschungsgegenstand gesucht. Unsere Leben, Ihres und meines, kreuzen sich nur wegen ihr – einer Person, die ich kaum kannte.«

Amy hatte das Gefühl, ihre Entscheidung, eine Biografie zu schreiben, speiste sich ganz aus ihrer emotionalen Reaktion auf Ellys Songs und nur Ellys Songs. Sie konnte sich keinen anderen Forschungsgegenstand vorstellen. Sie sagte: »Sie fanden sie also liebenswert, aber belanglos?«

»Nun, natürlich ging ich nach dem Konzert hinter die Bühne zu Maddie, um ihr zu gratulieren oder was sich sonst zu solchen Anlässen gehört, und stieß dort auf blankes Chaos. Einiges war noch nachvollziehbar, wie die Männer, die die Geräte abbauten, die Elektriker und so weiter, obwohl es mich erstaunte, dass es so viele Leute waren. Wenn man im Publikum sitzt, sieht man nur fünf Frauen spielen, man hat nicht im Kopf, dass sie eine ganze Branche beschäftigen. Ich meine, abgesehen von den Bühnenarbeitern waren da auch noch Leute für Kostüme, Haare und Schminke. Es gab Manager, Anwälte, Berater. Es gab Sponsoren, Merchandisingtypen, Produzenten, Tontechniker. Und dann die ganzen Leute von der Plattenfirma, von Rundfunksendern, von der Presse. Und Fotografen, und Gäste – wie mich – und Fans. Es schienen mehr Menschen hinter der Bühne zu sein, als vorher im Publikum waren. Aber das Publikum hatte sich gesitteter benommen. Ich werde nie vergessen, wie komisch es sich anfühlte, Teil dieses zentripetalen Kraftfelds zu sein, das sich um fünf Frauen konzentrierte, von denen eine zufällig meine Tochter war. Alle waren dermaßen aufgekratzt. Es war schon wunderlich.«

Er brach ab. »Wo war ich eben? Ach ja, liebenswert, aber belanglos. Ich nehme an, ich konnte in ihr einfach nichts sehen, oder um ehrlich zu sein, in der kompletten Band nicht, was diesen ganzen Wirbel rechtfertigt hätte. Irgendwann stand ich in einem Raum und wartete, während die Frauen noch mal für ein paar Fotos auf die Bühne mussten – man reichte mir ein Glas extrem miesen Wein, und ich wollte eigentlich nur nach Hause und ins Bett. Da sagte so ein anderer Typ neben mir auf einmal: ›Seht doch das hohle Herz unserer einst erhabenen Kultur.‹ An den exakten Wortlaut erinnere ich mich nicht, aber sinngemäß war es das. Er schwafelte darüber, dass die Zivilisation, die Gibbon, Blake, Dickens und Elgar hervorgebracht hatte, nun in den Händen eines Teenagermädchens lag, das kaum lesen könne. Er sagte, alles authentisch Britische sei besiegt worden – ich glaube, er sagte ›vernichtend geschlagen‹, es war so was Militärisches – von einer barbarischen Kultur aus Afrika, auf dem Umweg über Amerika. Und er sprach von Elly, als wäre sie eine Kriegerin der barbarischen Horden. Ich war erstaunt über seine Vehemenz, seine Wut, und ging auf Abstand. Vielleicht war er betrunken. Dann tauchte Maddie auf, triumphierend – ja, wie nach einer Schlacht, und stellte mich den anderen Frauen vor.

Ich nehme an, ich könnte mich an Elly kaum erinnern, wäre nicht geschehen, was dann folgte. Sie hatte dunkle Ringe unter den Augen, und während die anderen wie gesagt in Hochstimmung waren, wirkte sie erschöpft – ein Kind, was seit Stunden ins Bett gehörte. Aber als Maddie sagte: »Das ist mein Dad«, wurde sie plötzlich ganz munter. Sie sagte etwas davon, wie toll das für uns sein musste – für Maddie, einen Vater zu haben, der so stolz auf sie ist, und für mich, eine so schöne, begabte Tochter zu haben. Natürlich kam ich mir prompt wie ein Hochstapler vor, weil ich im Grunde nur Verwunderung empfunden hatte. Aber es war sehr süß von ihr, das zu sagen, und offensichtlich meinte sie es vollkommen ernst. Sie hatte etwas an sich, ach, so eine schlichte Aufrichtigkeit, denke ich, die eigentlich gar nicht zu diesem ganzen Bohei ringsum passte.

Aber das war der Anfang und auch schon das Ende unserer einzigen Begegnung. Gleich darauf wurde sie eilends davongezerrt, von ihrem Manager und der Dicken. Briony meine ich. Ich muss mir abgewöhnen, sie die Dicke zu nennen. Und seltsamerweise ging der Knabe, der über die Zivilisation geschwafelt hatte, mit ihnen mit.«

»Himmel«, sagte Amy, »ich frag mich, ob das David war.«

»David?«

»Brionys Ehemann. Wann war dieses Konzert?«

»Irgendwann in den letzten drei oder vier Monaten vor Ellys Tod. Warum?«

»Also, das ist seltsam, denn laut Finn hatten sich David und Briony total entfremdet, als Briony auszog, um sich um Elly zu kümmern. Ich muss in meinen Aufzeichnungen nachsehen.«

»Vielleicht war es nicht David.«

»Würde Madeline das noch wissen?«, fragte sie. »Ich wollte Sie ohnehin fragen – meinen Sie, dass Ihre Tochter bereit ist, mit mir zu sprechen, wenn sie nach Hause kommt? Denken Sie, der Brief des Anwalts wird sie abschrecken?«

»Das nicht.« Stuart setzte sich hin, beugte sich vor und ließ seine kräftigen sommersprossigen Hände zwischen den Knien baumeln. »Ich will nicht für sie sprechen, und Sie dürfen mich nicht zitieren, aber ich glaube, dass sie über dieses letzte Wochenende nicht reden will. Ihr ist im Laufe der Jahre deswegen ziemlich eingeheizt worden, und wie ich Ihnen schon sagte, hab ich die Wahrheit nie aus ihr herausbekommen. Andererseits betrachtet sie eine Biografie vielleicht als Gelegenheit für ein Comeback. Sie drängt ihre Agentin immer mal wieder, ihr einen Plattenvertrag zu besorgen. Damit sie eine Platte mit alten SisterHood-Songs aufnehmen kann. Sie ist immer auf der Jagd nach einem Nachleben.« Er hörte auf zu sprechen und starrte gedankenverloren die jetzt kalte Teekanne an. »Sie haben ihr ja schon geschrieben«, sagte er dann. »Ich versuch sie zu überreden, mit Ihnen zu sprechen.« Er zögerte. »Könnten Sie sich vielleicht vorstellen, mir einen Gefallen zu tun?«

»Wenn es geht«, sagte Amy. »Sie waren bereits so freundlich und hilfsbereit.«

»Also dann, könnten Sie sich vorstellen, mit mir zu Abend zu essen, bevor Sie nach London zurückfahren?«

»Warum nicht?«, sagte Amy. »Das wäre schön.« Ja, warum eigentlich nicht, dachte sie – wann hat mich zuletzt ein Mann ins Restaurant eingeladen, der ein eigenes Haus besitzt?

Deals

Eine Voicemail und zwei E-Mails

Von Finn: Wo bist du? Warum meldest du dich nie? Willst du mich jetzt hängenlassen wie alle anderen auch? Oder bist du eingeschüchtert wegen *Gretsky, Pfuscher und Kotz* oder wie diese scheiß Rechtsverdreher heißen? Klappe, Georgie, ich bin nicht besoffen, ich hab mich im Griff. Typisch Briony, verkriecht sich hinter Anwälten, wie sie es schon immer gemacht hat. Hast du gewusst, dass ihr Mann ein verfickter Anwalt war? Wetten, das wusstest du nicht? Also kriegt sie doch die ganze Rechtsvertretung für lau. Also warum nutzt sie das nicht, um das, was uns rechtmäßig zusteht, aus Caranto rauszuleiern, verflucht noch mal, das ist meine Frage. Das ist eine verdammt gute Frage, Georgie, du weißt, sie ist gut. Warum muss ich alles allein machen, obwohl ihr alle wisst, dass ich gar nicht die Kohle für solche scheiß Anwäl… Anw… nein, ich heul *nicht* … Also gut, hast ja recht. Klick.

Von Ayisha: Gedanken nach dem Hören von ›The Man Who Hurts Children‹.

Elly brachte den Song fast fertig mit ins Studio. Wir mochten ihn alle, soweit ich mich erinnere. Er hat so einen Liebreiz, der einfach packt. Ich fasste ihn als politisches Statement auf wegen der zwei Zeilen im Refrain: »They knew what he was like / But they gave him the power«, was sich auf praktisch jeden Diktator münzen ließ. Die beiden Zeilen in der zweiten Strophe: »He walks on rubber soles / Came in through the bathroom door«, verstand ich als Metapher für Machterlangung durch faule Tricks. Und dieses hymnenartige Ende: »Don't give him your children«, endlos wiederholt, hielt ich für antimilitaristisch,

Marke Antikriegslied. Wir sollten ja in der folgenden Woche einen Benefiz-Gig für Bob Geldof machen, also dachte ich: ›Wie clever – das ist genau sein Ding.‹

Ich hätte es wissen müssen. Ich mache mir Vorwürfe. Man projiziert das auf einen Song, was einem durch den Kopf geht, und ich dachte wohl gerade an Politik.

Ich glaube, Sie haben recht: »They knew what he was like / But they gave him the power« kann sich nicht auf den Mann beziehen, der ihr das Yama gab. Es muss um das Jugendamt gehen, das sie in die Obhut eines Pädophilen gab. Ich kann es nicht ertragen, aber es muss wahr sein.

Eigentlich ist es eindeutig. Sie schrieb oft aus persönlicher Erfahrung. Genau dafür liebten Kerle wie Bob, Bono, Sting ihre Sachen: Sie erzählte glaubwürdig von Hunger und Angst und Schikane durch die Großen und Mächtigen. Ich wusste das. Ich wusste, sie war ein vernachlässigtes Kind. Warum ging ich nicht einen Schritt weiter und begriff, dass sie missbraucht worden war?

Deshalb möchte ich die Erinnerungen, die Sie von mir hören wollen, lieber vergessen.

Was den Brief von Brionys Anwalt betrifft – ich bin zu keinem Entschluss gekommen. Bri war meine Freundin und Co-Autorin. Wir hatten dieselben Anliegen. Ich will ihr nicht wehtun. Trotzdem frage ich mich, über was genau sie mich nicht mit Ihnen reden lassen will. Sie hat doch nichts zu verbergen. Sie war wie eine Mutter zu Elly. Ich werde den Anwalt kontaktieren und prüfen, ob Briony selbst mit mir spricht. Das wäre außergewöhnlich. Es gab nichts mehr zu sagen, als wir uns das letzte Mal trennten.

Jetzt, wo ich Sie kennengelernt habe, scheint mir, dass Sie mit Finn anständig umgehen werden. Aber eins muss ich dennoch deutlich machen: ICH WÜNSCHE NICHT, SIE ZU SEHEN ODER DIREKT VON IHR ZU HÖREN. Sollten Sie meinen

Wunsch nicht respektieren, werde ich den Kontakt zu Ihnen abbrechen. Trotzdem wünsche ich ihr alles Gute. Das können Sie ihr ausrichten.

Freundliche Grüße, Ayisha

Von Peter Garcia, Chelsea Press Limited: Sorry, dass ich mich erst jetzt melde. Unsere Chefredakteurin war noch auf Bequia. Ich hab ihr bei erster Gelegenheit dein Vorhaben unterbreitet, und sie ist »interessiert«. (Solltest du zufällig über die Antwort auf das Rätsel um Elly Astorias Tod stolpern, dann wär sie natürlich Feuer und Flamme.) Sie würde gern ein paar Probekapitel lesen, wenn du so weit bist. Eilt aber nicht.

Das mit dir und Craig ist wirklich jammerschade. Wo sollen Jeremy und ich Weihnachten verbringen, wenn nicht mit euch beiden auf dem Land? Sorry, blöder Witz. Jeremy schickt dir liebe Grüße und bittet mich auszurichten, er hat schon immer gewusst, dass Craig ein emotionaler Krüppel ist, der dich nicht verdient hat.

Gehen wir bald mal was trinken? Kopf hoch, Engel. Pete

Notizen von Amys Telefonblock
Ich verdächtige:
1. Den Hopkins-Kerl, vielleicht hat er ›The Man Who Hurts Children‹ gehört und gedacht, EPA könnte ihn entlarven.
2. Pheeny – aus Rache, weil Tom ihn ausgebootet hat
3. Julius – dito
4. Caz – weil sie ihn zur Lachnummer machte
5. Boyd – besessen und gestört
6. David – sie hat ihm Briony genommen
7. Den Typ, der es gestanden hat – warum nicht?
8. Tom – tot brachte sie mehr ein als lebendig

9. Carol – eifersüchtig. Oder sie dachte, Tom wäre dran wegen Verführung einer Minderjährigen, fürchtete Enthüllung. Nur mag ich nicht glauben, dass es eine Frau war.
10. Ein wildfremder böser Mann, diese Yardies, ach fuck, das weiß doch kein Schwein.

Ich bin keine Detektivin. Bloß weil es einen Mord gab, muss er noch lange nicht aufgeklärt werden. *Es ist zwanzig Jahre her!* Ich schreib an einer Biografie, nicht an einem scheiß Thriller.

Elly Astorias Teenagerfanclub –
redigierte Abschrift

Wissen Sie was, Schätzchen, die hätten in der Clubszene so was von einschlagen können. Sie hätten eine echt kultige Gay-Band sein können. Viele von meinen Leuten fanden das. Sie hätten sich Bag Ladies nennen sollen. Aber nein, sie mussten sich alles verderben, indem sie auf ernst und Frauenkram machten. Nicht Frauen wie Joan Collins, sondern haarige Erdmutter-Frauen. Aber haben Sie den Elektro-Remix von ›Love In The Sewers And Cellars‹ gehört? Wie ultra-Camp ist das denn?

Ich wusste es ja schon immer. Als meine Freundin I-I-Ivy Poison und ich neu in London waren, mussten wir in unserem möblierten Zimmer in Bermondsey immer weinen bei dem Song. ›In Kloaken und Kellern suchst du nach Liebe …‹ Und es hört auf mit ›Yeah, du liegst richtig, du hast'n Lauf, du schnallst den Laden, du hast's voll drauf. Willst du Diamanten haben, musst du in der Tiefe graben.‹ Ich meine, echt jetzt: ›Du schnallst den Laden‹? Diese generationsübergreifende Sprache, die ging mir durch und durch, so richtig: ›Wow!‹ Als ob mein funktionsgestörter Vater plötzlich sagt: »Du schnallst den Laden, los, mach was draus.« Als ob! Hallo, ein Junge darf doch mal träumen, oder? Alles, was wir damals hatten, waren unsere Träume.

Miss Ivy und ich, wir haben uns immer aufgebrezelt wie Boy George und vor ihrem Haus rumgedrückt. Hallo, wir waren jung und damals war es echt schwer, anders zu sein, also wollten wir aussehen wie jemand, der anders *war*. Aber schon wie Boy George auszusehen war nicht leicht bei all den jamaikanischen Drogendealern in der Straße da. Die fanden, wir würden das Niveau des Viertels senken. Glaubt man das? Wir? Zwei sonnenklare Tucken. Wobei, eins ist sicher richtig – im Grunde hätten wir gleich bei David Bowie oder BG höchstselbst rumlungern sollen, nur schien es, als hätte sich die ganze Szene nach New York verlagert, und I-I-Ivy und ich hatten auch nicht die Chuzpe dazu.

Warum Elly Astoria? Also Sie müssen bedenken, wir waren erst fünfzehn oder sechzehn, und sie war kaum jünger als wir. Vielleicht war's dieses Außenseiterding. So was hat mich *dermaßen* angezogen – daheim rausgeflogen wegen Lipgloss mit fünfzehn, aber doch noch zu schüchtern für die Hardcore-Clubszene.

Sie war so abgedreht wie ein Sack Flöhe. Musste sie doch sein. Sehen Sie nur mal hin. Ab irgendeinem Punkt wird stillos zum größten Stil-Statement des Planeten. Sie hätte es ändern können, tat sie aber nicht, und das ist schon ein gewaltiges Statement für sich.

Und dann dieses Ding, dass sie angeblich so irre schüchtern war. Man kann nicht im Showgeschäft und soo schüchtern sein. Kann niemand. Wer sie auf der Bühne rumhopsen sah wie eine demente Wüstenspringmaus, dem war gleich klar, dass die stille Nummer bloß eine Pose war. Also ich glaube, sie wollte ein Mysterium sein. Entweder das, oder sie war eine eingebildete Zicke, die keine Kritik vertrug. Verzeihung – das muss ich gerade sagen!

Und dann kam noch dazu, was himmelschreiend offensichtlich war, auch wenn's niemand wahrhaben wollte, nämlich wie absolut *camp* SisterHood waren, so was von rosa, glam und sub. Ich meine, es gab die Butchlesbe, die Exotische, die Dicke, die Sexbombe und die Waise. Das war doch direkt wie aus *Fame* oder *Annie* oder *Oliver*! Wieso merkte das kaum wer? Warum merkten *sie* das nicht, statt so bierernst auf fem zu machen?

Ach ja, heute bin ich ein wüster Macker im schicken Zwirn, und zurückblicken ist schwer – denn damals war ich ein süßer Racker mit Pickelstirn – ist ja alles ewig her.

Hey, ich sorg doch nur für ein bisschen Hintergrund. Mögen Sie es nicht ein bisschen hintergründig? Ich meine, schon klar, es geht um eine Riesentragödie, schluchz und so, aber Sie müssen schon erfahren, wie es kam, dass da zwei Boy-George-Verschnitte auf der Mauer hockten, von Kopf bis Fuß voll mit Jauche und Küchenabfällen, und sich die Äuglein ausheulten.

Es waren diese Dealer, die attackierten uns mit einer Waschschüssel voller Mistzeugs. Sie kippten es uns einfach über die Köpfe und fegten uns unsanft von unserer Mauer.

Da hockten wir nun, I-I-Ivy und i-i-ich, am Boden zerstört, mit Scheiße bedeckt, und auf einmal öffnet sich die Tür, und die Waise und Exotica kommen über die Straße geschossen. Sie nahmen uns einfach so an die Hand und schleiften uns ins Haus. Wenn wir geahnt hätten, dass das so leicht geht, wir hätten's schon Wochen zuvor so gemacht.

Und die Waise, sie reicht einem Pisspott grad mal bis zum Knie, aber sie brüllt diese Yardies direkt an: »Verpisst euch, ihr Wichser.« Was echt nicht gut ankam, das können Sie mir glauben. Die sagten: »Komm du uns nicht in die Quere. Wir wissen genau, wer du bist, und du kriegst auch noch dein Fett«, und noch mehr so kleine Liebeserklärungen.

Auf die Art kamen wir also ins Haus. Das war nun eine ziemliche Enttäuschung – überhaupt kein bisschen überkandidelt. Aber die Fantastischen Fünf waren allesamt da und legten gleich den fürsorglichen Turbogang ein, machten uns sauber, liehen uns Haarspray und kochten einen bestialischen Kräutertee. Und ich machte die ganze Zeit auf cool, aber in meinem Kopf kreischte ich: »*Omeingott, diese Frauen sind Ziggy Stardust begegnet!*« Ich glaub eigentlich nicht, dass das stimmt, aber damals dachte ich noch, alle berühmten Leute kennen sich und besuchen einander zum Teekränzchen mit Keksen und so. Ich war wirklich so naiv.

Doch genug von mir – obwohl es *niemals* genug von mir sein kann! Wie denn auch?

Nein, im Ernst – anders würden Sie ja gar nicht mit mir sprechen, oder? – also ja, das war kurz bevor die Waise ermordet wurde, und es passierten ein paar seltsame Dinge.

Jemand klopfte an die Tür, und alle fuhren zusammen und verstummten. Ich dachte, vielleicht kommen diese Yardies jetzt Stunk machen. Das machte *mir* Schiss. Aber die Sexbombe spähte zum Fenster raus und sagte: »Schon gut, es ist für mich.« Und als sie aus dem Raum ging, sagte die Lesbe: »Ist das dieser Perverse? Der ist echt gruselig.«

Und die Dicke linste durch den Vorhang und sagte: »Das ist nicht der Perverse. Den da kenne ich nicht, aber ich glaube, ich hab ihn schon mal gesehen.«

Dann kam die Sexbombe zurück und sagte: »Ich gehe aus. Wartet nicht auf mich.« Und die Dicke fragte: »Mit wem?«

»Geht dich einen Scheißdreck an«, sagt Prinzessin Sexbombe, »du bist nicht meine Mutter.« Und stolziert auf ihren Fünfzehn-Zentimeter-Highheels von dannen wie Gloria Swanson persönlich.

Die Lesbe sagte: »Hauptsache, es ist nicht der Perverse. Ich weiß nicht, was sie sich dabei denkt, den hier anzuschleppen.«

Die Waise sagte: »Er hat Augen wie Steakmesser.«

Und Exotica zückte sofort Block und Stift und schrieb das auf. Woraufhin die Waise verstummte. Sie gab keinen Pieps mehr von sich, bis Ivy und ich gingen, da sagte sie Wiedersehen.

»Jedenfalls stinkt er nach Geld«, sagte die Dicke, »genau wie der Perverse. Na, das muss er wohl, schätze ich. Sonst würde sie sich nicht mit ihm abgeben. Wo gabelt sie bloß immer diese gestopften Bonzen auf?«

»In den Kasinos und Clubs, wo sie ständig mit Tom hingeht«, sagte Exotica. Und dann merkten sie, dass I-I-Ivy und ich den ganzen Tratsch aufsogen wie Schwämme, also machten sie dicht und gossen uns noch mehr von ihrem *ekelhaften* Tee ein.

Dann kam dieser Anruf.

Die Dicke ging ans Telefon. Sie griff zum Hörer und sagte: »Yo.« Und ich dachte, oh Mann, wie cool ist das denn? Da sieht man, wie scheiße jung ich war. Ich dachte nämlich, man muss ganz formelle Sachen sagen, wenn man ans Telefon geht. Nicht zu vergessen, damals gab's noch keine Handys, und wer telefonierte, war buchstäblich an die Wand gekettet. Also, ja, es gab mal eine Zeit, ob Sie's glauben oder nicht, da fand ich es unfassbar cool, einfach »Yo« zu sagen. Aber Sie wollen ja nicht meine Überlegungen zur Telefonkultur hören, auch wenn ich darüber glatt ein Buch schreiben könnte.

Jedenfalls sagte die Dicke »Yo« und hörte dann nur noch zu, und man sah, wie sie hier und da ansetzte, etwas zu sagen, aber sie kam einfach nicht zu Wort. Dann plötzlich *brüllte* sie los: »Hör auf, hör auf!« Dann sagte sie: »Warte, ich geh nach oben. Warte.« Als ob sie mit einem Kind sprach.

Und die ganze Zeit, während das ablief, tauschten die Lesbe und Exotica so Blicke und verdrehten die Augen.

Die Dicke sagt also: »Ich geh oben ran.« Und rauscht ab wie eine Matrone auf großer Mission.

Die Lesbe nimmt den Hörer ab und lauscht, bis ihr Exotica auf die Finger haut und faucht: »Leg auf.« Da legt sie auf und sagt: »Auwei, auwei, auwei.«

Und dann sagt Exotica zu der Waise: »Ist schon gut. Mach dir keine Vorwürfe – du kannst nichts dafür.« Was nun wirklich abstrus wirkte. Sie war ja so still geworden, ich hatte fast vergessen, dass sie noch im Raum war, aber als ich hinsah, merkte ich, dass sie echt angeschlagen war. Aber sie sagte kein Wort. Sie bückte sich bloß und streichelte den Hund.

Ach, von dem Hund hab ich gar nichts gesagt, oder? Das war etwas peinlich, weil ich heftig allergisch gegen Haustiere bin. Also schniefte und nieste ich wie ein einziger Grippeherd, und das verwüstete vollends mein Make-up – also das, was davon noch übrig war, nachdem uns die Yardies ihre Aufwartung gemacht hatten. Also befand ich, Miss Ivy und ich sollten lieber gehen, bevor meine Teenager-Akne in ihrer ganzen blutigen Pracht durchbrach. Das war das Problem an dem Boy-George-Make-up – es verdeckte alle meine Makel, aber auf lange Sicht verschlimmerte es sie.

Na, wenn Sie mich schon *fragen*, Herzblatt – also *ich* dachte, als die Waise starb, dass die jamaikanischen Drogendealer sie kaltgemacht haben. Sie hätten die bloß mal *sehen* müssen. Diese Macho-Wut. Und wie die sagten: »Du kriegst auch noch dein Fett«, das war wie im Film – irgendwer stirbt immer. Sie konnten es einfach nicht *hinnehmen,* von einem kleinen Mädchen heruntergeputzt zu werden, das ging nicht in ihrer Chauvi-Welt.

Nein, Sie können nicht mit I-I-Ivy sprechen. Ich wünschte, es ginge. Aber sie ist '95 gestorben, die blöde Kuh. Ja, AIDS. Natürlich, was denn sonst?

Ach, und bitte nehmen Sie es mir nicht übel, wenn ich das so sage, aber Sie mit Ihren Farben sollten wirklich *auf keinen Fall* Grün tragen.

Noch drei E-Mails – drei heikle Angebote

Von Keitel Kline, ehemaliger Direktionsassistent in der Lizenz-
abteilung von Caranto, Las Vegas, USA

Ich weiß, wer Sie sind – ich habe früher bei Caranto gearbeitet. Ich war es, der Ihnen den Brief zu Abdruckrechten und
Meistbegünstigungsklausel geschickt hat, aber ich habe ihn
nicht unterschrieben. Mann, was für ein Beschiss. Ich war im
Büro, als Ihr Schreiben mit der Bitte um Interviews und ein
paar Zitiergenehmigungen kam. Ich maile Ihnen, weil ich
Zeuge eines Gesprächs meiner beiden Bosse wurde.

Tom sehe ich nur, wenn ich großes Glück habe. Er verbringt
mehr Zeit auf dem Strip als im Büro. Bei Carol ist es großes
Glück, wenn ich sie nicht sehe. Sie geht nie weg, schaut mir
ständig über die Schulter. Als Ihr Brief kam, sagte Tom, lass sie
einfach abblitzen, mach dir keine Sorgen. Aber Carol bekam
eine von ihren Angstattacken. Sie legte los, eines Tages halte ich
das nicht mehr aus, jeder krittelt bloß an mir rum, ich versuch
hier nur, die Firma und dich zu schützen, und alles, was dir
einfällt, sind Witze.

Er sagt, nein, kein Witz, du machst das großartig. Was ein
Witz ist, denn er hat keinen Schimmer, was sie macht. Er sagt,
lehn doch einfach alle Interviews ab und mach das Zitieren so
teuer, dass sie es sich anders überlegt.

Carol sagt, so mache ich es immer, aber irgendwann klappt
das mal nicht, und dann haben wir ein Problem.

Tom lacht bloß und sagt, dann verklagst du sie eben bis auf
die Knochen, und dann hat sie ein Problem.

Also hab ich Ihnen den Brief geschickt. Fall erledigt. Dachte
sie. Und wenn sie mich mit Respekt behandelt hätte, wäre der
Fall auch erledigt geblieben. Aber sie hat mich wie einen Büro-

boten behandelt, obwohl ich auf der Abendschule mein Jura-Diplom mache. Sie verwahrt Archivmaterial unterm Dach über dem Büro. Sie schickte mich manchmal hoch, wenn sie was davon brauchte. Also, mein Prof an der Uni Las Vegas hat mir erklärt, Neugier ist ein Zeichen von Intelligenz, also sah ich mich ein bisschen um, was sich da sonst noch so fand. Ich stieß auf endlos Kartons voller Papierkram in ihrer Handschrift, Notizen von damals. Ich hab mal was davon ausgeborgt, ist aber schwer zu lesen, weil die Lady es nicht getippt hat und ihre Schrift so winzig ist. Vielleicht können Sie es entziffern.

Wenn die für eine Textzeile, die sie nicht mal selber geschrieben haben, 2000 $ fordern können, dann kann ich ja wohl für eine ganze Kiste. Material 20 000 $ verlangen. Was sagen Sie? Das ist doch für uns beide eine große Chance.

Von Peter Garcia

Gut, also zuerst mal danke für das, was du geschickt hast. Ich hatte gar nicht so schnell damit gerechnet. Das Kapitel, das mit »Wäre dies eine simple Von-Lumpen-zu-Luxus-Geschichte« anfängt, ist nicht schlecht. Aber das Interview mit den beiden ehemaligen Polizeibeamten, hey wow! All diese schmutzigen Details. Dürfen die so offen mit Zivilisten reden? Egal, es ist fabelhafter Stoff. Ich weiß ja nicht, wie du damit umgehen willst, aber nach meinem Verständnis ist in einer Biografie durchaus Platz für transkribierte Interviews, als Zwischenkapitel, genau so, wie du es mir vorgelegt hast.

Ich *weiß*, dass du keine Detektivin bist. Darf ich dir einen Vorschlag machen? Also zehn Verdächtige sind eindeutig zu viel, und niemand erwartet von dir, dass du ein Verbrechen aufklärst, aber könntest du nicht ein oder zwei etwas in den Vordergrund rücken? Du musst ja nicht schreiben, X oder Y ist ein Mörder – tatsächlich rate ich dir sogar dringend davon ab, besonders wenn X oder Y noch leben oder lebende Verwandte haben. Du brauchst doch bloß ein paar nicht zurückverfolgbare Thesen zu kolportieren – die PR-Abteilung übernimmt dann alles andere. Damit wäre das Werk gleich so viel leichter zu vermarkten. Ich nehme an, dir ist völlig klar, dass Verleger heutzutage darauf angewiesen sind zu wissen, wie ein Buch sich gut vermarkten lässt, am besten noch bevor es geschrieben wird.

Ich bin durchaus optimistisch bei diesem Projekt, jetzt, wo ich weiß, womit wir es zu tun haben. Du musst bloß mal lernen, dich besser zu verkaufen. Hast du schon eine Agentur? Wenn nicht, hätte ich da noch einen Tipp für dich.

Wir müssen uns bald treffen. Weiter so, Engel. Alles Liebe, P.

Von Madeline, Kreuzfahrtschiff Sargasso
Ich höre, Sie haben meinen Vater kennengelernt, und er meint, Sie sind eine ehrliche Haut und wollen keine alten Wunden aufreißen. Er ist ein alter Goldschatz, aber er hat nicht die leiseste Ahnung von Presse und Medien und was für Freiheiten die sich herausnehmen. Ich geb einen Furz auf Briony und ihre Anwälte. Tatsächlich wäre die Publicity gar nicht übel. Aber ich will verdammt sein, wenn ich meine Zeit an ein Projekt verschwende, von dem mir kein Anteil gehört.

Wie wäre es damit: Ich rede mit Ihnen, wenn ich wieder im Hafen bin, und Sie schreiben das Buch, aber es erscheint unter meinem Namen, und ich erhalte die Hälfte der Einnahmen. Das wäre auch für Sie gut – von Ihnen hat kein Mensch je gehört, aber von mir hat man gehört. Und dann wäre es Musikgeschichte aus erster Hand. Das Buch könnte in Verbindung mit einem Album erscheinen.

Sie würden es nicht bereuen. Ich hab Geschichten auf Lager, da stehen Ihnen die Haare zu Berge.

Notizen von Amys Telefonblock
Wie zur Hölle soll ich denn 20 000 $ auftreiben? Scheiße!
Musikgeschichte aus erster Arschgeige, Maddie. Schade, dass
du kein Stück wie dein Dad bist.
Pheeny – tot – Familie überprüfen.
Julius – tot – dito.
Wie hieß er gleich? Eric Bywater, der ›es gestanden‹ hat – tot.
David – tot.
Boyd – verrückt – bringt nichts. Schluss jetzt! Das hier ist eine
seriöse Biografie. Peter, weiche von mir.

Eine Bassistin lacht und weint

Ein verblüffendes Geräusch erfüllte Ayishas stilles und leeres Zimmer. Es war ein bellendes Lachen ganz tief aus der Brust, einem Husten nicht unähnlich – das hätte Amy der ätherischen, zerbrechlich aussehenden Bassistin nie zugetraut. Fast wäre sie aufgesprungen, um zu fragen, ob sie Wasser brauchte.

»Oh, oh, oh«, japste Ayisha schließlich. »Das ist gut, das ist einfach köstlich. Sie schreiben das Buch, und Maddie kriegt den Ruhm und das Geld, ohne irgendetwas preiszugeben, was ihr schaden könnte. Oder Ihre tatsächlichen Fragen zu beantworten. Hach, so ein Klassiker! Das ist jetzt bestimmt eine gewaltige Versuchung für Sie, nicht?«

Amy grinste verlegen. Sie war verdattert.

»Denn das ist natürlich die große Frage, die sich damals alle stellten«, fuhr Ayisha fort. »Wo hat Maddie an jenem letzten Wochenende gesteckt? Warum hat sie erst ausgesagt, dass sie mit Boyd zusammen war, nachdem er verhaftet wurde?« Heute sah sie kräftiger aus und klang eher amerikanisch als britisch.

Amy wollte die Stimmung nicht verderben. Sie begann behutsam: »Also Finn sagt …«

»Ich weiß schon – wenn Boyd schuldig war, machte Maddie sich mitschuldig – das haben wir alle gesagt. Es schien einfach die wahrscheinlichste Erklärung. Aber wenn sie gar nicht bei Boyd war, wo war sie dann?«

»Und zuerst hat sie gelogen und behauptet, sie war im Haus ihres Vaters in Southampton. Warum?«

»Irgendwo war sie«, sagte Ayisha, »und sie hat irgendwelchen Dreck am Stecken, von dem weder wir Übrigen erfahren sollten noch die Polizei. Aber hat das was mit Boyd zu tun? Und wenn ja, was könnte es sein? Maddie ist ziemlich frei von

Schamgefühl. Sie hat immer unverblümt alles rausgekräht, auch Sachen, die der Rest von uns peinlich fand. Aber nachdem sie diese Aussage gemacht hatte, hat sie sie nie geändert. Wenn es da ein Geheimnis gibt, dann ist es was, worüber sie nie plaudert.«

»Was glauben Sie?«

»Ich weiß es einfach nicht. Ich war überzeugt, dass es Boyd war. Wenn es ein Film wäre, dann wäre er die Idealbesetzung – der gutaussehende teuer gekleidete glaubwürdige Psychopath. Er war besessen, er hielt die Songs für persönliche Botschaften an ihn von ihr. Er hatte eine Vorgeschichte sadistischen Verhaltens – zugegebenermaßen bis dato nur gegenüber Tieren. Aber danach hat er versucht, die Frau seines Vorgesetzten umzubringen, weil sie angeblich seinen Geist vergiftete. Er sitzt in Rampton in der Hochsicherheitspsychiatrie. Man hat ihn offiziell als schuldunfähig eingestuft.«

Amy hatte den Verdacht, dass Ayisha Medikamente nahm: Sie führte diese Unterhaltung ohne irgendwelche Anzeichen von Zweifeln oder Schuldgefühlen. Und ohne ein einziges Mal Ellys Namen zu erwähnen.

Ayisha fuhr fort: »Aber man kann nicht behaupten, es war Boyd, ohne Maddie als Lügnerin zu bezeichnen. Das ist an sich nicht schwer. Aber es gab keinen Beweis, dass Boyd mehr war als durchgeknallt, und in Ermangelung belastbarer Beweise musste die Polizei ihre Geschichte hinnehmen. Was wollen Sie sonst noch wissen?«

Amy war bekannt, weil das im Vorfeld so abgesprochen war, dass sie nicht über Briony reden durfte. Sie ging ein Risiko ein und fragte: »Wie ist David gestorben?«

Ayishas Miene verdüsterte sich. »Es stellte sich schließlich heraus, dass er Krebs hatte. Die ganze Zeit hatten wir gedacht, das wäre nur emotionale Erpressung, aber er war wirklich krank. Bitte nichts mehr in diese Richtung.«

»Okay, Entschuldigung.« Amy spähte in ihr Notizbuch, um Zeit zu gewinnen. Dies war eine andere Seite von Ayisha – eine, die ganz im Stillen ihren Weg gemacht hatte. Die ihr gefährdetes Talent für ihre finanzielle Sicherheit verkauft hatte und damit gut gefahren war. Von den fünf Frauen, die einst Sister-Hood gewesen waren, war sie die einzige, die richtig Noten lesen und schreiben konnte. Sie war diejenige gewesen, die Ellys Aufnahmen und Ideen transkribierte. Sie hatte gewusst, was zu tun war, als Elly bei einigen ihrer letzten Songs Einsätze für Bläser und ein Cello ›schrieb‹. Elly hatte keine Ahnung von Harmonielehre, nur Talent – die Art Talent, die manche Menschen wahnsinnig macht, weil es weder vermittelbar noch erklärbar ist. Und doch war es eine Begabung, die beispielsweise im Blues, wo Ohr und Gefühl schon immer wichtiger genommen wurden als Theorie, ganz selbstverständlich war.

Amy sagte: »Neulich sagten Sie mir, Sie gehen gar nicht mehr auf die Bühne, ›dem Himmel sei Dank‹. Warum das?«

»Ich bin keine Performerin. Mir wurde immer schlecht, bevor ich auf die Bühne musste – Bauchkrämpfe. Manchmal musste ich mich übergeben. Alles andere habe ich geliebt – das Komponieren, Arrangieren, Proben und Aufnehmen. Was ich nicht vertrug, waren Leute, die mich anstarrten. Es ging mir einfach mies davon, als wäre ich eine Zielscheibe, wissen Sie, als könnte man jederzeit auf mich schießen, und ich kam gefühlt nur um Haaresbreite davon.«

»Sie haben eine schöne Stimme.«

»Ja, danke. Aber es braucht mehr als das. Hören Sie, wir müssen nicht darüber reden. Das ist doch nicht das, was Sie wirklich wissen wollen.«

»Tatsächlich«, sagte Amy, »wüsste ich gern alles über jede von Ihnen. Warum bestehen bloß alle darauf, mich wie eine Detektivin zu behandeln? Außer Finn, die hat mich wie eine Journalistin behandelt.«

»Ich darf Ihnen mal etwas über Finns Familie erzählen: Ihr Vater war ein Dachdecker mit chronischen Rückenschmerzen. Ihre Mutter ging putzen, rupfte Hühner, was immer gerade zu kriegen war. Sie hatten vier Töchter. Manchmal waren sie zu arm, um die Fernsehgebühr zu zahlen. Dann verfrachtete ihre Mutter alle in den Bus, der sie ins nächstbeste Krankenhaus brachte. Und dann, stellen Sie sich das vor, saßen sie den ganzen Abend in der Notaufnahme und sahen sich die Unfallopfer, Verletzungen und Notfälle an. ›Besser als Glotze‹, sagte ihr Vater immer. ›Genauso viel Drama, aber das Blut ist echt.‹ Sie hielten sich für eine normale Familie beim Abendausgang. Sie fühlten sich so normal, dass, als Finn mich zum ersten Mal mit nach Hause nahm und ihrer Familie sagte, wir wären ein Paar, ihr Dad mich achtkantig rauswarf. Er brüllte herum, ich wäre eine Missgeburt, eine Pakischlampe, die Fotze, die seine Tochter verdorben hatte.«

»Haben Sie Finn ›verdorben‹?«, fragte Amy und wurde mit dem heiseren Bellen belohnt, das hieß, dass Ayisha lachte.

»Finn stand auf Frauen, seit sie zwölf war. Sie hatte nur vorher keine mit nach Hause gebracht. Sie glaubte, alle wüssten Bescheid. Immerhin waren ihre drei Schwestern noch während der Schulzeit schwanger geworden und Finn ja offensichtlich nicht. Also dachte sie, ihre Leute hätten zwei und zwei zusammengezählt. Hatten sie aber nicht. Können Sie sich denken, warum ich Ihnen diese Geschichte erzähle?«

»Warum?«

»Weil an jenem letzten Wochenende – dem, für das sich eine Journalistin oder Detektivin interessieren würde, nur Sie nicht – ja, genau, *dem* Wochenende … Also wir wären wie üblich in London geblieben, aber Finns Vater rief an – das erste und einzige Mal seit dem Rauswurf. Er sagte, bei ihrer Mutter sei eine Motoneuron-Erkrankung diagnostiziert worden, und er wolle die ganze Familie zu Hause haben.«

»Das ist schrecklich.«

»Ja, das ist es. Aber Finn schaltete auf stur – große Überraschung – und sagte, sie würde nicht kommen, es sei denn, sie luden auch mich ein. Ihr Timing war *grandios*. Natürlich weigerte ich mich, aber sie sagte, ohne mich würde sie nicht hinfahren. Und was das für ein super-duper Wochenende wurde!«

Amy wollte nicht die Erste sein, die Ellys Namen aussprach, also wartete sie ab und sah aufmerksam zu, wie Ayisha das Wochenende rekapitulierte, das ihr Leben in Stücke gerissen hatte. Sie zeigte keinerlei Zeichen akuter Bedrängnis. Was immer du da schluckst, dachte Amy, ich will es auch. Eine Medizin, die Schuldgefühle und schmerzliche Erinnerungen auslöschen konnte, Selbstanklage und Bedauern wegwischte.

»Ich könnte ein Soda vertragen«, sagte Ayisha schließlich und klang weniger britisch denn je.

Eine Medizin, die für selektiven Gedächtnisschwund sorgt *und* dich in eine Amerikanerin verwandelt, dachte Amy in einem kleinen Anfall überbordender Fantasie.

»Lara?«, rief Ayisha laut. »Bring uns zwei Mineralwasser.«

Diesmal waren Laras kilometerlange Beine von einem mehrlagigen scharlachroten Rock umhüllt. Sie brachte eine weniger freundliche Atmosphäre mit.

»Dieses Buch, das Sie da schreiben«, sagte sie. »Haben Sie einen Verlag dafür?«

»The Chelsea Press.« Amy überkreuzte verstohlen zwei Finger.

»Mit Abgabetermin?«

»Nein, glücklicherweise nicht. Deadlines blockieren mich.«

»Oh, ich brauche Deadlines irgendwie«, sagte Ayisha. »Ich arbeite immer erst, wenn ich Angst bekomme.«

»Sie ist schlimm«, sagte Lara.

»Ja, ich *bin* schlimm. Ich bin so froh, dass ich dich habe und du alles für mich organisierst.«

Die beiden Frauen, dunkel und hell, lächelten sich an. Heute sahen sie aus wie ein Paar. Heute gaben sie Amy das Gefühl, einsam zu sein.

»Fahren Sie noch mal runter nach Bristol?«, fragte Ayisha.

»Ich habe Finn gesagt, ich komme heute Abend wieder.«

»Ich frage nur, weil Georgie ihr heute sagen will, dass ich wieder im Land bin. Da könnten die Fetzen fliegen.«

»Oh.« Amy sah von einer Frau zur anderen, beide schauten gelassen zurück.

»Vielleicht sollten Sie Ihre Pläne ändern«, schlug Lara vor.

»Hmm.«

»Ist wohl einfach schlechtes Timing.«

Amy stand auf und streckte Nacken und Schultern, die in den letzten paar Minuten unerklärlich steif geworden waren.

Sie begegnete Ayishas Blick und sagte: »Ich hoffe, Sie verstehen, wie sehr ich Sie bewundert habe und wie viel mir die Musik bedeutet hat. Vor ein paar Wochen habe ich mit einer Frau gesprochen, die SisterHood in einem Club hat live spielen sehen, und sie sagte, die Songs gaben ›einer jungen Frau echt das Gefühl, dazuzugehören‹. Sie sagte, als Sie spielten, kam sie sich ›nicht mehr so mickrig vor‹. Ich wusste genau, was sie meint.«

Ayisha schloss unvermittelt die Augen, und Tränen drangen unter ihren Lidern hervor. Lara stand auf und stellte sich zwischen sie und Amy. Sie sagte: »Sie verlangen zu viel. Diese Biografie-Nummer ist für Ayisha, als würden Sie ihr eine Knarre an den Kopf halten. Sie können über Leute schreiben, die gar nicht wollen, dass über sie geschrieben wird, und Sie sagen einfach: ›Ach bitte, seien Sie kooperativ, ich bin doch so ein Fan. Aber ich schreibe, was mir passt, ob Sie nun kooperativ sind oder nicht.‹ Also müssen die Leute logischerweise kooperieren, um ihre Sichtweise richtig darzulegen. Sie drehen sie durch die Mangel.‹

»Das wollte ich nicht.« Amy war entsetzt über Ayishas Tränen. So viel Macht habe ich doch gar nicht, sagte sie sich. Ich habe doch überhaupt keine Macht. Worum bitte geht es denn hier auf einmal? Knarre? Mangel?

»Sie tauchen einfach auf, platzen bei uns und Finn rein und sorgen für Ärger«, fuhr Lara fort. »Sie kratzen den Schorf von alten Wunden und gucken zu, wie sie bluten. Ayisha hat seit zwanzig Jahren nichts von Briony gehört, aber Ihretwegen bekommt sie jetzt Drohbriefe.«

»Wir haben doch nur *geredet*.« Amy spreizte hilflos die Hände und suchte Blickkontakt zu Ayisha, aber Lara stand im Weg. »Ich dachte, wir kommen gut klar.«

»Sie ja. Ayisha nicht. Also bitte …«

»Natürlich«, sagte Amy. »Ich gehe. Es tut mir sehr leid.«

Niemand warf sie raus, aber sie fühlte sich geworfen. Sie ging die Straße entlang zum U-Bahnhof South Kensington und fühlte sich sehr missverstanden. Ich verletze doch niemanden, dachte sie. Es ist nur ein Buch, und ich hab noch nicht mal richtig angefangen, es zu schreiben. Mit welchem Recht machen die mich so schlecht?

Statt die U-Bahn heimwärts zu nehmen, ging sie in einen Pub und bestellte ein großes Glas roten Hauswein. Sie setzte sich in eine Ecke und überprüfte, ob ihr Aufnahmegerät richtig funktioniert hatte. Laras Stimme sagte: »Vielleicht sollten Sie Ihre Pläne ändern.« Sie klang manipulativ.

Amy kippte den halben Wein runter. Sie wussten, dass ich nach Bristol will, entschied sie dann und war sich nun sicher. Sie wussten es. Sie haben Georgies Enthüllung Finn gegenüber extra so gelegt, um mir das zu versauen. Ich bin nicht die Aggressorin hier, ich bin das Opfer.

Sie fühlte sich schon deutlich besser und trank langsam ihren Wein aus. Das Telefon in ihrer Tasche gab sein kehliges kleines Trillern von sich. Sie ging ran, und Stuart Panting sagte:

»Wie sieht's aus, steht unser kleiner Ausflug nach Bristol noch an? Das Wetter ist prima, der Tank ist voll, und ich freue mich darauf.«

Leckt mich doch alle – ichbesessenes Weibervolk, dachte sie. Ja, schön, sie haben vor Jahren tolle Musik gemacht, aber menschlich lassen sie echt zu wünschen übrig. Ein reizender älterer Mann möchte mich nach Bristol chauffieren, und verdammt, ich werde hinfahren. Wer zum Henker gibt ihnen das Recht, mir das zu vermasseln?

Sie sagte: »Hey, Stuart, ja, super. Ich bin bereit.«

Eine verlockende E-Mail

Von Keitel Kline: Na schön, ich versteh schon, Sie wollen was Handfestes sehen, bevor Sie ein Angebot machen. Dann gucken Sie mal, was Sie von der Seite halten, die ich Ihnen gescannt im Anhang schicke. So was von heiß!

... der Polizei, dass ich zum Wellnessweekend bei Champneys war, und legte meine Terminkarte vor, die das belegte. Masseure, Kosmetikerinnen, Seetangwickelspezialisten und andere Gesundheits- und Schönheitsfachkräfte können praktisch jede einzelne Minute der drei Tage bezeugen. Der Nachteil meines so vorteilhaften Alibis war, dass Glückspilz Tom leider ohne Deckung dastand. Was ihn völlig kalt ließ, und in dem Punkt lehrt er mich wirklich das Fürchten. Er sagte: »Och, ich hab Kumpels, die schwören blind, dass ich mit ihnen gepokert hab.« Und dann versichert er mir nicht, dass er wirklich gepokert hat. Seine Samstagnacht-Eskapaden haben oft eine dunkle Seite, aber diese Tragödie trägt nun doch nicht seine Handschrift.

Trotzdem hat er ein paar Dinge gesagt, bei denen es mir wie Eiswürfel den Rücken runterläuft. Zum Beispiel: »Die Leute sagen, ich hab sie gevögelt. Aber eigentlich meinen sie, ich hab sie kontrolliert. Weißt du, wie erotisch es ist, jemanden ganz und gar zu kontrollieren? Ich brauchte sie gar nicht zu vögeln.«

Ich sagte: »Genau so was darfst du nie irgendwem erzählen. Bist du wahnsinnig?« Und was macht er? Er lacht und sagt: »Och bitte, trau mir doch ein bisschen mehr zu, Schwesterchen. Du bist so leicht ...

Übergewichtig und störrisch

Amy meldete sich erst am nächsten Morgen bei Finn. Es schien ihr nur zwei Möglichkeiten zu geben: Finn besoffen oder Finn verkatert. Ihr kam gar nicht in den Sinn, dass Finn mit der Enthüllung, dass Ayisha zwar nach England zurückgekehrt war, aber nichts mit ihr zu tun haben wollte, anders umgehen könnte, als sich die Kante zu geben.

Der feucht-neblige Morgen passte dazu. Eine Wolkendecke drückte auf Bristol nieder wie ein erstickendes Kopfkissen, und als sie von der Bushaltestelle aus bergan zu Georgies Haus marschierte, sah sie einen Schweißfilm auf den vorbeihastenden Gesichtern und hatte das Gefühl, nasse Wolle zu tragen.

Georgie machte die Tür auf und geleitete sie durch einen Flur, in dem ein aufgeklappter Cellokoffer als Mantelständer diente, in eine große Küche. Eine offen stehende Glastür führte auf einen Hof aus grauen Steinplatten und blutrotem Springkraut.

Finn kam aus dem Hof herein, ein leerer Becher baumelte an einem Finger. Ihr Haar sah frisch gewaschen aus und war zurückgekämmt.

»Ach, da bist du ja wieder«, sagte sie und dünstete Gleichgültigkeit aus jeder Pore.

»Wie geht es dir?« Amy hatte das Gefühl, hatte es schon beim Aufwachen gehabt, dass von einem Tag wie heute nichts Gutes zu erwarten war.

Finn wandte sich an Georgie und fragte: »Wie geht es mir? Was meinst du? Halte ich mich bemerkenswert aufrecht in Anbetracht der Umstände? Falle ich auseinander – Vorsicht, zerbrechlich?«

»*Sie* kann doch nichts dafür«, sagte Georgie.

»Aber sie durfte mit Ayisha reden. Sie hat eine Audienz bekommen. Und ich nicht.«

»Auch dafür kann sie nichts. Sie macht nur ihren Job. Du kannst ihr dabei helfen oder nicht. Deine Entscheidung.«

»Du hast dich bereit erklärt, mit mir zu reden«, sagte Amy. »Aber du kannst es dir jederzeit anders überlegen.« Fast wünschte sie, Finn würde das tun. Dann könnte sie nach London zurückfahren und müsste über nichts Verzwicktes nachdenken.

»Warum sind denn hier alle so scheiß vernünftig?«, sagte Finn laut. »Bin ich's nicht wert, für mich zu kämpfen?«

»Doch, und auch schützenswert«, sagte Georgie geduldig.

Es überraschte Amy nicht, dass Georgie müde aussah.

Finn sagte: »Scheiß drauf, ich mach uns Tee. Wenn du Kaffee willst, koch dir selber einen.«

»Tee ist gut.«

»Stell einfach irgendwelche Fragen. Rede mit mir.« Sie füllte den Kessel und setzte ihn auf.

Amy zog eilig Aufnahmegerät und Notebook aus der Tasche. »Gut, erzähl mir von Tom und Carol Prax. Wie du über sie gedacht hast, was du mit ihnen zu tun hattest.«

»Ich hab sie gehasst wie die Pest«, sagte Finn fast vergnügt. »Das ist ein guter Einstieg. Auf sie darf ich doch wohl wütend sein, oder? Es ist doch akzeptabel, auf Leute wütend zu sein, die man hasst, oder?«

»Sei wütend auf wen immer du willst«, sagte Georgie.

Finn ignorierte sie. »Aber es ist nicht akzeptabel, wütend auf Menschen zu sein, die man liebt. Also, Kacknase Elly traf Tom, als sie in einem kleinen Club beim Charing Cross auftrat. Und er nahm sie unter Vertrag. Wofür? Das frag ich mich immer noch. Was unterschrieb sie da? Denn ab dieser ersten Begegnung benahm er sich, als gehörte sie ihm mit Leib und Seele. Und es war nicht legal – wobei das damals keine von uns wusste. Elly war minderjährig. Das bringt mich immer noch zur Weißglut. Sie hat uns verraten und verkauft, und wir hätten es sogar noch hinbiegen können, nur hat sie uns nicht gesagt, dass sie minderjährig war. So hat sie uns gleich zweimal angeschissen.«

»Klingt, als wärst du auf sie wütender als auf Tom.«

»Verdammt richtig. *Sie* war angeblich unsere Freundin. *Er* nicht. Er wollte nur nehmen, was er kriegen konnte. Und kriegte es.«

»Und Carol?«

»Also die war irre. Ein siedendes Gebräu aus Missgunst und Paranoia. Und krankhaft eifersüchtig in Bezug auf Tom. Beobachtete ihn mit Argusaugen. Ich fragte mich oft, ob sie wirklich Bruder und Schwester waren.«

»Und?«

»Waren sie wohl. Maddie meinte, das wär so ein Zwillingsding. Aber das war schon schräg – wenn wir zum Beispiel in ein Restaurant gingen, war sie auf hundertneunzig, wenn sie nicht neben ihm sitzen konnte, und sie starrte dauernd auf seinen Teller. Wozu? Um zu sehen, ob er mehr bekam als sie? Das war echt krank. Dann wieder machte sie voll auf Snob – als wär es unter ihrer Würde, mit einer von uns zu reden. Ich glaub nicht mal, dass sie Engländerin war, also wieso dieses ganze Snob-Getue?«

»Keine Engländerin?« Amy war perplex. »Niemand hat bisher so was angedeutet.«

»Und, haben Sie sie überprüft? Geburtsurkunde eingesehen und so was? Weil, ich weiß nicht, ab und an war da so ein Anflug von einem Akzent. Tom nicht – der klang wie ein Privatschultrottel. Aber sie – na, vielleicht versuchte sie bloß feiner zu klingen, als sie war – sie stand extrem auf ›gehobenen Geschmack‹ und all diesen Kack. Aber manchmal hatte sie eine komische Art, sich auszudrücken.«

»Wie meinst du das?«

»Ich kann mich an nichts Bestimmtes erinnern – nur, na ja, manchmal klang sie wie eine dieser Europäerinnen mit perfektem Englisch – Holländerin oder so.«

»Du liebe Zeit! Fanden die anderen das auch?«

»Bri fand, dass an ihr was komisch war. Maddie war sie schnurz. Ayisha kam aus einer Einwandererfamilie und war immer drauf bedacht, englischer zu klingen als die Engländer.«

»Das ist nicht ganz gerecht«, sagte Georgie.

»Ach, du bist auch noch da?« Finn zuckte unhöflich die Achseln. »Na ja, du kennst Ayisha ja schon länger als ich, was? Und kennst sie immer noch. Du kennst sie auch länger, als du mich kennst. Also lass mal raten, wem gehört wohl deine Loyalität, na?«

Georgie seufzte und stand auf, um den Tee zu machen, den Finn vergessen hatte.

»Ich geh dem mal nach«, sagte Amy schnell. »Das ist ein interessanter Gedanke. Nicht in England geboren, hm?«

»Ich hab noch mehr auf Lager.« Finn verschränkte die Arme und starrte unter zornig zusammengezogenen Augenbrauen hervor. »Ich bin nicht bloß die dicke doofe Lesbe, für die mich die Leute halten. Ist dir mal aufgefallen, dass man über dicke doofe Lesben und über dicke doofe Schlagzeuger dieselben Witze reißt? Na, sag schon.«

Aus der Küchenecke, wo der Wasserkessel brodelte, erklang ein Seufzer, der fast die Grenze zu einem Stöhnen überschritt.

»Würde es einen Unterschied machen«, fragte Amy, »wenn Tom und Carol woanders geboren wären?«

»Kann schon sein.« Finn zog ihre garstige Aufmerksamkeit von Georgie ab und nahm wieder Amy aufs Korn. »Warum waren wir nie in den Staaten? Wir waren heiß. Wir hatten Hits. Warum sind wir nie irgendwo hingefahren? In Deutschland waren wir berühmt.«

»Na ja, Tom war ja vorbestraft …«

»Was er uns nicht erzählt hat. Deshalb hätten sie ihn wohl nicht in die Staaten reingelassen. Aber wir hätten ja ohne ihn fahren können, es sei denn, er wollte uns nirgends hinlassen, wo er uns nicht kontrollieren konnte. Und er hat uns keinen Grund genannt. Ich meine, mal angenommen, er wollte nicht, dass eine von uns seinen Pass sieht? Angenommen, er wurde in seinem Land von der Polizei gesucht?«

»Die britische Vorstrafe war doch nur …«

»Ich weiß, so'n blöder Drogenquatsch. Aber mal angenommen, es ging um was Schlimmeres, so wie Mord? Ich meine, das dürfte doch was ausmachen bei der Polizeiermittlung zu Ellys … du weißt schon?«

Georgie stellte Teebecher auf den Tisch. Sie sagte: »Nimmst du dieses Gespräch etwa auf? Finn, sie nimmt das auf.«

»Mir doch egal. Was ist denn, Georgie? Willst du es Tom oder Carol erzählen?«

»Nein, aber sie wird das tun. Und sie wird nicht sagen, das sei *ihre* Ansicht. Sie wird dich wörtlich zitieren und wahrheitsgemäß angeben, dass es deine Worte waren. Denk dran, über wen du sprichst, Finn. Wenn diese Worte gedruckt erscheinen, bist du Hackfleisch.«

»Geil. Dann nehmen mich die hochnäsigen Zwillinge vielleicht zur Abwechslung mal ernst. Weißt du was, Schreiberin, schreib das doch alles auf und schick es denen als Probekapitel. Sag ihnen, ich nehm es zurück, wenn sie mir meine Tantiemen auszahlen. Vollständig ohne Abzüge.«

»Ist das nicht Erpressung?«, fragte Amy entgeistert.

»Ist das, was sie mit mir gemacht haben, nicht Betrug?«

»Weiß ich nicht.« Amy selbst hatte bisher nichts gesehen, was Elly unterschrieben hatte, aber sie kannte reichlich Geschichten aus der Musikbranche. »Normalerweise läuft das nach dem Muster, rechtlich legal, aber moralisch eine Riesensauerei.«

Finns Augen wurden unvermittelt feucht. »Ja«, sagte sie nur.

»Wenn du die Mittel hättest«, fuhr Amy fort, »wenn du Prince wärst oder George Michael oder Elton John, dann könntest du das Blatt vielleicht wenden.«

»Aber Pustekuchen, wenn man pleite ist so wie ich?«

»Ähm ... ja.«

»Ayisha hat Geld. Sie könnte mal helfen.«

Georgie sagte: »Trink deinen Tee, Liebchen. Ayisha hat weder so viel Geld noch so viel Einfluss. Und vor allem keine Sehnsucht danach, zurückzublicken. Finn, hör mir zu. Sie wird Caranto nie verklagen, aus tausend Gründen. Sie will nicht, dass die Vergangenheit noch mehr Macht über sie hat als so schon.«

Amy sah auf und begegnete Georgies direktem Blick.

Finn sagte: »Warum ist das, was Ayisha will, wichtiger als das, was ich will?«

»Weil«, sagte Georgie, »du versuchst, sie zu zwingen. Das ist falsch. Sie versucht nicht, dich zu zwingen.«

»Sie zwingt mich zu Armut und Einsamkeit.«

»Das ist Blödsinn, Finn, und das weißt du. Du kannst niemanden zwingen, bei dir zu sein.«

»Nein, aber du kannst jemandem das Herz brechen und abdampfen, ohne einen Blick zurück. Ist das etwa in Ordnung?«

Die beiden Frauen schienen auf ausgetretenen Pfaden zu wandeln. Amy war sicher, dass diese Szene, dieser Wortwechsel schon zigmal stattgefunden hatte. Wie lange dauert es, bis der Schmerz nachlässt?, fragte sie sich. Was, wenn da gar kein Ende ist? Was, wenn ich in zwanzig Jahren immer noch mit meinem gebrochenen Herzen zugange bin? Sie sah sich selbst vor sich, übergewichtig und störrisch, immer noch mit der Frage befasst: Wieso war ich nicht liebenswert genug? Alles wegen demselben Kerl. Ein beängstigendes Bild. Zudem war ihr schmerzlich bewusst, dass es in ihrem Leben niemanden wie Georgie gab,

die so stoisch und geduldig immer wieder die Scherben ein-
sammelte und all ihren Schwachsinn ertrug.

Ich muss jemand anders werden, dachte sie, oder etwas anderes. Ich muss aufhören, die Frau zu sein, die ein Mann nicht
genug geliebt hat, und die Frau werden, die ich behaupte zu
sein – eine Biografin, eine Schriftstellerin. Ich muss über mich
hinwegkommen: Hör auf zu leiden, fang an zu handeln. Fang
damit an, einfache Aufgaben zu erledigen.

Sie nahm ihren Stift und schrieb ›Nationalarchiv‹ auf eine
noch jungfräuliche Seite ihres Notizbuchs.

Finn und Georgie verstummten und beobachteten sie argwöhnisch. Sie sagte: »Ich glaube, du hast da einen wirklich
interessanten Gedanken am Wickel, Finn. Tom lebt jetzt in den
Staaten, aber soweit ich weiß, ist er illegal eingereist. Carol war
schon drüben. Sie hat die Caranto-Niederlassung dort eröffnet,
und sie war es auch, die alles für Tom geregelt hat, so dass er
legal dort bleiben kann. Sollte sich herausstellen, dass sie nicht
in *diesem* Land geboren wurden, könnten sie das glatt schon
mal so durchgezogen haben. Es lohnt sich bestimmt, da mal zu
recherchieren.«

»Willst du rüberfliegen – nach Las Vegas?«, fragte Finn.

»Vielleicht, ja, wenn ich die Reisekosten von …« Amy brach
ab, als ihr etwas klar wurde: Teil der Aufgabe, zu werden,
was sie Finn gegenüber schon zu sein vorgab, war eine strikt
geschäftliche Verhandlung mit Peter Garcia. Es genügte nicht,
so zu tun, als habe sie eine Absprache mit Chelsea Press. Wenn
kein richtiger Vertrag zustande kam, würde sie systematisch
nach einem Verlag suchen müssen, der Geld rausrückte, als
Vertrauensvorschuss. Sie würde eine Erwachsene sein müssen.

»Nimmst du mich mit nach Vegas?«, fragte Finn. »Du könntest doch Spesen für eine Recherche-Assistentin auftreiben.«

»Wohl kaum.« Amy entschloss sich, ehrlich mit Finn zu
sein, wenn auch nicht ehrlich genug, um zu sagen: ›Du bist die

Letzte, mit der ich reisen möchte, eingedenk deines bisherigen Verhaltens.‹

Georgie warf ein: »Mir macht das alles Kopfzerbrechen.« Sie sah Amy scharf an und fuhr fort: »Finn ist verletzlich. Sie hat bei dem, was sie dir gesagt hat, keinerlei Vorsicht walten lassen. Du bist durchaus in der Lage, die Frau fertigzumachen, die dir geholfen hat.«

»Wie alle anderen«, murmelte Finn.

»Ich will niemanden fertigmachen«, sagte Amy. »Ich will einfach nur ein anständiges Buch schreiben und meinem Thema gerecht werden.«

»Dann denk dran, Finn ist Teil deines Themas. Auch sie braucht Gerechtigkeit.«

Amy wollte gerade erneut zu irgendwelchen Beteuerungen ansetzen, da klingelte ihr Telefon. Sie ging ran, und Stuart Panting sagte: »Hör mal, es tut mir furchtbar leid wegen gestern Abend. Kannst du sprechen?«

»Jetzt gerade nicht.«

»Ja, ich sollte dich nicht stören, aber ich wollte deine Stimme hören. Bist du noch ärgerlich?«

»Natürlich nicht.«

»Ach je. Das klingt übel.«

Amy musste lachen. »Ich weiß nicht, wann ich wiederkomme. Kannst du warten?«

»Wenn du das möchtest.«

»Okay.«

»Ich bin erleichtert. Bis später.«

Sie legte auf und fragte sich, was Finn und Georgie denken würden, wenn sie wüssten, mit wem sie nach Bristol gekommen war, und warum er fürchtete, sie könnte ärgerlich sein. Es gab Dinge, die man besser niemandem erzählte.

Dieser Gedanke war Finn offenbar noch nie gekommen. Sie sagte: »Ich glaube, Tom hat Elly gefickt, und dadurch hatte er

Macht über sie. Vielleicht ist er wegen Pädophilie vorbestraft. Hey – das käme mir gut zupass. Ich hoffe, du findest was *richtig* Mieses über ihn raus.«

Amy dachte an die Seite aus Carols Papieren, die Keitel ihr geschickt hatte, an Toms Ansicht über die erotische Natur totaler Kontrolle. Sie sagte: »Ich dachte, Tom hatte was mit Maddie.«

»Na und? Das war doch nichts Exklusives. Die waren beide notgeile Huren.«

Georgie sagte: »Aber Elly? Komm schon, Finn, benimm dich. War sie jetzt auch eine notgeile Hure? Was weißt du denn schon über Ellys Sexleben?«

»Na ja, nichts – aber das heißt doch nicht, dass sie nicht zu allem bereit war.«

»Finn.«

»Okay, okay. Sie schien nicht interessiert. Tatsächlich benahm sie sich, als ob Männer sie nervös machten. Und ich schätze mal, Tom war eher so väterlich zu ihr. Was keine dolle Empfehlung ist, wenn man an manche Väter denkt. Ayisha meinte, Elly hat Tom geliebt. Am Anfang, als sie ihn traf. Ich meine, *wirklich* geliebt. Ihn so geliebt, wie Ayisha *sie* liebte. Wie sie mich nicht liebte.«

»Interessant«, sagte Amy und fühlte sich ernstlich überfordert. »Elly hatte keinen Vater.«

»Langweilig. Darauf reiten doch alle rum.«

»Es kann trotzdem eine schlichte psychologische Wahrheit sein.«

»Weißt du, dass Tom nicht mal zu ihrer Beerdigung gekommen ist?«, sagte Finn. »Zur Gedenkfeier natürlich schon. Willst du wissen warum? Weil die Beerdigung im kleinen Kreis stattfand – privat, keine Presse. Aber zur Gedenkfeier kamen sämtliche Stars und alle Medien.«

»Ich dachte, sie wurde eingeäschert«, sagte Georgie.

»Ist doch dasselbe. Da waren nur wir – die Band. Wir spielten für sie, und niemand schwang Reden. Nur Frauen und Musik. Mehr braucht es nämlich nicht.«

Die harte Lebenswirklichkeit

Von Peter Garcia: Engel, du musst dir wirklich mehr Wissen über die Buchbranche aneignen. Kein Mensch bezahlt dir einen Flug nach Las Vegas – nicht in der Verlagswelt. Aber vielleicht kannst du beim British Council Unterstützung beantragen oder bei einer Stiftung, oder einem dieser Lotteriefonds-Fuzzis. Falls das klappt und du dann ein Exposé einreichst, das appetitlich genug ist, legt ein Verlag vielleicht noch eine Kleinigkeit drauf. Vielleicht. Aber rechne lieber nicht damit. Dies ist eine Wer-hat-der-kriegt-Welt. Hast du erst mal einen Namen und gute Verkaufszahlen, dann bestimmst du den Preis – ähnlich wie im Musikbiz, schätze ich. Aller Anfang ist schwer, außer du bist extrem billig.

Biografien sind heutzutage nie billig – wie du ja vermutlich schon weißt: Mal abgesehen von Reisekosten et cetera muss man sich mit Erben und Verlagen über das Zitatrecht einigen, es sei denn, du berufst dich bei der Wiedergabe urheberrechtlich geschützten Materials auf Fair Use, was dich aber extrem einschränkt. Du musst schriftliche Genehmigungen haben und Geld für die Abdruckrechte der verwendeten Bilder. Und so weiter.

Ich schick dir mal eine Liste mit den infrage kommenden Förderstiftungen.

Es ist entscheidend, dass du ein mega-sexy Exposé hast. Ich kann dir dabei helfen, wenn du willst. Ich weiß, was die Kerle anmacht – und das ist ganz sicher nicht dieser Quark von wegen »deinem Thema gerecht werden«.

Aber zuerst, bevor du den Manager von EPA aufs Korn nimmst, solltest du unbedingt mit seiner Ex-Nummer reden, Maddie Adaire. Falls sie was Heißes zu sagen hat, gehört das ins Exposé.

Ich stimme zu, die Seite aus Carols Manuskript ist ausgesprochen verlockend. Aber du wirst keine seriöse Instanz je dazu bringen, 20 000 $ für gestohlene Ware springen zu lassen. An die Rechtslage wage ich gar nicht zu denken. Trotzdem wäre es natürlich großartig, wenn du das Zeug in die Finger bekämst. Ich weiß nicht, was ich dir raten soll. Vielleicht ließe sich ja eins von den Boulevardblättern damit anfixen? Nein, das hab ich nicht vorgeschlagen – ich bin schlimm.

Jeremy lässt »tonnenweise Liebe« ausrichten. P.

Gentleman Julius –
redigierte Abschrift eines mitgeschnittenen Gesprächs

Victoria Lambert: Als ich Julius kennenlernte, war er ein sehr zorniger Mann. Aber, verstehen Sie, er war stets der englische Gentleman – charmant, geistreich, gute Umgangsformen, also merkte man es nicht gleich. Er hielt den Ball flach und verfügte über bewundernswerte Selbstkontrolle: Er ging nicht hoch wie ein Vulkan, wie so manch andere Männer. Er wusste sich immer zu benehmen.

Nein, wusste er nicht. Ich weiß nicht, warum ich das immer behaupte. Unterm Strich benahm er sich gar nicht gut. Vor Jahren traf ich eine Ex-Freundin von ihm in Wimbledon in der Sponsoren-Lounge des Center Court. Wir waren uns bislang immer aus dem Weg gegangen – in gegenseitigem Einvernehmen –, aber diesmal saßen wir zu nah beieinander, und unsere Begleiter kannten sich. Es wäre schlicht zu uncharmant gewesen, sich nicht zu unterhalten. Und irgendwie kamen wir bei einem Glas Pimm's dann auf Julius zu sprechen. Einigen Glas Pimm's, genau genommen.

Sie erzählte mir von ihrer Trennung von Julius, und ich muss zugeben, er hat sich abscheulich benommen. Ich verwechsele immer gutes Benehmen mit guten Umgangsformen, aber das ist ganz und gar nicht dasselbe.

Er war einer dieser Engländer, die vollkommen versagen, wenn es um Nähe geht, aber das erkennt man ja erst, wenn man sich schon mehr oder weniger drauf eingelassen hat. Und hat man sich tatsächlich drauf eingelassen, dann ist man praktisch schon auf dem langen eisigen Weg in die Einsamkeit. Man begeht irgendeinen kleinen Patzer – in meinem Falle erzählte ich ihm, dass meine Schwester mit ihm ›einverstanden‹ war –, und er beginnt sich zurückzuziehen. Die Veränderungen sind zunächst fast unmerklich – vorenthaltene Zuwendung, keine Anerkennung mehr. Totalverweigerung, zu Freunden oder Familienanlässen mitzukommen – dazu stufenweise zunehmende Warnungen, man mache sich falsche Vorstellungen. Und natürlich bist du schuld, nicht er. Als ob du ganz sachte in einen Eiswasserpool gleitest, statt reinzuspringen und den Schock auf einen Schlag hinter dich zu bringen. Es geht so langsam, dass du, bis du schließlich wieder allein dastehst, jegliches Selbstvertrauen und das Vertrauen in deine Wahrnehmungen verloren hast. Erst eine Ewigkeit später habe ich mir klargemacht, wie zornig er schon war, als wir uns kennenlernten, und dass unsere Verbindung, so wie sie war, von Anfang an zum Scheitern verurteilt gewesen ist.

Wirklich, Sie sollten mal mit Amanda darüber sprechen, und wüsste ich, wo sie steckt, würde ich es Ihnen verraten, damit Sie es sozusagen aus erster Hand bekommen. Aber sie hat einen aus Argentinien geheiratet – vielleicht war es auch Brasilien – und ward seitdem nie wieder gesehen.

Amanda – das ist Julius' Verflossene, die ich in Wimbledon traf, okay? Sie war mit ihm zusammen, als er seinerzeit Elly Astoria kennenlernte und mit ihrem halbseidenen Manager, Tom Prax, ins Geschäft kam. Ich glaube, Amanda sagte, die beiden seien zusammen zur Schule gegangen oder auf die Universität. Tom war so eine Art Abenteurer oder Spieler, und Julius bewunderte seinen Seeräubergeist. Wer weiß? Julius arbeitete damals in der Werbeagentur seines Onkels. Das war zwar durchaus recht schick, aber vollkommen risikolos. Tom überredete ihn, sein Glück im Musikgeschäft zu suchen.

Also investierte Julius sehr viel Geld und half Tom dabei, ein unabhängiges Plattenlabel und einen Musikverlag aufzuziehen.

Oh bitte, fragen Sie mich bloß nicht nach Einzelheiten – ich hab so gar keine Ader fürs Geschäftliche.

Egal, eine Weile später stellte er fest, dass er Geschäftsführer eines Musikverlags war, Direktor von noch irgendwas und im Vorstand eines weiteren dubiosen Unternehmens, und nichts davon war irgendetwas wert. Er und die anderen Geldgeber hatten sich in eine Gesellschaft namens SisterHood Incorporated eingekauft, nämlich in die Band. Aber Tom hielt mit separaten Verträgen sämtliche Rechte an allem Material, das von Elly Astoria kam. Sie war Toms exklusives Eigentum. Die anderen, die Band, das waren keine kreativen Genies. Ihre Namen standen bloß unter ein paar Songs. Alles andere war das geistige Eigentum von Elly allein. Oder vielmehr von Tom. Ich wünschte, Amanda wäre hier, sie könnte es Ihnen erklären.

Natürlich wusste ich nichts von alledem. Julius verlor mir gegenüber kein Wort darüber. Ich wusste nur, er war ein sehr erfolgreicher Werbefachmann und begann gerade sich in die IT-Branche einzuarbeiten. Was zur damaligen Zeit äußerst weitsichtig von ihm war. Aber absolut typisch für ihn war, dass er seinen Fehlschlag und seinen Zorn sorgsam unter der Oberfläche von Weltgewandtheit und Umgangsformen verbarg. Ich wusste nicht einmal, dass er eine Verbindung zu dem Mädchen hatte.

Wenn ich es jetzt so bedenke, war es wirklich hochgradig seltsam, denn als Elly ermordet wurde und die Geschichte in den TV-Abendnachrichten kam, sagte er nichts. Kein Wort. Er saß nur mit versteinerter Miene da. Ich sagte all diese Sätze, die man erwarten würde: wie entsetzlich, wie furchtbar et cetera. Aber er, er starrte nur auf den Bildschirm und nippte seinen Glenmorangie oder was auch immer. Und am nächsten Morgen las er dann die Geschichte in der Zeitung und trank dabei seinen Kaffee und aß sein Ei. Und ich presste frische Orangen aus.

Denn so waren unsere Morgen nun mal. Selbst als sämtliche Zeitungen – und er bekam täglich drei verschiedene – mit riesigen Tod-eines-Popstars-Schlagzeilen aufmachten. Die Story war einfach allgegenwärtig, weil sie derart makaber war. Die ganze Zeit brachten sie neue Einzelheiten – wie damals, als John Lennon erschossen wurde. Und Julius saß da und nippte seinen französischen Kaffee, als ob ihn das Ganze nicht mehr anging als die Börsennachrichten.

Das meine ich – ich hatte nicht den Hauch einer Ahnung, was in seinem Kopf vorging. Und ich *wusste* ja noch nicht mal, wie ahnungslos ich war, bis ich mich dann in Wimbledon mit Amanda unterhielt. Erst da wurde mir klar, dass ich mit Julius überhaupt keine Beziehung gehabt hatte. Ich hatte mir das alles nur ausgedacht.

Amanda war es auch, die mir erzählte, was geschah, als er herausfand, wie massiv Tom ihn über den Tisch gezogen hatte. Offenbar waren sie im Land Rover unterwegs zu irgendeinem Golfturnier in Berkshire. Sie, Amanda, wusste ein bisschen was darüber, was zwischen ihm und Tom vorgefallen war, und sie sprach mit ihm darüber und riet ihm, sich einen Anwalt zu nehmen, und da bog er plötzlich von der Straße ab. Er fuhr mitten auf einen Acker, sprang aus dem Wagen, kam herum auf ihre Seite, öffnete die Tür und half ihr heraus, als wären sie irgendwo angekommen. Dann stieg er ohne ein Wort wieder ins Auto und fuhr los.

Am Rand des Ackers stand eine gigantische Eiche, und er fuhr direkt darauf zu. Sie traute ihren Augen nicht – aber er raste frontal gegen den Baum. Dann setzte er zurück und fuhr noch mal dagegen. Dreimal donnerte er gegen den Baum. Verrückterweise, sagte sie, lief der Land Rover noch, auch wenn er reichlich ramponiert aussah.

Amanda nahm an, er habe sie aus dem Auto komplimentiert, um sie vor Verletzungen zu bewahren. Aber nicht die Spur.

Statt sie wieder einzusammeln, fuhr er einfach davon und ließ sie mitten auf diesem Acker stehen. Sie sah ihn niemals wieder.

Als sie schließlich zurück in London war, ging sie zu seinem Haus in Chelsea, und dort fand sie ihre sämtlichen Sachen in Müllsäcke verpackt. Ein Zettel forderte sie auf, ihren Schlüssel dazulassen, und das war's. Ende.

»Ach ja, meine Liebe«, sagte sie, »wenn ich daran denke, dass ich vorhatte, mit ihm Kinder in die Welt zu setzen! Er hat mich immer ›Zuckermäuschen‹ genannt.«

So nannte er mich auch immer. Ich nehme an, man kann sagen, ich bin noch ganz gut weggekommen. Wenigstens habe ich aus eigener Kraft meine Zelte abgebrochen.

Nein, mit der Polizei habe ich nicht gesprochen. Ich bin gar nicht auf die Idee gekommen, dass die mit mir hätten sprechen wollen. Ohnehin war Julius an jenem Wochenende mit dem Guinness-Clan irgendwo in Irland.

Leadgesang: Maddie Adaire

Madeline war eine wunderschöne Frau. Sie zog sich an wie eine wunderschöne Frau, und sie ging auch so.

Jetzt bin ich unsichtbar, dachte Amy, als sie neben ihr herging. Ich bin jünger, vielleicht sogar eine Spur schlanker, aber niemand schaut mich an.

Schon ihr Leben lang hatte sie manchmal mit Unsichtbarkeit zu kämpfen gehabt, aber es gefiel ihr überhaupt nicht, es derart unverhüllt unter die Nase gerieben zu bekommen.

»Eine Café-Bar namens Iblis«, sagte Maddie und bog von der Old Compton Street ab, »der Laden ist ziemlich angesagt. Sie zahlen.«

Amy trauerte schon im Voraus um ihre arme geschröpfte Kreditkarte. Stuart hatte sie vorgewarnt, aber angesichts des sehr gehobenen Soho-Restaurants fragte sie sich doch, wie viel Zeit mit Maddie sie sich überhaupt leisten konnte.

Das Iblis war gedimmt und geschmückt mit Bildern stürzender Gestalten, gefiedert und geisterhaft. Die Musik aus verborgenen Lautsprechern klang tranceartig. In der düsteren monochromen Umgebung glühte Maddie in Pink wie eine voll erblühte Rose. Die Sonne hatte ihre Haut verwöhnt. Sie sah poliert und erfolgreich aus.

Auf Kreuzfahrtschiffen singt sie Cabaret-Klopfer, fiel Amy ein. Das ist nicht gerade cool. Sie ist über vierzig. Kein Grund, eingeschüchtert zu sein.

Nichtsdestotrotz erwartete und erhielt Maddie im Iblis zuvorkommende Bedienung. Junge Männer reichten Speise- und Weinkarten und gurrten ob ihrer Wahl.

Schließlich richtete sie ihre aufsehenerregenden türkisfarbenen Augen auf Amy.

Kontaktlinsen, dachte Amy, die nach einem schnellen Blick auf die Preise der Panik nahe war.

»Also?«, sagte Madeline. »Anscheinend sind Sie bei meinem armen alten Dad mächtig gut angekommen. Ich hoffe, Sie glauben jetzt nicht, das würde zwischen uns irgendwie das Eis brechen. Er ist einsam. Ich nicht.«

»Natürlich nicht«, murmelte Amy demütig. Ihr war durchaus bewusst, dass Maddie diesem armen alten Dad zuliebe ihre Forderung nach der Hälfte des Geldes und sämtlichen Credits vorerst ausgesetzt hatte. »Ich bin einfach entzückt, Sie kennenzulernen. Sie sind eine solche Legende. Es ist besonders nett von Ihnen, sich mit mir zu treffen, da Sie ja wegen Briony schon ein Risiko eingehen.«

»Briony kann sich ihre Drohungen sonst wohin stecken. Für wen verdammt hält sie sich eigentlich? Meine Geschichte gehört ja wohl nicht ihr. Sie war schon immer eine herrschsüchtige Kuh. Ich kapier auch gar nicht, was sie da heute noch schützen will. Ihren guten Namen? Ach, papperlapapp, ihren Namen kannte doch sowieso niemand. Sie war immer bloß ›die Dicke‹, wobei, sie hätte auch ›die Olle‹ oder ›die Hippietussi‹ sein können. Das ist so typisch – *sie* will nicht, dass ein Buch geschrieben wird, also wird auch keins geschrieben, und scheiß auf den Rest von uns, der sich vielleicht ein Buch wünscht.«

»Ist so etwas denn schon mal passiert?«, fragte Amy.

»Na ja, nicht ganz so unverblümt. Ich meine, immer wieder mal fragen mich Leute nach Interviews. Eine ganze Menge sogar, und *nicht* nur wegen der Vergangenheit. Ich bin ja immer noch wer – im Gegensatz zu den anderen. Aber ein Buch hat bisher tatsächlich noch niemand geschrieben. Artikel gab es schon, aber keine Bücher.«

»Weil, fairerweise gesagt, auch Caranto ist nicht gerade kooperativ. Ich habe sogar einen Brief erhalten, der mir mit

Klage droht.« Amy wollte das nicht näher ausführen. Sie hatte das Gefühl, dass Maddie am wenigsten auf der Hut war, wenn sie sich entrüstete.

»Das dürfte Carol gewesen sein. Sie ist der totale Kontrollfreak.«

»Nicht Tom?«

»Tom ist ein Miezekätzchen im Vergleich zu ihr. Ihn konnte ich immer um den kleinen Finger wickeln.« Maddie warf ihre immer noch goldene Haarpracht zurück, und ein Kellner materialisierte sich an ihrer Seite, um ihr Weinglas mit einem blassen Edeltropfen zu füllen, den Amy sich nicht leisten konnte.

»Carol war dermaßen eifersüchtig auf mich«, fuhr Maddie fort. »Sie hat versucht, mir meine Karriere zu verderben. Sie hielt die Vorstellung nicht aus, ich könnte Tom mehr bedeuten als sie. Ihre Besessenheit von Tom wirkte irgendwie schon ungesund.«

»So ein Zwillingsding?«

»Dachte ich auch erst. Aber es war doch mehr. Verstehen Sie, in mancher Hinsicht waren sie Gegensätze, keine Zwillinge. Er war, ach, Sie wissen schon, unbekümmert, leichtsinnig. Er hatte gern Spaß. Sie hatte immer die Uhr im Blick, schaute auf jeden Penny, erledigte den Papierkram und legte uns allen Fesseln an.«

»Vielleicht musste sie das ja, wenn er so leichtsinnig war?«

»Niemand *muss* dermaßen kontrolletti sein. Sie war einfach sein böser Zwilling.«

»Oder war er vielleicht *ihr* böser Zwilling?«

»Oh nein«, sagte Maddie mit Bestimmtheit, »sie war definitiv die Böse.«

»Ich meine, vielleicht war sie verunsichert – fürchtete, er könnte ihr ganzes Geld verspielen?«

»*Unser* ganzes Geld«, sagte Maddie. »Er hätte nicht verloren. Er war ein Gewinner. Er hatte immer Glück.«

»Und doch ...«, setzte Amy vorsichtig an. »Ich meine, als Sie ihm zum ersten Mal begegneten, war er ja gerade erst aus dem Gefängnis entlassen worden.«

»Mannometer, war das eine Nacht! Wissen Sie, was er gesagt hat? Er sagte, wenn er gewusst hätte, dass da draußen ich auf ihn warte, hätte es ihm auch nichts ausgemacht, eine doppelt so lange Strafe abzusitzen. Gott, war er gut. Völlig ausgehungert. Nehmen Sie das auf?«

»Ja«, sagte Amy. »Ich hab es Ihnen gesagt, und Sie waren einverstanden.«

»Es war eine Begegnung wie mit einem Vulkan«, erläuterte Maddie der Nachwelt. »Ein Blick, und wir wussten beide Bescheid. Die Chemie stimmte einfach von Anfang an. Es heißt ja immer, dass Elly das Riesentalent besaß, aber ohne mich wäre die Band niemals hochgekommen. Musik braucht Unzucht und Sex. Ohne Sex ist sie gar nichts. Ich gab der Band Sex. Tom wusste das, und Carol wusste es auch. Deshalb versuchte sie die Band zu zerstören und konzentrierte sich ganz auf Elly und Ellys Songschreiberei. Verstehen Sie – Carol zwang sie, für all diese ollen War-mal-wers zu schreiben, so wie 10CC und David Soul. Da war ein Riesenhaufen Geld drin, schon klar, aber indem sie auf Nummer sicher setzte, vergab sie eine gigantische Chance. Die besten von Ellys verdammten Songs waren die, die sie für mich schrieb.«

»Die waren großartig«, stimmte Amy zu.

»Und das lag ebenso daran, dass ich ihnen Schwung und Sex verlieh, wie dass es gute Songs waren.« Madeline verstummte, als ein Kellner einen Teller mit Oliven, Auberginenschaum und Wachteleiern servierte. Dann fixierten ihre unwahrscheinlichen Augen Amy. »Und jetzt zu dem, was ich von Ihnen will«, sagte sie. »Ich brauch den Rummel und den Hype, dass Sie über mich schreiben. Elly und SisterHood müssen wieder ganz heiß werden, damit meine Plattenfirma mal aufwacht und reagiert.

Ich brauch gute Beziehungen, um mit dieser analfixierten Schlampe Carol fertigzuwerden – ich will Dog Records dazu zwingen, mich ein Elly-Album aufnehmen zu lassen. Sie können mich nicht ewig links liegen lassen – nicht, wenn die Zeit reif dafür ist.«

Sie ist so kühn, dachte Amy mit plötzlicher Zärtlichkeit. Sie vergisst, wie desinteressiert diese grausam jugendbesessene Welt ist, sie wagt es, ehrgeizig zu sein, zu hoffen und Pläne zu schmieden.

»Ich bin die Einzige, die jetzt noch das Recht hat, als Frontfrau ein Revival hinzulegen«, fuhr Maddie fort. »Die Band hätte nie aufgelöst werden dürfen. Das war dumm. Alle wollten uns.«

»Aber Elly …«

»Genau deswegen ja! Tragödien sind doch der Treibstoff dieser Branche. Was meinen Sie, warum sich alle dermaßen für die Überdosen interessieren, die Selbstmorde und Zusammenbrüche? Immer in aller Öffentlichkeit. Das ist Theater, Spektakel. Wir waren Teil einer großen Seifenoper, Himmel noch mal. Wir hätten da alles rausholen müssen. Stattdessen haben sich die blöde Briony und ihre kleine Helfershelferin Ayisha in ihre ›tiefe Trauer‹ verpisst und mich hängenlassen. Diese Heuchlerinnen.«

»Was meinen Sie damit? Sie haben doch wirklich getrauert.«

»Ja, na sicher. Und ich ja auch. Behaupten Sie ja nicht, ich hätte das nicht getan. Aber wir hatten doch eine Aufgabe. Ja gut, die Öffentlichkeit hatte schon ein krankhaft morbides Interesse an den Geschehnissen damals. Aber es war *Interesse*. Haben Sie eine Ahnung, wie schwer es ist, überhaupt bemerkt zu werden? Briony hatte kein Recht, das alles wegzuwerfen, nur weil ihr Privatleben abgekackt war. Sie hat nie begriffen, dass sie gar kein Recht auf Privatleben hatte – nicht, solange sie scheiße noch mal dermaßen super damit lebte, berühmt zu sein.«

»Aber tat sie das denn? Ich meine, lebte sie wirklich super damit? Und selbst wenn, hätte sie dann nicht gesagt, dass es an der Musik und nicht am Berühmtsein lag? Und außerdem dachte ich, der Streitpunkt war, dass Sie alle bloß Löhne bekamen.«

»Na und? Das war mehr, als wir vorher hatten. Und wir waren *bekannt*. Das ist besser als Geld. Auf Ruhm lässt sich was aufbauen. Den wirft man nicht einfach weg wegen was so Ungreifbarem wie privaten Kümmerchen.«

Es ist der Heldenmut einer Rampensau, dachte Amy, aber immerhin *ist* es wahrer Heldenmut. Tag für Tag muss sie hinnehmen, dass die Welt sich um sie nicht schert. Aber jeden Tag steht sie auf, putzt sich heraus und fordert lautstark Aufmerksamkeit.

Madeline sagte: »Also, was brauchen wir nun, damit diese Biografie auf die richtige Art nach vorn losgeht?«

Amy hatte schwere Zweifel, ob die richtige Art, Maddies Art und ihre eigene Art je miteinander kompatibel sein konnten, aber sie war entschlossen, aufrichtig zu sein. Sie sagte: »Also, ich brauche ein Flugticket nach Las Vegas. Jemand will mir Carols Notizenarchiv verkaufen, das angeblich Dynamit enthält. Ich hab nachgedacht. Wenn wir eins von den Revolverblättern überzeugen können, dass wir was Heißes haben, finanzieren sie vielleicht den Kauf. Für die Fortsetzungsrechte.«

»Eine Printserie in der Boulevardpresse.« Maddie sah nachdenklich aus. »Vielleicht genau das, was ich suche. Aber Revolverblätter sind gefährlich. Egal was man ihnen gibt, sie wollen immer mehr.«

»Sie meinen, man darf ihnen nicht zu nahe kommen, wenn man etwas zu verbergen hat?«

»Ganz genau.« Maddie trommelte mit den Fingern auf die Tischplatte. Ein Kellner erschien und räumte das Geschirr ab.

Maddie sagte: »Sehen Sie mich nicht so an. Wenn Sie mir jetzt mit Verdächtigungen wegen des letzten Wochenendes kommen, gehe ich auf der Stelle. Sie wissen, mit wem ich zusammen war, und da gibt es kein Vertun. Akzeptieren Sie das. Weiter.«

»Also schön. Aber es gibt nur einen Aspekt, der die Presse an einer zwanzig Jahre alten Geschichte interessiert.«

»Klar. Wer ermordete Elly Astoria?«, sagte Maddie fröhlich. »Neue Geheimnisse gelüftet. Schock. Horror.«

Amy seufzte. »Ich kann nicht glauben, dass ich mich mit Revolverblättern einlasse. Ich bin eine seriöse Schriftstellerin.«

»Drauf geschissen«, sagte Maddie. »Seriös, das ist doch bloß Showbiz für Studierte.«

»Es sollte nicht so laufen, aber ich würde wirklich zu gern sehen, was Carol aufgeschrieben hat, und das kostet nun mal Geld.«

»Sicher, ich möchte auch gern wissen, was sie über mich schreibt. Obwohl ich Haus und Hof darauf verwetten würde, dass es nichts Nettes ist. Wenn Sie das haben, will ich es erst absegnen. Ich meine, warum sollte ich Ihnen helfen, Stoff zu veröffentlichen, der über mich herzieht?«

»Wäre etwas Skandalöses nicht gut für Sie?«

»Jetzt haben Sie's begriffen.« Madeline ließ ihre gebleichten weißen Zähne aufblitzen. Wie zur Antwort brachte ein Kellner winzige Lammnüsschen an schwarzen Oliven mit einer blutroten Soße, die stark nach Himbeeren roch.

»Aber im Ernst«, sagte Maddie, »ich mach mir keine Sorgen wegen einem Buch – das liest ch kein Mensch. Aber die Regenbogenpresse und das Internet … hmmm. Wir brauchen einen Strohmann. Oder meine ich einen Dings-Bock? Egal, irgendwen, auf den sich alle einschießen. Wer ist schon tot?«

»Eric von den Swanabees.«

»Langweilig – er hat ja längst gestanden.«

»Madeline, wovon sprechen wir hier? Die Klatschpresse mit einem Namen anfüttern und behaupten, wir haben neue Informationen?«

»Nur andeuten. Wissen Sie vielleicht einen besseren Weg? Da fällt mir ein – ich kannte mal einen Knaben bei so einem Provinzblatt, der jetzt für die *Sun* schreibt. Den können Sie kontaktieren. Oder *wollen* Sie Carols Geheimtagebuch nicht?«

»Aber lügen …«

»Lügen, um zur Wahrheit vorzudringen. Außerdem lügen Sie ja nicht. Betrachten Sie es als alternative These. Na los – nennen Sie mir noch ein paar Namen.«

»Brionys David. Julius. Pheeny. Ist es nicht auffällig, dass beide einstigen Geschäftspartner von Tom an stressbedingten Krankheiten starben, mit kaum über vierzig? Ein Schlaganfall, ein Infarkt – Kopf und Herz. Sie wollten gegen ihn prozessieren, also kamen diese Todesfälle Tom recht gelegen, oder?«

»Er war schon immer ein verfluchter Glückspilz.« Madeline jagte eine verirrte Olive auf ihrem Teller umher. Sie aß nicht viel, und Amy war ganz abgelenkt davon, wie ein so wahnwitzig teures Mahl praktisch vergeudet wurde.

Madeline sagte: »Carol konnte Julius spielend um den Finger wickeln. Ihn zu belasten könnte ganz lustig werden. David wiederum wurde *extrem* merkwürdig, bevor er starb, und ich hätte gute Lust, mir Briony vorzuknöpfen – da droht sie uns echt mit den großen bösen Anwälten.«

»Warum konzentrieren wir uns auf tote Männer?«

»Tote Männer klagen nicht«, sagte Madeline und nippte am Wein.

»Was ist mit den Witwen?«

»Soweit ich weiß, läuft es so, dass Bri nur klagen kann, wenn Sie *sie* verleumden. Für einen Toten kann sie nicht klagen. Aber prüfen Sie das lieber, mir fällt gerade auf, dass es schwer werden dürfte, ihn zu verleumden, ohne auch ihre Ehre zu verletzen.«

»Sagen Sie mir, was Sie damit meinen, dass David merkwürdig wurde.«

»Na, er hatte Krebs«, sagte Maddie und verzog angewidert den Mund, als wäre die Rede von Pornografie. »Big Bri verließ ihn. Und er war eh ein alter Sack. Natürlich war er merkwürdig. Sie sind doch die Schriftstellerin – sie könnten jeden abstrus wirken lassen.«

»Also wissen Sie nicht Genaueres?« Amy fühlte sich, als durchliefe sie eine moralische Veränderung.

»Ich weiß tonnenweise Genaueres«, sagte Maddie. »Und ich hab jede Menge heißen Scheiß auf Lager. Aber es kommt darauf an, was Sie daraus machen. Sind wir im Geschäft?«

»Moment, Sie sind zu schnell.« Um Zeit zu gewinnen, wollte Amy sich nachschenken und merkte überrascht, dass die Weinflasche leer war. Der Wasserkrug hingegen war voll, nur das Eis war geschmolzen. Der Kellner erschien wie herbeigezaubert mit einer neuen Flasche und füllte die Gläser beider Frauen nach.

Amy trank und kam sich vor, als schüttete sie sich Goldmünzen statt Flüssigkeit in den Rachen. Sie riss sich zusammen und sagte: »Jemand schag … Schuldigung, jemand sagte mir, Tom und Carol seien vielleicht nicht aus England.« Entschlossen stellte sie ihr Weinglas ab und schenkte sich Wasser ein.

»Wer?«

»Finn, glaube ich.« Abgesehen von anderen Dingen bekam Amy jetzt zunehmend Schwierigkeiten mit ihrem Gedächtnis.

»Hören Sie doch nicht auf Finn – sie ist blöd.«

»Aber ich konnte unter beider Namen keine britischen Geburtsurkunden finden.« Ich Dumpfbacke, dachte sie. Sie sind doch Zwillinge – sie müssen denselben Namen, dasselbe Geburtsdatum und denselben Geburtsort haben. Die Logik folgte ihrem Gedächtnis eine lange gewundene Straße entlang irgendwohin, wo sie nicht herankam.

»Ach?« Maddie sah überrascht aus.

»Sie haben sich wohl nie Geschichten aus der Kindheit erzählt?«

»Klar haben wir das.« Doch so sicher schien sich Maddie plötzlich nicht mehr zu sein. »Das machen Verliebte immer«, fügte sie hinzu. »Aber es ist Ewigkeiten her. Ich weiß nichts Genaues mehr. Tom war nicht der einzige Mann, den ich im Leben hatte, wissen Sie. Die Geschichten überlagern sich irgendwie. Selbst damals war er nicht der Einzige, Himmel noch mal. Ich bin keine Ein-Mann-Frau. War ich nie, werde ich nie sein.«

»Wen haben Sie denn noch … ich meine damals?« Sie wusste nicht, wie sie taktvoller fragen sollte, und hoffte, dass Maddie zu betrunken war, um sich darum zu scheren.

»Gevögelt? Wollen Sie eine Liste?« Der Wein schien Maddie nicht das Geringste anhaben zu können.

»Verzeihung. Nur weil Sie gesagt haben, Sie geben mir Futter für die Revolverblätter.«

»Ich hab gesagt, ich kann schmutzige Wäsche rausholen. Aber nicht unbedingt *meine*.«

»Ist gut.« Amy legte hastig den Rückwärtsgang ein. »Also in Ihrer Zeit mit Tom hatten Sie nie den Eindruck, er sei kein Brite?«

»Nie.«

»Und Carol?«

»Seien Sie nicht alb– Oh, warten Sie mal. Nein.«

»Was?«

»Na ja, es ist vermutlich nichts – nur irgendwas mit Hitze und Bediensteten. Eine Bemerkung, die Carol mal gemacht hat. Ich weiß es wirklich nicht mehr – vielleicht ging es um eine Verwandte, die in Kenia lebt. Ich hatte irgendwie das Gefühl, dass Carol es manchmal hasste, in einer kalten Gegend zu wohnen und ihre Wäsche selbst waschen zu müssen. Das unterscheidet sie allerdings kaum von den meisten Frauen. Ich weiß auch nicht, warum mir das jetzt eingefallen ist.«

»Hatten Tom oder Carol einen Akzent?«

»Ich glaub nicht. Also wenn sie wirklich im Ausland gelebt hätten, muss das gewesen sein, als sie noch sehr klein waren. Und was zum Teufel ist daran überhaupt wichtig?« Madeline gab sich keine Mühe, ihre Ungeduld zu verbergen.

Der Kellner füllte die Weingläser nach. Das Licht aus den in die Decke eingelassenen Leuchtkörpern tupfte die Tischdecke. Amy wusste nicht mehr, warum Toms Herkunft überhaupt wichtig war. Sie sagte: »SisterHood war eine bedeutende Band – warum wollen alle allesch vergeschen?«

»Sie sind blau«, sagte Maddie mit amüsierter Verachtung.

Der Kellner brachte ein Mangosoufflé, so leicht, als wäre es mit Helium gefüllt. Und so gut, dass Amy die Augen schloss und nicht mehr an die Rechnung dachte.

»Sie sind schlecht organisiert«, fuhr Maddie fort. »Wenn Sie eine Liste mit Fragen hätten und nicht ständig falsch abbiegen würden, wär es egal, dass Sie blau sind. Wie verdammt noch mal kommen Sie darauf, dass Sie es mit der Revolverpresse aufnehmen können, wenn Sie keinen Alk vertragen und aussehen wie eine Langzeitstudentin auf Sozialhilfe?«

»So sehe ich aus?« Amy war am Boden.

»Ich merk schon, warum mein Dad Sie leiden kann – Sie haben diese dümmlich tolerante Einstellung. So was findet mein Vater gut – Freiheit für Tibet-Demos. Und seinerzeit hätten Sie wahrscheinlich super zu Briony und Ayisha gepasst. Aber eine Draufgängerin sind Sie nicht gerade, was? Sie packen es nicht, bei der *Sun* ein Flugticket und zwanzigtausend Mäuse rauszuleiern, oder? Sie werden Gauner wie Tom und Carol nie überzeugen, ihr Wissen preiszugeben. Ich will ja nicht grausam sein, aber Sie haben's einfach nicht drauf. Und mir werden Sie auch nicht viel nützen.«

»*So* blau bin ich auch wieder nicht«, sagte Amy fassungslos. »Was hat mein Aussehen damit zu tun? Wo bin ich falsch abgebogen?«

Maddie warf den Kopf zurück und lachte. »Sie wissen es nicht. Genau das meinte ich. Sind Sie hinter meinem Vater her?«

»Was?«

»Ich finde, Sie sollten ihn sanft verabschieden und ihn dann verflucht noch mal in Ruhe lassen.«

»Bitte was?« Amy hatte das Gefühl, rückwärts auf ihren Arsch zu fallen – komplett aus der Fassung geschockt.

»Wissen Sie, fast sein ganzes Kapital steckt in seinem Haus«, Madeline lächelte lieblich. »Und das hinterlässt er mir. Ich hab das Testament gelesen.«

Amy war klar, dass sie aufstehen und gehen sollte, aber sie hatte Angst, zu stolpern und lang hinzuschlagen. Mit offenem Mund Madeline gegenüberzusitzen war zwar nicht eben würdevoller, aber weniger mühsam.

»Kaffee?«, fragte ein vorbeikommender Kellner. »Espresso, Cappuccino, Latte, Mokka, Filter? Der Gentleman dort drüben am Fenstertisch lässt fragen, ob er Sie zu einem Calvados einladen darf.«

Maddie drehte sich um und warf ihr strahlendes Lächeln Richtung Fenster. Sie wedelte mit den Fingern. Zum Kellner sagte sie: »Espresso für mich. Einen großen schwarzen Filterkaffee und ein Glas Wasser für die Lady hier. Sagen Sie Mr. Freel, ich nehme gern einen Calvados.« Sie lächelte nochmals und wandte sich ohne Eile wieder Amy zu. Sie sagte: »Unterstützen Sie mich, und ich mache, was Sie wollen. Vermasseln Sie es mir, bringe ich Sie um.«

Taumelig sagte Amy: »Mich?«

»Sie. Trinken Sie den Kaffee und so viel Wasser, wie Sie können, und versuchen Sie, nicht so dumm zu wirken. Mr. Freel ist der Direktor von Dog Records, meiner früheren Plattenfirma. Was denken Sie denn, warum wir hier essen? Weil es eins seiner liebsten Mittagslokale ist – darum. Im Gegensatz zu Ihnen mache ich meine Hausaufgaben.« Sie sagte das so charmant und lächelte so verschmitzt, dass Amy die Worte kaum glauben konnte.

»Aha, umschalten.« Sie wählte sorgsam Worte, die sie nicht lallen konnte. Dann trank sie genug Eiswasser, um Kopfschmerzen zu bekommen.

»Ja, umschalten«, räumte Maddie ein. »Alles ändert sich schnell in dieser Branche – man muss am Ball bleiben. Kriegen Sie das hin? Es ist echt nichts Persönliches. Bestimmt sind Sie eine tolle Schriftstellerin. Aber Sie packen die Gelegenheiten nicht beim Schopf. In diesem Spiel müssen Sie nach allem schnappen, was sich bietet, und auch nach manchem, was sich nicht bietet – alles, was in Reichweite ist.«

Amy starrte auf die Tischdecke und sah zwischen den Weinflecken und Brotkrümeln den Titel ihres Buchs: ›Sister Elly Astoria – das verschollene letzte Wochenende‹. Sie blickte auf, schaute in Maddies Juwelenaugen und las hinter der oberflächlichen Fassade verzweifelte Bedürftigkeit.

Sie sagte: »Mit wem waren Sie wirklich zusammen an dem Wochenende, als Elly verschwand?«

»Unfair.« Maddies Leuchten erlosch.

Amy beugte sich hinunter und nahm ihre Tasche auf.

»Boyd«, sagte Maddie. »Ich schwöre es. Mit Boyd.«

»Ich glaube Ihnen nicht. Erinnern Sie sich an einen Tag kurz davor, als zwei als Boy George aufgemachte Jungs vor Ellys Haus von ein paar Yardies in die Mangel genommen wurden?«

»Scheiße. Ja, da war was. Wer hat Ihnen davon erzählt?«

»Wer hat Sie an dem Nachmittag abgeholt?«

»Scheiße. Weiß ich nicht.« Maddie sah verwirrt aus.

»Jemand hat Sie abgeholt, und Sie gingen aus.«

»Ich weiß nicht mehr. Tom?«

»Nein.«

»Dann war es Boyd.«

»Nein.«

»Woher wollen Sie das wissen?«

Amy stieß ihren Stuhl zurück. Aus dem Augenwinkel sah sie, wie der Mann am Fenstertisch sich zu ihnen umdrehte.

»*Bitte!*«, sagte Maddie.

Amy faltete energisch ihre Serviette zusammen und legte sie vor sich hin. Der Mann am Fenster erhob sich und kam auf ihren Tisch zu.

»Pheeny«, murmelte Maddie hastig. »Es könnte Pheeny gewesen sein.«

Amy war zu überrascht, um zu reagieren. Der Mann vom Fenster erreichte ihren Tisch im gleichen Moment wie der Kellner mit zwei kleinen Gläsern Calvados.

»Sasson Freel«, sagte Maddie, »was für eine reizende Überraschung.« Ihre Wangen waren gerötet, und ihre Augen leuchteten vor Wärme und Aufrichtigkeit. Sie erhob sich, und Sasson Freel küsste sie auf beide Wangen. Er war groß, grau und vornehm.

Maddie stellte Amy vor und sagte: »Sie schreibt ein Buch über uns – Sie wissen schon, Elly und SisterHood. Ich kann es noch nicht ganz glauben, aber wir scheinen wieder in Mode zu kommen.«

Sasson schüttelte Hände und sagte: »Wie interessant.« Ein Kellner brachte ihm einen Stuhl, und er setzte sich. Er war die Sorte Mann, die keiner Einladung bedurfte, um sich an einem Tisch niederzulassen.

Was immer Maddie antrieb, ob nun Angst oder Ambition, es hatte sich in reines Adrenalin verwandelt. Sie sprühte regelrecht. Es wirkte wie ein Jungbrunnen. Amy musterte sie mit unverhülltem Neid.

Sasson sagte: »Ja, das war schon eine dolle Geschichte, alles in allem. Es wundert mich, dass bisher niemand auf die Idee gekommen ist. Oder gibt es schon etwas?«

»Nein«, sagte Amy steif.

»Vielleicht gab es zu viele offene Fragen«, suggerierte Maddie unschuldig.

»Sie haben neue Erkenntnisse?«, sagte Sasson und klang nun deutlicher interessiert und weniger vornehm.

»Allerdings, ja.« Amy war immer noch geplättet von der Erkenntnis, dass Maddie sich hinter aller Rücken mit Pheeny eingelassen hatte. Oder war es vor aller Augen?

»Darf ich fragen, was?«

»Oh, das wäre verfrüht.« Also hatte Maddie sich mit dem Mann getroffen, der geschworen hatte, mit Tom abzurechnen, dem gewalttätigen Mann, der seine Freundin geschlagen hatte.

»Und außerdem«, sprang Maddie schnell ein, »werden einige der Recherchen von der Presse finanziert und wir haben Schweigepflicht vereinbart, nicht wahr?« Sie stupste unterm Tisch Amys Fuß an.

»Oh ja, natürlich.« Hatte Pheeny Maddie benutzt oder umgekehrt?

Sasson sah Amy skeptisch an. »Wird das eine von diesen Fortsetzungsgeschichten in der Tagespresse?«

Amy starrte zurück in seine dunklen südländischen Augen und dachte, oh Mist, was mach ich hier bloß? Sie sagte: »Was das Geschäftliche angeht, bin ich nicht so bewandert. Darum kümmern sich die Agenten und Verleger. Ich bin nur die Schriftstellerin.«

»Aber wenn Sie neue Erkenntnisse haben«, sagte Sasson, »wenn Sie einen Hinweis …«

»Ich bin Schriftstellerin«, sagte Amy. »Keine Detektivin.«

»Sie ist ein wenig zu bescheiden«, sagte Maddie. »Lassen Sie sich von ihrem schlichten Äußeren nicht abschrecken: Sie hat den Verstand einer Jägerin.«

»Kannten Sie Elly?«, fragte Amy. Der Jägerin fiel gerade nichts Sachdienlicheres ein.

»Oh ja«, sagte Sasson. »Tom übertrug Nebenrechte an Dog, als *Blame Me On Nature* wie eine Rakete abzog – aber was erzähle ich Ihnen das? Sie kennen bestimmt alle Einzelheiten.«

»Ja, natürlich«, sagte sie unsicher, »aber ich weiß nicht, wie viel Kontakt zur Band Sie persönlich hatten.«

»Oh, wir sind alte Freunde«, sagte Maddie.

»Oder alte Feinde«, ergänzte Sasson mit trügerischer Offenherzigkeit. »Es gibt immer eine gewisse Spannung zwischen Künstlern und Anzugträgern. Das ist gut fürs Geschäft. Aber Elly war sehr, sehr schüchtern, wissen Sie.«

»Elly hat sich gern hinter mir versteckt, was?«, sagte Maddie.

»Kein schlechter Platz, um sich zu verstecken«, stimmte Sasson zu. »Niemand schaute je hinter Maddie, alle schauten nur *auf* sie.«

»So ist es immer noch«, sagte Amy. »Ich bin mir mein Lebtag noch nie so unsichtbar vorgekommen.« Sie sah das Glühen in Maddies Gesicht und fuhr fort: »Wo wir gerade davon sprechen, ich sollte jetzt tatsächlich verschwinden. Ich habe noch einen Termin, und da ich zu viel getrunken habe, brauche ich einen Spaziergang, um einen klaren Kopf zu bekommen.«

Sie wühlte in ihrer Tasche nach ihrer armen geschröpften Kreditkarte, bis Sasson sagte: »Bitte, lassen Sie mich. Ich habe das Gefühl, dass wir uns wiedersehen werden, und das könnte zu unser beider Vorteil sein.«

Maddies Gesichtsausdruck sagte: Spiel, Satz und Sieg. Amy schwor sich, vor dem nächsten Treffen mit Maddie alle Fragen aufzuschreiben, und die zu Pheeny kam ganz oben auf die Liste.

Eine kurze E-Mail und
drei kurze Nachrichten auf dem Anrufbeantworter

Von Peter Garcia: Liebster Engel – mittlerweile dürftest du von Chelsea ein offizielles Angebot erhalten haben. Ich gratuliere dir, und auch mir selber, wenn ich das so sagen darf. Freu dich noch nicht zu sehr – es ist nicht das tollste Angebot aller Zeiten. Aber vielleicht können wir da noch ein wenig nachbessern. Demnächst mehr dazu. Liebe dich. Peter

Auf Amys Anrufbeantworter: Meine Liebe – wie ich höre, war meine Tochter wohl etwas grob zu dir. Warum muss ich das von ihr erfahren und nicht von dir? Du nimmst sie doch hoffentlich nicht allzu ernst? Sie ist einfach ein Kindskopf. Ruf mich bald an.

Achtzehn Stunden später: Meine Liebe – du bist anscheinend unterwegs oder hast viel zu tun. Ich möchte nicht aufdringlich erscheinen, aber mir kam in den Sinn, solltest du keine Geldmittel vom British Council erhalten – oder selbst wenn du welche erhältst –, könnten wir die Reise doch gemeinsam machen. Ich war noch nie in Las Vegas, und man hat mir gesagt, selbst wenn man es hasst – wovon ich ganz entschieden ausgehe –, sollte man es mal erlebt haben. Madeline braucht nicht zu wissen, dass ich die Kosten übernehme. So wie sie sich aufgeführt hat, weiß ich nicht, ob ich ihr überhaupt erzähle, dass ich fahre.

Zwei Stunden später: Ich war kurz einkaufen und habe deinen Anruf nur knapp verpasst. Bin sehr erleichtert, deine Stimme zu hören, und hocherfreut ob deiner guten Nachrichten. Würden wir in derselben Stadt wohnen, ich käme wie der Blitz mit einer Flasche Moët vorbei. Glückwunsch, meine Liebe, du hast wirklich ein wenig Erfolg verdient. Für diese Jahreszeit ist der Wind ungewöhnlich schneidend, und ich kann es kaum erwarten, die Wüstensonne zu sehen. Ich bin so froh. Gib mir einfach Bescheid, wenn du die Termine hast, ich arrangiere dann alles. Es tut mir schrecklich leid, dass meine Tochter sich weigert, dich nochmals zu treffen. Ich versuche sie noch umzustimmen, bevor sie in die Karibik abrauscht.

All die Alibis – redigierte Abschrift

Ex-Detective Sergeant Jimmy Knight: Ich glaube, das lief so, dass bei den Crimestoppers dieser anonyme Hinweis einging. Also, natürlich gab's in den ersten paar Tagen Hunderte davon. Jeder Aufmerksamkeitsjunkie in ganz Nord-London griff zum Telefon. Ich wünschte, die würden das mal lassen. Sie blockieren bloß die Leitungen, und man glaubt gar nicht, wie viele Stunden dafür draufgehen, die Spreu vom Weizen zu trennen.

Aber bei Philip Greene alias Pheeny lag der Fall schon anders, er war uns als Süd-Londoner Kredithai bekannt und als knallharter Allzweckgangster mit dem Ruf eines Teflon-Mannes. Außerdem hieß es, er sei dicke mit dem Manager des Opfers.

Dann erfuhren wir, dass sie bis vor kurzem gemeinsam im Geschäft gewesen waren, sie hatten das Opfer gemanagt und verlegt, und dass Pheeny guten Grund zum Groll hatte. Perfekt, oder?

Nein, doch nicht perfekt, denn anscheinend waren er und ein ganzer Trupp von Süd-Londoner Schlägertypen am fraglichen Wochenende in Brighton, um zusammen mit einem Rudel Schnepfen aus dem alten Trocadero auf die Pauke zu hauen. So 'ne Art verquerer Unterwelt-Betriebsausflug. Jedenfalls war praktisch jede Minute der entscheidenden beiden Tage und Nächte nachprüfbar. Sofern man den Zeugenaussagen glaubt – was wir letztlich mussten. Weil sie sich keinen Furz änderten, egal wie viel Druck wir machten.

Glaubte ich ihm? Na klar, so sicher, wie ich glaubte, dass er die Zahnfee war. Er verbarg etwas vor uns. Aber was erwarten Sie, er war er, und wir waren die Cops.

Er war nun nicht gerade ein Märchenprinz, was Frauen anging, aber alle, die ihn kannten, meinten, er war mehr so die

Abteilung blaues Auge und angeknackste Rippen. Sie fanden, Folter und Verstümmelung wär nicht seine Liga.

Zu Ihrer zweiten Frage, nein, soweit ich mich erinnere, haben wir den Hintergrund des Managers oder seiner Schwester nicht gründlich durchleuchtet. Wozu denn auch? Welches Motiv sollte er gehabt haben? Das Opfer war doch die Gans, die die goldenen Eier legte, nicht? Sicher, er war ein windiger Hund und hatte bestimmt eine Menge Dreck am Stecken, aber keinen Mord. Er hat den Großteil des fraglichen Wochenendes mit Pokern verbracht. Eine private Spielrunde in einer Wohnung in Knightsbridge. Zeitweilige Mitspieler waren zwei englische Nationalfußballer, dazu Ronnie Wood und der Manager von Led Zeppelin. Was soll ich sagen? Und er hatte noch was laufen mit dieser total umwerfenden Tänzerin aus *Cats*. Oh ja, der kam ganz schön rum, der Knabe!

Aber Sie haben schon recht, etliche Leute hatten einen Brass auf ihn – er war einfach zu flink für sie – zog sie übern Tisch mit gültigen Verträgen, nur ein bisschen schwammig, von denen er dann profitierte, sie aber nicht. Sein anderer sogenannter Partner war Julius Devenish, der konnte kaum über ihn reden, ohne blau anzulaufen und Schaum vor dem Mund zu kriegen. Aber Devenish war auf Anhieb komplett aus dem Schneider. Sein Alibi war nämlich eine Adlige – yeah – die liebliche Lady Lindy von Hoch und Nase oder so – fast schon königliche Familie. Ein paar hochrangige Cops liefen nach dieser Befragung mit kackbraunem Gesicht herum, ich kann Ihnen sagen.

Der andere, über den Sie was wissen wollten, dessen Name mir nicht mehr einfällt, der war mit seiner Frau zusammen, diesem dicken Mädel aus der Band des Opfers.

Und dann kam diese sexy Sängerin aus der Band an und verpasste dem Psycho ein Alibi. Höchst suspekt, aber nicht zu erschüttern. Tja, damit blieb uns genau niemand. Wissen Sie, sämtliche Cops hatten sich schon mit Feuereifer alle möglichen

Gründe einfallen lassen, berühmte Promis zu befragen und so nach und nach jeden auszuklammern, der ein Motiv hatte. Und dann war niemand mehr übrig. Es war die reinste Farce.

Ich war fuchsteufelswild und total frustriert. Und raus aus dem Fall.

Wissen Sie, was mich nicht losließ, war die Schweinerei – allein schon diese Unmengen Blut. Wäre es nach mir gegangen, ich hätte denen allen ihre Buden auf den Kopf gestellt und ganz besonders ihre Schlitten und ihre Garagen. Ich hätte auch nach heimlich angemieteten Immobilien gefahndet.

Dieses Kind wurde zwei bis drei Tage lang irgendwo festgehalten, betäubt, missbraucht und dann abtransportiert und hingemetzelt. Glauben Sie mir – so was kann man nicht komplett spurlos abwickeln. Wir hätten nach den grässlichen hässlichen Rückständen dieser Schweinerei suchen müssen – Flecken an der Kleidung, im Auto. Wir hätten nach den dazu passenden Messern und Nägeln suchen müssen. Der Scheißkerl hat der Kleinen sämtliche Haare abgeschnitten – was hat er damit gemacht?

Was wir *nicht* hätten tun dürfen, das war, in verkackten Salons rumzuhocken, mit berühmten Leuten zu plauschen und im Anschluss Pressekonferenzen über die Ergebnisse abzuhalten. Aber genau das haben wir verdammt noch mal getan.

Ein Bad, ein Traum, ein Anruf

Amy liegt in ihrer Badewanne. Das Wasser ist heiß, die Schaumbläschen platzen wie leichte kühle Nadelstiche auf ihrer warmen Haut. Eine Kerzenflamme tanzt unregelmäßig, reflektiert von den Fliesen und dem beschlagenen Spiegel. Sie atmet Jasmin und nippt Weißwein. Sie ist vollkommen allein. Das Telefon ist ausgestöpselt, die Tür zum Arbeitszimmer fest verschlossen.

Die CD, die gerade erklingt, ist das letzte Album, das Elly und SisterHood fertigstellten. Im Moment läuft das Stück ›Hurt Me Again (And I'll Leave)‹.

Sie fragt sich: Hilft es mir, dass ich von dem Pflegevater weiß, der sie missbrauchte, oder von Tom Prax, der sie beschiss, oder von Madeline, die Pheeny vögelte, oder, oder, oder? Bereichern die Fakten das Erleben, oder verarmt durch sie vielmehr die Geschlossenheit dieses Songs? Über die Fakten nachdenken und dabei das Wesentliche verfehlen. Ist es das, was gerade mit meiner Arbeit geschieht? – Das Ganze zerfällt in Stücke, wenn die Einzelteile zu wichtig werden?

Als sie loslegte, nahm sie an, sie würde eine abgeschlossene Geschichte nacherzählen. Es ging ja um etwas, was längst geschehen war – vollendet und unwandelbar wie Dornröschen –, es brauchte dazu nur noch Worte, Kapitel in chronologischer Folge, von der Geburt bis zum Tod. Doch nachdem sie Beteiligte befragt, ihren Erzählungen gelauscht und die Einzelheiten gehört hatte, bestand Ellys Geschichte nur aus Scherben. Jede Scherbe befand sich in anderen Händen. Und, noch schlimmer, jede Scherbe war ein Spiegel, und die Spiegel reflektierten die Hände derer, die sie hielten. Elly war in Spiegeln und Scherben verloren gegangen.

Heute, an diesem Tag, in dieser Minute, dachte Amy, bin ich in diesem Haus, dieser Wohnung, diesem Badezimmer, spüre diese Seifenblasen, diesen besonderen Song. Vielleicht kommt mir gleich der Gedanke, der den bisherigen Verlauf meines Lebens grundlegend verändert. Es könnte der wichtigste Augenblick überhaupt sein. Aber wenn ich es nicht aufschreibe, wird niemand je davon erfahren. Selbst die gewissenhafteste Biografin aller Zeiten wird niemals dahinterkommen.

Während sie sich von der Vorstellung ablenken ließ, eines Tages selbst eine Biografin zu haben, begann das nächste Stück, und Elly, mit süßer hoher Zweitstimme hinter Maddies sexy-rauchigem Reibeisen, sang: »I thought I was alone, I thought I was secure. He walks on rubber soles, came in through the bathroom door.«

Amy träumte von einem Berg aus Schlamm, den sie unter Anstrengung erklomm. Auf der Spitze dann blickte sie aus gewaltiger Höhe einen Steilhang zur donnernden See hinab. Ein berühmter Rockstar, von dem sie dachte, es musste Bono sein, obwohl sie sein Gesicht nicht sehen konnte, sagte: »Na komm. Du kannst fliegen, solange du bei mir bist.« Er umfasste sie von hinten, und sie machte einen Schritt über die Klippe. Nur um zu merken, dass sie stürzte, stürzte. Eine unvorstellbar hässliche affenartige Gestalt schlang die Arme um ihren Hals und sagte mit Bonos Stimme: »Jetzt kann ich dich nicht mehr retten«, als habe sie sich eines unsäglichen Verbrechens schuldig gemacht.

»Wovor haben Sie Angst?«, fragte ihre Therapeutin später am Tag. »Also außer davor, dass Sie den Mund zu voll genommen haben.«

»Ich verliere Elly«, sagte Amy. »Je mehr ich herausfinde, desto weniger weiß ich.«

»Sie ist das ultimative Opfer, nicht wahr?«, murmelte die Therapeutin. »Ausgelöscht bis hin zu dem, was Ihr Freund das ›Nachleben‹ nennt. Haben Sie sich mal gefragt, warum Sie sich so heftig mit dem ultimativen Opfer identifizieren?«

Am Telefon sagte Finns Stimme: »Wann fliegst du nach Vegas? Wie lange bleibst du weg? Ich muss nach London. Kann ich bei dir wohnen, solange du weg bist?«

»Oh, tut mir leid«, sagte Amy und dachte ausnahmsweise in Lichtgeschwindigkeit nach, »aber meine Cousine wird hier sein mit ihren, ähm, zwei kleinen Jungs, und der Platz reicht kaum für eine, geschweige denn für drei. Wozu kommst du denn nach London?«

»Ich will bei Brionys Anwalt auflaufen und ihm gehörig Bescheid stoßen.«

»Er wird dir nichts sagen.«

»Wer sagt denn, dass ich ihn fragen will, wo Ayisha steckt?«

»Ich nicht.«

»Na ja, Georgie schon.«

»Warum sollte er wissen, wo Ayisha ist?«

»Na ja, weil er früher auch ihr Anwalt war. Immer noch ist, wette ich. Es ist dieselbe Kanzlei, in der Brionys David Partner war. Deshalb ist Briony noch bei denen.«

»Das wusste ich gar nicht«, sagte Amy. »Vielleicht sollte ich selber mal hingehen – und nachfragen, was die ganze Aufregung überhaupt soll.«

»Oh, das ist leicht.« Finn lachte schroff auf. »Das ist Big Bri, die immer noch Big Mama sein will. Sie würde dir jetzt was von Verantwortung und Gebenwollen erzählen, aber eigentlich geht es ihr um Kontrolle. Ging es immer. Ich hab das Ayisha von Anfang an gesagt, aber sie wollte davon nichts wissen. Für sie war Bri die Erdmutter persönlich mit ihren Suppen und ihrem selbstgebackenen Brot – ein verständlicher blinder Fleck, wenn eine ihre eigene Mutter vermisst wie Ayisha und Elly. Aber natürlich hockten wir alle brav an Bris Küchentisch, wenn wir ihre grottige Suppe aßen. Und der Clou ist, solange sie uns fütterte, waren wir alle scheiß Vegetarierinnen. Das war genau das, was sie wollte.«

»War die Suppe grottig?«

»Um ehrlich zu sein«, sagte Finn widerstrebend, »es war verdammt gute Suppe.«

An diesem Punkt hätte Amy beinahe aufgelegt: ›Verdammt gute Suppe‹ wäre so ein schöner Einstieg zum Ausstieg, dann hätte sie ausnahmsweise ein Gespräch mit Finn beendet, solange Finn relativ guter Dinge war. Aber sie konnte Maddies Vorwurf nicht vergessen, dass sie ständig falsch abbog. Nicht dass sie eine Ahnung hatte, welches hier die richtige Route war, aber sie war relativ sicher, dass es dabei nicht um Suppe ging. Es stimmt, dachte sie, ich lass mich gern davon ablenken, was jemand als Letztes gesagt hat. Ich hab immer das Gefühl, ich sollte von dort aus weitermachen, selbst wenn es von der Antwort auf meine eigentliche Frage wegführt.

Also sagte sie: »Was will Briony denn jetzt kontrollieren?«

»Dich«, sagte Finn prompt. »Das ist wie in den Anfangstagen der Band – *sie* verfasste die Presseerklärungen, *sie* beantwortete die Fragen, wenn wir interviewt wurden. Sie wollte, dass wir ›mit einer Stimme‹ sprechen. Und so sicher wie der nächste Fick war das nicht *meine* Stimme.«

»Was, denkst du, will sie mir sagen?«

Finn bellte vor Lachen. »Nichts«, sagte sie. »Null Komma scheiß nichts. Es ist doch alles futsch. Als die Krise kam, konnte SisterHood nichts ausrichten. Wir waren keine Schwestern. Wir konnten Elly nicht retten. Wir haben uns nicht mal mehr um sie gekümmert. Bri ließ ihren Ehemann sitzen, als er Leberkrebs kriegte – wobei, um fair zu sein, das damals keine von uns wusste. Wir dachten, er wäre einfach nur eine Nervensäge …«

»Ich dachte, es war Lungenkrebs.«

»Lunge, Leber, wen schert das schon – es war Krebs.«

»Dabei fällt mir ein – du hast doch gesagt …«

»Was?«

»Ich glaube, du hast neulich gesagt, nachdem Briony David verlassen hatte, sah sie ihn nie wieder. Aber war sie nicht mit ihm zusammen, als Elly verschwand? War sie nicht mit ihm irgendwo hingefahren?«

»Oh. Tja, ich glaub schon. Du musst bedenken, ich hatte gerade erfahren, dass meine Mutter an einer echt üblen Krankheit sterben würde. Diese ganze Zeit war ein Alptraum für mich – meine Mutter, der Mord an Elly, die Polizei, Ayisha, die mich verließ, die scheiß Presse überall, wo man ging und stand. Ich konnte das alles nicht verarbeiten. Ich versuche, nicht daran zu denken. Aber vergessen kann ich es auch nicht. Ich wollte, ich könnte. Die Wahrheit ist, niemand kümmerte sich um niemanden. Niemand liebte irgendwen genug, um sie zu retten. Elly wurde ermordet. Meine Mom … am Ende starb sie. Ayisha hat sich nicht um mich gekümmert, ganz im Gegenteil – sie klappte zusammen und brauchte selber Hilfe – allerdings keinesfalls von mir. Die Band zerbrach. Fast als ob wir uns gegenseitig nicht mehr sehen konnten. Wir versagten alle, und keine will daran erinnert werden. Außer mir. Und zwar weil ich's nicht vergessen kann.«

»Was genau?«

»Oh, Tod, Kummer, Zurückweisung, Versagen. Die Gefühle. Ich wünsch mir eine große Absaugpumpe – so was wie Fettabsaugen für Gefühle. Du weißt wohl nicht, was ich meine?«

»Doch, eigentlich schon.«

»Tja, Scheißspiel«, sagte Finn und legte auf, ohne dass Amy dazu gekommen war, sie zu fragen, was sie über Maddie und Pheeny wusste.

Madeline hatte lediglich zugegeben, Ellys Haus ein einziges Mal mit Pheeny verlassen zu haben. Sie hatte keineswegs zugegeben, Ellys letztes Wochenende mit ihm verbracht zu haben. Es wäre allerdings phänomenal und ein Hammer, wenn Amy ein solches Eingeständnis aus ihr herauslocken könnte. Denn wenn Maddie bei Pheeny gewesen war, konnte sie nicht bei Boyd gewesen sein. Und wenn Boyd kein Alibi hatte, konnte Amy ihn des Mordes bezichtigen.

Das einzig Dumme war, dass Maddie sich weigerte, Amys Anrufe anzunehmen. Sie hatte sich komplett unerreichbar gemacht.

Ein anderes nicht unerhebliches Problem bestand darin, dass Amy im Begriff war, eine von Maddies Vater teilfinanzierte Reise anzutreten. Das konnte sich schnell zu einer Art moralischem Dilemma auswachsen, dachte sie unwillig.

Graham Bedford reagiert positiv auf Schokolade

Das Krankenhaus ist ein Hochhausklotz am Südufer der Themse. Milchiger Dunst hängt vor den Fenstern im fünften Stock wie eine Gardine. Es gibt keinerlei Ausblick. Drinnen herrscht die Halbstille aus mühsamem Atmen, leisen Sohlen und Gummirädern. Geflüsterte Unterhaltungen. Die rivalisierenden Gerüche von Furz und Desinfektion liegen im Dauerclinch. Anfang und Ende des Lebens erfährt man in derselben überfüllten schmuddeligen Arena.

Amy hat ein paar schockierend teure Becher Schokoladenpudding und einen Plastiklöffel dabei. Graham Bedford hat eigentlich um ein Päckchen Zigaretten gebeten, aber das ist nicht erlaubt. Er bat um eine Flasche Glenfiddich, aber auch das ist nicht erlaubt. Er weiß, er darf nichts, was den Rest seines Lebens erträglich machen würde, also bat er um eine geladene Pistole. »Meine Güte«, unterbrach ihn die Stationsschwester. »Was sind wir heute voller Selbstmitleid.«

»Wenn ich ein braver Junge bin und beim Reden mit der Lady nicht fluche, darf ich dann Gü-Pudding haben?«, lispelte Graham Bedford.

»Gegen Schokolade in Maßen habe ich nichts«, sagte die Schwester und watschelte davon, ohne von seinem Sarkasmus Notiz zu nehmen.

Also brachte Amy am nächsten Tag Gü und einen Löffel mit.

»Sie klingen jung«, sagte Graham Bedford, »sind Sie hübsch?«

»Sie verpassen nicht viel«, entgegnete Amy. »Ich hab meine Momente, aber dies jetzt ist keiner davon. Von der Kälte wird meine Nase rosa und läuft. Das macht nicht gerade hübscher.«

Dem alten Mann entfuhr ein Lachen, das er umgehend mit einem Teelöffel konzentrierter Schokoladensubstanz dämpfte.

Er sprach, als wäre er gerannt, machte Pausen, um nach Luft zu ringen. Er sagte: »Früher konnte ich Ovid im lateinischen und Homer im griechischen Original lesen. Jetzt verhandle ich um Schokopudding wie ein Kleinkind. Alter, Krankheit und Medikamente … haben mein Gedächtnis auf Walnussgröße eingeschrumpft, und meine Aufmerksamkeitsspanne entspricht der eines nicht besonders intelligenten Goldfischs. Von diesem Vorbehalt also abgesehen, meine verehrte junge Besucherin, was kann ich für Sie tun?«

»Vor etwa zwanzig Jahren war in der Anwaltskanzlei Bedford, Burnett und Daley Ihr Partner David Daley.«

»Das ist korrekt. Ein Mann von altmodischer Rechtschaffenheit, selbst für damalige Zeiten. Aber er wählte stets Labour … und er übernahm jeden Fall als Pro-bono-Mandat, der sich um eine Klage gegen Hauseigentümer drehte. Ich weiß nicht warum. Ich respektierte ihn, aber wir standen uns nicht nahe.«

»Er heiratete eine Musikerin.«

»Ah ja. Eine Geistesverirrung, fanden seine Kollegen. Aber wessen – seine oder ihre –, das vermochten wir nicht zu entscheiden.«

»Vielleicht haben sie sich getroffen, als er gerade Abenteuerlust verspürte und sie nach Sicherheit suchte«, sinnierte Amy, die nie zuvor darüber nachgedacht hatte.

»Wenn Sie wissen möchten, wie sie sich kennenlernten, verschwenden Sie mit mir nur Ihre Zeit. Ich war nicht beteiligt.«

»Nein, ich …«

»Allerdings bin ich ihr einmal auf einer Weihnachtsfeier begegnet, nicht lange nach der Hochzeit. Sie war eine prachtvolle, wahrhaft junonische Rothaarige, die in dieser Schar von Krähen hockte wie ein Paradiesvogel. Vollkommen fehl am Platz, versteht sich. Danach hab ich sie kaum je gesehen, bis David erkrankte. Sie waren wohl kein Pärchen für den

Dinnerparty-Reigen.« Auch nach so langer Zeit schien Graham das noch zu bedauern.

»Mich interessiert die Zeit, als David krank wurde.«

Eine Pause entstand, als Graham seine Gedanken sortierte. Dann sagte er: »Wissen Sie, ich kann nicht so ganz genau sagen, wann David krank wurde. Einige der Tumoren, an denen er litt … wuchsen sehr langsam. Nicht unähnlich meinen eigenen, könnte man jetzt sagen, allerdings hoffe ich stark, dass keiner meinen Frontallappen befällt.«

»Das tut mir leid«, sagte sie.

»An irgendwas muss man sterben, und ich bin sehr, sehr alt. Würde ist eben nicht immer im Angebot.«

Das kann man wohl sagen, dachte sie. Getrockneter Sabber verkrustete Grahams Mundwinkel, und seine Haare standen an einer Seite ab wie zerzauste Federn. Niemand hatte ihm nach seinem letzten Nickerchen geholfen, sich sauber oder präsentabel zu machen. Graues Fleisch hing in schlaffen Streifen an seinem Schädel. Seine zuckenden Hände glichen abgenagten Hühnerknochen.

Trotzdem sagte sie: »Ich glaube, mit Ihrer Würde ist alles in Ordnung.«

»Nett von Ihnen, doch leider unhaltbar. Wo waren wir …?«

»David Daley? Tumoren?«

»Ah ja. Zunächst glaubten wir noch, er habe einen Virus. Er klagte ständig über Müdigkeit … und er wurde von Kopfschmerzen geplagt, die zunehmend heftiger wurden. Manchmal musste der arme Kerl mitten am Tag nach Hause fahren, um sich hinzulegen. Er ging zu seinem Hausarzt, der ihm eröffnete, er habe eine Art Neigung zur Altersmigräne. Er hielt es für eine mögliche Folge von Stress. Aus dem, was unser kleiner David andeutete, schloss ich, dass es daheim gewisse eheliche Spannungen gab, die wohl mit dem Erfolg der musikalischen Ambitionen seiner Frau zu tun hatten.«

»Aber er zog Sie nicht ins Vertrauen?«

»Gute Güte, mich, nein. Aber seine Sekretärin, Miss … äh … Mrs. … ach je, ach du meine Güte, wie ärgerlich …« Die Geisterhände begannen hektisch am Nichts zu zupfen.

»Das ist doch nicht weiter schlimm«, versuchte Amy ihn zu beruhigen.

»Für mich schon. Verzeihen Sie, wenn ich eine Weile still liege und mich erhole.«

»Ich kann auch morgen wiederkommen.«

»Nein!« Der alte Mann sprach mit Nachdruck. »Gehen Sie irgendwo einen Tee trinken. Geben Sie mir eine halbe Stunde. Vielleicht eine Stunde.« Er verstummte, und sein von der Aufregung geschwächter Körper schrumpfte unter den Laken noch weiter ein, bis es wirkte, als wäre da fast nichts mehr. Nur ein Schädel auf einem zerknautschten Kopfkissen.

Wie kann jemand so ausgemergelt und nicht tot sein, fragte sie sich entsetzt.

Draußen in der granitgrauen Schlucht aus Krankenhausblöcken stellte sie sich zwischen die Rauchenden und die Telefonierenden und versuchte, auf ihrem Handy ein Signal zu bekommen.

»Es wird später«, brüllte sie im Wettstreit mit dem Verkehrslärm und den Gesprächen anderer Leute.

»Kein Problem«, brüllte Stuart zurück. »Ich mache uns gerade einen Rinderschmortopf, allerdings finde ich, deine Küche lässt ein wenig zu wünschen übrig.«

»Oh bitte«, sagte sie, »wir können doch essen gehen.« Wie viel älter war Graham Bedford als Stuart? Lagen mehr als zehn Jahre zwischen ihnen? Zwischen dem krummen, aber robusten Mann und dem beinahe toten.

»Ich koche gern für dich«, sagte Stuart und strahlte Kraft und Kompetenz aus. »Wie ist denn der alte Knabe so? Erweist er sich als ergiebig?«

»Ich glaube schon.« Ihr war gerade schrecklich bewusst, wie vergänglich Kraft und Kompetenz sein konnten. »Er ist sehr hinfällig und ermüdet schnell.«

»Also schubweise bei vollem Verstand?«, fragte Stuart vergnügt. »Besser als nichts, würde ich sagen.«

Sie trank irgendetwas Heißes, Schlammiges aus einem Getränkeautomaten im Erdgeschoss und spürte die Last von Krankheit und Tod in den Stockwerken über sich. Sie dachte an die tote Elly, die jetzt in den Dreißigern hätte sein sollen – wohlhabend und berühmt in der Mitte ihres Lebens. War sie gestorben, ehe sie etwas zu bereuen hatte? War es wirklich eine Tragödie, wenn man starb, bevor man die eigenen Erwartungen betrog? Wenn man dem Verrotten bei lebendigem Leibe entging, das dem armen Graham widerfuhr?

Zurück auf der Station nahm der arme Graham einen weiteren Schokoladenpudding an. »Wie reizend«, sagte er. »Sie klingen jung. Sind Sie hübsch?«

»Nicht nennenswert«, sagte sie innerlich seufzend. »Wir sprachen vorhin über David Daley und seine Frau Briony. Sie haben mir erzählt …«

»Ah ja. Armer David. Es dauerte so entsetzlich lange, wissen Sie, bis er eine zutreffende Diagnose bekam.« Er schwieg und schnaufte leicht. »Das ist häufig der Fall. Da vergehen Monate, manchmal Jahre, in denen sie einen wegen Migräne behandeln, indes ein Tumor einem die Persönlichkeit demontiert … und das Urteilsvermögen verkrüppelt. Stellen Sie sich vor, eine Zeitlang hieß es sogar … der arme Kerl leide an vorzeitiger Demenz.«

»Ich dachte, er hatte Leberkrebs.«

»Wahrscheinlich ja. Das mag auch die offizielle Todesursache gewesen sein. Da war es aber schon ziemlich egal, was nun auf seinem Totenschein stand.«

»Gab es keine Autopsie?«

»Ich habe keine Ahnung. Seine Frau verfrachtete ihn nach Neuseeland, und dort starb er.« Er schwieg eine Weile. Und dann sagte er mit solcher Anstrengung, dass seine Stirn Wellen schlug und die skelettartigen Fäuste sich ballten: »Ich glaube, sie nannten es ein Gliom. Diesen Tumor, wissen Sie, der sein Verhalten beeinflusste … und bewirkte, dass ein unvoreingenommener, sanftmütiger Mann von beachtlicher Intelligenz zwanghaft, besessen und schließlich psychotisch wurde.«

»Jetzt bin ich baff«, sagte Amy, als ihr klar wurde, wie unnütz es war, mit offenem Mund vor einem blinden Mann zu sitzen und sich Aufklärung zu erhoffen. »Niemand hat bisher auch nur angedeutet, dass David psychotisch war. Alle, mit denen ich gesprochen habe, meinten, er hätte sich verändert, das schon, aber doch nur, weil Brionys Erfolg sie ihm entfremdete.«

»Davon war er auf alle Fälle zwanghaft besessen. Nun wusste allerdings kaum jemand Bescheid über sein Gliom. Möglicherweise glaubten Eingeweihte, seinen Ruf … schützen zu müssen, indem sie seine Hirnkrankheit verschwiegen. Ich für meinen Teil halte das Gegenteil für sinnvoll. Man kann das, was … Wahnsinn gleichkommt, nicht aus dem kollektiven Gedächtnis tilgen, indem man den armen Kerl nach Neuseeland verschifft. Das war schon damals meine Ansicht, aber nicht die seiner Frau. Und ihre zählte.«

»Wann wurde klar, dass ihm nicht mehr zu helfen ist?«

Der alte Mann holte blubbernd Luft. »Zwingen Sie mich nicht, es auszusprechen.«

»Was denn? Dass uns allen nicht zu helfen ist?«

»Sind Sie sicher, dass Sie nicht hübsch sind?«

»Wieso?«

»Ich benutze meine Vorstellungskraft genauso gern wie mein Gedächtnis. Unglücklicherweise ist auch sie geschrumpft. Nicht dass ich sie für meine Arbeit häufig gebraucht hätte. Fakten, die

Interpretation von Worten, die bereits existieren – damit habe ich mein Leben verbracht.«

»Ich auch«, sagte sie.

»Es hat die Zeit herumgebracht und mir zugleich ein gutes Leben ermöglicht. Nun jedoch stelle ich fest, ich bedaure es, nichts zu hinterlassen.«

»Kein Nachleben?«

»Keine Kinder.«

»Sie werden in meinem Buch vorkommen«, sagte Amy und legte so viel Glauben an ihr unfertiges Projekt hinein, wie sie aufbringen konnte.

»Ah ja, Sie schreiben über diese Sängerin, die David seiner ehelichen Behaglichkeit beraubte.«

»Hat er das so gesagt?« Sie überprüfte ihr Aufnahmegerät.

»Meine Interpretation. Sie hat ihn verlassen, wissen Sie.«

»Briony, ja.«

»Ich wünschte, sie hätte uns früher Bescheid gesagt.« Grahams Brust hob und senkte sich mühsam. »Was seinen wahren Zustand anging.«

»Aber sie kam doch zurück.«

»Nicht rechtzeitig, um ihn vor schrecklichen Demütigungen zu bewahren.« Grahams Seufzen klang, als schlösse man eine Jalousie.

»Sind Sie müde?«

»*Natürlich* bin ich das«, sagte er mit einem Hauch von Gereiztheit. »Aber heute ist ein guter Tag, und wer weiß, wann ich wieder einen habe. Normalerweise muss ich meine guten Tage an die Pflegekräfte verschwenden ... die darauf bestehen, mich wie ein zurückgebliebenes Kleinkind zu behandeln. Gibt es noch etwas von diesen köstlichen Güs? Wegen meines Blutzuckers, Sie verstehen.«

»Nur noch einen.« Amy kramte in ihrer Tasche. »Ich bringe morgen neue mit.«

Etwas später sagte Graham: »Sind Sie noch da? Die Zeit zerfällt manchmal in unzusammenhängende Abschnitte. Ich könnte geschlafen haben.«

»Sie haben geschlafen«, sagte sie, obwohl sie in Wirklichkeit gedacht hatte, er könnte gestorben sein. »Sie erzählten eben von der Zeit, als Briony David verließ.«

»Lebt sie noch? Die Rothaarige?«

»Sie ist noch in Neuseeland.«

»Sie schien mit beneidenswerter Vitalität gesegnet. Ach je. Sehen Sie, alle bei uns im Büro waren überzeugt … es wäre Davids Rettung, wenn sie sich überreden ließe, zurückzukommen und sich um ihn zu kümmern. Heute weiß ich, wie sehr wir da irrten. Bei gewissen Tumoren gibt es keine Rettung. Dann kam das Wochenende, an dem er verschwand, und danach … übernahm sie Schlüsselgewalt und Vertretungsmacht. Da hatten wir uns damit abgefunden, dass seine rationale Denk- und Handlungsfähigkeit dauerhaft geschädigt war.«

»Was war geschehen?«

»Ich kann es Ihnen nicht genau sagen. Ich selbst war nicht dabei, außer am Ende einer Telefonleitung. Sie rief mich am Freitag spätabends an und fragte, ob ich von ihm gehört hatte. Das hatte ich natürlich nicht, aber ich zog ein paar Erkundigungen ein … mit den anderen Partnern, wir riefen bei ihm zu Hause an und fuhren sogar ins Büro, um zu sehen, ob er dort steckte. Offenbar waren sie in einem kleinen Hotel verabredet gewesen, das sie an der Küste von Dorset kannten. Als sie ankam, wartete und wartete sie, aber er tauchte nicht auf. Auch am Telefon erreichte sie ihn nicht. Gegen Mitternacht war sie so in Sorge, dass sie mich anrief.

Später, am Sonntag, soweit ich mich erinnere, rief sie nochmals an, um mir zu sagen, dass er gefunden worden war. Am Montag dann kam sie ins Büro mit dem Attest seiner Zurechnungsunfähigkeit … unterschrieben vom Hausarzt, und ich selbst musste zu meinem großen Bedauern … die rechtlichen Vorkehrungen treffen, die ihn ihrer Vormundschaft unterstellten und zur dauerhaften stationären Unterbringung führten. Ein wirklich trauriger Tag.«

»Und war das dasselbe Wochenende, an dem die Sängerin verschwand?«

»Welche Sängerin?« Grahams Gesicht furchte sich in jäher Besorgnis. »Haben wir über eine Sängerin gesprochen? Ach je, ach je …«

»Nein, nein. Es tut mir leid.« Sie wollte seine Hand tätscheln, doch sie fürchtete, die seidenpapierdünne Haut zu verletzen.

»Ich erinnere mich an keine Sängerin. Müsste ich mich an eine Sängerin erinnern? Davids Frau sang doch, oder nicht? Aber sie verschwand nicht. Sie zog nach Neu… Jemand hat doch gesagt, sie zog nach …«

»Neuseeland. Sie erinnern sich ganz richtig, wirklich. Von allen, mit denen ich sprach, sind Sie mit Abstand der Klarste. Wirklich. Machen Sie sich keine Sorgen.«

»Aber mein Hirn ist auf Walnussgröße geschrumpft.«

»Unfug. Sie sind so gescheit wie eh und je.«

Er lag ein Weilchen schweigend da, sein Atem schnell und flach wie bei einem kleinen Nagetier. Dann: »Sie klingen jung, meine Liebe. Sind Sie hübsch?«

Auf dem Bahnsteig der U-Bahn-Station Waterloo erlebte Amy ein seltenes Triumphgefühl. Sie hatte Fakten aufgetan, die in keinem der Bücher und Artikel auftauchten, die sie bisher gelesen hatte: David war mehr als nur merkwürdig gewesen – er war psychotisch. Nach Ellys Tod hatte Briony ihn auf die andere Seite der Welt gebracht. Weder David noch Briony konnten mit einem lückenlosen Alibi für das Wochenende von Ellys Tod aufwarten.

Selbstbetrug in Las Vegas

Jetlag

Elly hat dies alles nie gesehen, dachte Amy und stand still, während langsam dahinziehende Touristenströme sich um sie herum teilten. Die nächtliche Hitze umfing ihre blasse englische Haut schwer wie ein dicker Mantel. Elly hatte Britannien nie verlassen, besaß nicht mal einen Reisepass. Sie war nie weiter außer Landes gekommen als nach Schottland und Wales. Sie hatte nicht einmal das Wasser nach Irland überquert – so viele unbereiste Straßen. Alles wegen der Geheimnisse, die Tom hütete.

Licht blendete, wischte den Nachthimmel fort. Scheinwerfer, Laser zuckten, als erfolge ein Luftangriff. Neon waberte in Wellen, die sich selbst vorantrieben. Musik und Stimmen drangen aus jedem Eingang, wurden verstärkt und schrien nach Aufmerksamkeit. Alles auf dem Strip kreischte – schau mich an, iss mich, trink mich, komm her, Spaß, Spaß, Spaß, Kaufen, Kaufen, Kaufen. Amys Füße waren noch geschwollen vom Flug, und die Hälfte ihres Gehirns schien in London geblieben zu sein.

»Trinken wir ein Bier im Caesar's Palace«, sagte Stuart, »schon wegen der Klimaanlage.« Im gelben Licht des Eingangs sah er zäh, aber müde aus.

Was mache ich hier, streife mit Maddies Vater durch Las Vegas, dachte sie, verdutzt vom Anblick dreier ältlicher Showgirls in spärlicher Bekleidung. Sie kamen ihr fast so alt vor wie Stuart. Angenommen, er kriegt einen Schlaganfall oder einen Herzinfarkt, wie um alles in der Welt soll ich das erklären?

Sie wurden von einer Busladung uralter chinesischer Paare überrollt, die sich auf dem Weg zu den Spielautomaten gegenseitig anrempelten.

»Dädalus«, murmelte Stuart, seine Stimme fast unhörbar im Ka-tschung-ka-tsching der Automaten.

»Was?«

»Er entwarf das Labyrinth des Minotaurus auf Knossos. Man konnte hinein, kam aber nicht wieder raus. Derselbe Knabe hat sich das hier ausgedacht.«

Amy drehte sich um und entdeckte auf dem Weg, den sie gekommen waren, keine Ausgang-Schilder, keine Türen, keine Orientierungshilfen. Es blieb nichts anderes übrig, als sich bis zur Bar durchzupflügen, nur um festzustellen, dass es kaum Sitzplätze gab, außer an Automaten oder an den grün bespannten Spieltischen.

»Sag etwas«, sagte Stuart, nachdem er bei einer Kellnerin, schön genug für die Kinoleinwand, zwei Bier bestellt hatte.

»Ich kann nicht. Dieser Laden scheint unberührt von der Wirklichkeit.«

»Und doch manipuliert er alle so wirkungsvoll.«

»Spielst du?«

»So gut wie nie«, sagte Stuart. »Nur ein gelegentlicher Lottoschein oder so etwas.«

»Ich auch nicht. Ich versuche Tom zu verstehen. Ich meine, als es um Elly ging, war er total auf Kontrolle aus. Und allen Aussagen zufolge ist er so eine Art Bauernfänger – auch dazu muss man Kontrolle ausüben. Ich hätte angenommen, Kontrollierenwollen und Glücksspiel schließen sich aus.«

»Vielleicht denkt er, er kann das Glück kontrollieren.«

»Auf jeden Fall ist es doch wohl eine Sucht. Aber ist Sucht nicht der totale Kontrollverlust?«

»Würde ich auch sagen.«

»Insofern«, überlegte sie, »geht es vielleicht bei alledem um Selbstbetrug. Der Kontrollfreak redet sich ein, er ist federführend für sich und seine Umgebung. Der Bauernfänger hält sich für schlauer als andere und ist überzeugt, er kann ihr Tun und

Lassen kontrollieren. Also glaubt er auch das unter Kontrolle zu haben, was Normalsterbliche in Süchtige verwandelt.«

»Meinst du, dass jeder, der die Kontrolle zu haben glaubt, sich selbst betrügt?«

Amy sah sich in der gewaltigen Halle um, dafür entworfen und dazu bestimmt, den Strom von Menschen und Geld zu kontrollieren. Sie seufzte. »Wer *hier* die Kontrolle zu haben glaubt, lebt jedenfalls im Wolkenkuckucksheim.«

»Selbst die Croupiers und die Saalchefs?«

»Gott ist ein Spielautomat – er gibt und er nimmt, aber hauptsächlich nimmt er.«

»Trink dein Bier aus«, sagte Stuart. »Wir müssen zusehen, dass wir hier rausfinden. Wer Gott einen Spielautomaten nennt, ohne auch nur zu schmunzeln, braucht dringend Schlaf.«

»Was sag ich morgen bloß Keitel Kline? Ich hab keine zwanzigtausend Dollar.«

»Schscht. Denk morgen darüber nach.«

Fantasie

Das St. Tropez war eine miese Klitsche. Amy wusste, dort konnte sie Keitel Kline nicht empfangen. In einer Stadt, in der Gewinnen das einzige Statussymbol war, würde ihr Absteigen in einer billigen Touristenfalle sie wie eine Verliererin aussehen lassen. Stattdessen verabredete sie sich mit ihm in einem Restaurant namens The Pepper Mill, das sie aus einem Stadtführer hatte. Zufällig traf sie damit eine gute Wahl.

»Hey, cool«, verkündete er und nahm auf der roten Plüschbank Platz. »Hier ham sie 'n paar Szenen für *Casino* gedreht. Ist Robert De Niros Lieblingslokal, wenn er in der Stadt ist.«

»Und Martin Scorseses auch«, warf die Getränkekellnerin ein, die bereitstand, um Bestellungen entgegenzunehmen.

»Joe Pesci«, ergänzte der Hilfskellner, der Eiswasser einschenkte.

»Wow«, sagte Amy hilfreich. Es machte ihr Mut, dass Keitel offenbar zu Promiklatsch und Namedropping neigte.

»Warum arbeiten Sie nicht in Hollywood?«, fragte sie, und er erklärte ihr mehrdeutig, er fände Hollywood ›überladen‹.

»Außerdem«, sagte er, »kommen eh alle hierher.« Dann setzte er die Aufzählung all der Stars und Berühmtheiten fort, denen er im Hard Rock oder im Light oder in der Ghost Bar schon über den Weg gelaufen war. Er trug ein gelbes Polohemd mit Ralph-Lauren-Logo über orangefarbenen Shorts mit Lacoste-Signet. In England hätte sie sich gefragt, warum irgendein Lokal ihn so über die Schwelle lassen sollte. Aber hier war sie es, die mit ihren gedeckten Farben nicht recht ins Bild passte.

»Was macht Ihr Jurastudium?«, fragte sie, um verbindlich zu wirken.

»Och, ich will gerade mehr Zeit für meine Musik haben.« Er starrte auf die Speisekarte und mied ihren Blick.

»Sie sind Musiker?«

»Wolln Sie bestellen?« Er spielte mit seiner Gabel. Er sandte dieselben Signale aus wie ein Welpe, der hinters Sofa gepisst hat. Amy war platt. Eine Kellnerin erschien, und er orderte einen Cheeseburger und Pommes mit extra Diesem und extra Jenem, bloß kein Salat. Sie bestellte sich Pasta Primavera.

Carol hat ihn gefeuert, dachte sie. Sie hat ihm den Arsch abgefackelt, und er will nicht darüber reden. Er war überhaupt nie Jurastudent, sonst würde er kaum versuchen, gestohlenes Gut zu verscherbeln. Trotz der eisigen Klimaanlage bekam sie plötzlich schwitzige Handflächen. Er zockt mich ab, dachte sie, und ich weiß nicht, was ich tun soll. In dieser Stadt braucht jeder haufenweise Geld, und ich hab so gut wie nichts. Sie wischte ihre Hände an der Sitzfläche der Bank ab. Ich bin hier dank eines erbärmlichen Verlagsvorschusses, einer halbgaren Zusage seitens einer Zeitung und eines alten Knaben, der Ferien machen möchte. Ich hab keine zwanzigtausend Dollar bei mir, also bin ich, oh Gott, auch bloß hier, um ihn abzuzocken.

Keitel sagte: »Und, also, haben Sie das Geld dabei?«

Erschrocken von dem Tempo, mit dem er ihre Schwachstelle traf, sagte sie: »Äh, wie bitte?«

»Oh Mist, man hat mich gewarnt und ich hab's vergessen. Ihr Briten mögt es nicht, vor dem Essen über Geld zu sprechen.«

»Das ist wahr.« Sie versuchte ihn anzulächeln. Ich recherchiere für ein Buch, dachte sie. Recherche. Nicht Abzocke, sondern Erkenntnisstreben. »Wer hat Sie gewarnt?«, fragte sie rasch, um ihn vom Gedanken an Geld abzubringen.

»Paar Freunde, die ich ausm Cheetahs kenne.«

»Cheetahs?«

»Yeah, für Sie wär das nix, aber meine Freundin Cindi trifft da immer jede Menge Briten. Sie würden es echt nicht mögen.«

Er wirkte wieder hochgradig unbehaglich – so als habe sie ihn in eine verzwickte Lage gebracht. Aber sie wusste nicht, womit. Vielleicht war er ja ein Typ, der sich leicht selbst verhedderte. Da konnte sie sich durchaus einfühlen.

Um die Spannung zu lösen, fragte sie: »Wenn mein Buch ein Film wäre, wen würden Sie Tom und Carol spielen lassen?«

»Sie haben die Filmrechte verkauft?« Auf einmal wirkte er jung, eifrig und unglaublich dumm.

»Ähm, noch nicht, aber …«

»Junge, Junge, wäre das nicht der Hammer!«

Das nun folgende Gespräch war bizarr, aber seltsam nützlich. Keitel spulte die nächste Liste von Schauspielerinnen und Schauspielern herunter, nannte die Namen ihrer Rollen in bestimmten Filmen als Beispiel für bestimmte Aspekte von Tom und Carol, wie er sie sah. Mit derselben Technik beschrieb er sodann seine eigene Rolle in dem Drama. Denn für ihn war es ein Drama. Die Schauspieler, denen er seine Rolle zudachte, waren aus größeren Kassenschlagern als die anderen, fiel Amy auf. Mal war er der zum Opfer gewordene Held, mal der heldenhafte Whistleblower, mal der Racheengel. Carol war natürlich die Böse – skrupellos, manipulativ, gefährlich.

Eines Tages, hoffentlich sehr bald, würde sie Carol kennenlernen. Das würde sein, als begegnete sie Kali oder Lilith, Eva oder Pandora, eben einer dieser Frauen, die man gemeinhin für alles Böse auf der Welt verantwortlich machte. Es war schon seltsam, alle stimmten überein, dass Tom ein hinterhältiger Bauernfänger war, der jeden schamlos ausnutzte und über den Tisch zog, und doch machten alle – auch die Frauen – in erster Linie Carol verantwortlich.

»So schlimm kann sie doch gar nicht sein«, zweifelte sie.

»Männerhassende Schlampe – ’tschuldigung«, sagte er hastig, noch immer befangen von ihrer britischen Art. »Wenn ich Ihren Film drehen würde, wär Carol das Biest, das die Sängerin ausgeknipst hat. Und dann, dann will sie Ihnen an den Kragen, weil Sie der Wahrheit zu nahe kommen. Und dann, ja, das wär wie so 'ne Art Wiederholung vom ersten Mord, so *Psycho*-mäßig, Close-up auf die Augen und Schreie und Geigen, Hammer Soundtrack. Nur dass ich Sie diesmal rette, bevor sie Ihnen die Hand abhackt. Sie wissen schon, erhobene Axt, alles voll Blut. Oder vielleicht … warten Sie … ja, vielleicht lass ich Sie die Hand verlieren. Das wär doch 'n Knaller, was? So was hab ich noch in keinem Film gesehen, das Mädchen verliert 'ne Hand, bevor sie gerettet wird. Scheiße, was für 'ne starke Wendung!«

»Und wo wäre Tom, während sich das alles abspielt?«, fragte Amy, massierte sich unterm Tisch das Handgelenk und dachte: Elly verlor ihre Finger. Die Brutalität macht ihn an. Ihn und all die anderen Thrillerfans und die Filmemacher. Eine ganze Hand abzuhacken ist noch mehr Thrill als bloß die Finger.

»Och, ja, also, Tom wär im Horseshoe am Pokern oder beim Blackjack im Venetian wie immer, und die Bullen beobachten *ihn*, weil Carol es so hingedreht hat, dass alles auf ihn deutet. In solchen Filmen sind die Bullen immer Trottel. Aber ich fall nicht drauf rein.«

»Und das alles können Sie aus den Papieren auf Carols Dachboden entnehmen?« Amy wollte ihn sachte in die Realität zurücklotsen. Gegen ihren Willen war sie so weit in den Bann der Geschichte geraten, dass sie die Klinge der Axt auf ihrem Fleisch spürte.

»Ich krieg Kopfweh, wenn ich diese winzige Kritzelschrift nur sehe.« Er wirkte komplett unzufrieden mit der Wirklichkeit. »Warum benutzt sie keinen Computer?«

»Vielleicht hatte sie damals keinen Computer. Es ist immerhin über zwanzig Jahre her.«

»Ach echt«, sagte Keitel. »Das vergess ich immer wieder. Wie zur Hölle haben die ohne Computer ein Geschäft geführt? Egal, wir würden eh den ganzen Rahmen updaten. Niemand will im Spielfilm Geschichtskram.« Er hatte sich durch seinen gesamten Berg Essen gemampft, während er redete.

Amy blickte auf seinen leeren Teller, dann in seine leeren Augen und entschied, dass die Fantasie ihre beste Waffe war. Sie atmete tief durch und sagte: »Sind Sie sicher, dass Sie bloß die zwanzig Kilo wollen? Wären Sie nicht lieber … ich meine, wenn ich Ihre Agentin wäre, würde ich auf eine prozentuale Beteiligung an Einspielgeldern und Drehbuchrechten setzen.«

Ihm blieb der Mund offen stehen. Er sagte: »Ob die eine Nachtischkarte haben?« Er rotierte auf seinem Sitz und winkte der Kellnerin. Er wirkte schwer konsterniert.

Amy starrte auf ihre halb gegessene Portion Nudeln. Sie fühlte sich wie eine Idiotin. Es lag an Las Vegas. Wäre ihr in irgendeiner anderen Stadt ein derart grotesker Quatsch eingefallen? Hatte Keitel völlig ausgeblendet, dass die Seite, die er gescannt und ihr gemailt hatte, Carols wasserdichtes Alibi dokumentierte? Sein Fantasieskript beruhte einzig und allein auf seiner Meinung, dass Carol eine männerhassende Schlampe war. Das erschien ihm realer als die Realität. Und deshalb hatte sie ihn soeben mit einer Beteiligung an einem nicht existenten Film geködert.

Die Kellnerin kam, und er bestellte *Pie à la mode*, Kuchen mit Eiscreme und doppeltem Dies und Das. Amy verlangte einen extrastarken Kaffee. Eine von ihnen musste dem Traumland widerstehen.

Keitel sagte: »Ich muss das erst mit meinen Beratern durchsprechen.« Seine Hände zitterten, und auf seiner Oberlippe glänzte ein kleiner Schnurrbart aus Schweiß.

»Das geht in Ordnung – ich ebenfalls. Aber ich werde die Unterlagen noch authentifizieren lassen müssen.«

»Äh was?«

»Authentifizieren. Die Handschrift überprüfen et cetera.«

»Ich trag das Zeug doch nicht mit mir rum. Was denken Sie denn von mir?«

Er verdächtigt mich, dass ich ihn prellen will, dachte sie empört. Aber liegt er damit nicht richtig, streng genommen? Sie sagte: »Ich denke, Sie sind genauso vorsichtig wie ich.«

»Na und ob.«

»Gut, wie nähern wir uns jetzt der Einigung?« Sie bemühte sich, absolut vertrauenswürdig auszusehen und zu klingen.

»Häh?«, sagte Keitel, als spräche sie eine Fremdsprache.

»Nun ja, erzählen Sie mir doch erst mal, was Sie haben. Zum Beispiel, wie viele Seiten sind es?«

»Also, das weiß ich nicht«, sagte er und sah schwer bedrängt aus. »Es ist eine grüne Plastikbox, so groß wie zwei Schuhkartons, mit so was wie Schulheften und losen Blättern drin.«

»Haben Sie irgendetwas davon gelesen?«

»Natürlich.« Nun sah er vollends eingekesselt aus.

»Und es handelt sich durchgehend um Memoiren?«

»Häh?«

»Ich meine, ist alles handgeschrieben?«

Die Bedienung brachte Kaffee und Kuchen.

Amy fragte: »Wann beginnt es, wann endet es?«

»Es ist kein Tagebuch. Es ist kein Datum drauf. Da sind nur ein Haufen Zettel und Notizblöcke.«

Hatte Tom Keitel Kline eingestellt oder Carol? Der Umstand, dass er männlich war, sprach für Carol. Der Umstand, dass er ein Depp war, sprach für Tom. Sie sagte: »Vielleicht sollten Sie mir, sagen wir mal, vier Seiten zeigen. Dann kann ich meinen Geldgebern erläutern, womit wir es hier zu tun haben.«

Er fiel über seine Eiskugel her wie ein überdimensioniertes Kleinkind und lugte sie unter ziegelfarbenen Wimpern hervor misstrauisch an. »Ich muss mit meinen Beratern reden.«

»Oder vielleicht sollten meine Leute mal mit Ihren sprechen?«, regte sie an, aber das Spiel begann sie zu ermüden.

»Geht dieses Dings … 'thentizifieren mit Kopien?«

»Vermutlich. Wieso?«

»Ich kann Ihnen doch nicht das Echte geben. Was ist mit einer Gebühr fürs Zeigen?«

»Wie zum Beispiel?«

»Wie fünfhundert pro Seite.«

»Zweitausend Dollar, um vier Kopien zu sichten? Ich kann meinen Geldgebern nicht vermitteln, dass Sie das vorgeschlagen haben. Die denken sofort, Sie sind nur ein Witzbold. Sie würden abwinken und das Ganze vergessen.«

»Na, dann los – sagen Sie was.«

»Wie wär's mit zwanzig Dollar für jede kopierte Seite?«

»Was sagten Sie noch über Prozente und Drehbuchrechte?«

Amy starrte ihn an und empfand beinahe Mitleid. Sie sagte: »Das war ein närrischer Vorschlag. Ich hab mich bloß von Ihrem Plot mitreißen lassen. Denken Sie nicht mal dran.«

»Ich denk an was ich will«, murmelte er dickköpfig. »Es ist *meine* Geschichte, merken Sie sich das. Fünfzig Dollar pro Seite?«

»Fünfundzwanzig?«

»Dreißig«, sagte er mit Endgültigkeit, so als hätte er etwas gewonnen. »Ich ruf Sie an, wenn ich die Kopien habe.« Er beäugte den Tisch nach weiterem Ess- oder Trinkbarem. Als er nichts fand, stand er ungelenk auf. Im letzten Moment fielen ihm seine Manieren ein, er drehte sich um, schüttelte ihr die Hand und bedankte sich fürs Essen, bevor er ging. Sie ließ die Rechnung kommen und stellte fest, dass ein Rendezvous mit Keitel erheblich billiger war als eins mit Madeline.

In der Nähe der Tür zur Küche erhob sich Stuart Panting von seinem Einzeltisch und stieß zu ihr.

»Er war nicht gefährlich«, sagte sie, »nur sehr, sehr dumm.«

»Gleichwohl – ein Fremder, eine fremde Stadt. Wir wollen kein Risiko eingehen. Wie lief es?«

»Kann ich mir bitte hundertzwanzig Dollar von dir leihen?«

»Wollen wir uns nicht irgendwo an einer Runde Blackjack versuchen? Ich habe darüber etwas gelesen. Vielleicht kannst du das Geld sogar selber gewinnen?«

»Können wir dann ins Venetian gehen?« Sie mochte ihm nicht sagen wieso und wollte ihm auch sonst nichts von ihrer Unterhaltung mit Keitel Kline berichten. Sie glaubte nicht, dass er auch nur irgendetwas daran rühmlich finden würde.

Kleingewinne

Das Venetian war ein Labyrinth in Rot und Gold.

»Das Besondere beim Blackjack ist«, sagte Stuart, »dass die Wahrscheinlichkeiten sich ändern: Sagen wir, du siehst einen König, dann sinkt die Wahrscheinlichkeit, dass ein weiterer kommt. Die Kartengeber haben sechs oder acht Decks im Kartenschuh, also gibt es vierundzwanzig oder zweiunddreißig Könige. Ich will damit nur sagen, dass sich beim Blackjack die Gewinnchancen ändern, wenn du hingegen in Vegas Roulette spielst, bleibt die Gewinnchance einer bestimmten Zahl immer gleich, siebenunddreißig zu eins, selbst wenn eine Zahl dreimal hintereinander kommt.«

»Ist das schlecht?« Amy litt unter einem nachmittäglichen Echo des Jetlags. Ihre Augen gehorchten ihr nicht, sie hefteten sich an das Glitzern eines Kronleuchters oder eines Goldohrrings und blieben dort hängen, während die Zeit davongaloppierte. Sie und Stuart schwankten unentschlossen zwischen den Tischen in der Mitte der großen Halle, umzingelt von Reihen, Phalanxen, Armeen aus blinkenden, surrenden, kreiselnden, klingelnden Spielautomaten.

Stuart sagte: »Beim Kartenzählen haben die niedrigen Karten – das sind die von zwei bis sechs – den Wert plus eins. Hohe Karten – von zehn bis Ass – zählt man als minus eins. Sieben bis neun zählen null. Dann teilt man den Count …« Seine Worte verschwammen zu einem leeren Quakquakquak-Geräusch, und sie hörte nicht mehr hin. Es war einfacher, dem Klicken der Plastikchips und dem Klirren von Eiswürfeln in Gläsern zu lauschen, als seiner Rede zu folgen. So wie er Blackjack erklärte, wirkte es komplizierter als Astrophysik. Wie kam es, fragte sie sich, dass er noch hellwach klang, während sie hirntot war? Er ließ sich an einem Spieltisch für niedrige Einsätze zwischen zwei fetten Herren in Shorts und T-Shirts nieder. Er wirkte gediegen und hochgradig kompetent – und bekam wie zur Belohnung gleich beim Einstieg Dame und Ass. Er drehte sich um und lächelte sie an, die blauen Augen vor Vergnügen in Knitterfalten gelegt.

Dies hier – ein paar Dollar am Tisch für kleine Einsätze – war sicher nicht Toms Kragenweite. Wo in dieser rot und golden klimpernden Unermesslichkeit würde er sich wohl niederlassen? War er überhaupt hier?

Sie berührte Stuart an der Schulter und sagte: »Ich sehe mich mal ein bisschen um.«

Diesmal nickte er nur, ohne sich umzudrehen.

Sie wusste von zahllosen Fotos, wie Tom aussah, dass er neuerdings sein schütter werdendes Haar unter einem blassgrauen Fedora verbarg und seine zunehmende Leibesfülle in maßgeschneiderten Anzügen. Ein Dresscode, so dachte sie, mit dem er auffallen würde inmitten dieses Mobs in T-Shirts, Sport- und Freizeitkluft. Baseballkappen und T-Shirts, stellte sie in ihrem wahrnehmungsverzögerten Zustand fest, machten aus Menschen wandelnde Slogans und lebende Plakate. Wohin ging jemand wie Tom? War er ein High Roller, ein VIP mit Sonderrechten und Zugang zu semiprivaten Räumlichkeiten? Alles, was sie über ihn gehört hatte, betonte seine Vorliebe für Privilegien. Doch diese entfesselten architektonischen Hirngespinste, die Casinos von Las Vegas, waren extra so konzipiert, dass *jede* und *jeder* sich wichtig fühlte. Ihr wurde bewusst, dass ihr das Gespräch mit Keitel Kline mehr nachging, als sie sich eingestand. Was nicht an seinem quälend banalen »Drehbuch« lag, sondern daran, dass es ein Schlaglicht auf ihr persönliches Dilemma warf: die Wahl zwischen Wahrheit und Erfolg. Sollte sie sich an die Fakten halten, die sie überprüfen konnte, und eine anständige Biografie schreiben? Oder sollte sie aus Spekulationen eine viel spektakulärere Geschichte um Mord und Verrat basteln? Sollte sie ihr besseres Ich und ihren Forschungsgegenstand kompromittieren? Oder sich lieber für Armut und Ungewissheit entscheiden?

Sie merkte, dass sie stocksteif dastand und auf ein blitzendes, strahlendes, verführerisch kreisendes Rouletterad starrte. Es sah wunderschön aus.

Ohne im mindesten zu überlegen, setzte sie zehn Dollar auf die Zahl Fünf. Fünf für SisterHood. Für die fünf Frauen: Elly, Briony, Ayisha, Finn und Maddie. Je zwei Dollar. Ein drehendes Spinnrad. Eine fliegende Silberkugel.

Das Rad kreiste, die Kugel rollte. Sie hopste einmal, zweimal, dann blieb sie liegen. Das Rad wurde langsamer. Stand still.

»Fünf gewinnt!«, kreischte die Frau neben Amy. »Verflucht, wie haben Sie das gemacht? Ich steh hier seit ’ner Stunde und setze brav auf Carré – nichts als Nieten – und Sie … einfach so, als hätte die Nummer fünf nur auf Sie gewartet. Lassen Sie’s stehen?«

Sollte sie es wagen? Auf die Fünf setzen, bis sie sich die ganze Kiste voller Carol-Geschreibsel leisten konnte? Oder die dreihundertfünfzig Dollar nehmen und damit Kopien von vier Seiten bezahlen?

Amy nahm die dreihundertfünfzig Dollar und stellte betroffen fest, sie war einfach nicht kühn genug, dreist genug, dumm genug für das große Spiel.

Billig und falsch

»Wir sind beide Kleingewinner«, sagte Stuart hochzufrieden und nippte Tee. Sie saßen in Amys Zimmer. Sie lümmelte sich auf dem Bett und er im Sessel. Er hatte einen Reisekocher dabei, English-Breakfast-Tee in Beuteln und eine Packung vanillecremegefüllter Doppelkekse. Er hatte den Kocher mit Wasser aus der Flasche gefüllt, weil das Leitungswasser im St. Tropez so mies war wie alles hier. Trotzdem schmeckte der Tee merkwürdig. Doch es war englischer Tee und tat wohl. Amy betrachtete Stuart mit einer Mischung aus Bewunderung und Gereiztheit.

Er sagte: »Das ist doch der Trick, oder? Ein Kleingewinner zu sein heißt eben nicht, dass man auch groß absahnen könnte. So verlieren Leute ihr Geld – genau da, zwischen klein und groß. Wer einfach geht, bleibt Gewinner.«

»Aber man bleibt auch klein.«

»An klein gibt es nichts auszusetzen.«

Er war so stabil, dachte sie, so verlässlich, so väterlich. Gar großväterlich, mutmaßte sie, die nie einen Opa gehabt hatte. Sie fühlte sich verwöhnt und umsorgt, was wundervoll war und überraschend nach so langer Zeit in der emotionalen Wüste. Aber gleichzeitig fühlte sie sich auch unbefriedigt und unterfordert. Dankbar und undankbar.

Das Telefon klingelte. Während sie lauschte und redete, betrachtete sie Stuarts Füße, ramponiert und doch robust in bequemen Sandalen. Sie dachte, gottlob trägt er keine Shorts wie all die anderen Greise in dieser bizarren Stadt. Sofort schämte sie sich dafür, so oberflächlich zu sein.

Sie legte auf und sagte: »Das war Keitel. Er hat die Kopien. Wir treffen uns auf einen Cocktail – was immer das genau heißt – in einer halben Stunde hier am Pool.«

»Ich ziehe mich kurz um«, sagte Stuart. »Wir sehen uns unten.«

»Ich habe keine Angst vor ihm. Wirklich, er ist keine Bedrohung – nur für meinen Kontostand.«

»Trotzdem …«

»Nein. Ich bin sehr bald wieder hier, dann können wir essen gehen.«

Er sammelte seinen Kocher und die Porzellantassen ein und ging zurück auf sein Zimmer, ohne Widerrede, aber mit missbilligender Miene.

Auf dem Weg zum Pool fuhr sie im Lift mit einer Braut, sechs Brautjungfern in Kirschrot und einem blonden Kerl in einem T-Shirt mit der Aufforderung »Fistez Moi«. Sie empfand Verwirrung.

Der Pool war klein und zwischen vier Hotelbauklötze geklemmt. Mädchenkreischen prallte von Glas und Beton ab wie silberne Flipperkugeln. Der Geruch von Chlor, Sonnencremes und Haarspray schwebte als stinkende Schicht über den weißen Plastik-Poolmöbeln.

Keitel wartete schon, halb ausgestreckt auf einem Liegestuhl. Körpergröße: 1,80; Figur: untersetzt; Farbe: Ziegelrot; Kleidung: grelle billige Markenware; Verstand: nicht wahrnehmbar. Er trank ›Sex on the Beach‹ aus einem Plastikbecher. Sie hockte sich auf eine benachbarte Liege, wo sie einen privilegierten Blick auf die sonnengebleichte Behaarung seiner Knie hatte.

Er sagte: »Sie haben das Geld? Ich hab die Kopien. Meine Berater sagen, ich lass sie zu billig sausen.«

»Sie lassen gar nichts sausen. Es sind bloß vier Seiten, und Sie behalten die Originale – alle.«

»Yeah, kann sein. Ich bin ja nicht gierig. Cindi sagt, das ist das Tragische an mir. Sie sagt, ich soll erst einen Vertrag verlangen.«

»Worüber?«

»Über die Filmrechte.«

Wo anfangen, dachte Amy und starrte ihr Spiegelbild in seinen Sonnenbrillengläsern an. Sie sah abgespannt aus, kein Wunder: Ein Buch war noch nicht geschrieben, kein Filmproduzent hatte auch nur davon gehört, und was Keitel verkaufte, gehörte ihm nicht. Ihr fiel absolut nichts dazu ein, also saß sie da und schwieg. In ihrer Tasche befand sich ein Umschlag, der hundertzwanzig Dollar enthielt, die sie gerade dank der Fünf gewonnen hatte. Dieses ganze Vorhaben war so billig und falsch, dass sie fast verzweifelte. Weißwein schwappte sauer in ihrem leeren Magen.

Schließlich sagte Keitel: »Na ja, bloß ich muss auch Rechnungen bezahlen«, und übergab ihr einen gebrauchten braunen Umschlag. Darin befanden sich vier Blatt Papier, unsauber gefaltete schlechte Kopien von Carols gedrängter kleiner Handschrift. Er fing an sein Geld zu zählen, vertat sich, begann von vorn und sagte dann: »Ach scheiß drauf, ich vertrau Ihnen.«

Gern hätte sie sofort zu lesen begonnen, doch die Geschmacklosigkeit dieses Deals war ihr peinlich und nötigte sie, noch Konversation zu machen. »Verdienen Tom und Carol immer noch gut im Musikgeschäft? Haben sie neue Bands unter Vertrag genommen?«

Keitel zuckte die Achseln und sagte: »Tom holt mehr über die Mädels rein.«

»Was für Mädels?«

»Sie wissen gar nichts von der Agentur?« Keitel hob erstaunt seine roten Brauen. »Na, er vermittelt neue Mädels, frisch aus L. A. oder sonst woher – zum Beispiel als Tänzerinnen? An die Clubs? Für zwanzig Prozent. Das läuft super. Da wär ich gern beteiligt. Echt schneller Umschlag.«

»Umschlag?«

»Man hat ja keins von den Mädels lange«, sagte Keitel bedauernd. »Weil, die merken ja ziemlich bald, dass sie gar keinen Agenten brauchen – spazieren einfach in den nächsten Club und behalten die zwanzig Prozent selber. Aber, na, wie Tom sagt, in dieser Stadt gibt's endlos Nachschub an frischen Muschis.«

»Wie bitte?«

»Ach, sorry, also Mädels, die sich nicht auskennen. Weil die noch nie selbständig waren. Aber sie können ein Vermögen machen.«

»Und, Tom, äh, vermittelt sie?«

»Schon, aber, er hat da so 'n Merkblatt drucken lassen, das die Gesetze dieses Staates hier erklärt – also von wegen Kontakt, Kleiderregeln, Alkohol, solche Sachen. Weil es Gesetze gibt, die neue Mädels nicht kennen, da können sie leicht Probleme kriegen, außer jemand erklärt ihnen alles. Also ist er auch ihr Berater. Ich nehm an, Carol hat das von ihm verlangt, damit er nicht schlecht dasteht, wenn die Behörden 'ne Buchprobe machen.«

»Buchprüfung?«

»Sag ich doch.«

»Na klar«, sagte Amy. »Das ist dann wohl noch etwas, wonach ich ihn fragen kann, sollte ich ihn jemals sprechen.«

»Haben die Sie nicht zurückgerufen?«

»Nein. Wohin müsste ich wohl gehen, wenn ich ihnen mal rein zufällig über den Weg laufen wollte?«

Keitel überlegte, kippte seinen Kopf zurück, um den letzten Tropfen ›Sex on the Beach‹ mit der Zunge einzufangen. »Bei ihr weiß ich nix, höchstens im Spa vom The Mirage. Hab gehört, sie kommt da rein. Oder bei Neiman Marcus. Das ist ein Geschäft«, fügte er hilfreich hinzu. »Zu Hause oder im Büro werden Sie sie nicht kriegen, wenn sie Sie nicht sehen will. Bei ihm ist es anders, na ja, es gibt Orte, wo er hingeht, weil er *sie* nicht sehen will. So wie, na, er hat da diesen Laden in der Industrial Road, wo er, na, mit den Mädels redet. Ich könnte Ihnen die Adresse geben.«

»Bitte«, sagte sie. »Und ansonsten sagten Sie, er geht gern ins Venetian und ins Horseshoe?«

»Yeah, aber er redet nicht mit Ihnen, wenn er spielt.« Er wühlte in seiner imitierten Louis-Vuitton-Männerhandtasche, während sie ihm wortlos ihr Notizbuch und einen Stift hinhielt. Schließlich förderte er eine Visitenkarte zutage und übertrug umständlich die Angaben darauf in ihr Buch, wobei seine Zunge am meisten Arbeit leistete. Sie blickte über seine Schulter hinweg und entdeckte hinter ihm Stuart, der unauffällig auf einem Mäuerchen saß.

Keitel gab ihr Notizbuch und Stift zurück. Sie sagte: »Sie waren wirklich sehr nett, vielen Dank.«

»Ach, echt?« Er klang überrascht.

»Möchten Sie noch etwas trinken?« Sie fragte sich, ob Stuart aufgefallen war, dass sie ihn bemerkt hatte, und verspürte einen Anflug von Unmut. Schon wieder ein Mann, der einfach immer alles besser zu wissen glaubte.

»Ich muss los«, sagte Keitel. »Eine Freundin abholen und wo hinbringen.«

»Schön, dann sprechen wir uns ein andermal? Wenn ich die Seiten gelesen und mit meinen Geldgebern gesprochen habe.«

Er stand schwerfällig auf, seine lindgrüne Shorts hatte die Rückseiten seiner fleischigen Oberschenkel runzelig gemacht. »Ich hätt ja lieber eine CD eingesackt oder irgendwas anderes, nicht so Kompliziertes«, sagte er. »Aber ihren Computer, den bewacht sie wie ein Schrottplatzhund.«

»Warum wollten Sie überhaupt etwas … einsacken?«

»Na wegen Carol. Die war so was von gemein. Wie wenn sie, ich weiß nicht, drauf abfährt, es so zu drehen, dass man dumm dasteht? Also denkt man, fick dich, Alte, du weißt auch nicht alles.«

Amy folgte ihm vom Poolrand in die Lobby. Sie sagte: »Ich weiß genau, was Sie meinen.«

Er ging voraus zu einer Reihe Fahrstühle, die sie nach unten bringen würden, dorthin, wo Autos und Taxis in endlosen

Schlangen weiteres Frischfutter ins St. Tropez spuckten. Sie sah sich nicht nach Stuart um. Er war weder ihr Vater noch ihr Großvater und er hatte sich nicht das Recht verdient, ihre Wünsche zu missachten. Dabei war es absurd: Angenommen, Keitel wäre übergriffig geworden, was hätte Stuart dann wohl unternommen? Er war zäh, aber er war auch alt, Keitel hingegen war jung, und schlicht gestrickt.

Sie traten in den Fahrstuhl, und die Türen schlossen sich. Wäre Stuart nicht aufgetaucht, weil sie seiner Ansicht nach Schutz benötigte, dann stünde sie jetzt nicht allein mit Keitel im Fahrstuhl, und es wäre ihr auch gar nicht in den Sinn gekommen, Bedenken zu hegen.

Keitel sagte: »Sie wollen wohl noch wohin?«

»Ich dachte, ich schau mir mal die Adresse in der Industrial Road an, die Sie mir gegeben haben.«

Die Türen glitten auf, und eine Wand aus Kohlenmonoxid und gestauter Hitze schlug ihnen entgegen. Keitel sagte: »Vielleicht verschieben Sie das lieber auf morgen? Es wird gleich dunkel.«

»Spricht Tom denn vormittags mit den Mädchen?«

»Ach, na ja, nein. Mal so, mal so. Aber …«

»Was?«

»Na, Industrial Road. Vielleicht sagen Sie dem Fahrer besser, er soll warten.«

»Was ist mit der Industrial Road?«

Ein älterer Kerl in Portiersuniform hinter ihnen beendete das Aufstapeln von Gepäck und sagte betont: »*Ladies* gehen da nicht hin, das will er damit sagen, höchstens mal ins Hard Rock oder so, aber dann in Begleitung.«

»Manchmal gibt es Überfälle«, sagte Keitel abwiegelnd.

»Strip-Lokale«, fuhr der Portier erbarmungslos fort, »Porno-Schuppen, Stangentänzerinnen, Straßenhuren.«

»Es gibt auch normales Business in der Industrial Road«, sagte Keitel matt.

»Nicht nach Einbruch der Dunkelheit.« Der Portier packte zwei Koffer und verschwand nach drinnen.

»Noch ist es ja nicht dunkel«, sagte Amy. »Und wahrscheinlich steige ich gar nicht erst aus dem Taxi aus.«

»Na dann«, sagte Keitel und zog ab auf der Suche nach jemandem vom Parkservice. Amy stellte sich in eine Taxischlange. Vielleicht würde Stuart sie hier aufspüren und überreden, bis morgen zu warten. Sie war seit zwei Tagen in Vegas und hatte noch nichts allein unternommen, aber war das Rotlichtviertel der richtige Ort, um damit anzufangen? Dann kam ihr erneut ihr Unmut über Stuarts Auftauchen am Pool hoch, und sie dachte, wenn er mich nicht gefunden hat, bis ich am Kopf der Schlange bin, soll er doch an seinem Lapsang-Souchong-Tee ersticken. Und wenn er mich doch findet, verpasse ich ihm einen Denkzettel. Diese Logik war unbefriedigend, und sie erreichte die Spitze der Schlange genervt von allem und jedem, überzeugt, dass Emotionen die Zerstörer der Vernunft waren. Sie wusste einfach nicht, wie sie zu Stuart stand. Und wusste auch nicht, was sie von ihm wollte, oder er von ihr. Das sollte nicht so wichtig sein, war es aber offenbar. Ratlos und entmutigt stieg sie in ein Taxi.

Es liegt daran, dass er ein Mann ist, dachte Amy und nannte dem Fahrer Toms Adresse. In Gegenwart von Männern bin ich nicht ich selbst.

Zwei Einhörner

Die Industrial Road verlief parallel zum Strip und war treffend benannt. Tatsächlich war es kaum möglich, die Gebrauchtwagenhöfe von den Parkplätzen zwischen den schmucklosen Flachbauten der Clubs zu unterscheiden. Die Rückseiten der Casinos sahen aus wie kleine Fabriken. Nur die Autohäuser sahen nach dem aus, was sie wirklich waren. Anders als auf dem Strip war hier niemand zu Fuß unterwegs, und es gab kaum Effekthascherei.

Das Taxi hielt vor einem niedrigen Stuckbau. Die verbleibende Abendsonne hatte noch genug Kraft, um zu blenden, und es war schwer, das Schild zu lesen, auf dem sechs Firmenbüros aufgelistet waren, eins davon Tom Prax Management. Mehrere staubige Autos parkten neben dem Gebäude. Es schien nicht auf der Geldseite der Straße zu liegen.

Einst, erinnerte sich Amy, hatten Tom und Carol über eine luxuriöse Bürosuite in Belgravia verfügt. Tom, der offiziell mit Carol in ihrem Haus wohnte, hatte dort ein Zimmer mit eigenem Bad gehabt für den Fall, dass er »bis spät arbeiten musste«. Angesichts des unattraktiven Gebäudes hier fragte sich Amy, ob er mit dieser speziellen Angewohnheit inzwischen gebrochen hatte. Es gab Erzählungen von Frauen, die seinerzeit bei ihm ein Vorspielen gehabt hatten. »Die Ware testen«, so hatte es eine von ihnen im Interview mit ›Jockey Slut‹ für einen Artikel über legendäre Rock-Manager genannt. Und jetzt vermittelte er Tänzerinnen, die vermutlich seinen Appetit auf Blackjack, Poker und Roulette finanzierten. Frauen waren gut zu Tom.

So brütete sie auf der Rückbank des Wagens vor sich hin, als sie plötzlich merkte, dass ein weiteres Taxi vor Toms Adresse angehalten hatte. Eine Frau von der Größe eines Familienkühlschranks zwängte sich langsam und gequält zur hinteren Wagentür heraus. Sie bückte sich, zerrte zwei Aluminiumkrücken aus dem Fußraum und richtete sich dann mit unendlicher Vorsicht auf.

Es war das ergrauende rote Haar, das in strubbeligen Strähnen aus einer Spange an ihrem Hinterkopf quoll, was Bände sprach.

»Briony?«, hauchte Amy und war einen Moment wie gelähmt vor Verblüffung. Dann sprang sie aus dem Taxi.

Briony, schwer auf beide Krücken gestützt, schleppte sich auf den Eingang zu. Amy fing sie ab, und ohne nachzudenken, schwitzend vor Eifer, stellte sie sich vor.

»Wer?«, fragte Briony mit brüchiger Altfrauenstimme. Und plötzlich erfasste Amy, dass es nicht nur ihre Aufgedunsenheit war, die sie beinahe unkenntlich machte. Ihr weiches hübsches Gesicht hatte sich in eine groteske Grimasse verwandelt. Eine Gesichtshälfte hing herab, als zögen Haken daran. Das Lid ihres linken Auges war zum eingefrorenen Zwinkern erschlafft. Nun erst wurde Amy klar, dass ein nachschleifender linker Fuß das mühsame Schlurfen verursachte.

Stotternd stellte sie sich nochmals vor.

»Wer hat Ihnen gesagt, dass ich hier bin?«, fragte Briony. »War das Tom oder Carol?« Das Lavendelblau ihres einen gesunden Auges funkelte scharf.

»Ja, wer hat's Ihnen gesagt?« Ein großer stämmiger Mann mit Strohhut und Hawaiihemd war aus der gläsernen Eingangstür geschossen und hatte sich direkt hinter ihr aufgebaut.

Sie merkte erst, als sie sich von der einen zu dem anderen umdrehte, dass sie nie erwartet hatte, diesen zwei Menschen zu begegnen. Sie hatte angenommen, dass sie ihr Buch ohne sie schreiben würde. Sie hatte sogar ein paar Seiten dafür eingeplant, ihre Anfragen samt Nichtbeantwortung zu dokumentieren. Immer ging sie vom Scheitern aus.

»Mein Gott«, sagte sie. »Das ist, als ob man zwei Einhörnern begegnet.«

»Wer hat Ihnen gesagt, dass ich hier bin?«, wiederholte Briony.

»Und wer zum Teufel hat Ihnen diese Adresse gegeben?«, sagte Tom. »Carol kann es nicht gewesen sein. Es war doch nicht Carol, oder? Was für ein Scheißspiel spielt sie nun wieder?«

»Nein, nein«, sagte Amy im Versuch, beide zu beschwichtigen. »Carol hat nicht mal meine Mails beantwortet. Aber Keitel sagte …«

»Das kleine Kriechtier.« Tom klang zugleich verärgert und erleichtert.

»Aber jetzt, wo ich Sie beide gefunden habe«, stümperte sie blindlings weiter, »würden Sie bitte, *bitte* mit mir reden? Ich muss Sie so vieles fragen. Ich bin ganz sprachlos, denn ich bewundere …«

»Ich kann nicht länger stehen.« Briony schwankte leicht.

»Nein, natürlich nicht. Es tut mir leid. Ich komme gern zu Ihnen, egal wo Sie wohnen, wann immer es Ihnen passt. Aber bitte …«

»Wo wohnen *Sie*?«, fuhr Tom dazwischen.

»Im St. Tropez.«

»Drecksloch«, sagte Tom zu Briony, bevor er sich wieder Amy zuwandte. »Wie lange bleiben Sie?«

»Zwei Tage noch.«

»Ich melde mich«, sagte Tom resolut. »Jetzt entschuldigen Sie uns, Briony sollte nicht hier draußen in der Hitze herumstehen müssen.« Er wandte sich von ihr ab und geleitete Briony zur Tür.

»Wann?«, flehte Amy. »Wann rufen Sie an? Ich werde darauf warten.«

»Morgen.« Tom warf ihr über Brionys Schulter hinweg ein völlig unvermutetes Lächeln zu, dann stieß er die Tür auf und verschwand mit ihr nach drinnen. Es war das umwerfendste

Lächeln, das Amy seit langer Zeit gesehen hatte, voller Charme, verschwörerisch und humorvoll.

Was für ein sympathischer Typ, dachte sie, als sie zurück zum Taxi ging. Und erst als die Klimaanlage ihr überhitztes Gemüt abgekühlt hatte, fielen ihr diverse Fakten über Tom wieder ein. Der sympathische Typ Tom Prax war einer der abgefeimtesten, verlogensten und skrupellosesten Abzock-Manager in der Geschichte der Rockmusik. Aber da war sie schon eine halbe Meile entfernt, unterwegs zu ihrem Hotel, das er soeben ein Drecksloch genannt hatte.

Stuarts Idee

»Bist du wahnsinnig?«, fragte Stuart höflich vom Türrahmen ihres Zimmers aus.

»Ich hab's dir doch gesagt, Keitel Kline ist nicht gefährlich.« Sie war wütend auf sich selbst wegen ihrer Schuldgefühle dafür, dass sie ihn in Sorge versetzt hatte.

»Das war nicht umsichtig«, sagte er, »aber davon spreche ich gar nicht. Durch schieres Glück stolperst du pardauz ausgerechnet über die zwei Leute, die zu treffen du nie gedacht hast. Und was machst du? Du sagst, gut, dann warte ich in meinem Zimmer, bis ihr anruft, und verziehst dich nach Hause wie ein artiges kleines Mädchen.«

»Was hätte ich denn tun sollen? Ich kann mich ja wohl schlecht uneingeladen in ihr Meeting drängeln.«

»Du hast nicht mal herausbekommen, wo Briony abgestiegen ist.«

»Ich hab ja gefragt, aber sie hat mir nicht geantwortet. Sag nicht, dass du jetzt auch noch findest, ich sollte wie eine Detektivin auftreten – sie an der Gurgel packen und die Antwort aus ihr rausschütteln oder was harte Mackerinnen sonst so tun. Ich bin Schriftstellerin und keine Kriegerin.«

»Du hättest warten können, bis sie rauskommt.«

»Toms Büro observieren und sie dann beschatten?«

»Sei nicht kindisch. Du hättest sie einfach noch mal fragen können. Höflich, aber bestimmt – das ist immer eine gute Verhandlungstaktik. So, los jetzt – leg diese vermaledeiten Papiere weg – wir gehen.«

»Wohin?«

»Zurück zur Industrial Road.«

»Die sind doch längst weg.«

»Wer sagt das? Natürlich bist du keine Kriegerin, aber deshalb musst du noch lange nicht total fügsam sein.«

Widerstrebend legte Amy Carols vier Seiten auf die Kommode und folgte Stuart aus dem Zimmer. Es war doch zum Verrücktwerden. Diese Seiten waren eine Probe dessen, wofür sie den langen Weg in die USA gemacht hatte. Wann würde sie sie endlich lesen?

Scheiß Stuart, dachte sie. Erst haue ich ab, um zu zeigen, dass er kein Recht hat, mich zu behüten, und jetzt folge ich ihm wie ein Hündchen, um zu zeigen, dass ich nicht fügsam bin.

In stummem Groll, wütend auf Stuart und wohl wissend, dass sie es sich selbst ankreiden sollte, stellte sie sich zum zweiten Mal innerhalb von neunzig Minuten in die Taxischlange.

»Also Briony hatte einen Schlaganfall«, sagte Stuart in dem munteren Ton, in dem alte Männer über die Miseren deutlich Jüngerer reden und hoffen, es klänge nach Mitgefühl.

»Sieht so aus.«

»Ich dachte, gerade sie hat immer so auf gesund essen und Tonnen von Gemüse beharrt.« Jetzt war es eindeutig: Stuart klang schadenfroh.

»Im Recht sein ist kein Schutz«, sagte Amy tonlos, und Stuart hielt den Mund.

Aber er kam noch mal darauf zurück, als sie vor dem Haus hielten. »Nun ja, vielleicht hat sie das Richtige gegessen, aber falsch dosiert. Es ist nicht gut, im Alter zu schwer zu werden.«

Inzwischen war es Nacht geworden. Im Gebäude brannte Licht, aber sie wusste nicht, wo Toms Büro lag. Das Taxi, das Briony hergebracht hatte, war weg, nur noch ein Wagen stand auf dem Parkplatz, ein Pontiac.

Stuart sagte: »Schließlich ist der Mensch nun mal ein Allesfresser. Wir benötigen aus vielerlei Gründen Fleisch.«

»Na und ob«, sagte der Fahrer, selbst ein älterer Mann. »Also ich, ich esse aus Langeweile. Bleiben wir die ganze Nacht hier stehen oder wollen Sie aussteigen?«

»Verzeihung«, sagte Amy. »Hatte ich nicht gesagt, Sie sollen warten und uns dann wieder zurückfahren?«

»Schon, aber es gibt Warten und Warten, verstehen Sie, was ich meine?«

Stuart sagte: »Was hast du jetzt vor?«

»Weiß ich nicht«, schnappte sie, »es war doch *deine* Idee.« Sie stieg aus.

»Höflich, aber bestimmt«, rief Stuart ihr nach.

Die Glastüren rührten sich nicht, als sie dagegendrückte. Es gab nur einen Klingelknopf, Rezeption stand dran, aber als sie klingelte, tat sich nichts. Sie ging außen herum, sprang hin und wieder hoch – versuchte in beleuchtete Fenster zu spähen, die zu weit oben für sie lagen. Ein Maschendrahtzaun hinderte sie daran, das Gebäude ganz zu umrunden.

Schließlich stieg sie auf die Motorhaube des Pontiac, um besser sehen zu können. Und die Alarmanlage ging los.

»Aiii-ooo-waaa«, jodelte es, als sie zum Taxi zurückspurtete.

»Verdammte irre Weiber«, knurrte der Fahrer, als er Gas gab.

»Nun, Sie hatten sich doch über Langeweile beschwert«, sagte Stuart.

Amy drehte sich um und blickte aus dem Rückfenster. Niemand kam einen Baseballschläger schwingend aus dem Gebäude gestürzt. Niemand schoss dem Taxi in den Rücken. Kein Tom erschien mit einer Vorladung wegen Verletzung der Privatsphäre. Panik war unangebracht. Wie überall sonst auf der Welt schien man trötende Alarmanlagen in Las Vegas zu überhören oder als bloßes Ärgernis wahrzunehmen.

Seiten aus Carols Papieren

… *Ich sage Tom immer wieder, jetzt oder nie, aber er weigert sich, es einzusehen. Er sagt, Europa geht klar, er hat Pläne für Europa. Das Verzeichnis der Großstädte ist gewaltig, und wir haben aus jeder eine Einladung. Aber er lässt nicht zu, dass ich irgendetwas zusage oder organisiere.*

Ich sage: »Ich fahre mit, du kannst mir doch vertrauen. Wir müssen das Eisen schmieden, solange es heiß ist.«

Und ich sage: »In den USA lieben uns die DJs. Wir müssen hin.«

Und er sagt: »Du weißt, warum nicht.«

Sicher weiß ich das. Aber er sagt: »Sag nicht nein. Aber sag auch nicht ja. Lass sie zappeln, halt sie uns warm.«

Hat er eine Ahnung, wie viel Energie ich für Zappelnlassen und Warmhalten aufbringen muss? Alles läuft auf ein starkes Crescendo hinaus, aber mir ist mulmig. Heute kam eine Anfrage von einer Werbeagentur, die eine Kampagne für billige Jeans macht. Die wollen ›Voices on Walls‹ als Soundtrack benutzen. »Bedeutet das nicht, sich für schnöden Mammon den Ruf zu ruinieren?«, frage ich.

»Einstreichen, einstreichen«, sagte er. »Scheiß auf den Ruf, her mit dem Mammon.« Aber die Tournee-Dollars will er nicht, weil er in Übersee das Geschehen nicht kontrollieren kann.

Ich denke, wir werden nicht mehr lange in der Lage sein, das Geschehen hier zu kontrollieren. Brionys David kam schon wieder in mein Büro marschiert und sagte, er will Tom verklagen, wegen Zerrüttung der ehelichen Gemeinschaft oder irgend so einem Quark. Er ist eindeutig gestört, und ich habe die Security angewiesen, ihm den Zutritt zu verwehren, wenn nötig mit körperlicher Gewalt. Sein ehelicher Sumpf ist nicht Carantos Problem, und wir haben Anwälte, die das klären können. Er ist natürlich

auch Anwalt, aber unsere sind besser. Ich sehe mich gezwungen,
bald mit Briony zu reden, sie muss ihn an die Kandare nehmen.
Es ist ja gut und schön, dass sie für die Froschprinzessin Haus-
mutti spielt, aber sie darf nicht dulden, dass ihr vernachlässigter
Mann mir zusetzt.

Hätte Tom die Band gefeuert, als ich dazu riet, wäre das alles
gar nicht passiert. Vielleicht ist es noch nicht zu spät. Wenn …

»Warum bezeichnet sie Elly als Froschprinzessin?«, fragte
Stuart, der über Amys Schulter mitlas. »Will sie damit andeuten, Tom habe sie geküsst und von Nichts in Etwas verwandelt?«

»Ich hoffe, es ist bloß eine Metapher«, sagte Amy. »Ich hoffe,
Tom hatte mit dem Missbrauch nichts zu tun. Aber du hast sie
doch beide getroffen, wie hast du sie erlebt?«

»Lange her. Es war damals nicht so wichtig, und natürlich
weiß man nie vorher, was irgendwann mal wichtig wird. Ich
würde sagen, um mal ganz langweilig beim Wortsinn zu bleiben, sie sah schon ein bisschen wie ein Frosch aus: Ihr Grinsen
ging von einem Ohr bis zum anderen, und beim Klavierspielen
hüpfte sie auf und ab.«

»Und Tom?«

»Ach, nun ja – weißt du, Maddie stellte ihn mir als ihren
Freund vor, also betrachtete ich ihn mit einer Mischung aus
Hoffnung und Argwohn. Ich fürchte, ich war der unverbesserli-
che Vater, der immer hofft, irgendwer möge sich anständig um
seine Tochter kümmern und ihn vom Ballast der Verantwortung befreien. Tom wirkte erfolgreich, und er begrüßte mich
mit einem ordentlichen Handschlag und sah mir in die Augen,
das nahm mich für ihn ein. Aber das war das einzige Zusammentreffen. Es führte zu nichts. Der Mann, den sie am Ende
geheiratet hat, entpuppte sich als dermaßen unreif, dass es wie
mit zwei Kindern war. Er verschlimmerte meinen Ballast. Auch
das führte zu nichts. Inzwischen habe ich mich mit dauerhaf-
ter Verantwortung abgefunden. Und um die Wahrheit zu sagen,

jetzt, wo ich im Ruhestand bin, genieße ich sie sogar. Sie gibt mir das Gefühl, zu etwas nutze zu sein.«

Ja, dachte Amy beschämt, darauf läuft es wohl hinaus. Denn wenn er nicht gerade über ihre Schulter mitlas und in Erinnerungen schwelgte, war Stuart geduldig und systematisch dabei, die Hotels durchzutelefonieren, um Briony ausfindig zu machen.

»Bist du Carol je begegnet?«

»Niemals. Maddie hasste sie.«

»Das scheint das gängige Schema zu sein: liebte ihn, hasste sie. Dabei war er es, der den größten Schaden anrichtete.«

»Nicht immer vernunftgesteuert, die Menschheit, wo es um Zuneigung und Abneigung geht.«

Amy nahm sich die nächsten beiden Seiten mit Carols winziger rigider Handschrift vor.

… wo uns jeder kennt und alle uns beneiden. Und wie sie das tun. Ich selber bin von Neid durchdrungen bis ins Mark, von daher sollte ich ihn bei anderen leicht erkennen können.

Warum nehme ich das hier alles für bare Münze, fragte sich Amy. Weil es handgeschrieben ist? Nach dem Motto, warum sollte jemand überhaupt etwas händisch niederschreiben, wenn es nicht die Wahrheit ist? Aber das ist dumm – bis zur Erfindung der Schreibmaschine wurde alles einschließlich der himmelschreiendsten Lügen von Hand geschrieben. Erst im Computerzeitalter wirkte Handschrift so gewichtig, so entschleunigt und bedeutsam.

Oder lag es daran, dass Carol sich selbst nicht schonte? Sie gab Neid zu, nicht gerade ein schmückender Charakterzug.

Die Seiten in der Hand fragte sie sich, warum Carol sich überhaupt die Mühe machte, zu schreiben – und vergaß dabei kurz, dass sie selbst eine eifrige Notizenmacherin war und, solange kein besseres Thema anstand, ebenfalls ihren Alltag verwurstete, ihre Gefühle und Eindrücke. Aber das hier war kein Tagebuch. »Heute kam eine Anfrage …« Wann war dieses Heute? »Brionys David kam in mein Büro …« Wann? Offenbar vor Ellys Tod, aber wie lange davor? Die Seite, die Keitel als Erste gemailt hatte, war von danach. Alle Kopien zeigten das Muster einer Spiralbindung am linken Blattrand, also benutzte Carol vielleicht gewöhnliche Collegeblöcke. Womöglich stammten alle Kopien aus demselben Block. Die Schreibweise erweckte den Eindruck, als schriebe Carol jeden Tag. Warum? Um ihrem Leben Struktur zu verleihen? Gehörte sie zu den Menschen, denen nicht klar ist, was sie denken, bis sie es niedergeschrieben haben? Oder schrieb sie, um ihre Existenz umzudeuten? Und wenn es unzuverlässiges Erzählen war, waren dies die Lügen, die sie sich selbst einredete?

… denn es sieht ganz so aus, als hätten wir eine Art Pattsituation. Wenn ich sage, was ich weiß oder vermute, wird sie dasselbe tun. Und vice versa. So viel zu Frieden, Liebe und Brot für die Welt. Ich wusste immer, das war nur die flauschige Fassade für einen scharf kalkulierenden Verstand.

Es ergibt natürlich aus steuerlichen Gründen Sinn, die ganze Operation woandershin zu verlagern. Der einzig logische Ort sind die USA, wegen der bedienungsfreundlichen Sprache und der unternehmerfreundlichen Vergünstigungen. Aber Tom wird ein Problem. Er kann da nicht einfach zur Vordertür reinspazieren, und selbstredend kann ich ihn nicht zurücklassen. Also muss erneut etwas ausgehandelt werden, aber ich bin im Augenblick zu müde, um mir eine kreative Mauschelei auszudenken.

Das große Problem an der Musik ist, dass sie von Musikern gemacht wird, und die sind unzuverlässig und führen ein chaotisches zerstörerisches Leben. Ich für mein Teil finde es wünschenswert, in diesem Geschäft ohne sie auszukommen. Und das kann ich. Affe rückwärts ist jetzt kein Stein mehr in meinem Schuh, ich kann sie ignorieren. Sie hat keine Erben. Ihre Unterschrift, die bis jetzt alle relevanten Papiere ziert, ist nicht mehr vonnöten.

Theoretisch kann ich weggehen und mein Musikbusiness neu auf-
ziehen, musikerfrei. Aber ich kann kein Zwilling ohne Tom sein.
Caranto ist Carol und Tom – sein Geschenk an mich, auf das ich
aufgebaut und das ich konsolidiert habe, bis es mein Geschenk an
ihn wurde. Ich könnte es jetzt auflösen, alle Lizenzen zur Nutzung
an Dritte geben, und wir müssten nie wieder arbeiten, sofern
mein schlagseitiger Bruder sich überreden lässt, seine Exzesse
einzuhegen und seine erschreckende Sucht nach Adrenalin unter
Kontrolle zu bringen. Er sagt: »Wäre es nicht eine Tragödie, es
könnte richtig Spaß machen. Diese Bullen interessieren sich doch
immer nur für eine Sache. Sie gucken nie unter den Teppich.«

Tja, nun hat jemand einen Blick unter besagten Teppich gewor-
fen, und ein rascher Wechsel über den Atlantik ist geboten, um
unsere Privatsphäre zu schützen und alle Verbindungen zu …

Erbost schleuderte sie die Blätter von sich. Doch da sie bloß
Papier waren, flatterten sie harmlos neben ihren Füßen zu
Boden. Fast wünschte sie, sie hätte sie nie zu Gesicht bekommen, wüsste gar nichts von ihrer Existenz. Was ich hier habe,
dachte sie, ist nutzlos ohne das, was ich nicht habe.

Aber konnte sie Peter Garcia sagen, dass das, was sie nicht
gesehen hatte, zwanzigtausend Dollar wert war? Konnte sie bei
dieser Sachlage verlangen, dass er die Zeitung überzeugte, tief
ins Portemonnaie zu greifen und Amy Geld anzuweisen, das
ausschließlich zum Erwerb von »Dynamit« gedacht war?

Dynamit

E-Mail an Peter Garcia
Das Material ist Dynamit. Überweist sofort die 20 000, sofort! Sieht aus, als könnte Finn recht behalten – T & C dürften eine Vergangenheit haben, und Brionys David machte Scherereien. Die ersten zwei Seiten, die ich gelesen habe, sind von vor dem Mord, auf den beiden anderen geht's um Cs Plan eines (erforderlichen?) Umzugs in die USA. Das gesamte Material umfasst folglich den entscheidenden Zeitabschnitt. Bitte macht schnell – in zwei Tagen reise ich ab und kann es mir nicht leisten, länger zu bleiben.

Amy war überzeugt, dass alle Informationen, die sie je brauchen würde, in Keitels Kiste steckten, dass Carol für sie ganze Arbeit geleistet hatte.

Carol kannte die toten Männer. Ihr Wissen über Pheeny, Julius und David würde Amy alles erklären. Womöglich wusste sie von Madeline und Pheeny. Womöglich hatten die beiden etwas vorgehabt, vielleicht sogar noch ausgeführt. Carol konnte ihr verraten, was Madeline nicht preisgeben wollte.

Wenn sie Carols sämtliche Papiere hatte, würde sie nie wieder demütig bei irgendwem vorsprechen müssen. Sie würde nie wieder um ein Interview betteln müssen, und folglich würde sie auch nie wieder eine Abfuhr hinnehmen müssen. Sie wäre nicht mehr gezwungen, Tom und Carol Nachrichten zu hinterlassen, die sie bloß ignorierten. Sie müsste nicht mehr voll sinnloser Hoffnung ihren Anrufbeantworter abhören oder nach dem nichtexistenten Blinken des Hoteltelefons Ausschau halten. All diese Zeichen und Symbole der Zurückweisung. Sie müsste eigentlich daran gewöhnt sein nach dem schlimmen Jahr, das sie hinter sich hatte, tatsächlich aber wurde sie immer empfindlicher.

Reiß dich zusammen, sagte sie sich streng. Du bist Schriftstellerin. Das hier ist Recherche, nicht unerwiderte Liebe. Ich sollte Freude daran haben. Recherche ist mehr, als bloß gestohlene Papiere zu lesen – es geht darum, mit Leuten zu reden. Leute lassen dich abblitzen, Leute belügen dich. Nichts Persönliches. Nebenbei, enthüllte Wahrheit ist nichts, was du aus einer einzigen Quelle ziehst. Sehr wahrscheinlich würden Carols Schriften mehr über Carol enthüllen als über die Wahrheit. Es würde einfach noch eine widersprüchliche Sichtweise mehr sein.

Sie hob die Seiten auf, die sie weggeschleudert hatte, und glättete sie zärtlich, denn selbst wenn es nur Lügen waren, waren es Lügen, dies sie verwerten konnte: »Carol machte kurz nach den grausigen Vorfällen eine Eintragung, wobei ihr vor allem ein Standortwechsel der Firma am Herzen zu liegen schien. Ihre Pattsituation mit …«

Carols ›Pattsituation‹ mit wem? Das war die Frage. Die naheliegendste Kandidatin war Briony. Der Seitenhieb über Frieden, Liebe und Brot für die Welt passte am besten zu ihr, doch ihr Name tauchte nicht auf. Ebenso gut konnte eine Person gemeint sein, von der Amy nie gehört hatte. Mit Sicherheit sagen konnte sie jetzt nur, dass Carol etwas gegen eine mysteriöse Unbekannte in der Hand hatte, und die mysteriöse Unbekannte hatte etwas gegen Carol in der Hand.

Sie drehte sich zum Nachttisch um und wählte Keitels Handynummer. Es läutete und läutete, aber niemand ging ran.

Stuart klopfte an ihre Tür. Er sagte: »Ich habe allmählich den Verdacht, dass Briony unter anderem Namen reist. Vielleicht hat sie nach Davids Tod erneut geheiratet.«

»Niemand hat je so etwas erwähnt.«

»Mein Eindruck ist, dass seit der Übersiedlung nach Neuseeland niemand außer den Anwälten Kontakt zu ihr hatte.« Er setzte sich aufs Fußende ihres Betts. Er sah müde aus.

Sie sagte: »Soll ich uns was beim Zimmerservice bestellen? Ich möchte das Hotel nicht verlassen, falls Briony oder Tom oder Carol anruft. Oder Keitel. Der geht im Moment nicht ans Telefon.«

»Tom und Carol rufen nicht an«, sagte Stuart. »Es ist mir egal, wie süß er dich angelächelt hat, Liebes, er hat dich bloß abgewimmelt. Die beiden wollen *nicht* mit dir reden, und das könntest du jetzt ruhig mal akzeptieren und richtig schön mit mir essen gehen. Der Zimmerservice in diesem Hotel ist so mies und drittklassig wie alles andere auch, und ich rufe einen Streik aus.«

»Aber …«

»Ich meine es ernst. Wenn sie dich sprechen wollen, können sie eine Nachricht hinterlassen. Aber das tun sie nicht, und das bleibt so. Wohingegen Keitel – der wird sich melden, denn er will sein Geld. Dein Zimmer für ein paar Stunden zu verlassen ändert daran überhaupt nichts.«

Er behielt ärgerlicherweise recht. Das Telefon klingelte schließlich nach Mitternacht, als sie noch wach war, doch der Anruf war nicht, was sie erwartet hatte.

Eine Frauenstimme: »Alles deine Schuld, Miststück.«

Amy setzte sich auf, leicht desorientiert. »Carol?«, fragte sie. »Briony?«

»Was'n los mit dir? Sagst es Tom.«

»Ich habe gar nichts zu Tom gesagt«, sagte Amy. »Wer spricht denn da?«

»Na Cindi, wer sonst?«

Cindi? Sie brauchte fünf benebelte Sekunden, um sie als Keitels Freundin einzuordnen. »Wo sind Sie? Was ist passiert?«

»Na, ich bin im Krankenhaus, wo sonst? Mit KK. Notaufnahme. Und wer zahlt nun die Rechnung?«

»Was ist passiert?«

»Die sind reingeplatzt, Mann, haben ihn aufgemischt. Was glaubst du denn? Und alles wegen dir, du Miststück, nur weil du's Maul aufreißen musst.«

»Ich? Ich hab niemandem ein Wort gesagt.«

»Ey also, KK braucht das Geld jetzt. Weil, er ist im Valley Hospital, und die werden sein Auge reparieren wollen. Also kommst du jetzt her und bringst die zwanzig Riesen, klar? Das schuldest du uns.«

»Ich habe keine zwanzig Riesen hier«, sagte Amy entgeistert. »Wir hatten eine Abmachung. Ich kann mir das Geld nicht aus den Rippen schneiden. Es ist ja nicht mal meins. Und ich brauche erst das Material.«

»Schneid es dir besser sonst wo raus«, sagte Cindi und klang auf einmal eher weinerlich als bedrohlich. »Wann kannst du das Geld auftreiben?«

»Morgen Mittag vermutlich.«

»Ich meld mich«, sagte Cindi.

»Hören Sie, bitte glauben Sie mir – ich habe niemandem etwas gesagt.« Allerdings erinnerte sie sich jetzt ganz deutlich, dass Tom Keitel als kleines Kriechtier bezeichnet hatte. Und warum hätte er das tun sollen, es sei denn, sie hätte Keitels Namen erwähnt?

»Ich schwöre, ich war's nicht«, sagte sie.

»Egal«, sagte Cindi und legte auf.

Stuart kam aus dem Badezimmer, wo er sich, wie sie feststellte, dankenswerterweise angezogen hatte. Er sagte: »Denk an den Zeitunterschied. Vermutlich kannst du deinen Agenten jetzt noch anrufen.«

Sie hätte gern gesagt: Nimm mich in den Arm, ich glaube, ich hab etwas Schreckliches angestellt, aber sie schämte sich zu sehr, um es zu beichten, und Stuart ging in seinem Zimmer schlafen.

Keine Kriegerin

Cindi war eins achtzig groß. Haar und Make-up saßen perfekt, sogar zur Frühstückszeit. Ihre Arme und Beine waren lang und auf Hochglanz poliert. Finger- und Fußnägel funkelten. Sie sagte, sie sei ein Model und Tänzerin. Die meisten Männer im Restaurant vergaßen ihre Pfannkuchen und Cornflakes und verharrten mitten beim Kauen, als sie an ihnen vorüberging.

Zwei Minuten nachdem sie sich gesetzt hatte, war Amy klar: Wenn Keitel und Cindi ein Paar waren, dann war Keitel der clevere Teil.

Stuart brachte ihr seine altmodische Zuvorkommenheit entgegen und bot ihr Kaffee und Saft an und was immer sie von der Speisekarte wünschte.

»Der ist ja süß«, sagte Cindi zu Amy. »Ist er dein Paps?«

»Sie sind voll süß«, sagte sie zu Stuart, »echt total.« Von da an richtete sie das meiste, was sie von sich gab, nur noch an ihn.

»Es tut mir so leid wegen Keitel«, sagte Amy unbeholfen. »Wie geht es ihm jetzt? Was genau ist passiert?«

»Ich hab nix gehört«, erklärte Cindi Stuart. »Die haben ihn über Nacht dabehalten, und sie müssen das Auge untersuchen. Aber was ihn gestern Abend echt irre gemacht hat, war wegen der Implantate. So Implantate kosten ja 'n Vermögen.«

»Implantate?«, fragte Stuart verwundert.

»Na, Zähne. Haben Sie sein Lächeln nicht gesehen?«

»Ich bin ihm selbst nie begegnet«, sagte Stuart. »Er hat ausschließlich mit meiner Freundin hier verhandelt.«

»Er hatte 'n tolles Lächeln, aber er ist nicht versichert«, sagte Cindi. Sie rutschte rüber, so dass ihr Oberschenkel den von Stuart berührte. »Ich hab ihm gesagt, so 'n Lächeln braucht er, wenn er im Showbusiness landen will. Also müsst ihr bezahlen, was ihr ihm schuldet, und zwar *jetzt*.«

»He!«, sagte Amy. »Ich wollte eine Kiste Papiere *erwerben*. Ich habe Kopien von ein paar Seiten *gekauft*. Ich *schulde* niemandem irgendwas.«

»Die haben ihm das Gesicht zerschlagen wegen ihr«, sagte Cindi zu Stuart.

»Sie haben uns noch nicht erzählt, was vorgefallen ist«, sagte er beschwichtigend. »Waren Sie dabei?«

»Ich hab gearbeitet. Sagte ich schon, dass ich Tänzerin bin? Na, und ich hatte Pause und rief KK an, aber so'n andrer Typ ging an sein Handy und sagte, sie bringen ihn ins Krankenhaus. Also bin ich mit dem Taxi hin. Ich musste ein Taxi nehmen, weil, ich kann nicht fahren, KK fährt mich immer. Und als ich dann zu ihm konnte, sagte er, er hat diesen Typen die Tür aufgemacht, und die haben ihn zusammengeschlagen und seine Bude verwüstet. Und ich sagte: ›Mir hast du erklärt, ich soll nie die Tür aufmachen, ich soll immer erst die Kette vorlegen und durch den Spion gucken‹, das würden wir in Minnesota nie tun, kann ich Ihnen sagen. Aber er meinte, die haben die Kette kaputtgemacht. Sie ist einfach aus der Tür gerissen, was mir sagt, dass ich für meine Tür besser eine dickere Kette besorge oder vielleicht gleich zwei.«

»Aber wie kommen Sie darauf, dass das etwas mit meiner Freundin hier zu tun hat?«

»Er hat doch mit ihr Geschäfte gemacht, oder? Und KK, also er sagt, diese Typen arbeiten manchmal für Tom. Egal, KK braucht echt das Geld jetzt. Die haben was von Korrektur-OP gesagt.«

Stuart fragte: »Haben Sie denn die Kiste?«

»Klar hab ich die. Warum fragen Sie? Haben Sie das Geld?« Sie lehnte sich schwer an Stuart, eine Brust drückte sich an seinem Arm flach.

Amy sagte: »Es liegt auf der Bank. Wo ist die Kiste?« Cindi hatte ein Krokodilledertäschchen bei sich, das vermutlich knapp groß genug war für eine Kreditkarte und einen Lippenstift. Ihr Top und die weiße Caprihose saßen so eng, dass sich darin keine Mascara hätte verbergen lassen.

»Ich hab sie an einem sicheren Ort«, sagte sie.

»Na dann«, sagte Amy, »schlage ich vor, Sie gehen sie holen, und wir treffen uns in einer Stunde in der First National Bank.«

»Du sagst mir nicht, was ich tun soll.« Ausnahmsweise sprach Cindi Amy direkt an. »Du holst mir jetzt das Geld. Das ist alles echt voll total deine Schuld.«

»Ich glaube nicht«, sagte Stuart. »Haben die Männer, die Keitel das angetan haben, tatsächlich einen Grund genannt? Nein? Ist es dann nicht denkbar, dass es um ganz was anderes geht?«

»Na, und was?«

»Nun, ich weiß es nicht«, sagte Stuart und rückte etwas von Cindi ab. »Wir sind doch bestimmt nicht die Einzigen, mit denen Keitel geschäftlich zu tun hat.«

»Ich weiß bloß, Keitel ist im Krankenhaus, und ihr schuldet mir Geld.«

»Also, *Ihnen* schulde ich schon mal gar nichts«, sagte Amy. »Ich habe mit Keitel eine *Abmachung*. Und zudem glaube ich Ihnen nicht. Ich glaube, Sie haben die Kiste gar nicht.«

»Halt ein«, sagte Stuart, »das geht ein bisschen weit. Gib der jungen Dame eine Chance.«

»Yeah«, sagte Cindi und schmiegte sich fest an ihn. »Was ham Sie bloß mit so 'ner kaltherzigen Hexe am Laufen? Hab ich schon gesagt, dass Sie süß sind? Warum besorgen Sie mir nicht, Sie wissen schon, das Geld und …«

»Ach, verdammte Scheiße!« Amy riss endgültig der Geduldsfaden. »Es ist nicht sein Geld, also roll dich von seinem Schoß runter und benimm dich wie eine Erwachsene.« Sie stand auf.

»Ich bin in einer Stunde mit dem Geld in der First National Bank. Komm da hin. Wenn du das Material hast. Wenn du es nicht hast, kannst du … dann kannst du … stattdessen zum Bikini-Waxing gehen, hoffentlich tut es weh.«

»Wo willst du hin?«, fragten Cindi und Stuart fast unisono. Beide sahen beunruhigt aus.

»In mein Hotel.«

»Du kannst doch nicht …«, setzte Cindi an, doch Amy drehte sich um und marschierte aus dem Lokal. Niemand verharrte mitten beim Kauen, um ihr nachzusehen.

Sie war jederzeit sofort bereit zuzugeben, dass sie in puncto Ordnungsliebe nie einen Pokal gewinnen würde, deshalb brauchte sie ein paar Sekunden, um zu erfassen, dass ihr normales Chaos sich verzehnfacht hatte. Ihr Bett war auseinandergenommen. Die Matratze lehnte schräg am Fenster. Der Inhalt von Kommode, Schrank und Nachttisch war auf dem Boden verstreut. Ihre Lesebrille lag zerbrochen auf dem Teppich und sah aus, als wäre absichtlich darauf herumgetrampelt worden. Die Kopien von Carols Niederschrift waren weg.

Sie stand da wie gelähmt, presste ihren Laptop an die Brust und dankte der Paranoia, die dafür sorgte, dass sie ihn überallhin mitschleppte wie eine Handtasche. Dann drehte sie sich um und stürzte aus dem Zimmer, den Korridor entlang dorthin, wo sie einen Putzwagen gesehen hatte. Eine Tür stand offen, und drinnen plärrte in voller Lautstärke MTV aus dem Fernseher. Auf dem Schirm tanzten sieben unglaublich schöne Frauen – Cindi nicht unähnlich in der Figur – mit aalenden Bewegungen und rhythmisch stoßenden Becken um einen plumpen unattraktiven Rapper herum zu einem ohrenbetäubenden, aber unsäglich banalen Track. Die Putzfrau stand mit dem Rücken zum Bildschirm und staubsaugte zwischen den Betten. Sie drehte sich nicht um, bis Amy ihr auf die Schulter tippte. Dann schaltete sie den Staubsauger aus.

»Mein Zimmer«, schrie Amy gegen die Musik an. »Jemand hat mein Zimmer verwüstet.«

»¿Que?«

»Haben Sie jemand in mein Zimmer gelassen?« Sie zeigte ihre Schlüsselkarte mit der aufgedruckten Zimmernummer.

»¿Que?«

»Bei mir wurde eingebrochen«, wehklagte sie. »Papiere weg, Brille kaputt.«

Die Putzfrau starrte sie vollkommen ausdruckslos an, hob die Schultern und zeigte ihre Handflächen in der Universalgeste, die sagt: Ich hab keinen Schimmer, wovon du redest, und ich geb keinen Fick drauf.

Amy zog sich zurück. Im Korridor sah sie Stuart, der mit gezückter Schlüsselkarte auf seine Zimmertür zuging.

»Was ist los?«, rief er, als er sie sah.

»Ach du liebe Güte!«, sagte er, als sie es ihm berichtete. Er öffnete seine Tür und sah sich vorsichtig um. Das Zimmer war noch nicht gereinigt, aber er hatte sein Bett selbst gemacht, und all seine Sachen waren säuberlich weggeräumt. Er schaute nach seinem Reisepass und den Traveller-Schecks. »Alles da und in Ordnung«, informierte er sie.

»Na *klar*. Das war Tom. Er wollte nur Carols Papiere. Ein Glück hab ich den Laptop immer bei mir.«

»Was willst du jetzt tun?«

»Mich bei der Hotelleitung beschweren. Die Polizei rufen.«

»Warte einen Moment«, sagte Stuart. »Durchdenke es. Was willst du ihnen sagen? Dass dein Zimmer verwüstet ist, weil jemand versucht hat, gestohlenen Besitz von dir zurückzuholen? Oder dich zu warnen, damit du abhaust?«

Amy legte den Hörer zurück auf die Gabel. Stuart fuhr fort: »Ich fand von Anfang an, dass diese Reise nicht gerade einen moralisch löblichen Beitrag zu deinem Projekt darstellt. Aber ich habe nie angenommen, dass es gefährlich wird. Du musst jetzt sehr umsichtig abwägen, ob wir versuchen sollten, unsere Flüge umzubuchen und sofort heimzureisen. Als du sagtest, du seist Schriftstellerin und keine Kriegerin, hattest du absolut recht.«

»Ich will nach Hause.«

»Andererseits hast du schon Keitels Geld geordert, und ich habe Cindi überzeugt, uns bei der Bank zu treffen.«

»Ach ja? Hör mal, Stuart, wenn sie die Kiste hat, falle ich vor Schreck tot um. Falls Tom tatsächlich Schläger losgeschickt hat, um Keitel zu verprügeln, dann haben sie die Kiste mitgenommen. Cindi will uns doch bloß das Geld abluchsen.«

»Dafür scheint sie nicht helle genug«, sagte Stuart traurig.

»Ist sie wohl auch nicht. Findest du es keinen komischen Zufall, dass sie mich anruft und auf einem Frühstückstermin besteht, und während ich mich mit ihr treffe, wird in mein Zimmer eingebrochen?«

»Aber wenn Tom sich die Kiste schon von Keitel geholt hätte, warum sollte er dann noch dein Zimmer verwüsten?«

»Ich weiß es nicht!«, rief sie. »Frag doch deine Freundin Cindi.«

»Beruhige dich«, sagte Stuart und sah verschnupft aus. »Das hier ist nicht ihre Schuld, weißt du.«

»Ja, tut mir leid. Aber du willst, dass ich sie bei der Bank treffe und ihr womöglich zwanzigtausend Dollar aushändige.«

»Was stellst du dir denn vor – dass sie ein unechtes Paket mitbringt und zwanzigtausend oder einen Teil davon kassiert und damit wegrennt? Oder …«, sagte er sehr ernst, »dieselben Schläger folgen uns zur Bank und machen uns platt.«

»Ich kann diesen Ort nicht leiden«, sagte Amy und ließ sich auf seine Bettkante fallen. »Er ist wie ein ganz mieser Film. Und wir denken schon wie in einem noch mieseren Schundroman.

Aber ich glaube das alles. Dies *ist* ein Ort, wo Leute krankenhausreif geschlagen werden und nuttige Mädchen dich zum Frühstück locken, während dein Zimmer auf den Kopf gestellt wird.«

»Es liegt nicht am Ort«, sagte Stuart. »Es liegt am Vorhaben. Es liegt an dir, die versucht, gestohlenes Zeug zu kaufen. Es liegt an mir, der so tut, als wäre ich dein Bodyguard.«

»Ach Stuart, lass uns einfach heimfliegen, bevor etwas wirklich Schlimmes passiert.«

»Ist es nicht bereits passiert? Ich meine den armen Jungen.«

»Wenn man Cindi glaubt.«

»Wo liegt er?«

»Sie sagt, im Valley Hospital.«

»Ich rufe dort an und prüfe, ob es stimmt.«

So war dieser Teil schnell geklärt. Keitel Kline war vergangene Nacht ins Valley Hospital eingeliefert worden, mit zahlreichen Verletzungen an Kopf und Körper, nichts davon lebensgefährlich.

Mittlerweile fühlte sich Amy schon etwas urteilsfähiger. Sie sagte: »Jetzt zu Cindi. Entweder sie agiert nur zu ihrem eigenen Vorteil, vielleicht auch ihrem und Keitels. Oder sie ist Toms Marionette. Im ersten Fall könnte sie unter Umständen, nur unter Umständen, die Kiste haben. Falls aber Tom im Spiel ist, hat sie sie ganz sicher nicht. Ich nehme an, es lohnt einen kurzen Abstecher zur Bank, nur um zu sehen, ob sie auftaucht. Falls sie es ehrlich meint …«

»Schön, in Ordnung«, sagte Stuart skeptisch, »du würdest es dir nie verzeihen, eine solche Chance nicht wahrzunehmen. Aber wir gehen zusammen.«

»Und ich hebe kein Geld ab, bevor …«

»Das versteht sich von selbst.«

Auf dem Weg ins Erdgeschoss sagte Stuart: »Weißt du was, das hier ist ganz und gar nicht der Urlaub, den ich mir vorgestellt habe. Es ist auf vielfältige Weise durchaus anregend, aber ich kann nicht behaupten, dass ich gutheiße, was du tust.«

Amy schwieg und prüfte nervös, ob sie die richtigen Ausweispapiere dabeihatte. Sie fühlte sich zittrig und kurzatmig.

Stuart fuhr fort: »Erstaunlicherweise ist es ein Urlaub, der sich quasi selbst finanziert hat. Weißt du, ich glaube, ich habe ein ziemliches Talent für Blackjack entwickelt.«

Ein Mann in einem T-Shirt mit dem Aufdruck *Wahnsinn kann man erben – von seinen Kindern* sagte: »Dann hören Sie sofort auf. Der letzte Kerl, den ich das hab sagen hören, verlor sein Haus, seine Frau und seine Firma.«

Die Türen glitten auf, und alle schwärmten aus in die Lobby aus schwarzem Marmor. Stuart sagte: »Tja, ich habe keine Frau und keine Firma, aber mein Haus würde ich ganz gern behalten.«

Der Mann mit dem T-Shirt eilte in Richtung Casino davon – er rannte fast. Stuart blickte ihm nach und seufzte.

In der Bank – kühl und glanzvoll getäfelt mit grauem Marmor – saßen sie nebeneinander auf blauen Stühlen und beobachteten die Tür. Sie saßen da, bis Cindi vierzig Minuten überfällig war. Nun war es an Amy, zu seufzen. »Ein letzter Versuch. Ein letzter Anruf bei Tom.«

»Das ist nicht klug«, sagte Stuart.

»Vielleicht ja doch. Ich dachte, ich sag ihm nur kurz, dass mein Agent und mein Verlag längst Faxkopien der vier Seiten vorliegen haben und dass sie wissen, wer zur Verantwortung zu ziehen ist, sollte uns in den nächsten vierundzwanzig Stunden etwas zustoßen.«

»Es ist so absurd«, sagte Stuart. »Der Exfreund meiner Tochter, der Typ, der andere zusammenschlagen lässt. Wenn sie von ihm spricht, klingt es, als wäre er ein liebenswerter Schlawiner. Meinst du, wir sind vielleicht im Irrtum? Ist nachher vielleicht doch Carol die Böse?«

»Du hast den Text doch gelesen. Es war immer Tom, der bestimmt hat, was geschieht. Sie hat bloß versucht, ihn zu schützen.«

»Wollen wir einen Kaffee trinken gehen?«, schlug er vor, und sie schlenderten aus der Bank hinaus in den gleißenden Sonnenschein.

»Hast du deinem Agenten wirklich die Seiten gefaxt?«, fragte Stuart.

»Ja, natürlich. Sonst hätten sie doch nie das Geld angewiesen.«

»Dann sind sie also nicht weg. Du behältst zumindest etwas in der Hand. Ich hatte schon Sorge, du könntest am Ende mit weniger als nichts dastehen. Ich meine, diese Kopien hast du mit deinem eigenen Geld bezahlt.«

»Dem Geld des Venetian, wenn man's genau nimmt. Und wenn ich mich recht erinnere, hast du mir den Zehn-Dollar-Chip gegeben. Ich muss dich also noch auszahlen.«

»Spendier mir einen Kaffee und ein Stück Kuchen, dann sind wir quitt.«

Sie saß neben Stuart an einem Fensterplatz bei Starbucks, trank Kaffee aus einem Pappbecher und aß ein Pain au chocolat aus einer braunen Papiertüte.

»Woran denkst du?«, fragte Stuart.

»An den Song ›All You Can Trust Is Pizza And Lust‹ von *Sisters Come Dancing*. Das war eine Hymne in allen Clubs, als ich aufs College ging. Es brachte sämtliche Frauen auf die Tanzfläche, alle brüllten mit, so laut sie konnten, und wedelten mit den Händen durch die Luft. Für ein paar Minuten bedeuteten Studienarbeiten, Männer und Kleidergrößen einen feuchten Dreck. Du schwenktest einfach bloß deinen Arsch und lachtest zusammen mit den anderen Frauen wie irre.«

Das ist die Wahrheit, dachte sie. Na schön, Elly war nicht Bob Dylan, aber sie war wichtig. Sie war wichtig für mich, und sie war für viele Frauen wichtig. Sie war unbedingt einer Biografie würdig. Aber waren Informationen über sie es wert, den armen dummen Keitel ins Krankenhaus zu bringen? Gab es für so was je eine Rechtfertigung?

Das war Tom, sagte sie sich. Tom, wenn man Cindi glauben konnte, hatte Keitel zusammenschlagen lassen, nur weil er mit der Biografin gesprochen hatte. Aber Tom war kein gewalttätiger Mann. Er kannte bloß gewalttätige Leute. Soviel sie wusste, hatte er nie jemandem körperlichen Schaden zugefügt, nicht persönlich.

Amy zwang sich, nochmals die wahnwitzige Gewalt bei Ellys Tod zu rekapitulieren: Entführung, Gefangennahme, Vergewaltigung, Verstümmelung. Sie zwang sich, streng logisch über eine dermaßen kranke Tat nachzudenken. Tom konnte es nicht getan haben. Selbst wenn er wie Carol gefunden hätte, das Musikgeschäft wäre ohne Musiker effizienter und profitabler, hätte er seine Musikerin nicht mit solcher Gewalt eliminiert. Er hätte auch niemanden dafür angeheuert. Dieser Grad des Wahnsinns ließ sich nicht mieten und mit Sicherheit auch nicht vortäuschen. Gewiss war auch akribische Planung im Spiel, aber die war besessen und abartig. Die Todesumstände an sich – was Ellys Kehle und Händen zugefügt worden war, was die Polizei zunächst für ein Ritual gehalten hatte und was Ayishas Ansicht nach mit Stummmachen der Sängerin zu tun hatte – waren zu verquer, um praktischen Nutzen zu haben. Es musste symbolisch gemeint gewesen sein. Der Tod war ein Suchbild. In der Gänze nur vom Todbringenden zu verstehen. Nicht von der Schriftstellerin.

Sie sagte: »Es ist schwer, sich Tom als Gewalttäter vorzustellen, nicht?«

»Ich weiß. Wir haben über ihn geredet, als wäre er bloß ein unzuverlässiger Hallodri, mit dem meine Tochter ausgegangen ist. Jetzt muss ich noch mehr an ihrem Urteilsvermögen zweifeln.«

Und dabei hab ich ihm noch nicht mal von Pheeny erzählt, dachte Amy.

Stuart zerknüllte seine Papiertüte und leckte sich eine Schokoladenschliere vom Daumen. »Du hältst doch Tom nicht für Ellys Mörder, oder? So gewalttätig kann er nicht sein.«

»Glaube ich auch nicht.« Sie griff hinüber und berührte seinen Handrücken. Er schien Trost zu brauchen. »Tatsächlich habe ich gerade darüber nachgedacht, und ich bin sicher, er kann es nicht gewesen sein.«

»Ich danke dir, Liebes«, sagte er. »Aber vielleicht ist es an der Zeit, noch einmal deine Liste durchzugehen. Erinnerst du dich? Du hast eine Liste potenzieller Mörder erstellt. Sie hatte den Zweck, den Verlegern den Mund wässrig zu machen.«

Sie hatte reichlich Listen verfasst. Keine schien von Bedeutung für die heutigen Ereignisse. »Ich will nicht zurück auf mein Zimmer«, sagte sie. »Ich finde, niemand von uns sollte allein irgendwo hingehen.«

Diebesgut

»Alle?«, fragte Amy. Sie saß an der Frisierkommode in ihrem wieder aufgeräumten Zimmer. Im Spiegel sah sie Stuart mit den Füßen auf dem Bett.

»Jeden und jede«, sagte er entschieden. »Listen sind gut fürs Denken und festigen die Gefühlswelt.«

Sie schrieb:

1. Dieser Hopkins, Pflegevater, mutmaßlicher Missbrauchstäter, Angst vor Bloßstellung, als EPA berühmt wurde.

2. Boyd – Psychopath, hat vielleicht kein Alibi.

3. Pheeny – Rache – Tom hat ihn gelinkt. Maddie?

Kaum hingeschrieben, strich sie Maddies Namen unleserlich weg, in diesem Kontext sollte ihn Stuart nicht sehen.

4. Julius – " " "

5. David – Persönlichkeitsstörung durch Gehirntumor. Alibi?

6. Eric Bywater – EPA kostete ihn seinen Job, er hat gestanden.

7. Caz Carter – EPA war nach dem ersten Mal nicht mehr bereit, mit ihm zu arbeiten.

8. Yardies – wer verflucht waren die? Wo jetzt?

9. Fremder – Lieblingsidee der Polizei.

Sie erinnerte sich, in einer früheren Liste Tom und Carol aufgeführt zu haben. Also schrieb sie:

10. Carol – eifersüchtig.

11. Tom – ist EPA für ihn tot mehr wert als lebendig?

Sie blickte auf und sah, dass Stuart sie beobachtete. »Und?«, fragte er. »Wen hast du alles?«

»Es ist eine Liste mit elf Namen, alle davon hatten irgendeinen Rochus auf Elly oder hätten einen haben können.«

»Elf Motive? Das ist viel.«

»Es besteht ein großer Unterschied zwischen einem Rochus

und einem Mordmotiv. Wenn ich alle zusammenzähle, die *ich* im Laufe der Jahre mal verletzt oder vor den Kopf gestoßen habe – oder du –, kommen wir bestimmt locker auf elf.«

»Aber niemand wollte uns je ermorden.«

»Streng genommen wissen wir nur, dass es niemand getan hat. Bisher. Und wir wissen nicht, ob jemand auf der Liste wirklich Elly ermorden wollte. Ein Rochus genügt da nicht. Jeder kann einen Groll hegen. Jeder kann eifersüchtig sein. Als ich diese Liste zum ersten Mal schrieb, wollte ich eigentlich nur mein Projekt spannender aussehen lassen, damit Peter Garcia es sexy genug für Chelsea Press findet.«

»Das hast du geschafft, oder?«

»Als Kleingewinnerin.« Sie lächelte ihm zu. »Aber, Stuart, ich hab mir vorhin überlegt, bei dem Mord an Elly ist es völlig abwegig, jemanden in Betracht zu ziehen, der nicht geisteskrank war.«

Stuart überlegte einen Moment. »Werden geisteskranke Taten immer von geisteskranken Menschen begangen? Ich glaube, das müsste ich bestreiten. Jeder kann vorübergehend aus dem Gleis geraten – zum Beispiel bei einem Wutausbruch oder Panikanfall.«

»Elly wurde nicht in einem Wut- oder Panikanfall getötet«, sagte Amy. Sie drehte sich ganz um und sah ihn an. »Dieser Mord war symbolisch, eine Allegorie. Jede Einzelheit hatte für den Mörder eine Bedeutung.«

»Welche Bedeutung?«

»Das weiß ich nicht. Davon spreche ich doch gerade. Jedes einzelne Element – das Annageln der Hand, das Abschneiden der Haare – das alles *muss* Bedeutung haben für … wer immer es war. Ich kann es nicht entziffern, ich kann's einfach nicht.«

»Du sprichst von Boyd, nicht wahr?« Stuart drehte den Kopf weg und sah aus dem Fenster.

Sie stand auf und setzte sich zu ihm aufs Bett. »Er hatte ein Alibi.«

Stuart atmete tief durch und sagte: »Warum sollte meine Tochter für Boyd bürgen, wenn es nicht wahr wäre?«

»Keine Ahnung. Sie will mich nicht sehen oder sprechen.«

»Mich verfolgt die Sorge, dass du denkst, Maddie könnte sich von Ellys Tod einen Vorteil erhofft haben – nämlich dass alle sich mehr an sie halten würden, wenn Elly aus dem Spiel war.« Amy schwieg. »Oder«, sagte Stuart, »dass du denkst, sie gab Boyd ein Alibi, weil sie vielleicht selbst eines brauchte.«

»Das denke ich nicht.« Ihr wurde klar, dass sie große Mühe haben würde, ihm von Maddies Verbindung zu Pheeny zu erzählen – hinter der möglicherweise nicht mehr steckte als eine kleine Affäre kurz vor Ellys Tod. Eine Affäre, von der Tom oder Boyd jedoch nichts wissen sollten. »Ihre größten Erfolge verdankte sie alle Ellys Werk. Deine Maddie ist doch nicht verrückt.«

»Aber sie hat für jemanden gebürgt, der es ist.«

»Du drehst dich im Kreis …«

Stuart sagte nichts, aber seine Körpersprache verriet, dass er sich immer noch Sorgen machte. So zusammengesunken auf dem Bett kam er Amy plötzlich zerbrechlicher vor, als sie ihn je erlebt hatte.

Das Telefon klingelte, eine willkommene Ablenkung. »Ja?«, sagte Amy.

Eine zittrige alte Stimme: »Hier ist Briony. Falls Sie mich noch treffen wollen, ich bin in einer Stunde am Flughafen.«

Amy empfand einen scharfen Stich, die Kombination aus Adrenalin und Panik, die ein Angler verspüren musste, wenn ein dicker Fisch plötzlich an einer viel zu dünnen Schnur zupfte. »Welcher Flughafen? Wo?«

»*Der* Flughafen«, schnauzte Briony, »am Check-In-Schalter. Wenn Sie reden wollen, finden Sie mich.« Sie legte auf.

Amy sprang auf und rief: »Briony! Sie will reden.«

»Menschenskind!« Stuart stand ebenfalls auf. Er furchte die

Stirn. »Bist du sicher, dass dich nicht wieder jemand aus dem Zimmer locken will?«

»Nein. Aber das Risiko muss ich eingehen.«

»Wir«, sagte Stuart.

»Okay. Wir.« Sie schnappte sich Jacke und Computertasche. Gab es noch etwas, was sie lieber nicht dalassen sollte? Nein. Stuart machte ihr die Tür auf, doch das Telefon klingelte erneut. Sie ging zurück und nahm ab.

Es war Cindi, sie weinte fast. »Ich hatte 'n Unfall. So 'ne Art Crash war das. Ich kann die Scheißkiste einfach nicht fahren.«

»Was redest du da?«, sagte Amy.

»Ich will deinen Paps sprechen. Der wird mir helfen.«

»Warum sollte er das wollen? Du hast uns in der Bank einfach versetzt.«

»Ich will ihm das Auto hier verkaufen.«

»Die Scheißkiste, die du gerade geschrottet hast?«

»Ist nicht so wild. Ich bin bloß gegen 'ne Mülltonne gekracht. Ich war nicht schnell, weil ich doch gar nicht fahren kann. Aber ich muss raus aus der Stadt, und ich hab echt kein Geld. Also, pass auf, dein Paps kann den Taurus für die zwanzig Riesen kriegen. Da ist ein toller CD-Player drin und ich könnte glatt fünfzig dafür kriegen, aber ich hab keine Zeit.«

Stuart sagte: »Wer ist das?«

Cindi begann laut zu heulen. »Die haben mein Apartment zerlegt, und mein Goldfisch ist tot. Und dann guck ich aus dem Fenster, und diese Typen kamen direkt auf meine Tür zu, und ich bin durchgedreht und KK hatte mir den Reserveschlüssel dagelassen, und jetzt steh ich hier.«

Amy formte mit den Lippen »Cindi« für Stuart.

Stuart sagte: »Was will sie denn?«

»Was weiß ich«, sagte Amy und gab ihm den Hörer. »Ich muss jetzt wirklich los.«

»Nicht ohne mich«, sagte Stuart und ins Telefon: »Was? Wo?

Du lieber Himmel. Hören Sie, Cindi, hören Sie mir zu. Putzen Sie sich die Nase, wir sind gleich da.«

Er legte auf und sagte: »Ich bin nicht sicher, aber ich glaube, sie will mir Keitels Auto verkaufen.« Er sah erstaunt aus.

»Armer Keitel«, sagte Amy. »Sie lässt ihn im Krankenhaus allein und verkloppt noch seinen Taurus.«

»Sie ist in der Liefergasse hinterm Hotel«, sagte Stuart und strebte zur Tür. »Was in aller Welt denkt sich das Mädchen bloß?«

»Cindi und denken? Also bitte!«

»Aber helfen müssen wir ihr.«

»Nein, Stuart«, sagte Amy, als sie zum Fahrstuhl marschierten. »Das können wir nicht. Wir müssen zum Flughafen.«

»Wir können sie nicht sitzenlassen.«

»Warum nicht?«

»Vielleicht ist sie verletzt. Sie steckt in Schwierigkeiten, weil Keitel mit dir zu tun hatte.«

»Sie steckt in Schwierigkeiten, weil sie Keitels Auto ohne Führerschein gefahren hat und dümmer ist als die Fußmatte der Queen.«

Im Lift schwiegen sie. Doch im Erdgeschoss sagte Amy: »Na gut, na gut, ihre Schwierigkeiten mögen mit mir zu tun haben. Aber es ist nicht meine Schuld.«

»Das habe ich nie gesagt. Wo steckt nun das dumme Kind?«

»Links herum und noch mal links. Das weiß ich, weil ich aus meinem Fenster nichts anderes sehe als verflixte Container und Lieferwagen.«

Sie verließen das Hotel und gingen an der Seite entlang zur Liefergasse. Die Mittagssonne brannte auf Beton und Asphalt. Amy sagte: »Aber wir müssen wirklich ganz schnell machen. Das ist die einzige Chance, mit Briony zu sprechen, die ich je bekomme.«

Sie fanden Cindi weinend hinterm Lenkrad des Taurus. Der Wagen stand Nase an Nase mit einem Container, doch keiner von beiden war nennenswert verbeult. Der Motor lief noch, und die Klimaanlage machte es deutlich angenehmer, bei ihr einzusteigen.

»Mir's nix passiert«, schluchzte Cindi. »Fast nix. Nur dreh ich echt durch, aber total, und ich muss hier weg, weil, oh Gott, diese Arschlöcher prügeln mich ins Krankenhaus wie KK, und ihr müsst mal sein Gesicht sehen, Gott, Gott, Gott.« Sie schüttelte hektisch ihre Hände, als wollte sie ihren Nagellack trocknen, und ruckelte im Sitz auf und nieder. »Und ich krieg diese Scheißkarre nicht dazu, rückwärts zu fahren.«

»Beruhigen Sie sich«, sagte Stuart sanft.

»Hören Sie, also Sie könnten mir doch die zwanzig Riesen geben und den Taurus behalten, weil, es ist ein tolles Auto, und ich kann dann abhauen, weil, Leute, echt, ich muss mein Gesicht behalten. Ich bin Tänzerin und ich brauch mein Gesicht echt, echt unbedingt.«

»Rutsch rüber«, sagte Amy. Ihr fiel nichts ein, was Cindi beruhigen könnte, außer das Auto von dem Müllcontainer wegzufahren. »Nein, steig lieber hinten ein«, berichtigte sie sich. »Ich fahre.«

»Hinten ist kein Platz«, sagte Stuart. Der Rücksitz lag unsichtbar unter einem Berg von zusammenpassenden Reisetaschen, Schminkkoffern und Kleiderhüllen.

»Wir zwei müssen uns halt zusammenkuscheln.« Cindi schniefte und kicherte gleichzeitig. »Bloß gut, dass Sie so süß sind, Paps.«

»Ich lade etwas Gepäck in den Kofferraum um«, sagte Stuart energisch. Er stieg aus.

»Gut, aber beeil dich.« Amy tastete umher und versuchte den Knopf zu finden, der den Kofferraum öffnete. Als sie ihn entdeckt hatte, stieg sie aus, um Stuart zu helfen. Sie zog genug Taschen von der Rückbank, um Platz für Cindi zu schaffen, und trug sie nach hinten zum Heck.

Stuart stand vor dem offenen Kofferraum und starrte auf eine große grüne Plastikbox. Er hob den Deckel auf einer Seite an und sagte ganz ruhig: »Suchst du vielleicht das hier, Liebes?«

Die grüne Box war bis oben hin voll mit losen Blättern und mindestens fünf Collegeblöcken mit Spiralbindung. Amy griff hinein und blinzelte mühsam die winzige korrekte Handschrift an. »Oh mein Gott«, hauchte sie und klang sogar in ihren eigenen Ohren wie Cindi beim hysterischen Anfall. Rasch klappte sie den Deckel wieder zu. »Verstecken«, sagte sie, packte eine von Cindis Taschen und warf sie obendrauf. Stuart folgte ihrem Beispiel. Ehrfürchtig schloss sie den Kofferraum und stakste wie ein Roboter zum Fahrersitz.

Sie stieg ein. Stuart fragte: »Kommst du klar?«

»Alles bestens«, sagte sie mit tauben Lippen. »Amerikanische Autos fahren sich von selbst. Aber ich kenne den Weg nicht.«

»Cindi kann helfen.«

Aber Cindi, Panik überstanden, war nun voll und ganz mit Make-up und Spiegel beschäftigt. Sie sagte: »Ich könnte wohl ein paar Tage zu meiner Mama oder zu meiner Schwester in Columbus. Und dann vielleicht nach Reno oder L. A. Vegas ist ja nicht die einzige Stadt, wo ich tanzen kann.«

Amy fuhr vorsichtig den Strip entlang, beachtete jede nur erdenkliche Verkehrsregel, bis sie ein Schild sah, das ihr die Richtung zum McCarran International Airport wies. Stuart saß neben ihr. Er sah nicht glücklich aus.

»Wo fahren wir hin?«, fragte Cindi schließlich.

Im Rückspiegel sah Amy ein perfektes Gesicht, makellos geschminkte Augen erwiderten ihren Blick.

Stuart sagte geduldig: »Wir fahren zum Flughafen. Sie wollten doch nach Columbus?«

»Sie haben die zwanzig dabei?«

»Cindi«, begann Amy mit wesentlich weniger Geduld, »ich schulde dir keinen feuchten …«

»Überleg noch mal«, unterbrach Stuart. »Wir schulden ihr vielleicht doch eine Kleinigkeit.«

»Aber wir können das Auto nicht kaufen«, sagte Amy. »Es gehört ihr gar nicht.« So wie die grüne Box nicht Keitel gehörte. Ich fahre ein gestohlenes Auto mit gestohlenen Unterlagen darin, dachte sie.

»Was laberst du da?«, kreischte Cindi. »Du fährst das Scheißding doch schon. Ich will mein Geld!«

Stuart drehte sich steif im Sitz herum, um sie anzusehen. Er sagte: »Den Wagen müssen wir Keitel zurückgeben. Sie können ihn doch nicht ohne Auto sitzenlassen.«

»Er hat mich ohne Fahrer sitzenlassen.«

»Bei Judas Priests spitzen Zähnen!« Amy ließ sich zu einem Lieblingsfluch ihrer Mutter hinreißen.

»Sie hasst mich«, sagte Cindi zu Stuart. »Ich hab ihr gar nichts getan, und sie hasst mich.«

»Aber nein«, sagte Stuart. »Hören Sie, wir versuchen Ihnen doch zu helfen. Mir leuchtet ein, dass Sie Angst haben. Sie wollen hier weg. Okay, wir spendieren Ihnen ein Flugticket, wohin Sie wollen. Aber den Wagen bekommt Keitel zurück.«

»Woher weiß ich, dass ihr mich nicht bescheißt?«

Amy nahm den Fuß vom Gas. »Behalt das verdammte Auto«, sagte sie. »Fahr doch gleich bis nach Columbus damit. Stuart und ich finden schon eine Mitfahrgelegenheit.«

»Und ob sie mich hasst«, jaulte Cindi. »Sie ist 'ne fettärschige Kuh, und sie weiß genau, dass ich nicht Auto fahren kann.«

»Dann nehmen Sie das Flugticket«, sagte Stuart. »Fliegen Sie heim zu Ihrer Familie. Ruhen Sie sich aus. Sie hatten eine schwere Zeit.«

»Sie sind so süß«, sagte Cindi. »Ich mach das für Sie, aber der da würd ich nicht mal nachspucken, wenn sie grad ersäuft.«

Interview mit einer weißen Hexe

Amy setzte Stuart, Cindi und Cindis lächerliche Gepäckberge vor dem Eingang zum Abflugbereich Inland ab. Ihr war klar, dass sie auf den Wagen sehr gut aufpassen musste. Sie durfte nicht riskieren, dass er auffiel oder abgeschleppt wurde.

Erbost über die vergeudete Zeit folgte sie der Beschilderung und stellte ihn in der Kurzzeitparkzone ab. Sie hätte die grüne Box zu gern mitgenommen. Jetzt, wo sie sie endlich hatte, hielt sie es kaum aus, sie zurückzulassen. Aber sie riss sich am Riemen und begnügte sich damit, den Kofferraum abzuschließen und die Autoschlüssel in ihrem BH zu verstauen.

Im Flughafen suchte sie das Menschengewühl rund um die internationalen Check-in-Schalter ab und entdeckte schließlich Briony in einem abseits des Getümmels geparkten Rollstuhl, abgestellt wie ein vergessenes ältliches Baby. Sie trug ein rosarotes Mu'umu'u und einen grobmaschigen Strohhut. Die eine mollige Hand umklammerte die Tasche aus indischem Stoff auf ihrem Schoß, die andere hielt einen batteriebetriebenen Ventilator auf ihr Gesicht gerichtet.

»Na endlich«, sagte sie gereizt, sobald sie Amy sah. »Bringen Sie mich hier weg. Da drüben ist ein Coffeeshop.« Sie wedelte mit dem Ventilator. »Irgendwer ist dafür zuständig, mich durch die Sicherheitskontrollen zu bringen, aber aufgetaucht ist bis jetzt niemand. Ich hasse reisen. Ich hab es noch nie gemocht, und mittlerweile verabscheue ich es.«

»Warum sind Sie dann hier?« Amy packte den Rollstuhl und schob ihn durch die Flughafenhalle. Ihre Hände zitterten von der Autofahrt und dem Risiko, Carols Box auf einem Parkplatz zu lassen.

Briony sagte: »Die Geschwister Prax haben nicht auf meine Mails reagiert. Sie waren auch nicht bereit, am Telefon mit mir zu reden, und ich hatte gehört, dass Gap ›Sisters Come Dancing‹ für eine weltweite Werbekampagne benutzen will.«

Ich kann's immer noch nicht glauben, dachte Amy, als sie Brionys Rollstuhl zu einem freien Tisch manövrierte.

»Sie, Sie treten in jeden Ameisenhaufen und machen alle ganz verrückt«, sagte Briony. »Ich war nicht darauf gefasst, Ihnen hier über den Weg zu laufen. Aber jetzt ist es passiert, und ich mag Sie nicht. Ich nehme eine Banane, noch ein klein wenig grün an beiden Enden, und eine Flasche Evian, gekühlt, aber ohne Eis, kein Glas, es ist mir egal, was sie sagen, ich trinke nicht aus einem Gefäß, woraus schon Millionen andere getrunken haben.«

»Sonst noch Wünsche, Euer Hoheit?«, knurrte Amy.

»Was?«

»Nichts.« Amy parkte den Rollstuhl, ging zum Tresen und grummelte vor sich hin. »Stets zu Diensten, Königin B, und für keinen anderen Lohn, als dass mir Euer Hoheit die Wahrheit sagen, alle offenen Fragen beantworten und mich darüber aufklären, wie ich mein verdammtes Buch schreiben kann.« Ihr war schwindelig und ein wenig übel. Cindi, Keitels Karre und Carols Kiste hatten Brionys Bedeutsamkeit irgendwie ausgestochen.

Sie zwang sich, bei der Sache zu bleiben, überprüfte die Batterien in ihrem Aufnahmegerät, kaufte Wasser, Banane und Kaffee, trug alles zum Tisch und dachte, wenigstens kann Briony nicht weglaufen.

Briony griff nach der Banane und richtete sie auf Amy wie eine geladene Pistole. »Ich wünsche nicht, dass über mich geschrieben wird. Ist das klar? Ich kann Sie wohl nicht daran hindern, aber ich kann Sie bis aufs letzte Hemd verklagen, sollten Sie die kleinste Unwahrheit verbreiten. Und Carol hält es genauso.«

»Haben Sie mich herbestellt, um mir das zu sagen?«

»Mehr oder weniger.«

Amy starrte in das zerknitterte Babygesicht. Sie ignorierte den beleidigten Ausdruck und sagte: »Dann ist Ihr Abkommen mit Carol also nach wie vor gültig, auch nach zwanzig Jahren?«

»Was?«

»Sie sagen nicht, was Sie über sie und Tom wissen, und sie sagt nicht, was sie über Sie und David weiß.«

War das Schock in Brionys Gesicht? »Ich habe keine Ahnung, wovon Sie reden.«

»Ich wundere mich, dass Sie Carol nach all der Zeit noch trauen. Sie wissen doch wohl, dass sie alles aufschreibt, lauter hübsche Spiralblöckchen voll, die sie zusammen mit anderem Archivmaterial auf dem Dachboden lagert? Hat sie Ihnen das nicht erzählt? Nein? Nun ja, also was ihre eigenen oder Toms Geheimnisse angeht, führt sie vielleicht nicht alles haarklein aus, aber bei anderen Beteiligten ist sie nicht halb so zurückhaltend. Und sie hat Sie nicht besonders gern, oder?«

Briony ließ den Batterieventilator in ihre Stoff-Allzwecktasche fallen und wühlte einhändig nach irgendetwas. Sie förderte fünf kleine Pillenfläschchen zutage und wählte zwei davon aus. »Bitte«, sagte sie mit leiser, zittriger Stimme, »ich bekomme die Deckel nicht auf.« Sie stieß die beiden Fläschchen in Amys Richtung. »Wären Sie so nett ... das eine ist für den Blutdruck, das andere für mein Herz ... für den Notfall ...«

Au Kacke, dachte Amy. Sie schraubte die Fläschchen auf und schüttelte Tabletten heraus. Au Doppelkacke, dachte sie, ich bringe mich und Stuart in Gefahr, indem ich dieser Frau von den Papieren erzähle. Angenommen, sie ruft Tom an. Was, wenn Tom beschließt, mehr zu unternehmen, als nur mein Hotelzimmer aufzumischen? Wir sind ja hier nicht anonym unterwegs. Auch unsere Flugtickets sind auf unsere Namen ausgestellt. Ich bin verflucht noch mal zu nichts nütze, was sich nicht in einer Bibliothek regeln lässt.

Sie betrachtete Briony, zusammengesunken in ihrem Rollstuhl, die langsam durch die Nase ein- und durch den Mund ausatmete. Ihre gesunde Hand ruhte auf der Tasche, die andere auf ihrem Herzen. Ihr heiles Auge war geschlossen, ihr kaputtes ließ einen Schlitz vom Augapfel frei. Amy saß stumm und beschämt da und dachte daran, wie dieses Wrack von einer Frau früher stark und aufrecht vor ihrer Band stand und eine goldene Stratocaster spielte, wie ihre langen rotblonden Haare flogen – die weiße Hexe mit ihrem goldenen Besen. Dieser verzerrte Mund hatte die süßesten Harmonien gesungen mit einer Stimme, die mühelos von Tenor bis Mezzosopran reichte. Sie hatte verzwickte Gitarrenfiguren gemeistert mit den Fingern, die jetzt keinen Schraubdeckel mehr bewältigten.

»Waren Sie früher nicht ein Fan der Band?«, fragte Briony müde, spielte Haschmich mit Amys Gedanken.

»Ich liebe die Musik. Sie war unglaublich wichtig für mich.«

»Und warum versuchen Sie dann zu beschädigen, was Sie angeblich lieben?«

»Ich kann die Musik nicht beschädigen, ich kann Elly keinen Schaden mehr zufügen, und ich schwöre Ihnen, ich habe nicht vor, Ihnen zu schaden.«

»Sie können unser Prestige beschädigen. Sie können uns dumm und korrupt dastehen lassen. Sie könnten uns anlasten, dass wir Elly vernachlässigt oder ausgebeutet haben. Sie sagen, Sie lieben die Musik, aber die Band *war* diese Musik. Ich kenne euch Musikschreiberlinge – am Ende verratet ihr doch immer die Musikerinnen. Oscar Wilde hat es mal so gesagt: Alle bedeutenden Menschen haben heutzutage Jünger, aber die Biografie schreibt immer ein Judas.«

»Und ich bin nicht Judas.«

»Wir haben es euch leicht gemacht«, sagte Briony erschöpft.

»Wir wussten, dass wir lächerlich aussahen – fünf reizlose Frauen – außer Maddie natürlich. Maddie hatte das gewisse Etwas. Glauben Sie im Ernst, wir wussten nicht, dass die Leute uns auslachten? Wir konkurrierten mit *Disco*, verdammt – versuchten es zu schaffen in einer Branche, wo Glamour viel mehr wiegt als Talent. Wir wussten genau, wie sie über uns lachten.«

»Aber trotzdem sprangen sie auf und tanzten«, sagte Amy. »Trotzdem kauften sie haufenweise CDs.«

»Stimmt. So war das.«

»Sie hätten alle reich werden sollen. Gäbe es so was wie Gerechtigkeit, müssten Sie berühmter sein als Kylie Minogue oder Madonna.«

»Weil unsere Songs besser waren? Na los, sagen Sie es. Es ist ja wahr. Mit den Songs von Elly hätten wir den Weltmarkt beherrschen sollen.«

»Hätten Sie ja vielleicht noch, mit etwas mehr Zeit.«

»Nur dass wir es leider versäumten, die Songwriterin zu beschützen?« Brionys Miene, zum höhnischen Halblächeln eingefroren, ließ sich schwerer deuten denn je. »Ich sag Ihnen was, wir alle, Tom und Carol ausnahmsweise eingeschlossen, alle außer Elly wollten weg aus dieser verfluchten Straße. Niemand hätte dieses Haus schützen können. Wir haben vorn und hinten einbruchsichere Rollläden angebracht, wir haben stahlverstärkte Türen …«

»Entschuldigen Sie«, unterbrach Amy. Seit dem Abenteuer mit dem Auto fühlte sie sich wie eine andere Person – weniger passiv, eher befugt, das Gespräch in die Richtung zu steuern, die *ihr* zusagte. »Das Sicherheitskonzept interessiert mich nicht, und außerdem verließ Elly das Haus ohne Begleitung, um mit dem Hund rauszugehen.«

»Dieser verfluchte Hund! Glauben Sie, wir haben uns dafür nicht ohne Ende gegeißelt? Hätte, wäre, blablabla. Ich werde Maddie niemals, im Leben nicht verzeihen, dass sie uns diesen

Gestörten Boyd angeschleppt hat. Ich werde mir selbst und den anderen nie verzeihen, dass wir nicht da waren.«

»Warum waren Sie nicht da?«

»Na ja, Finn war mit …«

»Nein, ich meine, warum waren *Sie* nicht da?«

»David hatte gerade das mit dem Krebs erfahren.«

»Wirklich?«

»Es war ein furchtbarer Schock.«

Aber Graham Bedford zufolge war Davids Krebs da schon seit Monaten bekannt. Log Briony etwa? Ja, sie log. Sie *log*. »Soweit ich weiß, waren Sie und David einander doch entfremdet.«

»Er hatte sonst niemanden, an den er sich mit einer solchen Nachricht wenden konnte. Er war kein geselliger Mann – es gab keinen großen Freundeskreis. Nur mich. Er rief mich an und bat mich um ein gemeinsames Wochenende außerhalb der Stadt. Ich konnte unter diesen Umständen nicht nein sagen. Wir waren fünfzehn Jahre verheiratet gewesen. Was hätte ich denn tun sollen? Das schmerzt. Ich will nicht darüber sprechen.«

»Das kann ich mir vorstellen«, sagte Amy, »aber ist es nicht so, dass Sie den Großteil des Wochenendes gar nicht mit David zusammen waren? War er nicht verschwunden?«

»Seien Sie nicht albern«, sagte Briony zornig. »Wer hat Ihnen das erzählt? Hat Carol das etwa aufgeschrieben? Sie lügt. Sie dürfen absolut nichts von dem glauben, was diese Frau über mich oder David behauptet. Sie hat Angst vor mir, weil ich weiß, wo sie herkommt. Ich weiß, was Tom Prax getan hat, bevor er Tom Prax wurde.«

»Und was war das?«

»Der Grund, warum Carol David und mich in den Dreck ziehen will, ist, dass man mir nicht glauben soll, falls ich jemals über ihren Bruder auspacke.«

»Und doch«, sinnierte Amy, »wirkte Ihr Umgang mit Tom recht freundschaftlich, als ich Sie gestern sah.«

»Ich muss ihn bei der Stange halten, was die Tantiemen angeht. Egal was Carol sagt, unser Manager ist immer noch Tom, nicht sie.«

»Sie kriegen Tantiemen?« Amy war fassungslos.

Brionys Kopf sank auf die Brust. »Ich muss mich jetzt ausruhen«, sagte sie kläglich.

»Aber keine der anderen bekommt Tantiemen. Finn ist praktisch pleite.«

Briony schloss die Augen.

Amy sagte: »Was auch immer Sie gegen die Prax-Zwillinge in der Hand haben, es muss etwas höllisch Schwerwiegendes sein. Schade bloß, dass die beiden *Ihre* Geheimnisse nicht mehr bewahren können.«

»Ich habe keine Geheimnisse«, sagte Briony, aber in ihrer Stimme lag keine Überzeugung.

»Finn, Ayisha und Maddie sind bestimmt fasziniert, wenn sie erfahren, dass Sie Geld bekommen und sie nicht.«

Briony sprach bebend, ohne die Augen zu öffnen. »Es war *meine* Band. Die anderen haben das nie richtig verstanden. Dann musste ich in Neuseeland ganz von vorn anfangen, als David starb. Ich brauchte Hilfe.«

In diesem Moment drängte sich ein Mann in Fluglinien-Uniform zwischen den Tischen hindurch und fragte: »Will eine der Damen mit United Air nach L. A. und braucht Hilfe, um zum Gate zu kommen?«

»Na, welche wohl?«, sagte Briony aufgebracht.

»Okay, auf geht's.« Der Mann trat hinter den Rollstuhl, löste die Bremsen und schwenkte den Stuhl von Amy weg.

»Halt!«, befahl Briony. »Ich bin doch kein Einkaufswagen. Sie können mich nicht einfach so umherbugsieren.« Zu Amy sagte sie: »Sehen Sie, wie das ist?«

So nimmt das Leben Rache an einem Kontrollfreak, dachte Amy. Aber sie trat vor den Rollstuhl und ging in die Hocke, um den Uniformierten davon abzuhalten, Briony ohne ihre Zustimmung wegzufahren.

Briony sagte: »Ich sterbe. Können Sie mich nicht einfach in Ruhe lassen?«

»Wir sterben alle«, sagte Amy. »Was ist bloß los mit Ihnen und den anderen? Nach zwanzig Jahren leidet ihr immer noch am längsten Nervenzusammenbruch in der Geschichte der Frauenwelt. Und ihr lasst zu, dass Elly Astoria auf zwei mickrige Absätze in Caz Carters Selbstbeweihräucherung reduziert wird. Ach ja, und ihr reißt mir vor Gericht den Arsch auf, wenn ich was Falsches schreibe. Inzwischen verschafft eine von euch immer noch einem Psychopathen ein falsches Alibi, und eine andere lässt sich bezahlen, während der Rest leer ausgeht. Suchen Sie sich selbst aus, welche davon *Sie* sind.«

»Ihre Interviewtechnik ist beschissen«, sagte Briony mit brüchiger Stimme. »Aber wenn Sie drauf bestehen, Ihren großen Fuß auf die Spitze der Sandburg zu stellen, bedenken Sie Folgendes: Dieses ganze verfluchte schreckliche Chaos wurde ausgelöst von Tom Prax, der sich mit Lügen und Betrug als Ellys Manager breitgemacht hat. Wenn Sie eine pikante Kleinigkeit über ihn wissen wollen, reden Sie mal mit Dirk Kirk in Pretoria. Tom Prax wurde als Andy Kirk geboren, und seine Familie in Pretoria hat ihn nicht mehr gesehen, seit er in einem geklauten Auto eine Frau gekillt hat. So erzählt es Dirk. Er sagt, Tom hat sie ausgeraubt und sterbend liegen lassen. Sein anderer Cousin erzählt es anders, also recherchieren Sie gründlich alle Fakten, sonst bleibt nachher kein Arsch zum Aufreißen übrig.«

»Und die Fakten zu David?«, fragte Amy. »Was war an diesem letzten Wochenende los?«

»Bringen Sie mich weg«, bat Briony den Uniformierten, der dem Gespräch mit Interesse gefolgt war. Er schob los, und Amy musste beiseitespringen, um nicht überrollt zu werden.

»Na dann gute Reise«, sagte Amy, »ich fand's auch schön, Sie kennenzulernen.«

Briony sagte: »Wissen Sie was, Sie könnten ums Verrecken kein anständiges Buch schreiben. Und auch kein zutreffendes.« Sie rollte davon, ihr Kopf wippte auf und ab wie ein Luftballon an einem Stab. Der eingefallene Mund bewegte sich. Du wirst Elly niemals kennen, schien sie zu sagen, und du wirst mich niemals kennen. Du kennst nur Worte, und mit denen solltest du sehr, sehr vorsichtig umgehen.

Was zum Teufel ist da eben gelaufen?, dachte Amy und sah Briony im Gedränge der Sicherheitskontrollen verschwinden. Und sie konnte sich ihre Frage nicht recht beantworten. Aber ganz tief drinnen fühlte es sich an, als hätte sich ihr Leben geändert.

Ich habe eine kranke Frau schikaniert, bis sie Dinge preisgab, die sie nicht preisgeben wollte. Ist das die Art Mensch, die ich geworden bin, nur weil ich aufhören will, eine Verliererin und ein Opfer zu sein? Weil ich nicht will, dass der entscheidende Moment meines Leben der Augenblick bleibt, an dem ich ausrangiert wurde? Weil ich ein Buch schreiben und etwas erreichen will?

Doch als sie mit den Knöpfen ihres Aufnahmegeräts hantierte und sich vergewisserte, dass sie Brionys Stimme klar und deutlich drauf hatte, die erst wegen David log und später Tom verpfiff, da wusste sie, es war mehr als das.

Amy war klar, dass sie eigentlich Stuart suchen und die Notizblöcke aus Keitels Kofferraum bergen musste. Sie sollte sich bereit machen, Las Vegas zu verlassen. Aber noch konnte sie nichts von alledem tun.

Was sie brauchte, war ein Ort, wo weder Stuart noch Cindi sie aufspüren würde. Wo sie Zeit fand, um nachzudenken.

Etwas war geschehen. Sie musste verarbeiten, was es bedeutete, und Worte dafür finden.

Sie wählte den einzigen Ort, an dem Stuart nicht nach ihr suchen würde – das Ghetto, das der Flughafen zum Rauchen bereitstellte. Es war ein Glaskasten mitten in der Halle, ein Ort, wo vorbeikommende Passagiere Raucher in ihrer natürlichen Umgebung bestaunen konnten wie eine bedrohte Tierart im Zoo.

Amy betrat die Kabine, als wäre es ein vor Lärm und Gedränge schützender Hafen, ein privates Zimmer, wo ihr vom Qualm die Augen brannten, sie aber den Frieden fand, den sie brauchte, um ihren geistigen Nebel zu lichten und sich Klarheit zu verschaffen. Nur drei andere waren schon hier. Der eine, ein kleiner Mann, der fast aus einem zerknitterten dunkelgrauen Anzug platzte, stand vor einem der unvermeidlichen Spielautomaten und studierte das Ergebnis jeder Umdrehung der Bildwalzen, als hoffe er darin die Antwort auf das Rätsel des Lebens zu finden. Die anderen zwei, ein junges Pärchen, zündeten sich gegenseitig Zigaretten an, gemeinsam gegen den Rest der Welt.

Es gab Stühle zur Auswahl. Amy setzte sich so weit wie möglich von den anderen weg, ihren Computer auf dem Schoß, den Rekorder neben sich. Aber sie schaltete keins der Geräte ein.

Sie hatte Briony bei einer Lüge ertappt. Briony rechtfertigte ihre Abwesenheit an dem Wochenende mit einer klaren und nachweisbaren Falschaussage. Das war nicht bloß eine beiläufige kleine Lüge. Es war wichtig. Ebenso wichtig wie die Tatsache, dass Briony in all den Jahren Tantiemen kassiert hatte.

Briony wusste ganz genau, dass keine der anderen, nicht Ayisha, nicht Maddie, nicht die arme Finn, auch nur einen Penny bekommen hatte. Stand das nicht in einem krassen Widerspruch zu ihrer sonstigen Natur, zu ihrer Rolle als ›Mutter‹ Briony?

SisterHood war Brionys Band. Sie hatte es erst vor wenigen Minuten wieder gesagt. Und Elly war nicht die Erste von ihnen, die sie bemuttert hatte. Sie hatte sie alle mit nahrhafter Suppe gepäppelt, vom Beginn der Band an.

Dann auf einmal war Elly weg. Ermordet auf diese grauenhafte Weise. Wäre es da für eine Frau wie Briony nicht naheliegend, geradezu *natürlich* gewesen, die SisterHood-Familie zusammenzuziehen? Die Überlebenden zu trösten und sich trösten zu lassen, dicht aneinanderzurücken und gemeinsam einen neuen Weg zu suchen, aus der Asche heraus?

Aber sie hatte nichts dergleichen getan. Und Amy wurde klar, wenn Briony ganz gegen ihre Natur ihre Band unter so furchtbaren Umständen hängenließ, *musste* das bedeuten, dass noch ganz andere furchtbare Dinge im Gange waren.

Sie lehnte sich zurück, kurz verstört vom Gestank, der den Raum, wo sie saß, durchdrang. Ihr Verstand richtete sich auf die haarsträubenden Dinge, die Elly widerfahren waren.

Und was genau hatte Briony nach dem Mord gemacht? Sie hatte David weggebracht, nach Neuseeland. Weil er starb, offenkundig. Aber warum musste er auf der anderen Seite der Welt sterben? Und warum ließ sie ihre andere ›Familie‹ zu diesem Zeitpunkt und in dieser Situation im Stich?

Amy befiel eine grauenerregende Gewissheit, die einzig mögliche Schlussfolgerung, die sie aus Brionys Handeln und ihren Lügen ziehen konnte. Es war David, der die arme Elly ermordet hatte. Und fast ebenso grauenhaft an Amys Erkenntnis war: Briony wusste schon damals, dass er es getan hatte.

David, der ›sonst niemanden hatte‹, war wieder zu Brionys Kind geworden. Er musste diese Rolle schon früher innegehabt haben, bevor die Band gegründet wurde. Er war gewissermaßen ihr Erstgeborener, auch wenn er dann verdrängt worden war. Und da sie nun mal Elly nicht wieder lebendig machen konnte, was blieb Mutter Briony anderes übrig, als David zu schützen, bis ihn seine Krankheit dorthin brachte, wo ihn keine Strafe mehr ereilte? Der Tumor hatte ihn den

Gefilden von normaler Schuld und Verantwortung bereits entzogen, so dass Briony für ihn die Verantwortung übernahm. Sie mochte ihm sogar noch geholfen haben, alle Spuren zu bereinigen und den Hund loszuwerden. Irgendwer hatte das wohl tun müssen.

Amy begann Ellys Verstümmelungen mit ihrer möglichen Bedeutung für Davids gedemütigten und deformierten Geist abzugleichen. Ihr Verstand weigerte sich, scheute zurück. Es war zu unerträglich, um darüber nachzudenken. Davids Name auf einer Liste wirkte so leichtfertig verglichen mit dem unermesslichen Entsetzen, das sie jetzt verspürte.

Genau dieses Gefühl musste Briony erfasst haben, als ihr klar wurde, dass David seine dunkelsten Emotionen ausgelebt hatte, von seinem Gewissen und menschlichen Skrupeln befreit durch einen Tumor.

Amy saß da und atmete schwer. Erst als der Qualm ihr heftigen Hustenreiz bescherte, nahm sie ihre Umgebung allmählich wieder wahr. Ein neues Paar war in der Kabine, zwei ältere Frauen, die gemeinsam reisten. Sie hatte ihr Hereinkommen nicht bemerkt. Eine lehnte sich herüber und fragte: »Haben Sie mal Feuer?«

Amy war unfähig zu sprechen. Sie schüttelte nur den Kopf. Die Frau ließ sie in Ruhe. Der kleine Mann am Spielautomaten gewann wieder nicht. Amy sah zu, wie die bedeutungslosen Symbole rotierten und zu ihrem unabwendbaren Ergebnis gelangten. Wie die Zahnräder in ihrem Gehirn wohl auch.

Denn es gab ja so viele Ergebnisse, zu denen Ermittler gelangen konnten. Alle, sie selbst eingeschlossen, hatten so viele Leute als plausible oder mögliche Kandidaten betrachtet, die für den Mord an Elly infrage kamen. War das ein finsterer Kommentar zu den Persönlichkeiten, die das Musikgeschäft bevölkerten?

Aber nein – das waren einfach bloß Leute. Selbst der herzensgute Stuart war gezwungen gewesen, die Schuld seines eigenen

Kindes in Betracht zu ziehen. Und genau damit hatte Briony sich auseinandersetzen und entsprechend handeln müssen.

Nicht dass ich das je beweisen kann, dachte Amy. Nicht gemäß den Anforderungen an Beweismaterial, die ein Gericht stellte.

Und doch, was sie als Detektivin oder Anwältin nicht vermocht hätte, konnte sie als Schriftstellerin und Biografin ganz prima tun. Sie konnte aus der Liste der Verdächtigen einen auswählen. Sie konnte den Fall aufbauen. Das war alles, was ihre Verleger von ihr wünschten: Such dir deinen Lieblingskandidaten aus und konstruiere einen guten Fall. Und gestalte es überzeugend.

Eine Biografin sollte eine Sachverständige sein, dachte sie. Und hatte sie sich nicht zur Sachverständigen gemacht, im wahrsten Sinne, zuerst durch Recherche, indem sie sich all die Geschichten anhörte, Informationen ausgrub und zusammensetzte, wie es noch niemand getan hatte, und jetzt durch das Herausfinden von Dingen, von denen sonst keiner wusste? Und sie hatte noch Carols Papiere. Niemand außer Carol wusste, was darin stand. Wenn Amy sie gelesen hatte, würde sie in einzigartiger Weise qualifiziert sein, ihren Fall aufzubauen. David, dachte sie, ich hab dich.

»Wo *warst* du denn?«, fragte Stuart, als sie ihn neben Keitels abgeschlossenem Auto aufspürte. »Cindi ist fort. Ich habe dich überall gesucht. Ich habe mir große Sorgen gemacht. Gott, riechst du *übel*.«

Ich war auch an einem üblen Ort, dachte Amy, als sie seine Hand nahm. Aber ich habe wieder herausgefunden. Und ich bin zu allem bereit.

Abschied von Las Vegas

Die Stadt, deren Schatzkästchenschönheit nur aus großer Höhe zu sehen war, verschwand unter ihnen. Kitschig, grell und gierig am Boden, sah sie aus der Luft aus wie eine juwelengeschmückte goldene Brosche, die ans Herz der Wüste geheftet war. Stuart schaute zu, wie sie verschwand, aber nach einem kurzen Blick interessierte Amy sich mehr für einen blauen Notizblock mit Spiralbindung, gekennzeichnet nur mit einer kleinen 1 in der oberen linken Ecke des Deckblatts. Auf ihrer Nase saß eine billige neue Lesebrille, erst vor wenigen Stunden bei Walgreens erstanden. Sie stand ihr nicht und war mit ihrer Optikerbrille nicht mal annähernd vergleichbar, doch ohne sie wäre die winzige verdruckste Schrift nur ein verschwommenes Wabern.

Sie reisten einen Tag früher zurück – auf Stuarts Kosten. Die Fluglinien hatten gut an Stuart verdient: Er hatte Cindi ein Ticket nach Minneapolis spendiert und einen deftigen Aufschlag für ihr Übergepäck bezahlt.

»Ich kann es dem armen Kind nicht mal übelnehmen«, hatte er gesagt. »Tatsächlich finde ich, dass sie das Richtige tut. Wir befinden uns in einer widersinnigen, aber gefährlichen Situation, und wir sollten ebenfalls abreisen – so bald wie möglich. Lass uns Carols Kiste in einem Gepäckschließfach verwahren und das Auto zu Keitels Wohnung bringen. Cindi hat mir die Adresse gegeben.«

Aber Amy konnte es nicht ertragen, sich wieder von der Box zu trennen. Sie behielt sie auf dem Schoß, als Stuart zu Keitel fuhr. Sie klemmte sie sich unter den Arm, als Stuart ein Taxi auftrieb, um zum Hotel zu gelangen. Sie trug sie in einer Casino-Geschenktasche, nachdem sie gepackt und ausgecheckt hatten. Beim Packen war sie planlos vorgegangen, schnell und unachtsam mit allem außer der Box und ihrem Laptop. Diese beiden Kostbarkeiten lagen jetzt direkt über ihr im Gepäckfach.

Das Anschnallsignal erlosch und die Getränkewagen rollten heran. Stuart besorgte ihnen Rotwein. Amy riss sich von dem Spiralblock los und sagte: »Meine Schulden bei dir nehmen langsam überhand. Ich zahl es dir zurück, versprochen.«

»Ich weiß«, sagte er. »Mach dir keine Gedanken. Ich betrachte diese Reise als eine Art Abenteuerurlaub – wie Wildwasserkanufahren. Du hast da ein ganz hübsches Fenster in meine sichere Alltagsroutine geschlagen.«

»Das war gar nicht meine Absicht. Es sollte eigentlich nur eine Recherchereise sein.«

»Und wenn wir wieder zu Hause sind?«, fragte Stuart. »Was ich damit sagen will, ich habe es genossen. Deine Gesellschaft macht mir Freude. Ich fühle mich lebendiger. Ich hoffe, du gibst mir nicht gleich in Heathrow den Laufpass.«

»Das hatte ich nicht vor.« Ihr wurde leicht unbehaglich bewusst, dass die einzige Zukunft, die sie plante, die Biografie war.

»Nun, das ist schön.« Er fand ihre Hand und drückte sie sanft.

Amy drückte ebenfalls seine Hand und fragte sich, ob eine Beziehung, auf die man sich einließ, fast ohne es zu merken, dauerhaft und wichtig werden konnte.

Sie blickte auf Carols ersten Notizblock hinunter, und um von allem abzulenken, worüber sie gerade nicht nachdenken wollte, sagte sie: »Hör dir das an. *Doch ins Haus wollte sie ihn nicht lassen. »Meine Mutter ist krank«, sagte sie. Und er war sicher, dass sie log.* – Das ist das allererste Mal, dass Tom auf Elly trifft. Gleich in der ersten Stunde ihres Kennenlernens hat er sie bestohlen, und dann hat er noch die Frechheit, anzunehmen, Elly lügt bezüglich ihrer Mutter.«

»Ist dir das nie aufgefallen? Menschen werfen häufig anderen ihre eigenen Verfehlungen vor. Und da du gerade Diebstahl erwähnst, Liebes, was willst du nun mit den Notizen anfangen? Verwenden kannst du sie nicht. Sie sind gestohlen.«

»Darüber denke ich nach, wenn ich sie gelesen habe.«

»Das sind Carols persönliche Aufzeichnungen.«

»Aber, Stuart«, sie blätterte ein paar Seiten zurück zum Anfang. »Ich glaube nicht, dass sie nur zur persönlichen Verwendung gedacht sind. Sie sagt es selber, gleich ganz vorn: *Ich sollte das alles wirklich aufschreiben, bevor es irgend so eine Schnüfflerin an meiner Stelle tut. Wenn sich mit dem Erzählen unserer Geschichte Geld verdienen lässt, will ich es kassieren.* Sie erlaubt mir vielleicht niemals, daraus zu zitieren, aber es war nicht als Tagebuch gedacht. Sie muss damit angefangen haben, als sie schon glaubte, dass Elly berühmt wird. Und das geschah ja nicht über Nacht.«

»Aber sie schrieb es nicht, um es zu veröffentlichen, oder?«, beharrte Stuart. »Sonst hätte sie doch nichts preisgegeben, was Tom belastet.«

»Vielleicht hätte sie die Notizen als Gedächtnisstütze verwendet, wenn nicht alles aus dem Ruder gelaufen wäre, oder wenn sie und Tom sich nicht in zwielichtige Geschäfte verstrickt hätten.«

»Das ist aber nicht der Punkt, um den es mir geht, Liebes. Meine Sorge gilt dir und dem, was du damit vorhast. Ich meine, du hättest doch im Traum nicht daran gedacht, Keitels Auto zu behalten, oder?«

»Natürlich nicht.«

»Wäre es dann nicht auch moralisch richtig, Carol die Kiste zurückzuschicken?«

Die Kiste, meinetwegen, aber nicht den Inhalt … »Stuart, du hast mir doch geholfen, da ranzukommen.«

»Aber wie du dich vielleicht erinnerst, hatte ich mit dieser

Transaktion immer so meine Probleme. Was mich spontan umgestimmt hat, war Cindis Versuch, uns Keitels Auto zu verkaufen.«

»Verflixte Cindi«, murmelte Amy unhörbar und fragte sich, ob sie einer Frau, die sie fettärschige Kuh genannt hatte, jemals vergeben konnte. Hörbar sagte sie: »Aber wenn ich das hier zurückschicke, dann weiß Carol, dass ich es gelesen habe. Und dann weiß es auch Tom, und dann möchte ich nicht in Keitels oder Cindis Haut stecken.«

»Darüber muss ich nachdenken.« Er schwieg, und Amy war erleichtert. Nun ja, vielleicht würde sie die Notizbücher zurückgeben, wenn es Stuart glücklich machte, aber erst nachdem sie jedes Wort gelesen und kopiert hatte.

Da sie Stuart vorerst vom Hals hatte, schlürfte Amy ihren Wein und spürte, wie die Anspannung von Las Vegas allmählich von ihr wich. Und dann fragte sie sich, wieso sie überhaupt das Gefühl hatte, Stuarts Billigung zu brauchen. Wenn er so weitermachte, würde er die Landung in Heathrow nicht lange überdauern. Ihre einzig wahre Leidenschaft galt ihrer Arbeit.

Sie schlug den Spiralblock auf und las weiter über Toms schicksalhaftes, vielleicht verhängnisvolles erstes Zusammentreffen mit Elly: *Also zog er ab, eine Handvoll Fünfer im Ärmel. Als ob man Blinde ausraubt, dachte er, aber keine Sorge, Elly, du kriegst es zurück, hundertfach. Er denkt immer solches Zeug, denn am meisten lügt er sich selbst die Hucke voll.*

Sie trank noch ein wenig Wein und lächelte Stuart an. Er war ein feiner Kerl, aber es war nicht seine Angelegenheit, wie sie ihr Berufsleben gestaltete. Sie empfand Erstaunen und Hochgefühl, als ihr bewusst wurde, dass sie jetzt tatsächlich ein eigenes Berufsleben besaß. Eine Geschichte zu erzählen hatte.

Sie sagte: »Ich bin sehr froh, dass ich der *Sun* das Geld zurückgeben kann. Mit denen hätte es zwar große Publicity gegeben, aber die Scherereien ist das nicht wert.«

»Noch so etwas, was meine Tochter uns vermutlich sehr übelnehmen wird«, sagte Stuart kleinlaut. »Also was nun, Liebes? Wen willst du als Nächstes ausfindig machen? Ich muss sagen, ich hätte nichts gegen einen Abstecher nach Pretoria, um Toms wahre Familie kennenzulernen.«

»Vielleicht«, sagte Amy. Aber in Wahrheit gab es in dieser Sache kein Vielleicht. Sie fühlte sich seltsam erwartungsfroh. Als hätten die Informationen, die sie bereits in Händen hielt, eine kritische Masse erreicht.

Es war Zeit, anzufangen.

Epilog

Frühstück in einer Pension in South Devon

Ist ein herrlicher Morgen, nicht? Hatten Sie es bequem? Gut geschlafen? Na bestens. Das macht die gute Devon-Luft.

Lassen Sie sich von den Hunden nicht stören, sie sind Lämmchen. In die Küche dürfen sie nicht. Das wär gegen die Gesundheits- und Sicherheitsvorschriften, obwohl ich immer sage, ein kleines Hundehärchen fördert die Verdauung.

Und, war es Tee oder Kaffee? Auf dem Tisch steht schon Orangensaft – bedienen Sie sich nur. Der Kaffee wird frisch gemahlen und gefiltert – dauert bloß fünf Minuten.

Mack, *raus*! Mack ist so ein schamloser Bettler. Ich weiß, es sind die Augen, stimmt's? Da glaubt doch jeder, wir lassen ihn verhungern. Ein feister Racker, das bist du, was, Mack? Und jetzt bleibst du draußen.

Sie wollten doch Englisch komplett, stimmt's? Würstchen, Speck, Eier, Tomate und Champignons? Dauert keine Sekunde, und auf dem Buffet da steht auch noch Müsli.

Mack, *raus*! Er hat das Wort Würstchen gehört, böser Hund. Ah, das ist Kerry – im Vergleich zu ihm ist sie ein Engel. Aber sie ist auch älter und hat mehr Verstand.

Nein, sie sind nicht verwandt – es ist reiner Zufall, dass beide schwarze Labrador-Mischlinge sind. Sie sind natürlich gerettete Hunde. Als Kerry zu uns kam, ließ sie sich von niemandem anfassen. Sie verstand buchstäblich nicht, was es heißt, gestreichelt zu werden. Und schauen Sie sie jetzt an – haben Sie je ein zutraulicheres kleines Gesicht gesehen?

Wie mögen Sie Ihre Eier am liebsten?

Mack, *raus*!

Vollkorn- oder Weizentoast?

Ach das, das ist meine Schurkengalerie. Nein, natürlich hab

ich nichts dagegen. Es sind Fotos von jedem Hund, den ich je hatte, bis zurück zum allerersten damals in den Achtzigern. Ja, allesamt gerettete Hunde. Keine Ahnung, warum ich nicht eine verrückte Alte mit Strick um den Bauch geworden bin, die mit einer Meute streunender Köter auf einem Trümmergrundstück haust. Mein Mann sagt, so werde ich vermutlich mal enden. Ach, wissen Sie, man geht ins Tierheim und hört sich ein paar der Geschichten an, und schon will man jeden Einzelnen adoptieren, was?

Mack, *raus*! Ich sag's dir nicht noch mal, Speck ist für Menschen, nicht für Hunde. Davon bekommt er sowieso bloß Magenverstimmung.

Ja, oben links geht es los – als ob Sie ein Buch lesen. Das war meine Allererste. Wir nannten sie Ruby – wie Ruby Tuesday, wissen Sie, weil … ja, schon klar, oder? Sie war eine reinrassige Golden Retriever. Eine Schönheit. Ich weiß, das denkt man immer, aber reinrassig zu sein schützt vor gar nichts. Sie werden genauso vernachlässigt und misshandelt wie die Straßenköter. Wo wir gerade dabei sind – Mack, *raus*! Er ist ein solcher Opportunist.

Also, Ruby kam aus dem Battersea-Tierheim. Ja, London, und das da ist unser Hintergarten in Highgate. Ich weiß, ich staune ja selbst, es wirkt, als hätten wir unser ganzes Leben in Devon verbracht, was? Aber wir stammen aus London – unsere Kinder sind in London zur Welt gekommen, und wir hatten beide Arbeit in der Innenstadt. Und dann hielten wir es eines Tages nicht mehr aus und zogen mit Sack und Pack hier runter.

Oh nein, da war sie schon tot. Sie hätte es hier geliebt, na klar – den großen Garten, die Felder drum herum. Es ist ein Hundeparadies, stimmt's, Kerry? Genau das ist es. Mit dir rede ich nicht, Mack, du böser Junge.

Ja, also die liebe Ruby war meine Erste, und sie war ein Schatz. Nein, sie war eindeutig an Liebe und Zuneigung gewöhnt, und mit Kindern war sie einfach toll. Ich weiß, ja, es ist schwer zu verstehen, warum sie im Tierheim landete. Die haben mir erzählt, sie wurde auf der South Circular Road aufgegriffen, da rannte sie mitten im Verkehr stadtauswärts, rannte und war völlig verstört, das arme Ding, halb wahnsinnig vor Angst. Es ist erstaunlich, wie viele wirklich schöne Tiere an vielbefahrenen Straßen ausgesetzt werden – Autobahnen scheinen besonders beliebt zu sein. Aber jedenfalls, die Polizei musste den Verkehr stilllegen, damit ein Inspektor vom Tierschutz sie einfangen konnte. Sie brachte ja Menschenleben in Gefahr, wissen Sie. Und es hieß, sie war über und über voll mit Blut. Sie brachten sie sofort zum Tierarzt, weil sie dachten, es wäre ihr Blut, aber sie hatte keinen Kratzer. Ich kann mir überhaupt nicht vorstellen, warum sie dermaßen voller Blut war, aber gottlob war sie unverletzt. Verängstigt bis ins Mark, aber körperlich unversehrt. Seelisch? Na, das steht auf einem ganz anderen Blatt.

Ja, wenn sie nur sprechen könnten, dann wüsste man, wie ihnen am besten zu helfen ist, was? Normalerweise braucht es viele Streicheleinheiten, stimmt's, Kerry? Ja, die braucht es. Oh, sie lebte sich schnell ein, meine Ruby, aber selbst sechs Monate später hatte sie noch Anfälle. Dann fand ich sie zitternd hinterm Sofa. Und manchmal, wenn ich das Radio laufen ließ … also, es heißt ja, Hunde können nicht weinen, aber ich schwöre, Ruby konnte es. Mein Mann sagte, ich würd mir das bloß einbilden, aber wissen Sie, ganz bestimmte Songs, ganz bestimmte Stimmen, da starrte sie das Radio an, als wäre es eine Tür, und gleich käme jemand hindurch, um sie nach Hause zu holen.

Aber die Leute denken oft einfach nicht nach, oder? Sie ziehen irgendwohin, vielleicht ins Ausland, oder sie fahren in die Ferien und setzen das Geschöpf aus, das sie am meisten liebt. Aber ein Hund vergisst nie. Ein Hund hat ein Herz, das brechen kann, genau wie Ihres und meins.

Liza Cody: Krokodile und edle Ziele

Deutsch von Else Laudan · Ariadne 1227 · ISBN 978-3-86754-227-2

Mit Verve verfolgt Liza Codys neuer Roman die Fährte des ganz norma-
len Wahnsinns. Zwischen den abgewrackten Wohnsilos sozialer Brenn-
punkte und selbstgerecht-stolzem Londoner Bürgeridyll ringt die angeschlagene Heldin um Durchblick und um die Kraft, das Richtige zu tun.

»London, wie es stinkt und regnet und überlebt sein will.« Sylvia Staude,
Frankfurter Rundschau

»Anspielungsreich, unordentlich, assoziativ wie die Welt seiner Prot-
agonisten. Ein an den anarchischen Witz Till Eulenspiegels erinnernder
wahnwitzig komischer kontrollierter Wut- und Verzweiflungsausbruch.«
Tobias Gohlis, *Krimibestenliste*

Liza Cody: Miss Terry

Deutsch von Grundmann & Laudan · Ariadne 1219 · ISBN 978-3-86754-219-7

»Erschreckend hellsichtig. Liza Codys *Miss Terry* über eine Frau im Stru-
del britischer Fremdenfeindlichkeit hat ein starkes, überzeugendes Zen-
trum, gleichsam ein kräftig schlagendes Herz: Es ist diese junge Frau mit
Wurzeln in einer anderen Kultur.« Sylvia Staude, *Frankfurter Rundschau*

»*Miss Terry* ist ein großes Buch, Ergebnis des haarfeinen, präzisen Gesell-
schaftsmikroskopierens von Liza Cody. Was man sieht, ist aber nicht
mondlos, nicht vollkommen finster. Es wird gelacht. Es geht komisch zu.
Und wie im Märchen.« Elmar Krekeler, *Die Welt*

»Liza Codys Romane machen sich die Gegenwart zum Thema, sie haben
einen doppelten Boden. Die Beschreibungen sind herrlich, besonders,
wenn der Müllcontainer wieder ferkelt. Ganz besonders schön aber ist an
dieser Geschichte, dass sich hinter ihr eine zweite auftut – die nämlich,
die Nita Tehri überhaupt erst in die Guscott Road spülte. Man hätte sich
denken können, dass jemand, der sein Leben so gründlich aufgeräumt
hat, einigen Unrat zu entsorgen hatte.« Susan Vahabzadeh, *Süddeutsche
Zeitung*

Sara Paretsky: Kritische Masse

Deutsch von Laudan & Szelinski · Ariadne 1236 · ISBN 978-3-86754-236-4

»Das Comeback der Meisterin, die den feministischen Kriminalroman zu einem rauschhaften Leseerlebnis machte: In ihrem epischen Roman löst Sara Paretsky eine Kettenreaktion aus, die von Wiens großen Physikerinnen gezündet wurde und zu heftigen Erschütterungen in den Zentralen der IT-Industrie führt. Was für ein Comeback!« Thekla Dannenberg, *Perlentaucher*

»Paretsky streut in die Ermittlergeschichte kurze Schlaglichter aus der Vergangenheit ein und enthüllt so nach und nach ein dramatisches Panorama von ungeheurer emotionaler und politischer Wucht. Auf über 500 Seiten wird es nie langweilig.« Marcus Müntefering, *Spiegel Online*

»Paretsky verknüpft die Erzählstränge mit unnachahmlicher Eleganz. Da wird eine Genealogie fortgesetzter Ausbeutung, Gewalt und Menschenverachtung plausibel, die von den Nazis über die Atomwaffenforschung der USA bis zur skrupellosen Bereicherung der modernen IT-Firmen reicht. *Kritische Masse* ist ein großartiges Comeback und steht zu Recht auf Platz 1 der Krimibestenliste.« Tobias Gohlis, *Deutschlandfunk*

Denise Mina: Blut Salz Wasser

Deutsch von Zoë Beck · Ariadne 1230 · ISBN 978-3-86754-230-2

Helensburgh am River Clyde, Refugium für Reiche und Touristen: Verloren irrt ein Killer durch die malerischen Gässchen, während Kriminalermittlerin Alex Morrow nach einer verschwundenen Geldwäscherin sucht. Und das bevorstehende schottische Referendum bringt zusätzlich Unruhe ins Gefüge …

»Jeder Kriminalroman, den die 1966 in Glasgow geborene Denise Mina schreibt, hätte eine eigene Kolumne verdient, so lebensnah und realitätsgesättigt spinnt sie ihr Garn.« Tobias Gohlis, *DIE ZEIT*

»Ein großartiger Roman, die schottische Autorin liefert mit das Beste, was man in Sachen Krimi derzeit bekommen kann.« Ulrich Noller, *WDR Cosmo*

Anita Nair: Gewaltkette
Deutsch von Karen Witthuhn · Ariadne 1226 · ISBN 978-3-86754-226-5

»Wie Gowda seinen Fall Stück für Stück zusammenpuzzelt, montiert Anita Nair aus einer Vielzahl von Schlaglichtern ein düsteres Bild der indischen Gesellschaft. Doch ist die klassische Thrillerhandlung nur das Gefäß für ihre bedrückende Studie der Maschinerie, die in Indien wie am Fließband Kindersklaven produziert und das Getriebe des wirtschaftlichen Aufschwungs am Laufen hält.« Sofia Glasl, *Süddeutsche Zeitung*

»Schwer verdaulicher Stoff: *Gewaltkette* entwirft ein Panorama einer Welt am moralischen Abgrund. Dabei ist finsterer Sozialrealismus sehr geschickt in gut geschriebene Genreprosa und humorvolle Milieuzeichnung verpackt. So malt Nair gleichsam nebenbei ein vielfarbiges kleines Gesellschaftsporträt. Weit mehr als nur ein Krimi.« Katharina Granzin, *taz*

»So schwer das Thema, so leicht ist Nairs Ton, dabei nie unbedarft oder verharmlosend. Die Geschichten, die sie bündelt, erzählen zupackend vom Leben und Überleben im heutigen Bangalore. Nuancenreich und vital, gelungene engagierte Literatur.« Frank Rumpel, *SWR2*

Anne Goldmann: Das größere Verbrechen
Ariadne 1234 · ISBN 978-3-86754-234-0

Theres hat sich ein gutes Leben zurechtgestrickt: Normalität als Kokon. Doch ein Anruf genügt, und alles gerät aus dem Lot …

»Die Bilder vom stillen Bürgerkrieg in der Kleinfamilie verbinden sich mit verwackelten Erinnerungen an den ganz realen Konflikt auf dem Balkan. Das ist psychologisch so beklemmend dicht gearbeitet, dass der Spielraum der Figuren immer kleiner wird. Platz für Hoffnung gibt in diesem faszinierend kalten Roman nicht, nur durch Aussicht auf eine Rückkehr in das Gefängnis der Normalität.« Kolja Mensing, *Deutschlandfunk*

»Würgegriff der Geschichte: Anne Goldmann entwirft eine Gegenwart, die durchdrungen ist von der Vergangenheit. Der Autorin geht es um den Nachhall, das Verarbeiten und Verdrängen. Gibt sie der physischen Gewalt Raum, hält sie eine feine Balance zwischen dem, was sie schreibt, und Details, die sie verschweigt. Ihre Sprache ist einfach, aber präzise.« Katrin Doerksen, *FAZ*

Merle Kröger: Havarie

Ariadne 1224 · ISBN 978-3-86754-224-1

In einer windigen Nacht steigen zwölf Männer in ein Schlauchboot, versuchen Spaniens Küste zu erreichen. Unter dem dunklen Himmel zieht ein gewaltiges Kreuzfahrtschiff dahin. Ein irischer Frachter verlässt den algerischen Hafen mit leeren Containern an Bord. Und in Cartagena liegt ein Kreuzer der Seenotrettung in Bereitschaft.

»Das Mittelmeer wird zum Fokus globaler Konflikte. Krögers Roman verwebt virtuos verschiedene Spannungslinien zu einem dichten Geflecht von ungeheurer Komplexität.« *Deutschlandradio Kultur*

»Kollision mit der Wirklichkeit, alle Maschinen stopp. *Havarie* ist der Roman der Stunde. Merle Kröger beweist, wie grandios eine dezidiert politische Literatur sein kann und wie kunstvoll der deutsche Kriminalroman.« *Freitag*

»Das Meer der Geschichten, das der Roman überquert, ist tatsächlich ein Höllenschlund. In den mythischen Stunden, in denen Merle Krögers Figuren eingefroren sind, wird die Welt, die sich auf diesen vier Schiffen widerspiegelt, auf die Probe gestellt.« *Die Welt*

Monika Geier: Alles so hell da vorn

Ariadne 1223 · ISBN 978-3-86754-223-4

Im Frankfurter Vorstadtbordell empfängt eine junge Hure ihren Stammkunden. Man geht aufs Zimmer. Kommt zur Sache. Dann schnappt sie sich seine Kanone …

»Großartig, ein atemberaubender Spannungsroman, eine sehr spezielle, amüsante schwarzschattierte Situationskomik, die es in sich hat. Spitzenklasse, dieser Roman ist gut, RICHTIG gut!« Ulrich Noller, *WDR Cosmo*

»Monika Geier beherrscht alle Register: Action und Einfühlung, Satire und tiefere Bedeutung, grandiose Personenzeichnung und elegante Sprache. Ein selten guter Kriminalroman.« Tobias Gohlis, *Deutschlandfunk Kultur*

»Monika Geier schreibt mit einer verblüffenden Leichtigkeit, (auch literarisch) so meisterhaft wie die besten britischen Kriminalromane. *Alles so hell da vorn* ist ein finsteres Märchen.« Elmar Krekeler, *Die Welt*

Ariadne
Herausgegeben von Else Laudan

Titel der englischen Originalausgabe:
Ballad of a Dead Nobody
© 2011 by Liza Cody

Deutsche Erstausgabe
Alle Rechte vorbehalten
© Argument Verlag 2019
Glashüttenstraße 28, 20357 Hamburg
Telefon 040/4018000 – Fax 040/40180020
www.argument.de
Umschlag: Martin Grundmann
Umschlagmotiv: © karastock – fotolia.com
Lektorat: Else Laudan
Satz: Iris Konopik
Druck und Bindung: CPI books, Leck
Gedruckt auf säure- und chlorfreiem Papier
ISBN 978-3-86754-238-8
Erste Auflage 2019